그녀들의 범죄

그녀들의 범죄

彼女たちの犯罪

요코제키 다이 지음

임희선 옮김

샘터

앞으로의 세상은 우리 여자들에게

새로운 시대가 될 거야.

차례

1부 • 그녀들의 사정　　　7

2부 • 그녀들의 거짓말　137

3부 • 그녀들의 비밀　245

1988년 일본

"……이어서 현県 내 뉴스 시간입니다. 오늘 새벽 이토伊東시 사가미 해안을 항해 중이던 어선 미야마마루 호가 여성으로 보이는 사체를 발견하고 인양했다는 소식입니다.

이토 경찰 당국은 현지 숙박업소조합 등의 협조를 받아 이번에 발견된 시신이 도쿄 사쿠라기에 사는 34세 여성 진노 유카리 씨임을 밝혀냈습니다. 진노 씨는 일주일 전 자택에서 나온 후 행방을 알 수 없었던 것으로 알려졌습니다.

진노 씨는 이토 시내의 숙박업소에 묵고 있었으며 이토시 후토 지역 해안에서 여성용 신발이 발견된 점으로 미루어 경찰은 진노 씨가 극단적인 선택을 했을 가능성이 높은 것으로 보고 관계자들에 대한 조사를 시작했습니다. 다음 소식입니다……."

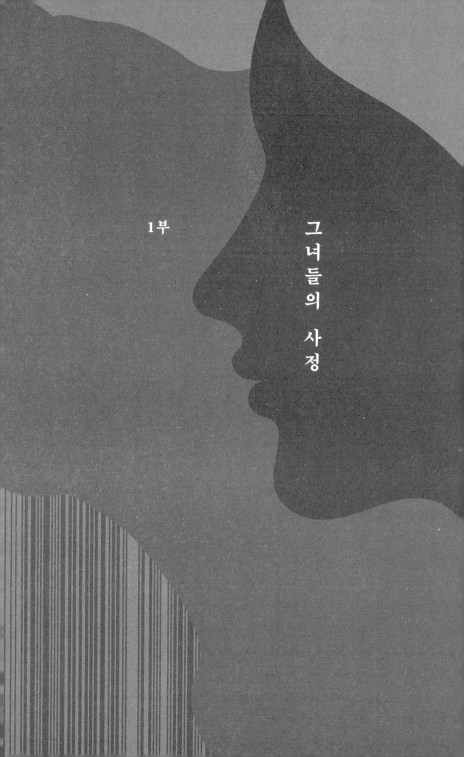

1부

그녀들의 사정

"어, 히무라 씨는 취미가 뭐예요? 아, 난 요즘 골프를 시작했거든요. 얼마 전에 회원권도 샀어요. 값이 만만치 않더라고요. 친구가 억지로 떠넘기다시피 해서 산 거긴 하지만요."

시부야에 있는 한 레스토랑. 맞은편에 앉은 남자는 그렇게 말하더니 방금 나온 등심 스테이크를 나이프로 썰기 시작했다. 히무라 마유미는 속으로 한숨을 쉬었다. 아직 자기가 시킨 햄버그스테이크는 나오지도 않았다. 그런데 같이 있는 사람에게 한마디 말도 없이 대뜸 혼자 먼저 먹기 시작하다니, 눈치도 배려도 없는 남자라는 생각이 들었다.

"그 골프장은 치바에 있거든요. 요즘에는 여자들도 골프를 많이들 치던데 히무라 씨도 같이 한번 어때요?"

오늘 처음 만난 남자다. 결혼정보회사에서 소개받았는데 이름은 다카노. 대기업에 근무한다고 했다. 나름 기대를 가지고 나왔는데 보아하니 오늘도 꽝인 것 같다. 자기 이야기만 늘어놓을 뿐 상대방에 대해 알려는 노력을 전혀 하지 않는다는 점이 제일 거슬렸다.

"제 취미는 드라이브랑 테니스예요."

마유미의 대답에 남자가 잠시 입을 다물었다. 마유미가 덧붙였다.

"아까 물어보셔서 하는 대답이에요. 취미가 뭐냐고 하셨잖아요."

"아⋯⋯!"

다카노가 끄덕였다.

"그렇군요. 역시 자동차 회사에서 일하시는 분이라 취미도 그쪽이네요. 드라이브는 자주 하세요?"

"아니요, 요즘에는 바빠서 별로 나가지 못했어요."

"난 차가 없거든요. 도쿄에서 생활하니까 차의 필요성을 느끼지 못하겠더라고요. 사실 차를 가지고 다니는 것만으로도 사고를 당할 위험성이 높아지잖아요. 그럴 바에는 차라리 지하철을 타는 편이 훨씬 낫겠다는 생각이 들더라고요."

평생 가도 서로 소통할 수 없는 타입이네. 마유미는 완전히 포기했다. 이제야 겨우 마유미가 주문한 햄버그스테이크가 나와서 오늘 밤은 이걸 먹기 위해 여기까지 온 거라고 스스로를 다독였다. 맞은편에 있는 저 남자는 그냥 우연히 합석한 사람이다. 그렇게 생각해야 불만이 생기지 않는다.

"다음 주에는 업무차 파리로 출장을 갈 예정이에요. 히무라 씨는 가 본 적이 있는지 모르겠지만 난 이번이 두 번째로 가는 건데

프랑스는 생각보다 치안이 안 좋아서 저번에 갔을 때는 지갑을 도둑맞았어요. 와, 그때는 정말 얼마나 황당하던지……."

결혼은 티켓 같은 게 아닐까? 요즘 마유미는 그런 식으로 생각하게 되었다. 그것만 손에 쥐면 다음 단계로 이동할 수 있는 티켓 말이다. 그런데 운명이란 참으로 아이러니해서 정말 간절히 원하는 사람에게는 좀처럼 그 티켓을 쥐여 주지 않는 모양이다.

마유미가 일하는 '도하츠 자동차'에도 여사원들이 해마다 새로 들어온다. 신규 채용된 여사원들 대부분은 총무과나 경리과에 배치되고, 그중에서 외모가 뛰어난 사람들은 비서실로 들어간다. 그리고 대부분의 여사원은, 아주 일부의 전문직을 제외하면, 서른 전에 결혼해서 회사를 그만둔다.

마유미가 걸어온 길은 어찌 보면 결혼에 가장 적합한 코스였다고 할 수 있다. 비서실에서 5년 있다가 총무과로 옮겨서 3년, 경리과에서 2년. 그리고 작년에 홍보과로 배치되었다. 그동안 사귄 남자가 없었던 것은 아니다. 오히려 20대 시절에는 애인 없이 지낸 시기가 없었을 정도다. 하지만 그 모든 연애가 결혼으로 이어지지 못한 채 오늘에 이르렀다.

"히무라 씨는 왜 여태 결혼 안 했어요?"

불쑥 들어온 질문에 마유미는 미처 대답하지 못했다. 그러자 다카노가 말을 이어갔다.

"벌써 서른넷이잖아요? 이런 말을 내가 하기는 좀 그렇지만 빨리 결혼하는 편이 낫지 않겠어요?"

무슨 상관이람. 내가 왜 이 남자한테 이런 말을 들어야 하지?

"다음에는 같이 골프나 치죠."

다카노가 맥주를 마시면서 말했다. 자기가 만나자고 하면 이 여자는 틀림없이 나올 거라고 철석같이 믿고 있는 것 같아 더욱 화가 났다.

"아, 코스가 아니라 우선은 연습장에서 시작해야겠네요. 가만있자……. 다음 주 금요일 정도면 시간이 날 것 같은데. 땀 좀 빼고 난 다음에 괜찮은 중식당에 가서……. 어? 갑자기 왜 그래요?"

마유미는 무릎에 있던 냅킨을 치우고 자리에서 일어났다. 햄버그스테이크는 이미 다 먹었다. 육즙이 풍부한 맛있는 햄버그스테이크였다. 충분히 만족스러웠다. 데미글라스 소스도 깊은 맛이었고, 달짝지근하게 삶은 당근 곁들임도 맛있었다. 이런 음식은 집에서 만들기 힘들다.

"죄송합니다. 아무래도 오늘은 인연이 아니었던 것 같네요."

그렇게 말하면서 마유미는 핸드백에서 지갑을 꺼내 천 엔짜리 지폐 두 장을 테이블에 올려놓았다. 그리고 마지막으로 다시 한 번 고개를 숙였다. 이 남자랑 다시 만날 일은 없을 테고 지하철에서 옆자리에 앉아도 알아보지 못할 자신이 있었다.

"그럼 저는 이만."

마유미는 그 자리를 떠났다. 그런데 레스토랑에서 나올 즈음에는 기분이 완전히 바뀌어 있었다. 오늘도 결혼할 남자를 못 만났구나. 이런 식으로 누군가를 만날 때마다 들떴다가 푹 가라앉았다가 하는 건 어리석다고 생각했는데. 마유미는 지나가는 택시를 잡으려고 손을 들었다.

〈홍보 도하츠〉의 편집 및 제작. 마유미가 맡은 주요 업무다. 〈홍보 도하츠〉는 전국의 매장과 공장에 모두 비치되는 사내 홍보 잡지다. 두 달에 한 번씩 간행되고 발행 부수는 1만 부 이상이다. 계열사들에도 비치되는 사내지여서 영향력이 상당하다.

〈홍보 도하츠〉에는 크게 세 종류의 기사가 실린다. 우선 회사의 광고 기사다. 신차 발매 정보와 개발 뒷이야기 등을 위주로 하는 기사들이다. 다음은 도하츠에서 일하는 사람들을 소개하는 기사다. 매번 두 명 정도 사원을 선발해서 인터뷰 기사를 싣는다. 그리고 마지막은 연재 기사다. 예를 들면 시설관리과에서 각종 시설을 소개하기도 하고, 인사과에서 사내 운동회 같은 이벤트를 소개하기도 한다. 마유미는 그중에서도 매번 두 꼭지씩 실리는 인터뷰 기사를 맡고 있다. 직접 찾아가 인터뷰하고 기사를 작성한다. 진짜 잡지 에디터가 된 듯한 기분도 들고 꽤 보람 있는 업무다.

그날 마유미는 완성된 작업물을 과장에게 올렸다. 각 과에서 모아온 기사들을 편집한 작업물이었다. 과장의 승인이 떨어지면 바로 인쇄회사로 넘겨서 인쇄를 시작한다. 그런데 작업물을 본 과장이 고개를 저었다.

"이 인터뷰는 좀 문젠데?"

그러면서 과장이 가리킨 사진은 40대 남자의 얼굴이었다. 간사이 지구 영업총괄부장이다. 얼마 전에 마유미가 일부러 오사카까지 출장을 가서 인터뷰한 사람이다. 이름은 이케다이고 5년쯤 전까지는 도쿄 본사에 있었다. 지금 오사카 지사에서 실적을 쭉쭉 올리고 있어 인터뷰 기사를 싣기로 한 것이다. 직접 만나 보니 인상은 서글서글하고 친근한데 이야기를 하다 보면 정말 능력이 뛰어나겠구나 하고 짐작하게 하는 사람이었다.

"어떤 부분이 문제인가요? 괜찮은 인터뷰 같은데요?"

이케다는 인터뷰에서 진솔한 이야기를 해 주었다. 영업 분야에 있는 사람들이 느끼는 고충과 고객에 대한 마음 등을 진지하게 이야기하는 모습에서 마유미는 감명을 받았다. 이런 사람을 통해서 차를 사는 고객들은 참 좋겠다는 생각이 들 정도였다.

"이케다 부장은 부사장 라인이거든. 이런 기사가 자칫 사장님 눈에라도 띄었다가는 무슨 불벼락이 떨어질까 겁이 나네."

"예에……."

과장의 설명에 따르면 이케다는 내부 파벌싸움의 역풍을 맞아 오사카 지사로 인사이동이 되었다고 한다. 도하츠는 대기업이어서 암암리에 파벌싸움이 벌어진다.

"아무튼 그러니까 이 인터뷰 기사만큼은 다른 걸로 대체하도록 해."

"과장님, 마감이 모레인데 이걸 어떻게 바꿔요?"

"아아, 걔 인터뷰하면 되겠네. 올해 들어온 야구팀 투수 있잖아. 고교야구에서 주목받는 선수였다는데. 그럼 올해는 우리 야구팀 성적을 좀 기대해도 되려나?"

도하츠에는 실업 야구팀이 있고 도시 대항 야구대회에도 출전한다. 젊었을 때는 응원단에 차출되어 나가기도 했지만 서른이 넘으니 그런 부탁도 전혀 들어오지 않게 되었다. 지금이 7월이니 이제 슬슬 야구대회가 시작할 시즌이다.

"어차피 매일 연습하고 있을 테니까 쉬는 시간에 잠깐 인터뷰를 따는 정도야 얼마든지 할 수 있잖아."

"……그야 어떻게든 가능하기는 하겠지요."

"그렇게 좀 해 보자고, 응?"

과장의 지시니 거역할 수 없다. 일부러 시간을 내서 인터뷰에 응해 준 이케다 부장에게는 미안한 일이지만 이번에는 기사를 뺄 수밖에 없겠다. 게다가 과장이 대안까지 제시해 주었으니 마감일인 모레까지 어떻게든 해 볼 수 있을 것 같았다.

"참, 야구팀 얘기가 나와서 말인데, 올해 도시 대항전 티켓 몇 장 좀 구해 줄 수 있나? 한 네 장 정도 구할 수 있으면 좋겠는데."

"알겠습니다. 구해 보도록 할게요."

"아, 그리고 말이지. 이번 금요일에 전에 있던 영업 쪽 젊은 친구들하고 한잔하기로 했거든. 그런데 남자들끼리 마시자니 분위기가 영 그래서 말이야."

그러니까 여사원들이 필요하다는 뜻이다. 회식 자리에 여사원을 얼마나 불러낼 수 있느냐가 남자들 사이에서는 나름 능력 과시의 지표가 되는 모양이다.

"후배들 중에서 한 너덧 명 좀 알아봐 줘. 물론 돈 걱정은 하지 않아도 되고. 택시비까지 챙겨서 보낼 테니까."

후배들. 그러니까 마유미는 포함이 안 된다는 뜻이다. 최근 들어 회사에서 남자들로부터 술 마시자는 소리를 듣는 일이 거의 없어졌다. 오히려 그런 말을 들으면 조심해야 한다는 생각이 들게 되었다. 같은 기수의 어느 미혼 여사원은 술 마시자는 소리에 따라갔다가 사이비 종교 모임에 끌려갈 뻔했다고 한다.

"네. 그것도 알아보겠습니다."

"히무라 씨가 와도 괜찮은데 영업 쪽 애들이 모두 20대라서 말이야. 서른 넘은 히무라 씨하고는 수준이 좀 안 맞을 거야."

요즘은 이런 식의 말에도 익숙해졌다. 일일이 화를 내다가는 일이 안 된다. 왜 결혼하지 않느냐? 빨리 결혼해서 애를 낳아야 하지 않겠느냐? 그런 소리를 아무렇지도 않게 해대는 남자들이 이 회사에는 차고 넘친다. 적당히 둔해지기. 그것이 서른 넘은 여자가 이 회사에서 살아남을 수 있는 비결이다.

"그럼 저는 이만 가 보겠습니다. 대체 인터뷰 기사는 모레까지 준비할게요."

마유미는 과장실에서 나왔다. 할 일이 많다. 제일 먼저 오사카 지사의 이케다 부장에게 미안하다고 연락해야지. 그런 생각을 하면서 자기 자리로 돌아왔다.

/ / /

"얘, 이 무조림이 좀 싱거운 것 같구나."

시어머니인 진노 모토코의 지적을 들은 며느리 유카리는 우선 고개를 숙이며 "죄송해요."라고 말한 다음 무조림을 한 입 먹어 보았다. 약간 싱거운 듯하기도 했지만 거슬릴 정도는 아니었다. 그래도 시어머니의 지적에 수긍하는 말을 했다.

"아무래도 간장을 좀 덜 넣은 모양이네요."

"그래. 간장이 모자란 것 같네."

매일 점심은 반드시 시어머니와 함께 차려 먹어야 한다. 시어머니는 며느리가 한 음식을 그냥 칭찬해 주는 법이 없다. 언제나 한두 가지씩 꼬투리를 잡는다. 처음에는 그렇게 지적당한 점을 고쳐서 더 잘해 보려고 노력하기도 했다. 하지만 어떻게 만들어도 시어머니는 항상 꼬투리를 잡는다는 사실을 알고 난 이후로는 적당히 흘려듣게 되었다.

"아버님은 오늘 언제쯤 들어오세요?"

딱히 알고 싶지는 않았지만 그래도 일단 물어보았다. 시아버지인 가즈오가 오늘 골프 치러 갔다는 이야기를 아침식사 때 들었다. 시어머니가 미소 된장국 그릇을 들어 올리며 말했다.

"저녁때까지는 오시겠지. 오늘은 집에서 드신다고 했으니까. 도모아키는? 얘는 오늘 일찍 들어온다니?"

"오늘은 야근이 없으니까 평소처럼 들어올 거예요."

진노 도모아키와 결혼한 것은 8년 전. 유카리가 스물여섯 살 때였다. 당시 유카리는 세타가야 구 사쿠라기에 있는 세타가야 사쿠라기 기념병원에서 간호사로 일하고 있었는데 그곳에서 한 살 연상의 정형외과 의사인 진노 도모아키를 만났다. 1년 동안 사귀다가 결혼한 후로 유카리는 병원을 그만두고 전업주부가 되었다. 사실은 결혼 후에도 당분간 일을 하려고 생각했었는데 남편의 권유로 그만두게 되었다.

세타가야 사쿠라기 기념병원에서 걸어서 5분 거리에 있는 아파트에서 신혼살림을 시작했다. 도모아키는 매일 바쁘게 일했고, 유카리도 그런 남편을 내조하기 위해 열심히 노력했다. 그렇게 아무런 불편함 없이 잘 지내다가 2년 전부터 시부모와 함께 살게 되었다.

사쿠라기 지역은 도쿄에서도 손꼽히는 고급주택가로 알려져 있고, 유카리의 시댁도 큰 저택이다. 원래 도모아키가 혼자 살던 별채가 있어 그곳으로 들어가게 된 것이 그나마 다행이었다. 만약 그렇지 않고 한 공간에서 항상 같이 지내야 했다면 진작 숨이 막혀 죽었을 것이다.

"욕실 청소 부탁한다. 장 볼 것도 냉장고 문에 붙여 뒀다."

"네, 어머님."

유카리의 일과는 거의 정해져 있다. 아침에 남편이 출근하고 나면 자기들이 사는 별채 청소와 빨래를 한 다음 본채 부엌에서 시어머니와 함께 먹을 점심을 준비한다. 식사 후에는 본채를 청소한 다음 장을 봐야 한다. 자신을 위해 — 사실 이렇다 할 취미가 있는 것은 아니지만 — 시간을 쓸 여유는 전혀 없다.

"오늘은 에이쇼 초밥이나 시켜 먹어야겠구나. 네가 미리 주문 좀 해 놔라."

"네, 그럴게요. 7시에 맞춰 달라고 하면 될까요?"

"그래."

에이쇼는 전철역 앞에 있는 초밥집이다. 열흘에 한 번 정도 배달을 시켜 먹는다. 더구나 항상 1인분에 5천 엔이나 하는 최고급 초밥을 주문한다. 초밥은 고급요리라는 고정관념을 가진 유카리는 이렇게 비싼 음식을 이렇게 자주 시켜 먹는 것에 대해 왠지 모를 죄책감을 떨쳐 낼 수가 없었다. 그런데 시댁 사람들은 전혀 그런 것을 느끼지 못하는지 아무런 망설임도 없이 주문한다.

"미소 된장국만 좀 끓여 놓을래? 아카다시(赤だし: 붉은 된장으로 끓인 미소 된장국 – 옮긴이)가 좋겠구나."

"아카다시로 말이죠? 알겠습니다."

유카리는 미에현 구마노시 출신이다. 나라현과 맞닿은 시골 마을에서 태어났고 아버지는 임업 관련 회사에서 일했다. 부모님과 할아버지, 할머니, 그리고 유카리와 남동생까지 여섯 명이 한집에 살았다.

유카리가 자란 시골 마을은 정말 한적한 곳이어서 고등학교만 졸업하면 도시에 가서 살아야지 하고 어릴 때부터 마음속으로 다짐하곤 했다. 오사카, 나고야 등 선택할 수 있는 도시가 많았지만 그래도 이왕이면 도쿄에 가 보자고 결심했다. 부모님은 반대했다. 그렇지만 무슨 일이 있어도 도시로 나가 의료기관에서 일하고 싶다고 열심히 설득했고 가까스로 허락을 받았다. 사실은 일부러 오사카나 나고야로 가지 않았다. 고향에서 가까운 도시로 갔다가는 도로 끌려 돌아갈 것 같은 불안감에 굳이 도쿄로 나와 살았다.

신주쿠에 있는 간호학교를 3년 만에 졸업한 후 다카다노바바에 있는 개인병원에서 일하기 시작했다. 나이 많은 의사 혼자서 운영하는 소아과 의원이었다. 2년 정도 일했는데 고령인 원장이 은퇴를 결심하고 병원 문을 닫으면서 다음 일자리로 소개해 준 곳이 세타가야 사쿠라기 기념병원이었다.

"얘, 그 소식 들었니? 3동에 사는 기노시타 씨네 딸이 임신을 했다던데. 올 12월 즈음에 태어난다더구나."

"아아, 그래요?"

이제 아예 대놓고 압박을 준다. 결혼한 지 8년이 되었는데도 유카리에게는 아직 아이가 없다. 시부모는 이제나저제나 하고 손주의 탄생을 기다리고 있고, 이런 식으로 기회 있을 때마다 넌지시 유카리에게 압력을 가해 온다. 특히 시어머니는 더 노골적이다. TV에서 기저귀 광고가 나올 때마다 화면에 나오는 아이를 보면서 "어쩌면 저렇게 예쁠까!" 하는 감탄사를 연발한다.

"아이, 잘 먹었네. 그럼 잊어버리지 말고 초밥 주문 꼭 해 둬라."

시어머니가 당부를 하고는 자리에서 일어났다. 유카리도 남은 무조림을 입에 넣은 다음 설거지를 위해 일어섰다.

남편 도모아키가 집에 오는 시간은 들쑥날쑥하다. 아무 일이 없으면 저녁 7시경에는 들어오지만 밤 9시나 10시 넘어서까지 들어오지 않는 일도 흔하다. 이날은 11시가 넘어서 들어왔다.

"미안해. 마츠모토가 갑자기 불러내는 바람에."

입으로는 사과했지만 말투에는 미안한 기색이 전혀 없었다. 얼굴이 불그스레하니 한눈에 봐도 술 마신 것을 알 수 있었다.

"마츠모토가 결혼을 한다네. 이제 혼자 남은 건 이마가와밖에 없어. 난 사실 마츠모토가 제일 늦게 할 줄 알았는데."

마츠모토와 이마가와는 둘 다 남편의 대학 동창들이고 모두 야구 동아리 출신이다. 대학 야구 동아리에 있던 친구들끼리는 지금도 친해서 정기적으로 만나는 모양이었다. 결혼식 피로연 때 홀딱

벗은 나체춤으로 도모아키의 결혼을 축하해 준 사람들이었다. 남성성을 자랑하는 운동부 출신들이다.

도모아키는 냉장고에서 맥주 한 캔을 꺼내 들고 소파에 앉아 홀짝홀짝 마시면서 TV 뉴스에 눈길을 주었다. 마침 프로야구 뉴스가 나오고 있어서인지 눈을 부릅뜨고 TV를 보기 시작했다. 도모아키는 자이언츠의 광팬이다.

"어, 이겼네. 음…… 좋아 좋아."

도모아키는 나무랄 데 없는 남편이다. 의사에, 스포츠맨에, 집안도 좋고, 얼굴도 조각처럼 잘생겼다. 너무 과분한 남자라는 생각 때문에 유카리는 결혼 전에 정말 많이 고민했다. 그리고 그런 고민을 도모아키에게 털어놓자 무리해서 맞추려 하지 말라고 오히려 유카리를 다독여 주었다. "유카리랑 같이 있으면 내 마음이 너무 편해져서 결혼하자는 거야." 그렇게 말하면서 웃어 주었다.

"아 참, 오늘 에이쇼에서 초밥을 시켜 먹었는데 당신 것도 남겨 두었어요. 좀 먹을래요?"

이 별채는 2층 건물이어서 작은 부엌도 있고 화장실과 욕실도 따로 있다. 남편이 고등학교 때 부모님을 졸라서 지었다고 했다. 일찍부터 독립적인 생활을 하고 싶어서 그랬다고는 하는데 대학 다닐 때는 야구 동아리 사람들이 게임을 하려고 수시로 들락거리는 아지트였다고 한다.

"나 배부른데. 마지막에 오차즈케(お茶漬け : 녹차와 간단한 반찬을 한데 말아서 먹는 밥 - 옮긴이)까지 먹었거든."

"그래요? 아침까지 두면 상할 텐데."

"그냥 버려. 어차피 엄마 돈으로 시킨 거잖아."

5천 엔이나 하는 최고급 초밥이다. 그걸 입에 대지도 않고 버리라는 남편의 경제 개념을 유카리는 도저히 이해할 수가 없었다. 이 개념만큼은 출신이 너무 달라서 어쩔 수 없는 거라고 반쯤 포기한 상태다. 남편은 증조부 때부터 이곳 사쿠라기의 고급주택가에서 대대로 살아온 전통 있는 부자 가문 출신이다. 미에현의 시골 촌구석에서 나고 자란 유카리와는 뼛속부터 다른 사람이다.

"아버님께서 당신한테 하실 말씀이 있다던데."

저녁식사 때 시아버지가 '도모아키한테 조만간 얘기 좀 하자고 그래라'라고 했던 말이 생각났다.

"보나마나 대학병원으로 오라는 소리겠지. 도대체 안 간다고 몇 번을 말해야 하는 거야?"

도모아키의 아버지, 유카리의 시아버지인 진노 가즈오는 세이카 대학 부속병원의 외과부장이다. 올해 나이가 59세라서 내년이면 정년퇴임인데 잘하면 원장 자리에 오를 수도 있는 모양이었다. 아들이 자기 병원으로 와 주었으면 하고 바라고 있다는 사실은 남편을 통해 들은 바 있다. 그런데 막상 남편은 그럴 마음이 전혀 없고 지금 환경에 만족하고 있는 모양이었다.

"좀 씻어야겠네."

남편이 그렇게 말하면서 소파에서 일어섰다. 유카리는 탁자에 그대로 놓여 있는 빈 맥주 캔을 쓰레기통에 버렸다. 냉장고를 열어 보니 랩으로 덮어놓은 초밥 그릇이 눈에 들어왔다. 최고급 초밥 1인분이다.

초밥 그릇을 꺼냈다. 랩을 벗기고 참치 대뱃살을 집어서 입에 넣었다. 배가 고프지는 않았지만 그래도 대뱃살은 맛이 있었다. 다 먹을 수는 없겠지만 1인분의 반 정도는 먹을 수 있겠지. 궁상 떤다고 누가 뭐라 하든 유카리는 이 비싼 초밥을 도저히 그대로 버릴 수가 없었다.

자기가 얼마나 혜택받은 환경에 있는지 유카리는 충분히 알고 있다. 사쿠라기의 고급주택가에 살면서 벤츠를 타고 장 보러 나가는 생활. 처음 도쿄에 왔을 때는 상상도 하지 못했던 삶이다. 그 당시의 자기에게 지금 이 생활을 보여 준다 해도 열여덟의 유카리는 절대로 믿지 않았을 것이다.

"난 더 있다가 잘 거니까 당신 먼저 올라가서 쉬어."

욕실 쪽에서 남편 목소리가 들렸다. 입에 넣었던 초밥을 열심히 씹어서 삼킨 다음에 대답했다.

"알았어요."

침실은 2층에 있다. 대개는 유카리가 먼저 잠자러 들어간다. 올해 들어 관계를 한 번도 가지지 않았다. 마지막에 한 것이 작년 11월이었으니까 벌써 8개월이나 된다.

남편이 바람을 피우고 있는 건 아닐까? 유카리가 병원에서 일할 당시에도 의사와 불륜 관계에 있는 간호사를 심심찮게 봤다. 도모아키라고 절대로 그런 짓을 하지 않으리라는 보장도 없고, 사실 바람을 피운다 해도 전혀 이상하지 않았다. 만약 진짜로 그런 일이 일어난다면 나는 남편을 손가락질하며 비난하게 될까? 아니면 아무 소리도 못하고 그냥 용서하고 말까?

어쨌든 시어머니는 모른다. 손주가 생기지 않는 건 며느리 탓이 아니다. 하늘을 봐야 별을 딸 것 아닌가.

유카리는 바닷장어 초밥을 입에 넣었다. 달짝지근하게 조려진 장어는 입에 넣자마자 사르르 녹아 버렸다.

/ / /

도하츠의 실업야구팀은 시내의 한 대학 운동장을 빌려서 연습한다. 저녁 시간 이후로는 대학 운동부가 써야 하기 때문에 주로 이른 오후에 연습을 하는 모양이었다. 그날 마유미는 1루 쪽 벤치에 앉아 도하츠 야구팀이 연습하는 모습을 보고 있었다. 도시 대항전 출전을 앞두고 있어서인지 연습하는 모습에서도 열기를 느낄 수 있었다.

마유미는 야구와 인연이 깊다. 대학 때는 치어리딩 동아리 소속이어서 야구팀 응원에 자주 동원되었다. 진구 구장 제일 앞줄에서 응원 도구를 양손에 들고 신나게 응원을 했다. 물론 관중석을 바라보고 응원을 하기에 시합을 제대로 볼 수는 없었지만 그래도 야구 규칙 정도는 알고 있었다.

"히무라 씨, 이제 금방 올 겁니다."

근처에 앉아 있던 양복 차림의 남자가 말했다. 야구팀의 잡다한 일을 도맡아 하고 있는 사원이다. 홍보과에서 일하면서 야구팀에 취재를 부탁한 적이 한두 번이 아니었기 때문에 이 사람과도 안면이 있다.

유니폼 차림의 남자가 벤치 쪽으로 뛰어왔다. 마운드에서 타자를 향해 공을 던지던 투수다. 이름은 소노다. 올해 도하츠 야구팀에 새로 들어온 선수다.

"잘 부탁드려요. 홍보과 히무라라고 해요."

"아, 안녕하세요."

명함을 건네준 다음 무릎 위에 노트를 펼쳤다. 녹음에 대한 허락을 받고서 인터뷰를 시작했다.

"새로운 생활에는 적응이 되셨나요? 혼자 독립해 나온 것이 처음이라고 들었는데요."

"네. 이제 좀 익숙해졌습니다. 기숙사 선배님들이 잘 챙겨 주셔서 많은 도움을 받고 있습니다."

"우리 야구팀 첫인상은 어땠나요?"

"아무래도 모두 회사원이라 그런지 안정적인 느낌이 들었습니다."

소노다는 원래 프로야구팀에 들어가고 싶었는데 드래프트에서 지명하는 곳이 없어 도하츠 입사를 결심했다고 들었다. 실업야구팀에서 실적을 올려 최종적으로는 프로야구팀으로 진출했으면 하는 것이 진짜 속내일 것이다.

"다음 주부터는 대망의 도시 대항전이 드디어 시작되는데 어떤 마음으로 임하고 있는지 알려 주세요."

"처음 출전하는 시합이라 기대를 많이 하고 있습니다. 좋은 결과를 낼 수 있도록 열심히 하겠습니다."

앳된 얼굴이지만 속은 단단해 보이는 청년이었다. 열심히 해서 좋은 결과를 얻어 프로야구팀에 진출하기를 바라는 마음이 생겼다. 도하츠 야구팀에서 프로야구팀으로 진출한 선수는 아직 아무도 없는 것으로 알고 있다.

"그럼 사진 좀 찍을게요."

잡지 기사에는 당연히 사진도 들어간다. 카메라맨이 같이 오지 않아서 사진도 마유미가 찍어야 한다. 소노다 선수에게 그라운드에 서 달라고 한 다음 마유미는 벤치 안에서 촬영 준비를 시작했다. 들고 온 가방에서 DSLR 카메라를 꺼내고 있는데 뒤에서 누가 부르는 소리가 들렸다. 돌아보니 유니폼 차림의 남자가 서 있었다.

"마유짱, 오랜만이네? 잘 지냈어?"

야구팀 코치였다. 20대 시절에 몇 번 술자리에서 마주친 적이 있다.

"아, 오랜만에 뵙네요. 그럭저럭 지내고 있어요."

"마유짱은 하나도 안 변했네. 미모도 여전하고."

"농담도 잘 하시네요."

사실 예전에 마유미는 이 남자에게 데이트 신청을 받은 적이 있었다. 애인이 있을 때여서 거절했다. 이 남자가 결혼했다는 소식은 소문으로 들었다. 총무과에 들어온 신입 사원과의 사내 결혼이라고 했다.

"농담이라니. 그나저나 오늘은 소노다를 취재하러 왔나?"

"네. 유망한 선수라고 들어서요."

"그렇지. 잘 키우면 프로야구팀으로 내보낼 수도 있을 만한 인재지. 그건 그렇고, 조만간 술 한잔 같이 어때? 소노다에 대해서

해 줄 이야기도 많은데."

그렇게 말하는 남자의 왼손 약지에서는 결혼반지가 반짝이고 있었다. 유부남이랑 술 마시러 다닐 정도로 한가한 처지가 아니다. 마유미는 부드럽게 거절했다.

"죄송해요. 요즘 일이 너무 많아서요."

"그럼 어쩔 수 없지 뭐. 일 열심히 해."

남자가 벤치 뒤쪽으로 가는 모습을 본 다음 카메라를 한 손에 들고 벤치에서 나왔다. 그라운드에서는 타구 연습이 한창이었다. 1군 선수들인지 공 치는 소리가 경쾌하게 들렸다.

"자, 그럼 찍을게요. 우선 공을 잡고…… 네, 좋습니다. 왼손은 허리춤에 살짝 갖다 대는 식으로. 좋아요, 찍습니다."

자세를 이리저리 바꾸면서 사진을 찍는다. 홍보팀에 들어오기 전까지는 카메라를 잡아 본 적도 없었는데 지금은 이렇게 혼자서 찍을 수 있을 정도로 발전했다. 그래도 마유미는 여전히 사진을 찍는 쪽보다는 찍히는 쪽이 훨씬 좋다. 가능하면 웨딩드레스 차림으로 찍혔으면 좋겠다.

"그럼 마지막 한 장 가 볼게요. 이번에는 공을 앞으로 내미는 느낌으로 해 보죠. ……좋습니다, 자 그럼 찍을……."

뒤에서 누군가가 뭐라고 외치는 소리가 들렸다. 돌아보자마자 마유미는 충격을 느끼면서 그 자리에 쓰러졌다. 눈앞이 캄캄해지면서 의식이 끊겨 버렸다.

눈을 떠 보니 병원이었다. 마유미가 눈을 뜬 것을 봤는지 침대 옆에 있던 양복 차림의 남자가 들여다보면서 말을 걸었다.

"히무라 씨, 정신이 드세요?"

야구팀을 담당하는 사원이었다. 마유미는 자기가 왜 병원에 누워 있는지 알 수가 없었다. 세타가야에 있는 대학 운동장에서 야구팀을 취재하고 있었다. 고등학교를 갓 졸업하고 야구팀에 들어온 소노다라는 신인 선수의 사진을 찍고 있었는데……?

"내가 왜 여기……?"

"공에 맞으셨어요. 타구 연습을 하던 선수가 친 공이요. 검사를 했는데 별다른 이상은 없다고 하네요. 잠시만 기다려 주세요."

그렇게 말하더니 남자가 병실에서 나갔다. 조금 있다가 유니폼 차림의 남자와 함께 다시 들어왔다. 20대 초반으로 보이는 선수였다. 모자를 손에 들고 머리를 숙이며 말했다.

"정말 죄송합니다."

이 선수가 친 공에 맞은 모양이었다. 마유미는 그렇게 이해했다. 의식이 돌아온 지 얼마 되지 않아서 아직도 정신이 없었지만 그렇다고 연습하다가 우연히 그렇게 된 일로 이 선수를 비난할 마음은 없었다.

"괜찮아요. 거기 서 있던 제 잘못도 있으니까요."

"본사에는 제가 연락해 두었습니다."

옆에 있던 남자 사원이 말했다.

"조금 있다가 의사가 오면 설명을 듣고 그대로 귀가하셔도 된다고 했어요. 오늘은 회사로 들어오지 않아도 된다고 그쪽 과장님께서 그러셨습니다."

사무적인 설명을 계속했다. 산재 적용을 받을 수도 있기 때문에 진단서를 끊어서 인사과에 제출하라는 것. 카메라나 녹음기 등 취재 때 쓰던 장비는 모두 본사로 보내 두었다는 것. 일련의 설명이 끝나자 옆에 있던 선수가 다시 한 번 고개를 숙였다.

"정말 죄송합니다. 혹시 나중에라도 무슨 문제가 생기면 연락 주세요."

"저는 정말 괜찮아요. 두 분 다 다시 연습하러 가셔도 돼요."

"아니, 그래도……."

"정말 괜찮다니까요. 나중에 택시 타고 집에 가면 돼요."

"아아, 예……."

두 사람은 뭔가 찜찜해하는 표정이었지만 그래도 마유미의 권유에 마지못해 병실에서 나갔다. 마유미는 침대에 누워 자기 몸의 상태를 확인했다. 왼손 손등에 붕대가 둘둘 감겨 있었다. 그리고 왼쪽 귀 주변에 약간의 통증이 느껴졌지만 심하지는 않았다.

"실례합니다."

간호사 한 명이 병실로 들어왔다. 그러고는 마유미를 보면서 물었다.

"좀 어떠세요? 통증이 느껴지세요?"

"심하게 아프지는 않은데요. 제가 혹시 어떻게……?"

"의사선생님이 설명해 주실 거예요. 아, 마침 오셨네요."

남자 의사가 들어왔다. 훤칠한 키에 조각 같은 외모를 가진 미남이었다. 마유미는 그 남자의 얼굴을 알아보았다. '진노'라고 적힌 이름표를 보고 다시 한 번 확신했다. 틀림없다. 이 남자는…….

진노라는 남자 의사가 차트를 들여다보면서 마유미에게 말했다.

"공에 맞으셨네요. 날아온 공이 왼쪽 손등을 치고 튀어 올라서 귀 부분을 스치고 지나간 모양입니다. 왼손이 쿠션이 된 덕분에 크게 다치시지는 않은 것 같네요."

의사가 설명을 계속하는데 마유미는 그 내용이 머릿속에 거의 들어오지 않았다. 에어컨이 잘 나오는데도 순간적으로 병실의 온도가 후끈하니 올라간 느낌이 들었다. 마유미는 자신이 진땀을 흘리고 있음을 깨달았다.

"뇌에 특별한 이상 징후도 보이지 않고, 손등도 단순 타박상인 것 같네요. 그래도 사람의 뇌라는 게 며칠 있다가 영향이 나타나기도 하니까 혹시라도 구역질이 나거나 두통이 생기면 바로 병원에 오셔야 합니다."

"네, 그럴게요."

간신히 대답했다. 그러자 간호사가 물었다.

"히무라 씨, 의료보험증은 가지고 계시죠?"

"아, 네. 제 가방 안에 있을 거예요."

간호사가 핸드백을 침대로 갖다 줬다. 마유미는 안에서 의료보험증을 꺼내 간호사에게 건네주었다. 간호사가 "그럼 잠시만 기다리세요." 하더니 보험증을 들고 병실에서 나갔다. 의사가 설명을 이어 갔다.

"약은 따로 필요 없을 것 같고, 일단 파스를 처방해 둘 테니까 그것만 받아서 오늘 퇴원하셔도 됩니다."

진노 도모아키. 대학 한 학년 선배다. 대학 때 진노는 야구 동아리에 있었기 때문에 치어리딩 동아리에 있던 마유미와는 서로 얼굴을 아는 정도의 사이였다. 학교에서 지나칠 때 가볍게 인사하는 정도일 뿐 서로 대화를 나눈 적도 없어서 진노는 마유미를 기억하지 못할 것이다. 그렇게 생각했는데 바로 그때 진노가 한 말 때문에 마유미는 간담이 서늘해졌다.

"마유미짱, 맞지? 나 기억 안 나? 야구팀에 있던 진노야."

그러면서 진노 도모아키가 웃었다. 아까 만났던 회사 야구팀 선수보다 훨씬 스포츠맨다운 웃음이었다.

물론 기억하고 있다. 마유미는 어금니를 꽉 깨물었다. 왜 하필이면 이런 남자한테 진찰을 받게 되었지? 어쩔 수 없는 우연이지만 그래도 속이 뒤집힐 지경이었다.

/ / /

"가을버스여행 안건은 다수결에 따라 가루이자와에 가는 걸로 결정되었습니다."

총무의 말에 모두가 박수를 쳤다. 유카리도 다른 사람들과 함께 박수 쳤다. 주민회관에서 열린 부녀회 자리였다. 원래는 시어머니가 참석하는 모임인데 오늘 치과 약속이 잡혀 있어서 며느리인 유카리가 대신 나온 것이다. 다다미방에 탁자가 죽 늘어서 있고 각자 앉은 자리 앞에는 찻잔이 놓여 있었다.

세타가야구 사쿠라기. 고급주택가로 알려진 이 지역은 매우 독특한 곳이다. 유카리는 그 사실을 시부모와 함께 살기 시작하면서 처음으로 알게 되었다. 도쿄는 대도시라서 시골에 비해 지연 관계가 거의 없다고 여겨지기 마련이다. 실제로 유카리가 전에 살았던 곳에서는 이웃과의 접점이나 교류가 전혀 없었고 아파트에 살 때에는 옆집에 누가 사는지도 모르는 경우가 대부분이었다. 그런데 사쿠라기는 그렇지 않고 주민자치회가 활발하게 기능하는 곳이다.

우선 주민회가 있다. 사쿠라기는 1동에서 8동까지 있는데 각 동마다 하나씩 총 8개의 모임이 결성되어 있다. 그 모임들이 모두 모인 조직이 주민회인데 여름의 전통무용대회와 라디오체조대회, 꽃놀이와 같은 행사를 주도한다.

주민회와 별개로 부녀회가 있다. 이 모임은 사쿠라기 지역의 여성들이 모이는 단체인데 여자들끼리 가는 버스여행과 소풍 행사가 해마다 몇 차례 열린다.

그리고 또 하나의 조직이 자녀다. 이 모임은 글자 그대로 자녀들 모임인데 정확히 말하자면 자녀가 있는 가족들로 구성된 조직이다. 아이들이 참가하는 미니 농구대회와 바비큐 파티 등에 부모와 자녀가 함께 참가해서 친목을 다진다.

주민회, 부녀회, 자녀회. 이 세 모임이 삼위일체가 되어 밀접한 지연관계를 만들어 낸다. 사람들이 많은 만큼 서로의 관계도 복잡하다. 특히 자녀회의 부모들을 보고 있으면 참 힘들겠다 싶어 안쓰러울 때도 있다. 아이들은 행사에 참여해서 즐겁게 놀지만 부모들은 그런 행사를 준비하느라 분주하다. 거기다 누구네 아이는 어느 학교에 가려다 떨어졌다느니 하는 자녀 진학 관련 소문들도 무성해서 마음고생이 심할 것 같았다.

"일정은 예년대로 10월 세 번째 일요일입니다. 자세한 사항은 이번 달 하순 회람판을 돌릴 때 프린트물로 배부하겠습니다."

오늘 부녀회에 참가한 사람은 스무 명 남짓이다. 대부분 50대나 60대다. 자식들을 다 키워 독립시킨 세대다. 자녀들이 어릴 때는 자녀회에 참가하다가 자식들이 커서 품을 떠나면 여자들은 부녀회 활동이 시작되고 남자들은 주민회 운영에 관여하게 되는 시스템이다.

"오늘 모임은 여기까지 하겠습니다. 다음 모임에서는 버스여행 일정에 대해 이야기해야 하니까 모두들 꼭 참석해 주세요."

모임은 끝이 났지만 자리에 있던 사람들은 좀처럼 일어설 기색이 없었다. 각자 자리에서 수다를 떨기 시작했다. 모임이 끝나면 바로 친목을 위한 차茶 모임이 시작된다는 사실을 유카리는 시어머니를 통해 들은 바 있다. 차를 마시면서 잡담하는 시간이 되는 것이다. 그러나 유카리는 아무래도 자기가 있을 곳이 아니라는 느낌이 들어 자리에서 일어섰다.

"진노 씨, 잠시만요."

누가 불러서 돌아보니 부녀회 총무를 맡은 아주머니가 서 있었다. 유카리의 시어머니와 친해서 자주 만나는 사람이다. 혹시라도 실례를 해서는 안 된다는 생각에 일단 고개를 숙여 인사했다.

"인사가 늦어서 죄송합니다. 오늘은 저희 어머님 대신해 나왔어요."

"그랬군요. 여기 이 자료 말인데 3동의 다마나 씨한테 좀 갖다

줄래요? 어차피 집으로 가는 방향에 있으니까.”

유카리의 집은 2동에 있으니까 3동이면 바로 근처다. 그런데 다마나라는 이름은 들어 본 적이 없었다. 총무가 말을 이었다.

“이 사람 올해 부녀회 임원인데 한 번도 모임에 나오지 않았거든요. 참 문제라니까. 다음번에는 꼭 나오라고 좀 전해 줘요. 다마나 씨네 집은······.”

그 집으로 가는 길을 설명해 줘서 열심히 외웠다. 그리고 건네주는 자료를 받으면서 유카리가 말했다.

“알겠습니다. 그렇게 전할게요.”

유카리는 주변에 있는 사람들에게 고개를 숙여 인사하고는 주민회관에서 나왔다. 올 때 걸어왔기 때문에 다시 다마나라는 사람의 집 쪽으로 걸어갔다. 총무가 가르쳐 준 그 집의 포인트는 노란 지붕과 빨간 스포츠카였다.

사쿠라기 지역의 주택가는 도로 폭이 넓다는 특징이 있다. 동네 이름 그대로 벚나무가 여기저기 심겨 있어 봄이 되면 일대에 벚꽃이 흐드러지게 핀 모습이 장관이다. 하지만 이곳에 사는 사람으로서는 그런 아름다운 광경이 반갑지만은 않다. 꽃잎이 떨어지는 시기가 되면 길거리 청소에 동원되기 때문이다.

총무가 말해 준 대로 노란 지붕 집이 보였다. 빨간 스포츠카도 세워져 있다. 문패를 보니 ‘다마나 미도리’라고 되어 있었다. 혼자 사나? 우편함이 있으면 그냥 자료를 넣어 두고 가려고 했는데 마땅히 그럴 만한 것이 없어서 하는 수 없이 초인종을 눌렀다. 잠시 후 문이 열렸다.

"누구세요?"

얼굴을 내민 사람은 젊은 여성이었다. 머리를 하나로 대충 묶고 민속 의상같이 생긴 헐렁한 옷을 입은 차림새였다. 화장은 안 했는데 상당한 미인이다. 나이 지긋한 미망인이 혼자 사는 줄로만 생각했던 유카리는 전혀 뜻밖의 주인 모습에 속으로 당혹스러워하면서 들고 온 자료를 내밀었다.

"부녀회에서 왔어요. 오늘 모임 자료예요."

"아아, 맞다. 그게 오늘이었지. 또 깜박했네."

말은 그렇게 하면서도 전혀 당황하는 기색이 없었다. 부녀회에 무단으로 결석하다니 사쿠라기에 사는 주민으로서는 있을 수 없는 소행이다.

"그럼 실례하겠습니다."

인사를 하고 가려는데 뒤에서 불러 세웠다.

"잠깐만. 자기, 진노 씨네 며느리 맞지? 여기까지 왔는데 들어와서 차나 한 잔 하고 가요."

돌아보니 여자는 대답도 듣지 않고 안쪽으로 먼저 들어가 버렸다. 시어머니는 아직 치과에서 돌아오지 않았을 시간이니 조금 있다가 집에 들어가도 상관없을 것이다. 다마나 미도리라는 여성에게 흥미가 생겼다. 유카리 주변에는 이렇게 개방적인 스타일의 여성이 없었다.

"실례합니다."

인사하면서 유카리는 안으로 들어가 신발을 벗었다.

"도모하고는 자녀회에서 자주 봤지. 걔네는 의사 집안이라 나하고는 거리가 있었지만. 그래도 어릴 때는 같이 잘 놀았는데."

거실로 들어와 다마나 미도리에게 커피 대접을 받았다. 커피를 잘 마시지 않는 유카리는 잘 모르지만 코나라는 이름의 하와이 커피라고 했다. 잘 익은 과일 향이 살짝 났다.

"도모는 사립중학교에 갔고, 내가 간 중학교도 사립이긴 했지만 여중이었으니까. 그래서 그 뒤로는 가끔씩 전철에서 마주치는 정도였지 뭐."

두 사람은 동갑내기인 모양이다. 다마나 미도리가 사쿠라기 주택가의 단독주택에서 나고 자란 것을 보면 그녀의 집안도 상당한 부자라는 뜻이다.

사쿠라기 지역은 1동에서 8동까지 있는데 그 안에서도 위아래가 있다. 역에서 가까운 1동에서 3동까지는 피라미드로 치자면 꼭대기에 해당한다. 1동에서 3동까지에는 대대로 사쿠라기에 사는 전통 있는 가문이 많고, 반대로 4동에서 8동까지에는 새로 이사 온 사람들, 특히 결혼하면서 집을 사서 들어온 핵가족이 많다. 미도리의 집은 3동에 있으니까 이 지역 중에서도 위쪽 부류에 들어간다. 물론 진노의 집도 마찬가지다.

"도모도 의사지? 자기도 힘들겠다. 나중에 애가 생기면 영재교육을 시켜서 의사로 만들어야 할 테니까."

"제가 아직 애가 없는 걸 어떻게 아세요?"

"애가 있으면 부녀회 모임에 나갈 시간이 없을 게 뻔하니까."

집은 큰데 아무래도 혼자 살고 있는 느낌이었다. 신기한 모양의

도자기와 인형들이 선반을 장식하고 있고, 벽에는 세계 각지의 풍경 사진이 걸려 있었다. 미도리가 찍혀 있는 사진도 있는 것으로 봐서 여행을 다니며 찍은 사진임을 짐작할 수 있었다. 사진을 보는 시선을 알아차렸는지 미도리가 설명해 주었다.

"여행이 취미라서. 1년 중 반은 외국에 있다고 봐야지. 가 본 나라가 100개도 더 될걸."

"대단하시네요. 전 신혼여행으로 하와이에 가 본 게 다인데."

순수하게 감탄하면서도 일은 어떻게 하는지 궁금해졌다. 무슨 일을 해서 먹고사는 걸까? 1년의 반을 외국에서 지내려면 비용이 만만치 않을 텐데.

벽에 걸린 사진들을 찬찬히 보고 있으려니 미도리가 부모님과 함께 찍은 것으로 보이는 사진을 발견했다. 어딘지 모르지만 역사가 있는 건물 앞에 셋이 나란히 서 있는 사진이었다. 유카리의 시선을 따라가던 미도리가 말했다.

"우리 부모님. 3년 전에 교통사고로 돌아가셨어. 고속도로에서 대형트럭이 졸음운전으로 사고를 내는 바람에."

"그랬군요……."

"즉사였대. 너무 갑작스러워서 난 뭐가 뭔지 몰랐지만."

당시 미도리는 도쿄에 있는 초등학교에서 교사로 일하고 있었고 약혼자도 있었다. 그러나 부모님의 사고 때문에 정신적으로 불안정해져서 약혼도 일방적으로 파기해 버렸다. 그 뒤로 슬픔에 잠겨 집 안에 틀어박혀 사는 생활이 계속되었던 모양이다.

"우리 부모님은 두 분 다 고위공무원이었거든. 그래서 집안에 돈도 꽤 있었고, 사고여서 보험금도 들어왔고. 게다가 이 집도 있으니까. 이만하면 나 하나 정도는 2, 30년 놀고먹어도 되겠다 싶어서 자유롭게 살기로 했지. 그러는 편이 정신적으로도 좋겠다 싶더라고."

갑작스러운 부모님의 죽음. 미도리는 웃으며 말했지만 아마 당시에는 말로 다할 수 없을 정도로 큰 충격을 받았을 것이다.

그래서 그런지 미도리에게는 인생을 달관한 사람 같은 분위기가 있었다. 부모님의 재산과 저택을 상속해서 그것만으로도 여유롭게 살 수 있는 생활. 남들이 부러워할 만한 처지지만 정작 그녀 자신은 그런 상황을 진정으로 즐기고 있는 것 같지 않았다.

"혹시 괜찮으면 다음에 밥이나 같이 먹어요. 난 친구가 없어서."

그렇게 말하며 미도리가 웃었다. 친구가 없다는 점은 나랑 똑같네. 그런 생각을 하면서 유카리가 물었다.

"일본에는 언제까지 있을 예정이에요? 외국에 또 나갈 거 아닌가요?"

"실은 대학 때 친구가 학원을 시작했는데 그걸 도와 달라는 부탁을 받았거든. 학원이 제대로 굴러갈 때까지 같이 좀 하자고 하는데 나로서는 아마 두세 달 정도가 한계일 것 같아."

남편이 야근 때문에 늦을 때 집에서 외출할 구실이 필요하던 참이었다. 다마나 미도리와 식사를 한다는 정도의 구실이면 충분히 시어머니에게 당당하게 이야기할 수 있을 것 같았다. 외출이 금지된 것은 아니지만 밤에 혼자 외출하겠다고 나서기는 영 눈치가 보였다.

"그래요. 조만간 식사 같이해요. 그런데 정말 저 같은 사람이어도 괜찮은 거예요?"

사쿠라기에 살면서도 자신이 진정한 이 동네 주민이 아니라는 사실을 언제나 절감했다. 나의 진정한 뿌리는 미에현의 촌구석. 울창한 숲이 주변을 둘러싸고 있는 그 마을이라는 열등감을 언제나 가지고 있었다. 게다가 그런 촌스러움에서 완전히 벗어나지 못한 상태라는 사실 또한 충분히 알고 있었다.

"당연하지. 얼마나 궁금한데."

"궁금해요? 제가요?"

"그럼. 난 도모가 당신하고는 완전히 정반대 타입의 여자랑 결혼할 거라고 생각했거든. 그런데 왜 도모가 당신을 선택했는지 이유를 알고 싶어."

그렇게 말하며 다마나 미도리라는 이름의 낯선 여자가 커피잔을 들어올렸다.

／／／

진노 도모아키. 마유미의 대학 한 학년 선배다.

마유미는 시즈오카현 후지에다시에서 태어났다. 부모님과 오빠, 그리고 마유미까지 4인 가족이었다. 고등학교 때까지는 후지에다에서 지내다가 도쿄에 있는 세이카 대학에 진학했다. 세이카 대학은 시부야구에 있는 사립대인데 부잣집 자녀들이 많이 진학하는 대학으로 알려져 있다.

입학식이 끝난 직후에 학생회 주최로 신입생 환영식이 열렸는데 그때 치어리딩 동아리가 한 치의 어긋남도 없는 칼군무를 하는 모습에 감동한 마유미는 그 자리에서 가입을 결심했다. 상하관계가 엄격했지만 중간에 포기하지 않고 매일 연습에 몰두했다. 댄스 연습은 즐거웠다.

각종 운동 경기의 응원에 동원되고, 거기에 춤과 응원가 연습까지 있어서 하루하루가 정신없이 바쁘게 흘러갔다. 입학한 지 1년이 지나고 2학년이 되었을 무렵에야 겨우 주변을 돌아볼 여유가 생겼다. 당시 마유미는 학교에서 가까운 여학생 기숙사에 살고 있었다.

여학생 기숙사는 아침저녁으로 식사도 나오고, 1층에는 세탁기도 있었다. 당연히 같이 사는 학생들끼리 많이 친해지게 되었다. 그곳에서 마유미는 한 학년 아래인 A를 만났다.

A는 안경을 낀 촌스러운 여자애였는데 기숙사 환영회 때 시즈오카현 누마즈시에서 왔다고 자기소개를 했다. 후지에다와 누마즈는 동서로 한참 떨어져 있기는 해도 같은 시즈오카현 출신이라는 점 때문에 마유미는 그녀에게 먼저 말을 걸었다.

그녀가 아직 동아리를 정하지 않았다는 사실을 안 마유미는 자기가 있던 치어리딩 동아리로 오라고 적극적으로 권유했다. 소극적인 그녀는 처음에 많이 주저했는데 조금씩 연습을 보러 오기 시작하더니 몇 번 와 보고는 가입하기로 결심했다.

그런데 전혀 예상치 못했던 일이 일어났다. 처음에는 신입회원 중에서도 거의 눈에 띄지 않던 A가 날이 갈수록 변신을 거듭했던 것이다. 검은 뿔테 안경을 콘택트렌즈로 바꿨고 화장을 하기 시작했다. 어느새 촌스러운 시골 출신 여자애가 세련된 여대생으로 바뀌었다. 그러고는 상당히 많은 1학년 회원 중에서도 외모와 춤 실력 모두 손꼽히는 존재가 되었다. 그런 A를 동아리에 들어오게 만든 마유미도 우쭐해지면서 그녀를 더욱 아끼고 챙겼다.

　치어리딩 동아리에 있는 여학생들은 남학생들 사이에서 인기가 많았고, 그래서 술자리에 오라는 초대도 많이 받았다. 각종 운동 동아리 사람들과 같이 마실 기회가 많았는데 야구팀, 축구팀, 미식축구팀하고 특히 교류가 많았다. 그중에서도 야구팀과는 제일 사이가 좋아서 팀원들끼리 사귀는 커플도 많았다. 마유미도 야구팀 사람들한테 사귀자는 소리를 여러 번 들었는데 당시는 다른 대학 사람과 연애 중이라서 정중하게 거절했다.

　진노 도모아키는 그 야구 동아리에 있는 한 학년 선배였다. 진노는 의대생에다 집안도 좋고 부자인 말 그대로 '엄친아'였다. 주변 사람들도 많이 따라서 4학년 선배들이 졸업하면 야구팀 주장 자리를 이어받을 것이라는 소문이 무성했다.

　마유미가 2학년 때인 가을이었다. A가 마유미에게 고민을 털어놓았다. 야구 동아리의 어떤 남자한테 고백을 받았는데 어떻게 하면 좋겠냐는 내용이었다. A는 그해 여름 무렵부터 축구 동아리에 있는 사람과 사귀기 시작한 상태였다. 마유미도 그 사실을 알고 있었다. 그 남자를 거절하고 싶은데 상대방의 자존심을 건드리고 싶지 않다는 것이었다. A는 자기에게 고백한 남자가 누구인지 말하지 않았지만 말하는 투나 이야기의 맥락으로 봐서 진노 도모아키가 아닐까 하고 마유미는 짐작했다. 그 사람이 아니라면 거절하는 데 이렇게까지 고민할 필요가 없을 테니 말이다. 당시 야구 동아리에서 고백받고 거절했다가 나중에까지 문제가 생길 법한 사람이라면 진노밖에 떠오르지 않았다.

그래도 거절하는 수밖에 없다. 그렇게 결론이 났고, 이야기를 끝냈다. 그 뒤로 두 사람 사이에서 그 이야기가 다시 나온 적은 없었다. 그래서 A가 부드럽게 잘 거절했고, 상대방도 알아들은 모양이라고 마유미는 생각했다.

그해 11월에 세이카 대학 축제가 열렸다. 캠퍼스 안에 노점들이 즐비하게 늘어섰고, 밤늦게까지 흥겨운 분위기가 가득했다. 물론 마유미가 있는 치어리딩 동아리도 축제에 참가했다. 걸어 다니기만 해도 여기저기 노점에 있는 사람들이 불러서 술과 음식을 사 주었다.

자정이 넘은 시간에도 여전히 캠퍼스 곳곳에 학생들이 종이컵을 들고 술파티를 벌이고 있었다. 슬슬 기숙사에 돌아가야겠다고 생각하다가 아까까지 함께 있던 A가 어디론가 사라지고 없다는 사실을 깨달았다.

조금 전까지 같이 움직이고 있었는데. 마지막으로 A를 봤던 건 야구팀이 장사하는 다코야키 노점 앞 간이의자에 앉아 술을 마시면서였다. 그때 그녀 옆에는 진노 도모아키가 앉아 있었다. A를 바라보던 진노의 눈빛이 생각났다. 술기운 때문인지 뭔가에 도취된 몽롱한 눈빛이었다. 그 눈초리가 묘하게 마음에 걸렸다.

불안감에 안절부절못하던 마유미는 혼자서 온 캠퍼스 안을 돌아다녀 봤지만 어디서도 A를 찾을 수가 없었다. 혹시나 싶어 여학생 기숙사로도 가 봤는데 아직 돌아온 기색이 없었다. 다시 대학으로 돌아가 여기저기 찾아다녔다. 동아리방에 있나 싶어 본관 뒤편에 있는 학생회관 건물로 향했다. 학생회관은 동아리 방들이 모여 있는 건물이었기 때문에 야구 동아리와 치어리딩 동아리방도 거기 있었다. 축제 기간이어서인지 한밤중인데도 많은 학생이 학생회관에 드나들고 있었다. 만취해서 인사불성으로 부축되어 오는 사람도 있었다.

학생회관 입구 쪽으로 가려는데 마유미의 눈에 그림자가 보였다. 학생회관 옆 나무숲 속에서 한 남자가 걸어 나오고 있었다. 마유미는 자기도 모르게 기둥 뒤쪽으로 몸을 숨겼다. 숲에서 모습을 드러낸 남자의 옆얼굴이 틀림없이 진노 도모아키였기 때문이다.

진노가 이쪽을 향해 걸어오기 시작해서 마유미는 기둥 뒤에서 숨을 죽이고 있었다. 옆으로 지나칠 때 본 그의 얼굴은 약간 상기된 듯 불그스레했다. 불길한 예감이 들었다. 진노가 완전히 보이지 않을 때까지 기다렸다가 마유미는 그가 방금 나온 나무숲으로 들어가 보았다.

안은 어두컴컴했다. 잔가지를 밟는 자신의 발소리가 너무 크게 들렸다. 5미터가량 안쪽으로 걸어갔더니 보일러실로 보이는 콘크리트 건물이 있었다.

건물 뒤편에서 콘크리트 벽에 몸을 기대고 있는 A를 발견했다. 눈물을 흘리면서 숨을 헐떡거리고 있었다. 무슨 일을 당했는지 한눈에 알아차릴 수 있었다. 마유미의 발소리를 들었는지 이쪽으로 눈길을 돌렸다. 넋이 나간 표정이었다.

"나야, 마유미. 알아볼 수 있지?"

그렇게 말하면서 그녀 곁으로 다가가 어깨를 감싸 안았다. A는 공포에 질려 싸늘하게 식은 몸을 사시나무 떨듯 떨고 있었다.

마유미도 너무 흥분된 상태였기 때문에 그 뒤의 기억은 애매하게 남아 있다. 어떻게 기숙사까지 돌아왔는지 기억나지 않았지만 정신을 차려 보니 여학생 기숙사의 자기 방에 있었다. A는 자기 방에 콕 틀어박혀서 며칠 동안 얼굴을 보이지 않았다. 그런 A의 승낙 없이 경찰에 신고할 수도 없어서 마유미는 그저 지켜보고 있을 수밖에 없었다.

대학 축제의 밤으로부터 열흘가량 지났을 무렵 기숙사 복도에서 A와 마주쳤다. 잠시 휴학할 예정이라고 했다. 일을 크게 키우고 싶지 않으니 그날 밤 있었던 일은 그냥 함구해 달라고 했다. 마유미로서는 그 부탁대로 하는 수밖에 없었다. 며칠 후 마유미가 학교에 가 있는 동안 A는 소리 소문 없이 여학생 기숙사에서 짐을 뺐다. 휴학하고 지방에 있는 부모님께 간다고 했다.

그 후로 마유미는 A를 보지 못했다. 마유미가 대학을 졸업할 때까지 A는 복학하지 않았고, 그대로 학교를 그만두었다는 소문도 있었다. 이쪽에서 먼저 연락해 보기도 좀 껄끄러웠다. A의 사건은 지금껏 마유미의 마음속에 응어리로 남아 있었다.

"……158번, 158번 손님 안 계세요?"

번호를 부르는 소리에 정신이 들어 마유미는 고개를 들었다. 자기가 입원했던 병원 약국이었다. 세타가야 사쿠라기 기념병원이라는 종합병원이다. 번호표를 봤는데 자기 번호는 아니었다. 처방전을 받은 사람들이 벤치에 앉아 기다리고 있었다.

조금 전에 회사에 전화를 걸어 진단 결과를 알렸다. 과장은 마유미의 상태도 염려해 주었지만 동시에 〈홍보 도하츠〉의 마감도 걱정되는 모양이었다. 히무라 씨가 다쳐서 일하기 힘들 것 같으면 이번 달은 다른 사람 시킬까? 과장의 그런 제안을 마유미가 거절했다. 〈홍보 도하츠〉의 편집만큼은 온전한 자기 일이라고 생각했기 때문이다.

여사원들은 홍보과에서 제대로 대접받지 못한다. 대외적인 홍보 활동은 주로 남자 사원들이 맡고 여사원들은 그저 보조역할을 할 뿐이다. 마유미도 예외는 아니었다. 평소에는 남자 사원들이 진행하는 업무의 보조, 즉 자료 복사나 물품 수배 같은 일을 매일 하고 있었다. 그런 마유미가 자기 재량으로 하는 유일한 업무가 〈홍보 도하츠〉였다.

다행히 크게 다치지도 않았고 인터뷰에 대한 기억도 선명하게 남아 있다. 오늘은 이대로 귀가해서 집에서 인터뷰 기사를 작성해 버려야겠다. 그런 생각을 하고 있었다.

"마유미짱."

자기를 부르는 목소리에 얼굴을 들었다. 복도 맞은편에서 흰 가운을 입은 의사가 다가왔다. 진노 도모아키였다. 마유미의 몸이 긴장으로 뻣뻣하게 굳었다. 도모아키가 마유미 바로 옆으로 와서 "옆에 잠깐 앉아도 되지?" 하고 물었다. 거절할 이유가 없었다. 게

다가 도모아키는 마유미의 담당 의사다. 하는 수 없이 끄덕였다.

"네."

"아까는 놀라게 해서 미안해."

도모아키가 사과했다.

"그래도 모르는 척하는 것도 이상하잖아. 우리가 모르는 사이도 아니고. 간호사가 자꾸 물어보는 바람에 진땀을 뺐네."

아까 병실에서 도모아키가 아는 척을 하자마자 마유미는 그 자리에 얼어붙어 버렸다. 진노 도모아키라는 이름을 어떻게 잊어버리겠어? 내 후배한테 그런 짓을 한 놈인데. 이 자가 한 짓은 결코 용서받을 수 없는 행위다.

"마유미짱은 지금 어디에서 일해?"

무시하고 싶었지만 너무 퉁명스럽게 대해서 기분을 상하게 만들어도 귀찮아질 것 같았다. 마유미가 대답했다.

"도하츠 자동차요. 홍보 일을 하고 있어요."

"대기업이네. 대단한데."

"고맙습니다."

약간은 자존심이 섰다. 치어리딩 동아리는 대외적인 이미지가 좋아서인지 마유미가 대학생 때만 해도 상당히 좋은 곳에 취업할 수 있었다. 마유미의 졸업 동기생은 아홉 명이었는데 그중 두 명은 항공사 객실 승무원이 되었고, 나머지 대부분은 대기업에 들어갔다. 마유미도 한때는 항공사에 들어갈까 생각한 적이 있었지만 영어에 자신이 없어서 마음을 접었다. 그래도 지금 있는 도하츠에 들어오길 잘했다고 마유미는 생각하고 있다.

"아, 맞다. 도하츠 야구팀이 이 근처 대학 그라운드를 쓰고 있었지. 혹시 그 관계로 여기 온 거야?"

"아, 네. 야구팀에 취재할 일이 좀 있어서요."

"마유미짱 열심히 사는구나. 그 대단한 도하츠에서 홍보 일을 하다니 굉장한데."

칭찬을 들으니 싫지는 않았다. 하지만 어딜 보더라도 대기업 홍보팀 사원보다 정형외과 의사가 훨씬 대단하다. 이 남자가 타는 차는 절대 도하츠가 아니라고 단언할 수 있다. 보나마나 독일제 고급 차일 것이다.

"마유미짱은 오노라고 기억하는지 모르겠네. 우리 동기 중에서 쇼트 수비를 맡던 놈인데 그 녀석이 도하츠에 있다고 했거든. 어디 전시장에서 일한다고 작년에 술자리에서 말하던데. 혹시 본 적 있어?"

그런 사람은 알지도 못하고 흥미도 없다. 마유미가 가만히 있었더니 도모아키가 말했다.

"아, 미안. 도하츠 정도면 큰 회사인데 어떻게 다 알겠어, 그렇지? 괜히 나만 신나서 귀찮게 굴었네. 미안해. 갑자기 옛날 생각이 나서 그랬어."

"……162번, 162번 손님 이쪽으로 오세요."

번호표를 봤다. 마유미의 번호였다. 막 일어서려는데 순간 눈앞이 핑 돌더니 휘청거리며 제자리에 도로 주저앉았다.

"왜 그래? 괜찮아?"

"……네. 잠깐 현기증이 난 것 같아요."

"아까도 말했지만 뇌에 충격을 받은 경우는 이상 증세가 바로 나타나지 않는 수도 있어. 잠깐만 여기서 기다려 봐."

도모아키는 그렇게 말하고는 마유미의 손에 쥐어져 있던 번호표를 들고 약국 쪽으로 갔다. 약제사와 뭔가 이야기를 잠시 나누더니 하얀 비닐봉지를 손에 들고 돌아왔다.

"수납 쪽에 얘기하고 왔어. 이건 파스니까 아픈 곳이 있으면 붙이도록 해."

"아니, 저 돈 낼게요."

"걱정하지 말고. 택시 타는 데까지 바래다줄게. 자, 천천히 일어나 보자. 서두르지 말고 천천히."

손목을 잡혔다. 게다가 등도 부축 당한 상태에서 마유미는 일어섰다. 이번에는 현기증이 나지 않았다.

"이제 괜찮아요."

그렇게 말했는데도 도모아키는 손을 놓지 않았다.

"천천히 걸어 보자."

그의 부축을 받은 상태로 로비를 가로질러 정면 현관을 통해 밖으로 나갔다. 바로 앞에 택시 정류장이 있었고 제일 앞에 정차해 있던 택시 뒷문이 열렸다. 옆에서 부축해 주던 도모아키가 말했다.

"조금이라도 이상하다 싶으면 바로 병원에 가야 해. 여기가 아니더라도 근처 아무 병원이나 상관없으니까."

택시 뒷자리에 탔다. 핸드백과 파스가 들어 있는 봉지를 받았다. 문이 닫히고 택시가 출발했다. 창밖에서 도모아키가 손을 흔들고 있었다. 마유미는 어색한 웃음을 지으면서 가볍게 고개를 숙였다.

"……어디로 모실까요?"

택시 운전사의 목소리에 정신이 들어 겨우 대답했다.

"에비스로 가 주세요."

계속 잡혀 있던 손목에 아직도 그 남자의 감촉이 남아 있었다. 평소 습관대로 그의 왼손 약지를 보고 말았다. 그 손가락에는 결혼반지가 없었다.

미치겠다. 마유미는 한숨을 쉬었다. 세상에서 제일 마주치기 싫은 남자에게 도움을 받다니.

/ / /

저녁 메뉴는 시어머니가 만든 탕수육과 유카리가 만든 샐러드였다. 시아버지와 남편도 한 테이블에 앉아 맥주를 마시고 있었다.

"가루이자와로 버스여행이라니, 정말 멋지겠다. 지난번 하코네도 좋았지만 역시 가루이자와가 제격이지."

저녁식사 때 말하는 사람은 주로 시어머니이고 나머지 세 사람은 듣고만 있는 경우가 대부분이다. 물론 시아버지와 남편이 세이카 대학 부속병원의 내부 사정에 대해 이야기할 때도 가끔 있다. 대개는 무슨 괴외 어느 의사가 어느 과로 이동했다거나 누가 새로 개원한다거나 하는 이야기였다.

"그러고 보니까 아시가와 씨네 둘째 아들이 도쿄대학에 합격했다던데.”

　시어머니가 하는 이야기는 대부분 동네 사람들에 대한 소문이다. 시어머니의 정보망이 얼마나 대단한지는 들을 때마다 놀라는 부분이다. 바깥출입을 별로 하지 않는 사람이어서 온종일 집 안에 있는 경우도 많은데 어디에선가 새로운 소문을 듣고는 식사 때마다 알려주곤 한다.

　“올해 버스여행도 기대되네.”

　화제가 다시 아까 이야기로 돌아왔다.

　“너도 같이 갈 거지? 회람판이 오면 너도 참가하는 걸로 표시해 둘게.”

　“네 어머님. 그럴게요.”

　사실은 가고 싶지 않았다. 하지만 시어머니가 그렇게 말하는데 거역할 수는 없다. 시어머니 입장에서 보면 며느리를 데리고 여행에 참가해야 역시 진노 씨네 집안은 고부간에도 사이가 좋다는 칭송을 들을 것이기 때문이다.

　“오늘 부녀회는 어땠니? 결석한 사람은 없었지?”

　“네에……. 그런데 프린트물이 좀 남은 것 같던데요.”

　“보나마나 뒤쪽 동네 사람들이지 뭐. 하긴 그쪽은 맞벌이가 많은 모양이니까 어쩔 수 없겠구나.”

　뒤쪽 동네 사람들. 사쿠라기 1동에서 8동까지 중에서 뒤쪽 반을 가리키는 말이다. 젊은 핵가족이 많아서 주민회나 부녀회 활동에 별로 적극적으로 참여하지 않는 사람들이다. 그렇지만 자녀회를 통해 교류하게 되니까 어차피 나중에는 사쿠라기 지역의 분위기에 익숙해지리라고 예상되었다.

"너는 오늘 좀 늦게 들어온 것 같던데 어디 들렀다 왔니?"

"네. 부녀회 총무님이 부탁하셔서 심부름을 하고 왔어요."

부녀회 자료를 3동에 사는 다마나 미도리의 집에 전해 주고 왔다고 설명했다. 집 안으로 들어가서 이야기를 하다 온 일까지 말하지는 않았다. 며느리의 설명을 들은 시어머니가 말했다.

"참, 그 집안도 큰일을 치렀지. 벌써 3년이 다 되어 가는구나. 그 집 딸은 어디 초등학교에서 교사로 일하고 있었는데 그 사고 이후로 그만뒀다지 아마. 도모아키하고 동갑내기일걸."

유카리가 옆에 앉은 남편 얼굴을 힐끗 쳐다봤는데 남편의 눈은 TV 퀴즈 프로에 고정되어 있었다. 시어머니가 하는 이야기는 귀에 들어오지도 않는 표정이었다.

"다마나 씨네 딸은 아직 결혼도 안 했을 거야. 어서 좋은 사람 만나서 시집을 가야 할 텐데. 도모아키, 너네 병원 의사 중에 괜찮은 사람 없니?"

뜬금없이 질문을 받은 도모아키가 젓가락을 든 채로 물었다.

"네? 갑자기 무슨 얘기예요?"

"다마나 씨네 딸 말이야. 자녀회에서 같이 놀았잖아."

"그걸 어떻게 다 기억해요? 그게 언제 적 일인데."

그렇게 말하더니 도모아키는 탕수육의 고기 한 점을 젓가락으로 집어서 입에 넣었다. 약간 편식을 하는 남편은 채소류를 별로 먹지 않고 고기와 생선을 좋아하는 편이다. 그걸 아는 시어머니는 아들 그릇에 고기를 더 많이 덜어 주었다.

얼마 후 저녁식사를 마친 남편이 먼저 별채로 갔다. 시아버지는 TV 앞에서 석간신문을 읽고 있었다. 시어머니와 함께 설거지를 끝낸 다음 유카리도 별채로 돌아왔다. 남편은 아까 보던 퀴즈 프로를 계속 보는 모양이었다.

"여보, 그 다마나 씨라는 분하고는 어렸을 때 사이가 좋았어요?"

"당신까지 왜 그래? 그냥 근처에 살면서 알고 지내던 사이였지. 그 여자가 왜?"

"아니, 오늘 잠깐 같이 얘기를 했거든요."

어딘지 모르게 인상이 강한 여자였다. 부모님의 유산으로 자유롭게 사는 여자. 세상사를 초월한 듯한 분위기에 유카리가 이제껏 거의 만난 적이 없는 타입의 사람이었다.

"이 동네는 자녀회 활동이 꽤 활발하거든."

남편이 화면에 시선을 고정한 채 설명했다.

"소풍이니 바비큐 파티니 수시로 행사가 있단 말이야. 나도 어릴 때부터 그런 행사에 억지로 참가해야 했고, 다마나 미도리도 마찬가지였고. 그냥 그런 거야."

그런데 그녀는 '도모'라고 남편을 친근하게 불렀다. 남편을 '도모'라고 부르는 사람은 처음이었기 때문에 상당히 의외였다. 물론 어릴 때는 모두가 그렇게 불렀을 가능성도 있다.

"내일은 좀 늦을 것 같아. 마츠모토랑 한잔하게 될지도 모르겠어서."

"알았어요."

남편은 술을 마시고 오면 꼭 오차즈케를 찾곤 한다. 그 오차즈케를 만들어 주는 것이 유카리의 일이다.

나는 남편한테 어떤 존재일까? 가끔씩 그런 생각이 든다. 아내라는 말이 정답이겠지만 솔직히 자기가 아내 역할을 제대로 하고 있는 것 같지는 않았다. 아내도 아니고 어머니도 될 수 없고. 차라리 동거인, 아니 하녀라고 하는 편이 좀 더 맞는 것 같았다. 도모아키의 시중을 드는 하녀.

유카리는 계단을 올라 2층에 있는 침실로 갔다.

/ / /

"늦어서 미안!"

마유미가 시나가와 역 근처에 있는 레스토랑에 들어섰을 때 상대는 벌써 테이블에 앉아 기다리고 있었다. 가메야마 유코라는 이름의 대학 동창인데 치어리딩 동아리의 동기이기도 하다. 아직 결혼하지 않은 미혼 동지 중 하나다.

"웬일이야? 네가 늦는 경우도 다 있네."

"그게 그렇게 됐어."

사실 오늘은 〈홍보 도하츠〉의 마감일이어서 오후 5시까지 인쇄회사에 최종 작업물을 넘기기로 되어 있었다. 마유미는 작업을 제때 끝냈는데 그것을 확인하고 승인을 내야 하는 과장이 자리에 없었다.

"……알고 보니까 업무시간에 회사 근처에 있는 카페에서 느긋하게 커피를 마시고 있더라고. 그 때문에 내가 인쇄회사에 죄송하다고 고개 숙이고, 일은 제시간에 끝내지도 못하고 말이야. 아주 속이 뒤집히는 줄 알았어.”

“어디나 마찬가지야. 무능하고 무책임한 상사 때문에 밑에 있는 사람들만 죽어나지.”

유코는 대형 출판사에서 일하고 있다. 지금은 유아용 교재 파트를 맡고 있다.

“그나저나 너 그때 선 본 사람은 어땠어? 괜찮았어?”

“괜찮기는! 완전 꽝이었지. 얼굴 본 지 3분 만에 답이 나오더라.”

“그러니까 내가 말했잖아. 그런 식으로는 못 만난다니까.”

유코와 마유미는 둘 다 미혼이라는 점에서 상황은 매우 비슷하지만 그 처지를 받아들이는 방법이 전혀 달랐다. 가령 두 사람이 무인도에 표류하게 된다면 마유미는 어떻게든 구조를 받기 위해 지나가는 배를 향해 팔을 흔들기도 하고 불을 지펴 연기를 내서 신호를 보내려고 안달하는 타입이다. 반대로 유코는 처음부터 구조에 대한 희망을 버리고 무인도에서 어떻게 하면 조금이라도 더 잘 살아갈 수 있을지 궁리할 사람이다. 그러니까 지금 같은 상황에서도 유코는 결혼을 거의 포기한 상태로 자기 인생을 즐기자는 쪽이다.

“뭐하러 남자한테 매달려? 어차피 바람이나 피울 텐데.”

유코가 냉정하게 말했다. 그녀는 20대 때 6년 넘게 사귄 애인과 헤어진 일로 남성 불신에 빠져 버렸다. 그 남자는 유코와 사귀는 내내 양다리를 걸치고 있었다고 했다.

"만남은 교통사고 같은 거야. 딱 맞부딪쳐야 하는 거지 이쪽에서만 돌진해 나간다고 되는 게 아니라고. 오히려 상대방은 아이쿠 하고 도망쳐 버리지. 아 참, 이거 선물이야."

그러면서 유코가 종이백을 내밀었다. 찐빵이었다. 종이백에는 성城 그림이 프린트되어 있었다.

"주말에 오카야마 다녀왔거든. 너 주려고 거기서 샀지."

이 그림은 그럼 오카야마 성인가? 전국에 있는 전국시대 무장들의 성과 신사와 사찰을 찾아다니는 것이 유코의 취미다. 휴일이면 열차 시간표를 벗 삼아 가볍게 나서는 모양이다. 이 정도로 푹 빠질 수 있는 취미가 있다는 게 솔직히 무척 부러웠다.

"잘 먹을게."

마유미는 일단 고맙다고 한 다음 아까 하던 얘기를 다시 이어 갔다.

"아무리 그래도 내년이면 우리 나이 서른다섯이야. 다시 한 번 말할게. 서른다섯이라고. 이게 믿어지니? 아직 결혼도 못했는데. 그 시절로 돌아가서 가르쳐 주고 싶다니까."

"그 시절로 돌아가다니?"

"치어걸 시절 말이야. 다들 서른 전에 당연히 결혼하고 애도 낳을 거라고 철석같이 믿고 있었잖아."

"하긴 그랬지."

유코도 수긍했다.

"나도 그때는 그렇게 생각했으니까. 우리 집은 부모님이 다 공무원이어서 나도 그런 안정적인 직업을 가진 사람하고 결혼하겠구나 싶었지. 하지만 어쩔 수 없잖아. 현실적으로 우린 아직 미혼이니까."

"그야 그렇지만……."

"우린 이제 아줌마야. 아줌마라고."

"와, 그건 정말 싫다."

"지난번에 우리 회사 상사가 자기 아들 결혼 상대를 구하고 있다는 얘기가 나왔는데 20대 여자를 찾는다는 거야. 왜 꼭 20대여야 하냐고 물었더니 서른 넘으면 애를 못 낳지 않느냐고 하더라고. 속이 뒤집힐 일이지만 그게 바로 세상 남자들의 인식이라는 거지."

주문했던 음식이 나와서 먹기 시작했다. 먹는 동안에도 이야기는 끊이지 않았다. 대개는 회사에 대한 불평과 치어리딩 동아리의 동기, 선배, 후배들의 근황이었다. 누구는 애를 낳았다거나, 누구는 집을 샀다거나 하는 그런 이야기들이다. 유코하고는 얼굴을 자주 보는데 그래도 이야깃거리가 끊어질 일은 없었다.

정신을 차려 보니 벌써 밤 10시가 넘었다. 음식 값을 계산하고 밖으로 나왔다. 유코는 여기서 걸어갈 수 있는 거리에 살고 있어서 레스토랑 앞에서 헤어졌다. 마유미는 집에 가는 회사원들로 북적이는 야마노테 선을 타고 에비스에서 내렸다. 마유미는 에비스 역에서 걸어서 10분 거리에 있는 아파트에 살고 있다.

도하츠 본사는 가미오사키에 있어서 예전에는 본사 근처에 살았는데 스물여덟 때 에비스에 있는 아파트로 이사했다. 월급이 나름 올라서 생활에 여유가 생긴 것이 이사한 이유였다. 방 한 칸에 부엌과 거실이 있는 아파트다.

　아파트 입구에 들어서서 우편함에 들어 있던 우편물들을 꺼내고 있는데 갑자기 뒤에서 부르는 소리가 들렸다.

　"마유미짱, 잘 있었어?"

　뒤돌아보았다. 눈앞에 서 있는 인물의 얼굴을 본 마유미는 그 자리에서 굳어 버렸다. 진노 도모아키였다. 양복 차림이었다. 어째서 이 남자가 여기 있는지 도무지 알 수가 없었다.

　"어, 어째서……?"

　마유미는 마음속에 피어오르는 두려움을 느끼면서 자기도 모르게 뒷걸음질 쳤다. 등이 벽에 닿았다. 도모아키는 술을 마셨는지 볼 언저리가 살짝 불그스레했다. 겸연쩍은 표정으로 그가 말했다.

　"마유미짱, 미안해. 놀라게 할 생각은 없었어. 정말이야."

　"어떻게…… 어떻게 여기를 알고……."

　그렇게 말하다가 짐작 가는 점이 떠올랐다. 어제 그가 일하는 병원에서 진찰을 받았다. 당연히 의료보험증을 제시했는데 거기에는 마유미의 이름과 주소가 나와 있다. 병원에서는 반드시 그것을 기록해 놓았을 것이다.

　"마유미짱, 부탁인데 잠깐만 시간 좀 내줄 수 있어? 내가 마유미짱한테 꼭 하고 싶은 이야기가 있는데. 정말 중요한 얘기야."

　도모아키가 진지한 표정으로 말했다.

　"고마워. 시간 내줘서."

　종업원이 갈 때까지 기다렸다가 맞은편에 앉은 도모아키가 고개를 숙였다. 두 사람 앞에는 커피잔이 놓여 있었다. 아무리 그래도 집 안으로 들일 수는 없어서 근처에 있는 패밀리 레스토랑으로 자리를 옮겼다. 창가 쪽의 박스 자리였고, 가게 안은 반쯤 차 있었다.

중요한 얘기. 그렇게 말하는데 거절할 수가 없었다. '그 얘기'가 아닐까? 마유미는 막연히 그렇게 생각했다.

"내가 3학년 때 대학 축제 날 밤이었지. 학생회관 앞에서 너를 만났는데. 기억나지?"

어떻게 잊어버리겠는가? 그날 밤 이후로 계속 도모아키를 멸시해 왔다. A가 입을 닫은 채 학교를 떠나 버리고 말았기 때문에 그의 비열한 행위에 대해서는 마유미 혼자서만 알고 있었다. 학교에서 도모아키와 마주치는 일이 가끔 있어도 예전처럼 해맑게 대할 수 없었고 마유미 자신도 되도록 야구 동아리와의 술자리에는 끼지 않도록 조심했다.

"너무 그립다. 벌써 10년이나 지났네."

도모아키가 이야기를 계속했다.

"마유미짱도 기억하겠지만 우리 야구팀이랑 치어리딩팀은 사이가 좋았잖아. 같이 술 마시는 일도 많았고. 진짜 재미있었는데."

실제로 두 팀원들끼리 사귀는 커플도 많았다. 마유미의 동기 중에도 그 무렵에 야구팀 남자와 사귀던 사람이 적어도 세 명은 된다.

"이래 봬도 그때 난 정말 바빴거든. 공부도 해야지, 야구 연습도 빠지면 안 되지, 연애할 시간이 없을 정도였는데 그래도 사실 좋아하는 애가 있었어. 그 애는 나를 거들떠보지도 않았지만."

도모아키는 의대생이었다. 그 사실 하나만 가지고도 어떤 환경에 있었는지 짐작이 간다. 그가 얼마나 공부를 해야 했는지 문과생이었던 마유미는 상상도 할 수가 없다.

"그래서 저한테 할 얘기라는 게 뭐예요?"

집에까지 찾아와서 굳이 해야 할 이야기라면 아마 그 일이겠구나 하는 확신이 들었다. 도모아키는 앞에 있던 커피잔을 옆으로 치운 다음 이야기를 시작했다. 긴 이야기였다.

"3학년 여름방학이 시작되기 전에 어떤 여자애한테 데이트 신청을 받았어. 치어리딩 동아리의 1학년이었지. 하지만 난 공부하느라 정신이 없었고, 솔직히 그때 좋아하는 사람이 따로 있어서 그 데이트 신청을 받아들일 수가 없었지. 그래서 미안하다고 정중하게 거절했어.

그 애는 눈물까지 보이지는 않아도 충격을 좀 받은 것 같더라고. 하지만 그 후에도 야구시합 뒤풀이 자리에서 얼굴을 보기도 했고, 아무 일이 없었던 것처럼 말을 섞기도 했어. 그러다가 11월 대학 축제 때가 되었지.

마침 중요한 리포트를 끝낸 후라 고삐가 풀리는 바람에 평소보다 술을 훨씬 많이 마셨어. 기억은 잘 나지 않는데 정신을 차리고 보니 그 애랑 같이 있더라고. 여름에 데이트 신청을 받았는데 거절했던 그 애. 마유미짱 짐작대로 네가 그때 아끼던 1학년생 말이야.

야구팀 애들이랑 치어리딩팀 애들까지 여럿이 마시면서 신나게 떠들던 것까지는 기억하고 있어. 그런데 거기서부터 어떻게 되었는지 기억이 오락가락하는데 어느새 그 애랑 손을 잡고 걷고 있었어. 우리는 자연스럽게 학생회관 뒤편으로 향했지. 보일러실 뒤쪽에 눈에 띄지 않는 어두운 사각지대가 있어서 거기로 들어갔어.

우린 어느새 키스하고 있었어. 잔뜩 취해서였겠지. 그러다가 난 그 애의 몸 위로 쓰러졌어. 일이 끝난 후에 그 애가 우는 소리가 들리더라고. 왜 우는지 난 도무지 이해가 되지 않았어.

미안하다고 했지. 사과할 수밖에 없잖아. 그런데 말이야, 잘 봤더니 그 애는 우는 게 아니었어. 웃고 있더라고.

깜짝 놀랐지. 뭔가 무서워져서 난 그저 넋 나간 사람처럼 그 애를 쳐다보고만 있었어. 그랬더니 그 애가 그러더군.

선배, 이젠 저랑 사귀는 거죠?

무슨 소리인가 싶었지. 그야 물론 나랑 그 애는 뭐…… 그렇게 된 건 사실이지만. 난 다시 미안하다고 했어. 그럴 수밖에 없었지. 그런데 아무리 사과해도 그 애는 꿈쩍도 하지 않더라고. 너무 무서워서 일단 자리를 피해야겠다 싶었어.

나무숲에서 나와서 막 걸어가려는데 학생회관 기둥 뒤에 숨어 있는 사람이 보였어. 너라는 건 금방 알았지만 난 일단 그 자리를 벗어나는 데 급급했지.

혹시라도 그 애가 일방적으로 당했다고 경찰에 신고하면 어쩌지? 그런 생각에 전전긍긍하면서 지냈어. 하지만 그 애는 학교에 다시 오지 않았지. 휴학했다는 소문을 나중에 듣고는 솔직히 가슴을 쓸어내렸어.

마유미짱, 나를 좀 믿어 줘. 이런 얘기를 누구한테 하는 건 처음

이야.”

“그런 얘기를…… 갑자기 하시면…… 그렇다고 어떻게 바로 믿어요?”

도모아키의 긴 이야기가 끝났다. 갑작스러운 고백에 마유미는 많이 놀랐다. 술 취한 상태에서 합의하에 한 행위. 도모아키는 그렇게 주장하고 있었다. 마유미가 상상했던 상황과는 전혀 달랐다.

“네가 그 애랑 사이가 좋았다는 건 알고 있었고, 무엇보다도 그날 밤 너는 내 얼굴을 본 사람이잖아.”

“전 숨어 있었는데요.”

“아주 잠깐 네 옷이 보였거든. 그날 네가 입고 있던 옷이었지.”

마유미도 약간은 술이 들어간 상태였다. 완벽하게 숨은 줄 알았는데 사실은 들켰던 것이다.

“네가 병원에 실려 온 걸 보고 속으로 많이 놀랐어. 이런 식으로 다시 만나게 될 줄은 꿈에도 생각하지 못했으니까. 너를 보고 있으니까 그 애가 떠올랐어. 오랫동안 머릿속에 봉인해 놨던 기억이지. 그러다 이런 생각이 들더라고. 넌 그 뒤로도 계속 오해하며 살아왔겠구나 하고. 그날 밤 이후로 나를 피해 다녔다는 건 나도 알고 있었어. 그걸 모를 정도로 둔하지는 않았으니까.”

피해 다녔던 것은 사실이다. 당연하지 않은가. 아끼는 후배한테 몹쓸 짓을 한 남자다. 아무 일 없었던 것처럼 대할 수는 없었다.

“하지만…….”

마유미가 기억을 떠올렸다.

“그 애한테 얘기를 들은 적이 있어요. 고백을 받았는데 난처한 상황이라고. 어떻게 하면 좋겠느냐는 상담을 저한테 했어요. 그 당시 축구팀 사람하고 사귀기 시작했을 때였던 걸로 아는데…….”

“그 아이가 혼자 지어낸 건 아니고? 나한테 거절당하고 복수심에 다른 남자랑 사귀기 시작했겠지. 그것만으로는 성이 안 차서 엉뚱한 얘기를 상담이랍시고 너한테 하고. 보기보다 자존심이 강한 애였으니까. 한창 콧대가 높아진 상태였다는 건 너도 알고 있었을 텐데.”

그 말에는 수긍할 수밖에 없었다. 수수하고 소극적이던 여자애가 대학에 와서 치어리딩 동아리에 들어오더니 완전히 새로 태어난 사람처럼 변신했다. 주위 남자들이 정신을 못 차리고 추켜세우는 바람에 약간은 우쭐해진 부분도 있었을 것이다.

화장을 하고 예쁜 옷을 입기만 해도 나를 보는 주위 남자들의 시선이 달라지는구나. 그 사실을 알게 된 그녀는 야구팀 선배를 의식하기 시작했다. 의대생에다 야구팀 차기 주장감이라 불리는 엘리트다. 지금의 나라면 이 사람이랑 사귈 만하지 않을까? 그래서 덤볐는데 어이없이 거절당했다. 그래도 그녀는 포기하지 않았다.

“그 애가…… 설마 그런 짓을…….”

“진짜라니까. 너도 한번 생각해 봐. 아무리 취한 상태였다고 해도 우리 학교 캠퍼스 안에서 여자를 덮치는 미친 짓을 내가 했겠어?”

“하지만 실제로 그렇게…….”

“그 부분은 아까도 설명했잖아. 둘 다 잔뜩 취했고, 그쪽에서 먼저 시작한 거라고. 그런 게 아니라면 내가 왜 그랬겠어.”

볼이 살짝 상기되어 있었지만 도모아키는 진지한 표정이었다.

그 말을 듣고 있다 보니 믿을 만하다는 생각이 들기 시작했다. 당시 대학에서 알려진 진노 도모아키라는 사람의 평판만 봐도 여자를 일방적으로 성폭행할 남자가 아니었을 것 같았다. A의 웃음소리, 남자 앞에서 끼를 부리는 것 같은 웃음소리가 어디선가 들려오는 듯했다.

"이제 와서 내 말을 다 믿으라고 하지는 않을게. 그래도 마유미 짱에게만큼은 꼭 이 이야기를 해 두고 싶었어."

거짓말하고 있는 사람처럼 보이지는 않았다. 하지만 도대체 어느 쪽이 진실이란 말인가? 그것을 알 방법은 없을 것 같았다. 오랫동안 피해자라고 생각해 온 그녀와 연락을 취할 방법이 없으니 말이다.

"마유미짱, 잠깐만."

도모아키가 이쪽을 향해 상반신을 숙이며 작은 소리로 속삭였다.

"왜요?"

"놀라지 말고 자연스럽게 살짝 뒤를 돌아봐 봐. 가게 입구 쪽 테이블에 남자 하나가 앉아 있는데 담배를 피우면서 신문을 읽고 있거든. 그 남자가 아까부터 계속 이쪽을 힐끗거리는 게 아무래도 마유미짱을 살피는 것 같단 말이야."

가게 안을 돌아보는 척하면서 입구 근처 테이블 쪽을 흘깃 보았다. 도모아키의 말대로 신문을 든 남자가 앉아 있었다. 검은색 옷에 나이는 40대 정도로 보였다. 처음 보는 얼굴이었다. 너무 빤히 쳐다보면 들킬까 봐 시선을 다시 돌렸다. 도모아키가 물었다.

"봤어? 아는 사람이야?"

"아니요. 처음 보는 사람인데요."

"그래? 아까부터 자꾸 이쪽을 힐끗거리면서 너를 보던데. 내가 잘못 본 거면 다행이고."

그렇게 말하면서 도모아키는 커피잔을 들었다가 안에 아무것도 없는지 그대로 내려놓고 물잔에 있던 물을 한 모금 마셨다.

"그나저나 몸은 좀 어때? 두통이 난다거나 구역질이 난다거나, 어디 불편한 데는 없고?"

"아직까지는 괜찮아요."

"그럼 다행이네. 혹시 무슨 일이 생기면 나한테 바로 연락 줘."

도모아키가 계산서를 들고 일어났다. 마유미도 허겁지겁 덩달아 일어서서 도모아키의 뒤를 따랐다. 아까 그 남자가 여전히 이쪽으로 눈길을 주고 있었다.

"제 건 제가 낼게요."

"괜찮아. 내가 낼 테니까 신경 쓰지 마."

지갑에서 천 엔짜리를 꺼내서 내밀었는데 도모아키는 끝내 받지 않았다. 밖으로 나와서 마유미가 물었다.

"이유가 뭐예요? 왜 굳이 지금 와서 오해를 풀고 싶은 거예요?"

정말 궁금해서 한 질문이었다. 우연히 담당 의사가 되어 진찰을 했다고는 해도 아마 다시 볼 일은 없을 텐데 일부러 집 앞까지 찾아와서 오해를 풀려고 하는 그의 의도가 무엇인지 알 수가 없었다.

"글쎄, 뭐라고 설명해야 할까?"

도모아키가 길가로 시선을 돌렸다. 빈 택시를 찾고 있는 모양이었다.

"이렇게 말하면 이해가 되려나? 제일 오해받기 싫은 사람한테 계속 오해받고 있는 게 싫어서라고."

제일 오해받기 싫은 사람? 그렇다면 그건…….

아까 도모아키가 했던 말이 생각났다. 대학 때 좋아하는 사람이 있었다고 했다. 그때 그가 좋아했던 여자애가 설마 나였던 말인가?

"잘 들어가."

택시가 멈춰 섰다. 도모아키는 가드레일을 뛰어넘어 택시 뒷자리에 올라탔다. 마유미는 떠나는 택시의 뒷모습을 멍하니 쳐다보고 있었다.

///

"어서 와."

"실례합니다."

그날 점심 무렵 유카리는 다마나 미도리네 집에 갔다. 오늘은 시어머니가 친구와 함께 긴자에 있는 화랑에 간다고 외출해서 저녁에나 들어온다고 했다. 혹시나 싶어 미도리에게 연락해 봤더니 점심이나 같이 먹자고 해서 오게 되었다.

"이거 별거는 아니지만……."

그렇게 말하면서 유카리는 케이크 상자를 미도리에게 내밀었다. 시어머니가 자주 이용하는 제과점의 케이크였다.

"역시 진노 집안의 며느리는 다르네. 이제 완전히 사쿠라기 사람이 다 되었어. 선물 하나에도 품격이 느껴진다니까."

"비꼬시는 거예요?"

"당연히 비꼬는 거지."

미도리가 그렇게 말하면서 웃는 바람에 유카리도 덩달아 웃었다. 유카리 주변에는 이렇게 털털한 성격을 가진 사람이 없었기 때문에 무척 신선했다.

"맛있는 냄새가 나네요. 카레예요?"

"응. 시판되는 카레 가루를 쓰지 않고 본고장의 맛을 살린 카레야. 난 인도가 좋아서 세 번이나 갔거든."

바로 식사를 시작했다. 향신료가 듬뿍 들어 있는 제대로 된 카레였다. 입에 넣었을 때는 부드러운데 뒷맛이 칼칼하니 톡 쏘는 게 중독이 될 것 같은 맛이었다.

"정말 맛있어요. 저희 집에서 만드는 카레하고는 차원이 다른데요."

"직접 가서 먹어 보면 더 끝내줘."

시댁에서는 이상하게 카레를 시아버지가 만든다. 그래서 일요일 점심은 카레일 때가 많다. 쇠고기와 양파, 감자, 당근처럼 아주 일반적인 재료가 들어가고 맛도 지극히 평범한 카레라이스다.

"인도는 어떤 나라예요? 지난번에 퀴즈 프로에서 봤는데 사람이 죽으면 재를 강물에 뿌리더라고요."

"갠지스강 말이지. 재만 뿌리는 게 아니라 시체도 떠다녀. 사고로 죽거나 자살한 사람은 화장하지 않고 원래 수장水葬을 하나 봐. 그것 말고도 공장에서 나오는 폐수라든지 빨래한 물도 그대로 흘려보내니까 밥 먹으면서는 말할 수 없는 것도 잔뜩 떠다니고 있을 거야."

미도리가 이야기해 주었다. 그쪽 사람들은 갠지스강을 성스러운 강으로 여겨서 그곳에서 목욕하면 모든 죄가 깨끗이 사라지고 죽은 후에 재를 그곳에 뿌리면 윤회에서 해탈할 수 있다고 믿는다고. 특히 바라나시라는 도시는 성지여서 수많은 순례자와 관광객이 와서 목욕을 하고 간다는 것이다.

"설마 다마나 씨도 강물에 들어갔어요?"

"그랬지. 정말 특별한 경험이었어. 그리고 그냥 미도리라고 불러도 돼."

"굉장하네요. 지금까지 가 본 나라 중에 제일 좋았던 곳은 어디예요?"

"글쎄, 뭘 기준으로 삼느냐에 따라 다르겠지만……."

밥을 먹으면서 미도리의 이야기를 들었다. 외국 이야기는 재미있었다. 유카리가 알지 못하는 나라와 장소, 그곳에 직접 가서 경험한 미도리의 이야기에는 설득력이 있었다. 하지만 유카리가 그런 외국에 갈 일은 없을 것이다. 도모아키는 원래 여행을 별로 좋아하지 않는 데다가 장기 휴가를 내기도 힘들기 때문이다. 그러니 혼자서 여행 같은 건 절대로 하지 못할 것이다.

"그런 이제 커피 마실까?"

"저도 같이 도울게요."

"손님은 가만히 앉아 있어."

식사를 마치고 차 마실 준비를 했다. 가만히 있기가 미안해서 유카리는 설거지를 하기로 했다. 커피 냄새가 향긋하게 풍겨 왔다. 설거지를 마치고 유카리가 사 온 케이크를 접시에 담았다. 미도리가 내린 커피를 잔에 따라서 거실에 있는 식탁으로 가져갔다.

참고서로 보이는 책들이 바닥에 여러 권 놓여 있었다. 친구가 하는 학원을 한동안 돕게 되었다는 이야기를 지난번에 했었다. 유카리의 시선을 알아차렸는지 미도리가 슬쩍 웃으면서 말했다.

"학원에서 쓸 참고서야. 전에도 말했지만 친구가 도와 달라고 해서. 그런데 유카리는 대졸이야?"

유카리는 남편과 어떻게 결혼하게 되었는지 아직 미도리에게 이야기하지 않은 상태였다. 일단은 간단하게 설명했다.

"저 간호사였어요. 그래서 남편을 만나게 된 거예요."

"그랬구나. 그럼 아이가 생기면 힘들겠네. 그 집안은 2대째 의사잖아. 아이가 태어나면 아마 무슨 수를 쓰더라도 의사를 시키려고 할걸. 특히 아주머니는 작정하고 달려들 거야."

'아주머니'란 유카리의 시어머니를 가리키는 말이었다. 역시 어릴 때부터 진노 집안을 알고 지내서인지 미도리의 말은 예리하게 정곡을 찌르고 있었다.

"아이를 가질 계획은 없어?"

"네. 아직까지는요."

"마지막으로 섹스한 게 언제야?"

"네?"

말문이 막혔다. 설마 이렇게 노골적인 질문을 하리라고는 상상도 하지 못했다. 미도리는 태연한 표정으로 포크를 들어 케이크를 먹고는 입가에 묻은 크림을 혀로 핥은 다음 말했다.

"요즘 안 하지? 딱 보니 알겠는데?"

"……정말이요?"

"그냥 직감이지만. 어딘지 메마른 느낌이 들거든. 아, 오해하지는 말고. 난 그쪽은 아니니까."

미도리는 오늘도 외국의 민속 의상처럼 생긴 헐렁한 옷을 입고 있었다. 얼굴 생김새도 약간 이국적이어서 그런 옷이 잘 어울렸다.

"유카리는 왜 도모랑 결혼했어?"

"글쎄요, 딱히 뭐라고 대답해야 할지 모르겠네요. 프러포즈를 받아서?"

"자기한테 개인적으로 감정은 없어. 그런데 난 그 남자가 이상하게 싫거든. 어릴 때는 같이 놀았지. 자녀회에서 항상 봤으니까."

막연한 느낌이었지만 둘 사이에 뭔가 안 좋은 일이 있었던 것 같았다. 유카리가 시험 삼아 물어보았다.

"혹시 무슨 일이 있었던 거예요? 그 사람하고?"

미도리가 커피를 한 모금 마시고서 대답했다.

"별로 대단한 일은 아니야. 초등학교 때니까. 딱 한 번 도모 방에서 둘이 논 적이 있었거든. 그때 병원놀이를 했어. 이렇게 말하면 무슨 뜻인지 알겠지?"

유카리는 들고 있던 커피잔을 내려놓았다. 손끝이 떨리는 게 느껴졌다. 설마, 아이들끼리 노는 건데…….

"아니, 너무 이상하게 상상하지는 말고. 초등학생 때라고 했잖

아. 그 애가 내 팬티 속을 들여다봤어. 부모님 말고는 누가 그렇게 본 게 처음이었거든. 그래서 아마 지금도 안 좋은 감정이 남아 있나 봐."

///

"우리 남편은 얼마 전에 골프를 배우더니 집안일 다 팽개치고 허구한 날 연습장에 콕 틀어박혀 살아."

"우리 남편도 마찬가지야. 도대체 뭐가 그리 재미있는지 아주 골프에 푹 빠졌어. 그거 하려면 돈도 많이 들잖아. 골프장 한 번 가면 치는 값만 나가냐고? 골프채도 좀 비싸? 전에 골프 전문점에 한 번 같이 갔는데 가격표를 보고는 눈 튀어나오는 줄 알았다니까."

오늘은 일요일. 마유미는 시부야의 대형 백화점에 있는 이탈리안 레스토랑에서 조금 이른 점심을 먹고 있었다. 함께 있는 사람들은 세이카 대학 치어리딩 동아리 동기인 스즈무라 가나코와 후지키 에미다. 두 사람은 유부녀에 애도 있는데 오늘은 육아를 남편들에게 맡기고 왔다고 했다. 몇 달에 한 번씩 이렇게 얼굴을 본다.

"마유미, 넌 요즘 어때? 많이 바빠?"

"그렇지 뭐. 홍보라는 게 겉에서 보면 화려하지만 알고 보면 자잘한 일들이 무지 많아."

"힘들겠다. 우리 동기 중에 아직도 제대로 일하는 사람은 너랑 유코밖에 없잖아."

치어리딩 동아리 출신 동기들은 모두 아홉 명이다. 그중 일곱이 유부녀다. 그러니까 아직 결혼을 안 한 사람은 마유미와 가메야마 유코 둘뿐이다. 20대 중반에서 후반에 걸쳐 우르르 결혼하는 바람에 어느새 마유미와 유코만 덩그러니 남게 되었다.

모두들 유부녀가 되자 생활 사이클이 결혼 전과는 완전히 바뀌었다. 게다가 아이까지 생기고 나니 모든 생활이 아이를 중심으로 돌아갔다. 그래서 한때는 치어리딩 동아리 출신 중 유코를 제외한 나머지 친구들하고는 명절에 소식만 주고받는 관계로 지냈다. 그러다가 얼마 전부터 하나둘씩 얼굴을 다시 보게 되었다. 결혼을 일찍 한 친구들의 육아가 조금씩 자리를 잡아가기 시작한 것이다. 오늘 만난 두 사람은 아이들이 내년이면 벌써 초등학교에 입학할 나이여서 주말에 몇 시간 정도는 남편에게 맡기고 나올 수 있을 정도가 되었다. 그래서 이렇게 얼굴을 볼 수 있게 된 셈이다.

"어? 치카는? 온다고 하지 않았니?"

마유미가 묻자 가나코가 대답했다.

"막 나오려는데 치카한테 전화가 왔더라고. 애가 갑자기 열이 나서 응급실에 데려간다고."

"어머, 힘들겠다."

"미키한테도 오라고 했는데 오늘은 힘들대. 내가 보기엔 걔 임신한 것 같아."

결혼한 일곱 명 대부분은 남편이 대기업에 다닌다. 그중에 좀 색다른 직업을 가진 남편이 있는 사람은 객실 승무원이었던 치카 정도다. 남편이 프리랜서 저널리스트라고 했다. 그 사람 말고는 대개 어느 정도 유명한 기업의 사원들이다. 유부녀 일곱은 결혼하자마자 다니던 회사를 그만두고 모두 전업주부가 되었다. 현역으로 일하는 사람은 마유미와 유코 둘뿐이다. 그러니까 오늘 먹는 점심값도 n분의 1로 나눠서 낼 예정인데 가나코와 에미는 따지고 보면 남편이 벌어온 돈으로 내는 셈이다. 하지만 마유미는 자기가 번 돈으로 낸다.

"그나저나 마유미 넌 아직도 얼굴이 팽팽한 게 너무 부럽다."

"맞아 맞아. 얘는 생활에 찌든 느낌이 전혀 없잖아."

두 친구의 말에 마유미가 웃으며 대답했다.

"무슨 소리야, 나도 맛이 갔어. 푹 삭아서 옛날의 그 짱짱한 느낌이 아니라고. 게다가 요즘 들어 한번 살찌면 왜 이렇게 빼기가 힘든지!"

"그나마 빼려는 노력이라도 하는 게 어디니? 난 벌써 두 달째 겁나서 체중계에 올라가 볼 엄두도 못 내는데. 그래도 남편 몸에는 잘 올라타지만."

가나코의 야한 드립에 에미가 깔깔대고 웃었다.

"우리 그때가 정말 좋았는데. 밤새워 마셔도 끄떡없었잖아."

"맞아. 거짓말 안 보태고 정말 화려하게 빛나던 시절이었지."

두 사람이 진심을 담아 말했다. 치어리딩 동아리에서 활동하던 4년 동안은 정말 인생이 반짝반짝 빛나는 시절이었다는 생각이 들었다. 일부러 남들 눈에 잘 띄도록 치어리딩 동아리 점퍼를 입고 캠퍼스 안을 누비고 다니면 여기저기에서 남학생들이 말을 걸어왔다. 다시 돌아오지 않을 화려한 시절이었다.

그런데 그런 꿈같은 생활이 겨우 8개월 만에 끝나 버린 사람도 있었다. A다. 그 아이는 야구팀 선배인 진노 도모아키에게 몹쓸 짓을 당하는 바람에 대학을 떠나 버렸다고 생각했다. 그런데 얼마 전에 당사자인 진노 도모아키를 우연히 만났고, 그의 입을 통해 이제껏 가지고 있던 생각이 사실과 다르다는 주장을 듣게 되었다. 그의 말이 모두 사실은 아니겠지만 어느 정도는 믿을 만하다는 생각도 들기 시작했다. 그리고 어쨌든 이미 십수 년 전의 일이니까 어느 쪽이 사실이건 지금 마유미의 생활에는 별다른 영향을 주지 않는다.

"그건 그렇고, 마유미 넌 요새 사귀는 사람 없어?"

"너 정도면 사귀자는 남자가 줄을 섰을 텐데."

자주 듣는 말이다. 애인이 없는 게 신기하다. 너무 눈이 높은 것 아니냐. 사회생활을 하고 있으면 얼마든지 괜찮은 사람을 만날 수 있지 않느냐.

"지금은 없어. 좋은 사람을 찾고 있기는 하지만. 그래도 요즘은 일도 많이 바쁘고 해서 혼자 있는 것도 나쁘지 않은 것 같아."

"하긴 너만 괜찮으면 그것도 나쁘지 않지. 우리 커피 더 마실까? 여기 케이크도 있던데 먹을래?"

"그래, 케이크 먹자."

메뉴를 고르기 시작한 두 사람을 보았다. 옷차림은 어딘지 모르게 약간 구식이지만 뭔지 모르게 여유가 느껴졌다. 반대로 마유미는 패션잡지를 참고삼아 최신 유행의 옷을 입고, 얼마 전에 일부러 하라주쿠에 있는 헤어숍까지 가서 한 세련된 헤어스타일을 하고 있지만 무언가 덜 채워진 듯하다. 그 차이는 절대 좁혀지지 않는다.

"난 몽블랑 먹어야겠다. 너는?"

"난 치즈케이크랑 초콜릿 어느 쪽으로 할지 고민 중."

갑자기 진노 도모아키의 얼굴이 떠올랐다. 같은 대학 출신에 한 살 위. 더구나 정형외과 의사다. 세타가야의 사쿠라기에 산다고 들었다. 더할 나위 없는 상대 아닌가? 이미 출발이 많이 늦었지만 그 늦은 출발을 극복하고도 남을 만한 남자다.

"마유미, 너도 케이크 먹을 거니?"

케이크를 먹을 마음은 전혀 없었지만 그래도 마유미는 메뉴판을 받아서 대충 훑어보았다.

///

"얘, 내일 너랑 같이 좀 갔으면 하는 데가 있는데."

일요일 점심이었다. 시아버지는 학회 참석을 위해 외출했고 남편은 제약회사 접대 골프가 있어서 평일처럼 시어머니와 둘이서만 점심을 먹고 있었다. 오늘 점심은 유카리가 만들었는데 시어머니의 평가에 따르면 소금과 후추가 덜 들어간 볶음밥이다.

시아버지는 대학병원 부서장이고 남편은 현역 의사여서 그런지 이런저런 모임이 많아서 쉬는 날에도 집을 비우는 경우가 적지 않다. 남편은 집에 있어도 별채 테이블에서 잔뜩 찌푸린 얼굴로 전문서적을 읽곤 한다. 그런가 하면 골프를 치러 나갔다가 대학 동창들을 잔뜩 데리고 돌아와 느닷없이 마작 게임을 할 때도 있다. 덩치만 어른이 된 어린애 같은 남자다.

"네. 어디 가시는데요?"

쇼핑이겠지. 막연히 그렇게 생각하고 있었다. 가끔 시어머니랑 신주쿠 쪽의 백화점에 갈 때가 있다. 이번에도 그런 곳이려니 하고 있었는데 시어머니 입에서 뜻밖의 말이 나왔다.

"신사에 갔으면 해서. 니혼바시에 있는 신사야."

시댁 식구들은 신앙심하고는 거리가 먼 사람들이라고 언제나 느꼈다. 새해에도 신사에 간 적이 없었고, 액막이를 위해 신사를 찾아가는 경우도 없었다. 유카리의 친정에서는 풍년을 비는 제사를 지낼 때 마을 사람들 모두가 신사에 모였다.

"신사에요? 액막이 같은 걸 하시게요?"

식구들 중에 아홉수에 드는 사람이 있나? 그런 게 아니라면 일부러 니혼바시까지 갈 이유가 없을 텐데.

"액막이라기보다는 소원을 비는 거지."

시어머니가 무슨 말을 하려는지 알 수가 없어서 유카리는 고개를 갸웃했다. 볶음밥을 다 먹은 시어머니가 숟가락을 내려놓으면서 말했다.

"4동에 사는 다무라 씨라고 너도 알지?"

잘 모른다. 그래도 유카리는 맞장구를 쳤다.

"네. 그 세련된 분이시죠?"

사쿠라기에 사는 사람들은 대개 모두가 세련됐다. 시어머니가 끄덕이더니 말을 이어 갔다.

"지난주였나, 그 집 부인이랑 우연히 길에서 만나 이런저런 얘기를 했거든. 너도 그 집 아들이 신문사에서 일한다는 건 알지? 5년 전에 결혼했는데 드디어 그 집 며느리한테 아이가 생겼다는구나."

이제야 대충 이야기의 맥락을 알 것 같아서 유카리는 암담한 기분으로 물을 한 모금 마셨다. 시어머니가 아랑곳없이 계속 떠들었다.

"다무라 씨네는 1년 전부터 니혼바시에 있는 스이텐구로 기도를 다녔다고 하더라. 스이텐구는 애가 잘 들어서는 신사로 도쿄 안에서도 최고라고 그러더구나. 거기에 기도를 하는 방법도 따로 있는데……."

기도를 술일(戌日 - 지지地支가 술戌로 된 날)에 하면 제일 좋다고 한 모양이었다. 술일은 12일에 한 번씩 돌아오는데 이런 날들이 자세히 적혀 있는 음력 달력을 보면 금방 알 수 있다는 것이다.

"……그 집에서는 그런 식으로 반년을 했더니 며느리가 임신을 했다더구나. 그래서 내일이 마침 술일이라 우리도 한 번쯤 가 보는 것이 괜찮지 않을까 해서 말이다."

이제는 하늘에 빌겠다는 뜻이다. 그러나 아무리 열심히 기도를 한다고 해도 유카리는 절대 임신할 수가 없다. 무에서 유를 창조할 수는 없지 않은가.

"그러니까 가 볼까 하는데? 네 생각은 어떠니? 우리도 오랜만에 좀 멀리 외출해 보지 않을래?"

거절할 수는 없다. 어차피 이미 결정된 사항이다. 경우에 따라서는 앞으로 12일마다 니혼바시에 가야 할지도 모른다. 그런 생각이 들자 누가 목이라도 조르는 듯 숨이 막혔다.

"네. 그럴게요. 몇 시에 나가시게요?"

"아침나절에 나가서 그쪽에서 점심이나 같이 먹고 오자꾸나."

"네, 어머님. 그럼 내일은 집에서 점심을 차리지 않아도 되겠네요."

"그래. 우리 뭐 먹을까? 맛있는 거 먹어야지."

그렇게 말하더니 시어머니가 다 먹은 그릇을 들고 자리에서 일어났다. 그런 시어머니에게 들키지 않도록 유카리는 작게 한숨을 내쉬었다.

"걸작이네. 그 짓도 안 하는데 애 생기라고 빌러 가?"

그러면서 다마나 미도리가 웃었다. 오후에 장 보러 나간 김에 미도리네 집에 잠시 들른 참이었다. 요즘 들어 사흘에 한 번씩은 미도리를 만난다. 미도리는 꾸밈이 없고 서글서글한 성격이어서 어딘지 모르게 잘난 척하는 분위기가 있는 사쿠라기 사람들과는 전혀 달랐고, 그래서 친해지기가 쉬웠다.

"그래서 어떡하려고? 진짜로 갈 거야?"

"가야지요. 어머님이 가자는데 안 갈 방법이 있나요?"

"어휴, 진노 집안 며느리 노릇하는 것도 보통 일이 아니네."

미도리가 남 일처럼 말했다.

"하늘에 빌어 봐야 그게 무슨 소용이야. 아무튼 며느리 노릇하기 참…… 힘들다. 애 낳는 게 무슨 의무도 아니고."

이 세계에선 의무가 맞다. 더구나 무슨 일이 있어도 성공시켜야 하는 의무다. 유카리가 미도리에게 물었다.

"언니는 어때요? 결혼하고 싶다거나 애가 있었으면 하는 생각은 안 들어요?"

"음…… 난 별생각 없는데."

딱히 애인이 있는 것 같지는 않지만 얼굴도 단정하고 스타일도 좋은 사람이다. 어쩌면 사귀는 남자가 있을지도 모른다는 생각이 들었다.

"그러면 앞으로 12일마다 한 번씩 니혼바시에 가야 한다는 거잖아? 엄청 우울하겠다."

"당연히 우울하죠. 정말이지……."

얼떨결에 나오려던 말을 애써 꾹 눌렀다. 정말이지 돌아가고 싶어요. 그렇게 말할 뻔했다.

요즘 들어 갑자기 돌아가고 싶은 마음이 불쑥불쑥 생긴다. 그런데 돌아가고 싶은 곳이 딱히 있는 것도 아니다. 나고 자란 고향인 미에현의 그 마을로 돌아가고 싶은 생각은 없다. 미에현의 친정도 아니고, 세타가야의 시댁도 아닌 전혀 모르는 어딘가에 내가 돌아갈 곳이 있을 것만 같은 느낌이 들고 그곳으로 돌아가고픈 마음이 자꾸만 생겨난다. 말도 안 되는 생각이라는 것은 스스로도 잘 알고 있다.

"그래도 잘 다녀와."

미도리가 격려하려는 듯 말했다.

"어차피 그 집 아주머니가 가자고 했으면 니혼바시 근처에서 맛있는 거 먹고 올 텐데 뭐. 그러려고 가는 거라고 생각하면 되잖아."

거실 테이블 위에는 학원 참고서 외에도 여행 안내서가 몇 권 놓여 있었다. 도서관에서 빌려 왔는지 책이 약간 낡은 느낌이었다.

"또 어디 여행 가요?"

"응. 아직 확실히 정해지지는 않았지만. 학원 일이 어느 정도 안정되면 중부 유럽에 가 보려고. 오스트리아나 폴란드나 그 근처로."

미도리는 3년 전에 부모님을 사고로 여의고 집과 재산을 상속받았다고 했다. 부모님의 죽음은 안타까운 일이지만 솔직히 지금 미도리의 상황은 누가 봐도 부러워할 만하다. 도쿄의 최고급 주택가에 있는 집에서 혼자 살고, 별다른 경제적 어려움 없이 마음 내키는 대로 해외여행을 즐기며 산다. 이렇게 여유로운 삶이 어디 있겠는가.

"그나저나 도모는 의사라고 했지? 지금 세이카대 부속병원에 있나?"

"아니요. 세타가야 사쿠라기 기념병원에서 일해요. 정형외과 의사예요. 아버님은 세이카대 부속병원에 계시고요."

"그럼 나중에 세이카대 병원으로 가려나? 아무튼 어디 있건 잘 나가는 건 틀림없네."

"이렇게 해 보는 건 어때? 아이 때문에 신사에 가야 한다고 도모한테 말하는 거야. 그러면 도모도 한 번쯤 생각해 보지 않을까?"

"그럴까요?"

"그러겠지. 아니 그런데 서로 아이 얘기를 해 본 적이 없었던 거야?"

"네. 없었어요."

돌이켜보니 남편과 제대로 이야기해 본 적이 없었다. 일이 바쁘니까 지금 애가 생기면 너무 힘들다. 그런 마음 때문에 남편이 미루는 것이려니 막연히 생각했었다.

"이게 좋은 기회가 될 수도 있잖아. 어머님께서 아이가 태어나게 해 달라고 신사에 기도하러 가자고 하시는데 어떻게 생각해요? 그렇게 물어보면 남편도 느끼는 바가 있지 않겠어?"

그 말이 맞다. 남편은 요즘 일이 바쁜지 늦게 들어오는 날이 많다. 그런데 혹시 좀 일찍 들어오는 날이 있으면 그때 물어봐야겠다. 유카리는 그런 생각을 하면서 커피잔을 들었다.

/ / /

"와 줘서 정말 고마워. 솔직히 안 올 줄 알았어."

마유미는 신주쿠에 있는 술집에 있었다. 상가 빌딩 지하에 있는 가게였고, 마유미는 제일 안쪽 자리에 앉아 있었다. 가게는 손님들로 북적이고 있었는데 안쪽 깊숙이 있는 자리여서 그나마 조용히 이야기할 수 있을 것 같았다. 진노 도모아키가 맥주를 마시면서 말했다.

"고마워, 마유미짱. 이렇게 같이 밥을 먹는 날이 오다니."

완전히 믿게 된 것은 아니다. 자기가 가해자가 아니라고 주장했던 이야기에 대해서 말이다. 그러나 적어도 그 당시의 평판이나 사교성을 고려했을 때 술김에 여자한테 그런 짓을 할 정도루 단순무식한 남자였을 것이라는 생각은 도저히 들지 않았다. 그 일은 거절당한 것에 대한 화풀이로 A가 꾸며 낸 거짓말이일 수도 있지 않을까. 어쩌면 마음속 어딘가에서 그렇게 생각하고 싶은 것인지도 몰랐다.

"그런데 마유미짱은 아직도 치어리딩팀 애들하고 연락하고 지내?"

"네. 동기였던 애들하고는 지금도 친하게 지내고 있어요. 지난주 일요일에도 만났으니까요. 가나코랑 에미라고 혹시 기억하실지 모르겠네요."

"가나코짱이라는 애는 잘 기억나지 않는데 에미짱은 생각이 날 것도 같네. 우리 팀 마츠모토랑 사귄 적이 있지 않나?"

"맞아요. 그 아이예요. 걔도 이제는 완전히 애 엄마가 다 되었지만요."

한동안 동기들의 근황 이야기를 했다. 야구 동아리 팀원 간의 결속력은 지금도 여전해서 동기나 후배들과 자주 술자리를 갖는 것 같았다. 그 부분은 다른 동아리도 마찬가지인 모양이었다.

"마츠모토는 조만간 결혼한다더라고. 신부가 모델 출신이라나?"

"그래요? 잘 됐네요."

맞장구를 쳐 준 다음 마유미가 좀 더 개인적인 질문을 던졌다.

"선배는 어때요? 의사면 사귀고 싶어 하는 여자들도 많을 것 같은데."

"에이, 전혀 안 그래. 월급쟁이 의사가 그럴 시간이나 있겠어?"

그러면서 도모아키가 웃었다. 둘만의 식사. 도모아키에게 약간이라도 그럴 마음이 없다면 이런 자리를 마련했을 리가 없었다.

"그럼 치어리딩팀 애들은 이제 다 유부녀들인가?"

"그렇죠. 저랑 유코 말고는 다들 결혼했으니까요."

"마유미짱은 너무 예뻐서 남자들이 감히 덤벼 볼 생각을 못 하는 거 아냐?"

도모아키가 웃으면서 놀렸다. 해맑은 얼굴이었다. 그러고 보니 요즘에는 이름에 '짱'을 붙여서 부르는 걸 거의 듣지 못했다. 학생 시절로 돌아간 것 같은 그리운 느낌이 들었다. 주위에 있던 모든 사람이 추켜세워 주던 그 특별했던 4년. 이 사람에게 나는 아직도 한 학년 아래의 후배인 것이다.

"마유미짱은 대학 때 계속 다른 학교 사람하고 사귀고 있었지? 사실 그 얘기를 들었을 때는 좀 충격적이었어. 내가 3학년 때였지. 아마?"

지난번에 만났을 때도 그랬지만 도모아키가 자기에게 호감을 가지고 있다는 사실을 마유미는 수시로 느낄 수 있었다. 남자가 자기를 좋아하는데 그게 싫은 여자는 거의 없다. 너무 이상하거나 불쾌감을 주는 남자가 아닌 이상 기본적으로는 기분이 좋을 수밖에 없다.

침묵이 흘렀다. 마유미는 그 침묵 속에서 기분 좋은 긴장감을 느꼈다. 밀당이라고 해야 할까? 서로 의식하고 있는 남녀 사이에서만 흐르는 묘한 침묵이었다.

"마유미짱, 잠깐만."

침묵을 먼저 깬 사람은 도모아키였는데 그 목소리에서 야간의 긴장감이 느껴졌다.

"그쪽 자리에서는 안 보일 수도 있는데 카운터에 남자 하나가 앉아 있거든. 지난번 너희 아파트 근처 패밀리 레스토랑에서 본 그 남자랑 비슷한 것 같은데."

그러고 보니 그런 일이 있었다. 그때 그 남자라면 좀 섬뜩한 일이지만 도모아키의 과민반응일 거라는 생각도 들었다.

"그냥 비슷하게 생긴 사람 아닐까요? 같은 사람이 우연히 있을 가능성은 거의 없는데요."

"그런가……?"

도모아키는 이해할 수 없는 표정으로 맥주를 한 모금 마신 다음 안주에 손을 댔다. 테이블에는 치킨과 모듬회 안주가 놓여 있었다. 그걸 먹으면서 맥주를 마시던 도모아키가 갑자기 맥주잔을 내려놓더니 자리에서 벌떡 일어섰다.

"안 되겠다. 잠깐 얘기해 보고 올게."

그러더니 카운터를 향해 걸어갔다. 많이 취해 보이지는 않았지만 얼굴이 약간 불그스레한 것이 마음에 걸렸다. 어떡하지? 마유미는 망설였다. 일단 가만히 지켜봐야 하나?

도모아키가 카운터로 다가가서 거기 앉아 있던 남자와 뭔가 말을 주고받기 시작했다. 마유미가 불안불안해하면서 그 모습을 지켜보고 있는 사이에 카운터에 앉아 있던 남자가 일어섰다. 언쟁이 벌어진 모양이었다. 마유미는 안절부절못하고 자기도 모르게 자리에서 일어났다. 그때 도모아키가 남자의 가슴팍을 밀쳤고, 남자도 도모아키의 어깨 언저리를 세게 밀었다. 균형을 잃은 도모아키는 그대로 뒤로 넘어졌고 근처에 있던 여자 손님들이 비명을 질렀다.

카운터로 뛰어갔다. 일어서려는 도모아키에게 다가가 어깨를 잡아 주었다. 밀친 남자는 약간 당혹스러워하는 표정으로 이쪽을 보고 있었다. 그러고 보니 패밀리 레스토랑에 있던 남자와 많이 비슷한 것 같았다.

"선배, 일단 나가요."

마유미는 그렇게 말하며 도모아키의 등을 떠밀어 가게에서 나왔다. 뒤쫓아온 가게 종업원에게 1만 엔짜리를 내밀며 "죄송합니다." 하고 사과했다. 거스름돈은 필요 없다고 말한 다음 가게 앞을 벗어났다.

"탐정 같더라고."

옆에서 걷던 도모아키가 말했다.

"너에 대해 조사하고 있는 모양이었어. 누가 시켰는지 물어봤는데 끝까지 말을 안 하더군. 혹시 그럴 만한 사람 있어?"

도통 짐작이 가지 않았다. 하지만 최근 몇 달 사이에 결혼정보회사 소개로 남자들을 여럿 만났고, 모조리 거절해 버리기는 했다. 그중 누군가가 일방적으로 호감을 가지고 탐정에게 조사를 의뢰했을지도 모르는 일 아닌가. 아무튼 영 찜찜했다.

"어찌 되었건 앞으로 또 근처에서 얼쩡거리면 그때는 법적 수단을 쓰겠다고 엄포를 해 뒀어. 실제로는 법적 수단이라고 해 봐야 쓸 만한 방법이 없겠지만."

"정말 고마워요. 덕분에 살았네요."

설마 탐정이 뒤를 캐고 다닐 줄은 상상도 하지 못했다. 도모아키가 없었다면 전혀 알아차리지 못했을 것이다. 남자랑 선보는 것도 때려치워야지.

신주쿠의 밤거리는 사람들로 북적이고 있었다. 자칫하다가는 도모아키를 놓칠 것 같았다. 역에 가까워질수록 인파가 더욱 많아졌다.

"마유미짱"

옆에서 걷던 도모아키가 불렀다. 이쪽으로 눈길을 돌리지 않고 앞만 쳐다보고 있었다.

"실은 대학 시절에 너를 많이 좋아했어. 그런데 지난번에 만난 후로 그 마음이 다시 살아난 것 같아. 난 우리가 진지한 사이가 되었으면 하는데, 어떻게 생각해?"

갑작스러운 고백에 마유미는 자기도 모르게 발걸음을 멈춰 버렸다. 뭐라고 해야 하지? 대답할 말을 찾고 있으려니까 도모아키가 길거리 쪽으로 시선을 둔 채 말했다.

"지금 당장 대답해 달라는 건 아냐. 천천히 생각해 보고 얘기해 줘. 택시 태워 줄 테니까 오늘은 이만 들어가고."

그 배려가 고마웠다. 도모아키의 고백을 들은 마유미는 기뻤다. 후배와의 일이 마음에 걸렸지만 솔직히 이 남자를 갖고 싶다는 마음이 먼저였다. 도모아키가 빈 택시를 향해 손을 들었다. 그 모습을 지켜보면서 마유미는 벅차오르는 자신의 마음을 인정할 수밖에 없었다. 나 이 남자한테 끌린다.

///

    남편이 돌아온 시간은 밤 11시 반이었다. 집 앞에 차가 멈추는 소리가 들려서 유카리는 창밖을 내다보았다. 택시 한 대가 서 있었다. 저녁에 연락이 와서 동창이랑 술 한잔하고 들어온다고 그랬다. 더 늦을 줄 알았는데 생각보다 일찍 들어왔다.

    "나 왔어."

    현관문이 열리면서 남편 목소리가 들렸다. 거실에 들어온 남편은 그대로 냉장고로 가서 맥주를 꺼냈다. 그러고는 소파에 앉으면서 말했다.

    "생각보다 빨리 들어왔지? 마츠모토가 일찍 들어가 봐야 한다더라고. 내일 출장이라 아침부터 바쁜 모양이야."

    "그랬군요."

    "먹은 게 별로 없어서 출출하네. 오차즈케 말고 뭐 없어?"

    "컵라면이라도 괜찮으면 바로 만들 수 있는데."

    "괜찮지. 좀 해 줘."

    별채에도 작은 부엌이 있기 때문에 물 끓이는 정도는 충분히 가능하다. 남편은 TV를 켜고 뉴스를 보기 시작했다. 컵라면에 끓인 물을 부은 다음 일회용 젓가락과 함께 남편에게 가져다주었다.

    "고마워."

    남편이 그것을 받아들더니 손목시계를 보았다.

    "오늘 말이에요."

    유카리가 마음먹고 남편에게 말을 꺼냈다.

"어머님이 그러시더라고요. 내일 니혼바시에 있는 스이텐구라는 신사에 기도 드리러 가자고. 나도 같이요. 당신은 스이텐구가 어떤 신사인지 알아요?"

"들어 본 적은 있는 것 같은데. 순산 기원을 많이 하는 신사 아닌가?"

"맞아요. 그리고 아이 낳게 해 달라는 기원도 많이 한대요. 어머님이 빨리 손주를 보고 싶으신가 봐요."

도모아키는 말없이 손목시계를 지켜보고 있다가 컵라면 뚜껑을 벗겼다. 일회용 젓가락을 가르고는 그걸로 먹기 시작했다. 세입 정도 먹은 다음에 입을 열었다.

"나나 당신 둘 중 하나는 문제가 있는 것 같아."

둘 중 하나는 불임일 것이라는 말이다. 결혼 초기에는 피임기구를 썼지만 잊어버리고 한 적도 몇 번 있었다. 그런데 한 번도 임신한 적이 없었다. 어느 한쪽에 문제가 있을 것이라는 말도 설득력이 있다.

"하지만 이것만큼은 어쩔 수 없지 않나 하는 생각이 들어. 타이밍 같은 것도 있을 테고 말이야. 억지로 무리해서 애를 가질 필요는 없다는 게 내 생각이야. 당신 생각은 어때? 당신은 어떻게 해서든 애를 갖고 싶은 거야?"

아이를 가지고 싶은 마음은 항상 있었다. 그런데 솔직히 말하자면 그게 시어머니가 원해서인지 자기 자신이 원해서인지 점점 분간할 수 없게 되었다. 하지만 시어머니의 손주를 낳아 주기 위해 내가 존재하는 건 아니라고 생각하고 있었다.

"잘 모르겠어요. 꼭 지금 낳고 싶은 건 아닌 것도 같고."

"그렇지? 그럼 상관없잖아. 난 지금 이대로도 충분히 괜찮은데."

지금 이대로. 온종일 청소와 빨래로 시간을 보내고 술에 취해 돌아온 남편을 위해 컵라면을 만들어 주는 생활. 이런 생활이 앞으로도 계속된다고 생각하니 견딜 수 없는 허무함이 밀려왔다.

"엄마한테는 내가 조만간 잘 얘기할게."

"그럼 신사는 어떻게 해요? 내일 신사에 가자고 하셨는데."

"그냥 다녀와. 어차피 따로 할 일이 있는 것도 아니잖아. 가서 엄마랑 맛있는 거나 먹고 오면 되지 뭐."

세타가야 사쿠라기 기념병원에서 일할 당시 유카리는 병원 근처의 작은 아파트에 살고 있었다. 얼마 후 도모아키와 사귀기 시작하면서 그가 유카리의 집에 드나들게 되었다. 근처 식당에서 밥을 먹은 다음 그대로 유카리의 집으로 함께 들어가곤 했는데 집에 들어오면 곧바로 유카리의 몸을 탐했다. 하룻밤에 두 번, 세 번 하는 경우도 많았다.

예전에 사귀었던 남자들과 비교해 봐도 도모아키는 성욕이 강한 편이었다. 그런데 올해 들어서 남편은 한 번도 아내와 관계를 하려 하지 않았다. 시어머니가 신사에 가자는 이야기를 하더라는 말을 꺼낸 이유는 이 얘기를 들으면 남편이 아이를 가져야겠다는 생각을 하지 않을까, 노골적으로 말하자면 남편과 다시 관계를 할 수 있지 않을까 하는 기대가 어렴풋이 있었기 때문이다. 그런데 남편은 아무런 흥미도 보이지 않을뿐더러 심지어 아이를 가질 필요를 느끼지 않는다는 소리까지 했다.

도모아키는 올해 서른다섯이다. 아직 성욕이 감퇴할 나이는 아니다. 따로 누가 있는 게 아닐까? 세타가야 사쿠라기 기념병원에는 젊고 매력적인 간호사들이 차고 넘칠 정도로 많다.

"어, 시작했네."

남편이 리모컨을 집어 TV 소리를 키웠다. 스포츠 뉴스가 시작된 것이다.

"잘 먹었어. 나 맥주 하나만 더 갖다 줘."

남편이 컵라면 그릇을 테이블에 올려놓았다. 면만 먹었는지 국물이 3분의 1가량 남아 있었다. 그것을 부엌에 갖다 놓고 냉장고에서 맥주 캔을 꺼내 다시 거실로 갔다. 맥주를 테이블에 올려놓자 남편은 TV에서 눈길을 떼지 않은 채 "땡큐" 하고 말했다.

남들 눈에는 참 행복하게 사는 것처럼 보일 거라고 생각한다. 도쿄에서도 손꼽히는 고급주택가에 살고 있고 남편은 의사다. 열흘에 한 번씩 비싼 초밥을 시켜 먹고 쇼핑을 가서도 가격표를 일일이 신경 쓰지 않고 내키는 대로 카트에 담을 수 있다. 그런 생활이 요즘 들어 점점 숨 막히게 느껴지기 시작했다.

돌아가고 싶다. 그런 생각이 들었다. 어디로 돌아가야 할지는 모른다. 어쨌든 돌아가고 싶다. 여기가 아닌 어딘가에 정말로 내가 있을 곳이 있지는 않을까?

"한 방 날려. 여기서 한 방 안 날리면 어떡하냐고."

등 뒤에서 남편의 목소리가 들려왔다. 자이언츠 시합 중계방송이 나오는 모양이었다. 유카리는 싱크대에 있던 컵라면 그릇의 남은 국물을 음식물쓰레기 거르는 곳에 부었다.

／／／

"……다리가 부러졌는데도 당장 회의에 들어가 봐야 한다는 거야. 회사의 무슨 중요한 회의라고는 하는데 의사인 내가 그냥 안녕히 가세요 할 수는 없는 노릇이잖아?"

진노 도모아키가 맞은편에서 이야기하고 있었다. 메구로에 있는 레스토랑 안이었다. 교통사고를 당해 병원에 실려 온 환자가 치료를 거부하고 회사로 가야 한다고 떼를 썼던 이야기를 재미있게 들려주고 있는 참이었다.

"그래서 결국 어떻게 되었는데요? 그 사람 회의하러 갔어요?"

"그게 될 법한 얘기겠어? 부랴부랴 달려온 부인이 뜯어말리는 바람에 울며 겨자 먹기로 포기하더라고. 세상에는 별 희한한 사람들도 많아, 그렇지?"

오늘은 수요일이다. 지난번에 만난 이후로 사흘이 지났다. 오늘은 마유미가 먼저 밥을 먹자고 불러냈다. 모종의 결심을 하고서 도모아키를 만나기로 한 것이다.

"접시 치워 드릴까요?"

가게 종업원이 와서 빈 그릇을 들고 갔다. 이제 식후 커피만 남아 있었다. 마유미는 냅킨으로 입가를 닦은 다음에 말을 꺼냈다.

"선배, 지난번에 했던 얘기 말인데요."

"아아, 그거?"

갑자기 초조해졌는지 도모아키가 물컵을 잡으며 말했다.

"그거 급한 거 아니야. 굳이 서둘러서 대답하지 않아도 돼. 난 이렇게 마유미짱이랑 같이 밥만 먹을 수 있어도 충분히 행복하니까."

아니다. 나는 시간이 아까웠다. 누구의 거짓말이든 나는 한쪽을 믿기로 했다. 과거는 현재로 잊히기 마련이니까.

"잘 부탁드려요, 선배."

남자를 사귀는 것은 3년 만이었다. 3년 전에 헤어진 애인은 친구 소개로 알게 된 은행원이었다. 머리도 좋고, 외모도 나무랄 데 없었는데 취향이 서로 맞지 않았다. 처음에는 별것 아니라고 신경을 쓰지 않았는데 사귀다 보니 사소한 문제가 아니었다. 예를 들어 점심에 뭘 먹을까 하는 한 가지만 가지고도 의견이 갈렸다. 영화 한 편을 보는 데에도 영화관 앞에서 누구 취향을 우선할 것이냐를 가지고 한참 실랑이를 해야 했다. 그런 사소한 언쟁들이 점점 쌓여서 결국 헤어지자는 말이 나오게 된 것이다. 사귀고 있을 때부터 서로가 너무 다르다는 사실을 알고 있었기에 깔끔하게 헤어질 수 있었던 것이 그나마 다행이었다.

"고마워 마유미짱. 나 정말 너무 좋다."

"이제는 대학 시절 같은 푸릇함이 사라져서 좀 그렇지만."

"무슨 소리야. 마유미짱은 아직 완전 젊은데."

"선배야말로 너무 어려 보여요. 제 주위의 비슷한 나이 사람들하고 비교해 봐도 훨씬 더 젊어 보이는데요."

커피가 나왔다. 3년 전에 헤어진 애인은 홍차를 좋아해서 커피를 좋아하는 마유미하고는 그것부터가 맞지 않았다. 도모아키는 커피를 맛있게 마시고 있었다. 그 한 가지만 가지고도 마유미는 뿌듯했다.

"그나저나 세상 남자들 다 눈이 삐었구나. 너 같은 애를 아직까지 혼자 두다니."

"똑같은 말을 돌려 드릴게요. 세상 여자들은 눈이 없나 봐요. 선배처럼 멋진 남자를 그냥 두다니."

요즘 들어서는 선보는 자리에서 남자를 만나는 일이 많았다. 선보는 자리에서는 상대방이 어떤 사람인지 짧은 시간 안에 파악해야 한다. 그래서 서로가 서로를 알아보려고 기 싸움을 하는 자리이기도 하다. 그런데 도모아키는 다르다. 서로의 젊은 시절을 알고 있다는 것만으로도 이렇게 편하게 마주할 수 있구나 하는 생각이 들어 마유미는 새삼 놀라고 있었다.

게다가 도모아키의 성격도 마음에 들었다. 어딘가 어린애 같은 구석이 있어 사소한 일에는 신경을 쓰지 않는 그 성격은 부잣집에서 곱게 자라서일 것이라고 생각했다. 마유미는 이제껏 그런 남자를 주변에서 본 적이 없었다.

"나 같은 경우는 일이 워낙 바빠서 그런 것도 있어. 젊었을 때는 밤샘 근무를 밥 먹듯이 하느라 진짜 힘들었지. 요즘에도 한 달에 한두 번은 당직이 돌아오니까."

의사는 참 힘든 직업이라는 생각이 들었다. 사람의 목숨을 좌지우지하는 일이니 말이다. 결혼하더라도 내 일을 계속했으면 좋겠는데, 그건 무리일까. 의사 아내로 살면 나는 어디까지 포기할 수 있을까.

나 지금 뭐하니? 마유미가 마음속으로 작게 웃었다. 아직 결혼하기로 정해진 것도 아닌데. 이제 막 사귀기로 했을 뿐 아닌가.

"마유미짱은 고향이 어디지? 도쿄가 아닌 걸로 기억하는데……."

"시즈오카예요. 후지에다라는 작은 도시인데."

"형제는 있어?"

"오빠가 하나 있어요. 세 살 위인데 지금은 후지에다 시내에 있는 엔진 회사에서 일해요. 초등학교 다니는 애가 둘 있고요. 예전에는 조카들 얼굴 보려고 수시로 가곤 했지요."

오빠네 아들 둘은 어렸을 때 정말 귀여웠는데 초등학교에 들어가고 난 다음부터는 애들이 당돌해져서 요즘에는 설날하고 추석 명절 때나 보게 되었다. 아직도 예뻐하기는 하지만.

"선배는요? 형제분 있어요?"

"난 없어. 외동이야. 아직도 부모님 집에 살고 있고."

서로의 가정환경과 좋아하는 음식, 생활 리듬 등에 대해 이야기를 주고받았다. 같은 대학 출신이라는 공통분모가 있어서인지 화제는 끊이지 않았다. 커피를 각자 한 잔씩 더 시켜서 다 마실 즈음에 가게 종업원이 마감 주문을 받으러 와서 그만 일어서기로 했다.

"오늘 고맙습니다. 맛있게 잘 먹었어요."

"택시로 데려다줄게."

"아니에요. 전철 타고 가면 돼요."

메구로니까 마유미가 사는 에비스까지는 전철로 한 정거장만 가면 된다. 걸어서도 갈 수 있는 거리다.

"그럼 전 여기서 가 볼게요……."

갑자기 도모아키가 오른손을 잡았다. 그대로 자기 가슴 쪽으로 끌어당겨서 확 안았다. 귓가에 그의 목소리가 들렸다.

"진짜 사랑했어. 내가 그때 널 얼마나 좋아했는데……."

"서, 선배. 사람들이 보잖아요. 여기서 이러면……."

도모아키가 팔에 힘을 주어 더욱 세게 안았다. 마유미는 이제 어린애가 아니다. 오늘 밤 이 남자랑 자겠구나 하는 예감이 온몸을 관통하듯 찌릿하게 스쳤다.

새벽 1시. 마유미는 에비스에 있는 자기 아파트에 있었다. 옆에는 도모아키가 누워 있고 둘 다 벗은 상태였다. 얇은 이불 한 장만 같이 덮고 있었다.

"지금 몇 시야?"

귓가에서 그가 물었다. 편안한 목소리였다. 이토록 무방비한 그의 모습을 이렇게 가까이서 볼 날이 올 줄은 꿈에도 생각해 본 적이 없었다. 세타가야에 있는 병원에서 그를 다시 만났을 때가 떠올랐다. 두 번 다시 보고 싶지 않던 사람을 이렇게 만나게 되다니. 그렇게 생각했는데 설마 그 사람과 이런 관계가 될 줄이야. 정말 인생을 살다 보면 뭐가 어떻게 될지 모른다니까.

"1시."

마유미가 그렇게 대답하자 도모아키는 "잠깐 미안" 하면서 마유미의 목을 받치고 있던 자기 팔을 뺐다. 그런 다음 몸을 일으켜 침대에 앉아서 바닥에 어지럽게 널려 있던 자기 옷을 하나하나 주웠다. 셔츠도 양말도 모두 뒤집혀 있었는지 일일이 다시 뒤집고 있었다.

"집에 가게?"

"응. 그러려고."

"자고 가지?"

"그럴 생각이었는데……."

도모아키가 일어서서 사각팬티를 입기 시작했다. 야구팀 출신답게 탄탄한 근육질 몸매다.

"내일도 일이 있으니까 오늘은 들어가야 될 것 같아. 조만간 또 올게."

그러면서 차례차례 옷을 입어나갔다. 마지막으로 셔츠를 바지 안에 넣고서 벨트를 잠갔다. 마유미도 침대에서 내려와 얇은 이불을 몸에 두르고 일어섰다.

"밑에까지 같이 갈게."

"아냐, 괜찮아. 굳이 귀찮게 그러지 않아도 돼."

그가 입맞춤을 하며 말했다. 방금까지 침대에서 하던 키스와는 다른 가벼운 뽀뽀였다.

"내일 아침에 일찍 가야 해? 진찰은 보통 9시부터 아냐?"

"외래 시작은 9시지만 그때까지 입원 환자들을 돌아봐야 하니까. 게다가 우리 부모는 아침잠이 없어서 6시 반에는 온 가족이 아침을 먹거든."

"그래. 힘들겠다."

도모아키는 사쿠라기에 있는 부모님 집에 산다고 했다. 이 나이에 아직도 부모랑 같이 산다는 게 마유미로서는 이해가 되지 않았다. 마유미는 대학에 입학하면서 도쿄로 올라온 이후로 16년째 혼자 살고 있다.

"그럼 가 볼게."

도모아키가 그렇게 인사하고 현관 쪽으로 가자 마유미는 그를 뒤따라갔다. 신발을 신고 다시 한 번 가볍게 뽀뽀를 한 다음 도모아키가 현관문을 열었다.

"잘 자, 마유미짱."

"잘 들어가."

샌들을 신고 문밖으로 고개만 내밀어 도모아키의 뒷모습을 배웅했다. 계단 통로로 들어가는 것을 확인한 다음 마유미는 집 안으로 돌아왔다. 바닥에 흩어져 있던 옷을 주워서 겉옷은 옷걸이에 걸고 속옷은 세탁기 안에 던져 넣었다.

혼자가 되자 비로소 애인이 생겼다는 실감이 났다. 혼자 사는 집 여기저기서 도모아키의 체취가 풍겨 오는 것 같은 느낌이 들었다.

갖추고 있는 조건으로 보나, 만난 타이밍으로 보나 어쩌면 운명의 상대인지도 모르겠다는 생각이 들었다. 도모아키는 한 살 위니까 지금 서른다섯이다. 결혼을 염두에 두지 않을 수 없는 나이이다. 게다가 서른네 살의 여자와 사귀자고 덤벼든 거면 나름 생각하는 바가 있을 것이다.

그래도 아직 결혼 이야기를 꺼내기는 이르다. 이제 막 사귀기 시작한 단계니까. 긴 여정의 첫발을 내디딘 것에 불과하지만 그 한 발짝의 무게를 마유미는 실감하고 있었다. 이제까지 사귀었던 남자들과는 다른 묵직하고 확실한 느낌이 있었다.

샤워해야지. 그 생각을 하며 일어났는데 침대 옆 탁자 밑에 넥타이가 떨어져 있는 것이 보였다. 도모아키가 잊어버리고 간 것 같았다. 검붉은 색 넥타이를 주워서 의자 등받이에 걸쳐 놓았다.

묘하게 기분이 좋았다. 그 사람 물건이 내 집에 있다는 사실이. 마유미는 몸에 두르고 있던 얇은 이불을 침대 위로 던져 버린 다음 샤워를 하러 욕실로 갔다.

／ ／ ／

"얘는 뭐 하느라 이렇게 늦게 나오는 거야?"

시어머니가 미소 된장국을 그릇에 담으면서 말했다. 유카리는 녹차를 우려내고 있었다. 아침 6시 반. 진노 집안의 아침식사 시간이었다.

이 집에서는 평일 이 시간에 반드시 네 식구가 함께 모여 아침을 먹는다. 아침은 항상 시어머니가 마련하는데 대개는 밥과 미소 된장국, 생선구이, 달걀 프라이 등과 같은 간단한 가정식이다. 처음에는 유카리도 거들었는데 아침식사만큼은 시어머니가 꼭 당신 손으로 마련하려는 걸 알고부터는 음식 준비에 끼어들지 않게 되었다. 15분 전쯤에 와서 상 차리는 걸 돕는 정도다.

"어제 어지간히 늦게 들어온 모양이더군. 마침 내가 화장실에 가려고 일어났는데 밖에 택시가 서는 게 보이던데. 그게 한 새벽 2시쯤이었지."

벌써 식탁 자리에 앉은 시아버지가 말했다. 시아버지의 말대로 남편은 어젯밤 자정을 훌쩍 넘긴 시간에 들어왔다. 택시 서는 소리에 잠이 깨서 아래층으로 내려와 별채 현관으로 들어온 남편을 맞이했다.

"늦으셨네요."

인사하자 남편은 미안해하는 표정으로 사과했다.

"미안. 당신 잠자는 걸 깨웠나 보네."

술자리 때문에 늦어지는 일이 많지만 이렇게까지 늦게 들어오는 경우는 드물었다.

"우리 먼저 먹자꾸나. 금방 나오겠지."

시어머니가 그렇게 말하며 자리에 앉아서 유카리도 그 말에 따랐다. TV에서는 뉴스가 나오고 있어 셋이 그걸 보며 아침을 먹기 시작했다. 어느 고속도로에선가 발생한 교통사고 소식을 앵커가 읽고 있었다.

"안녕히 주무셨어요."

남편이 인사를 하면서 본채 다이닝룸으로 들어온 것은 세 식구가 아침식사를 거의 마쳤을 무렵이었다. 남편은 벌써 출근 복장으로 갈아입고 온 모양이다. 남편과 시아버지는 언제나 양복을 입고 출근한다.

"도모아키, 너 어제 얼마나 늦게 들어온 거냐?"

시아버지가 묻자 남편이 젓가락을 잡으면서 대답했다.

"야구팀 동기가 결혼을 하게 돼서 어젯밤에 다 같이 축하하는 자리에 갔었는데 많이 늦어졌네요. 아, 잘 먹겠습니다."

남편이 아침을 먹기 시작했다. 시아버지는 녹차를 마시면서 신문을 읽고 있었다. 매일 아침 7시 반에 병원에서 보내는 차가 시아버지를 모시러 온다. 남편은 비슷한 시간에 자전거를 타고 출근하는데 어젯밤에 택시를 타고 왔으니 오늘 아침은 걸어가야 한다. 세타가야 사쿠라기 기념병원은 걸어서 20분 거리에 있다. 비가 올 때는 유카리가 차로 데려다주는 경우도 있다. 그래서 혹시나 싶어 물어보았다.

"여보, 제 차로 출근하실래요?"

"아니, 괜찮아. 날씨도 좋은데 천천히 걸어가지 뭐."

유카리는 자리에서 일어나 식탁 위의 빈 그릇들을 치웠다. 오늘은 쓰레기 버리는 날이다. 쓰레기를 버리는 건 유카리의 일이기 때문에 샌들을 신고 쓰레기를 내놓으러 나갔다. 집 안으로 돌아오자 남편도 그새 아침을 다 먹었고, 시어머니가 설거지를 하고 있었다.

"어머님, 제가 할게요."

"아니다, 거의 다 했어."

남편은 거실에 없었다. 시아버지만 소파에 앉아 신문을 읽고 있었다. 평소 같으면 남편도 거실에서 TV를 보거나 하는데 벌써 화장실에서 출근 준비를 하는 모양이었다.

"얘, 우리 오늘 점심 어떻게 할까?"

시어머니가 물어서 유카리는 냉장고에 뭐가 있는지 떠올려 보았다

"글쎄요. 닭고기가 남아 있으니까 오야코돈(親子丼 : 닭고기와 달걀을 얹은 덮밥 - 옮긴이)을 만들까요?"

"그래. 그게 좋겠구나."

유카리는 냉장고를 열어 닭고기가 있는지 확인했다. 냉장고 옆에는 달력이 걸려 있고, 다음 주 토요일에 빨간 동그라미가 쳐져 있었다. 아이를 낳게 해 달라고 빌기 위해 신사에 가는 날을 표시해 둔 것이다.

사흘 전 월요일에 니혼바시에 있는 스이텐구에 갔다. 평일인데도 사람들이 꽤 많았고, 순산을 기원하는 신사로 유명해서인지 임산부의 모습이 자주 보였다. 상자에 헌금을 넣고 신사 경내를 구경한 다음 니혼바시에 있는 백화점 레스토랑에서 점심을 먹고 돌아왔다. 임신을 기원하는 날이라는 술일이 12일에 한 번씩 돌아오기 때문에 시어머니는 어지간하면 빠지지 않고 가려고 할 것이다.

한동안 아이를 가질 생각이 없다고 도모아키가 얼마 전에 말했고, 기회를 봐서 시어머니에게도 자기가 얘기하겠다고 했다. 남편이 빨리 이야기해 주었으면 하고 바라는 한편으로 그 이야기를 들은 시어머니의 반응이 염려되기도 했다.

"다녀올게."

화장실에서 나온 남편이 거실을 가로질러 갔다. 아직 7시 15분이었지만 걸어가려면 시간이 걸리니까 조금 일찍 나설 모양이다. 현관에서 남편을 배웅했다.

"오늘은 평소 시간에 들어오세요?"

"아마. 어쩌면 야근이 있을지도 모르고."

"다녀오세요."

남편이 현관을 나섰다. 그대로 거실로 돌아오려다가 유카리는 뭔가 걸리는 게 있어 샌들을 신고 밖으로 나갔다. 벌써 남편의 모습은 보이지 않았다. 별채로 가서 현관을 통해 안으로 들어갔다.

2층으로 올라갔다. 2층에는 방이 두 개 있는데 한쪽은 침실이고, 다른 방에는 이런저런 물건들을 두고 있다. 부부의 옷들도 모두 이 방에 있다. 유카리는 남편이 쓰고 있는 옷장을 열었다. 옷걸이에 와이셔츠 등이 걸려 있고, 제일 오른편에 넥타이가 걸려 있다. 열 개 정도 되는 넥타이의 종류를 유카리가 하나하나 확인해 보았다.

역시 없었다. 검붉은 색 넥타이가 보이지 않았다. 어제 남편이하고 갔던 넥타이다.

실은 어젯밤에 늦게 돌아온 남편을 현관에서 맞으면서 넥타이를 하고 있지 않다는 걸 알아차렸다. 남편은 요즘 마음에 드는 넥타이 세 개 정도를 번갈아 쓰고 있는데 검붉은 색 넥타이도 그중하나였다.

늦게까지 술을 마시다 중간에 답답해서 풀어 버린 모양이네. 그때는 그렇게 생각했는데 오늘 아침에 다시 생각이 나서 확인하러들어온 것이다. 오늘은 보라색 넥타이를 매고 있었다. 취해서 술집에 놓고 왔나? 아니면 다른 이유라도 있는 건가?

유카리는 옷장 문을 닫고 방에서 나왔다.

/ / /

마유미는 택시를 타고 있었다. 세타가야 사쿠라기 기념병원으로 가는 길이었다. 실은 오늘 〈홍보 도하츠〉 이번 호가 배송되어 인터뷰에 응해 준 도하츠 야구팀의 소노다 선수에게 갓 인쇄된 잡지를 선물하러 나왔는데 돌아가는 길에 도모아키의 직장에 들러 봐야겠다는 생각을 한 것이다. 평소 같으면 이런 행동은 하지 않는데 일하다가 잠깐 들렀다는 구실도 있기에 나섰다. 도모아키와 사귀기 시작한 일이 마유미를 전에 없이 들뜨게 했다.

"손님, 다 왔어요."

"고맙습니다. 얼마예요?"

돈을 내고 택시에서 내렸다. 핸드백 안에는 어젯밤 도모아키가 잊어버리고 간 넥타이가 들어 있었다. 이걸 돌려준다는 구실로 도모아키의 얼굴을 보려고 온 것이다.

오후 3시. 외래진료가 시작되는 시간이어서 그런지 병원 안은 사람들로 붐비고 있었다. 복도를 따라 걸어서 정형외과로 향했다. 정형외과 앞 벤치에는 벌써 스무 명도 넘는 사람들이 진찰을 받으려고 대기하고 있었다. 안에서 진료하고 있는 의사는 도모아키일 것이다. 진료 시간에 온 게 잘못이었다.

간호사 몇 명이 지나쳤지만 다들 바빠 보여서 말을 걸 수가 없었다. 마유미는 하는 수 없이 로비로 돌아가 중앙 안내데스크로 가 보았다. 데스크 안에서는 두 명의 여직원이 바삐 움직이며 찾아오는 사람들을 응대하고 있었다. 몇 명이 줄을 서 있어서 마유미도 제일 끝에 서서 자기 차례를 기다렸다. 5분가량 지난 다음 마유미 차례가 되었다.

"안녕하세요. 무엇을 도와드릴까요?"

20대 여성이었다. 감색 유니폼을 입고 있었다.

"정형외과에서 일하시는 진노 도모아키 선생님을 뵙고 싶은데요."

"무슨 일로 찾으시는 거죠?"

"두고 가신 물건이 있어서 전해 드리려고요."

"사모님이시군요. 잠시만 기다려 주세요."

데스크 직원이 그렇게 말하더니 내선전화를 걸기 시작했다. 마유미는 할 말을 잃은 채 그 직원을 쳐다보았다. 이 사람이 지금 나를 도모아키의 부인으로 착각한 거야? 이게 도대체 어떻게 된 일이지?

"……네, 여기 안내데스크인데요. 진노 선생님 그쪽에 계신가요? ……네, 여기 손님이 선생님을 찾고 계시거든요. 사모님이요. 잊어버리고 오신 물건을 가지고 오셨다는데. ……아아, 그래요. 네, 알겠습니다. 그렇게 전해 드릴게요."

안내데스크의 여직원이 수화기를 놓은 다음 말했다.

"사모님, 죄송한데요. 진노 선생님이 진료 때문에 너무 바쁘셔서 이쪽으로 못 오실 것 같다고 하네요. 괜찮으시면 그냥 여기 맡겨 놓고 가세요. 나중에 제가 선생님께 전해 드릴게요."

생각할 겨를도 없이 바로 대답했다.

"그럼 됐어요. 급한 물건도 아닌데요, 뭐."

안내데스크 여직원이 의아해하는 표정을 지었다. 일부러 병원까지 전해 주러 왔다고 해 놓고 급한 물건이 아니라니 이상해할 법도 하다. 수상하게 보일까 봐 마유미는 바로 뒤돌아섰다. 잰걸음으로 로비를 가로질러 병원에서 나왔다.

　병원 앞에 택시가 세 대 대기하고 있어서 그중 한 대에 올라탔다. 가미오사키로 가 달라고 한 다음 큰 숨을 내쉬었다.

　방금 안내데스크 직원과 주고받았던 대화를 떠올려 보았다. 두고 온 물건을 전해 주러 왔다. 그렇게 말했을 뿐인데 그 사람은 바로 '사모님이시군요'라고 단정 지어 말했다. 그 말은 도모아키가 유부남이라는 뜻이 아닐까?

　아니, 그럴 리가 없다. 도모아키는 결혼했다는 소리를 한 번도 하지 않았다. 틀림없이 그 직원이 착각한 것이다. 저렇게 큰 병원에서 어느 의사가 결혼했고, 어느 의사가 미혼인지 일일이 다 알 수는 없을 테니까. 잊어버리고 온 물건을 들고 온 여자면 틀림없이 부인일 것이라고 혼자 짐작했겠지. 그래, 그게 맞을 거야.

　간신히 마음을 진정시켰지만 한 번 가슴속에 싹튼 의심은 사라지지 않았다.

　"어, 사고가 났나? 에이 참!"

　택시 운전사가 그렇게 중얼거리는 소리가 들렸다. 앞쪽으로 시선을 돌리자 벌써 차가 막히기 시작하는 게 보였다. 앞에서 달려온 구급차가 마유미가 탄 택시 바로 옆을 지나쳐서 멀어져 갔다. 구급차가 달려가는 방향으로 보아 부상자는 세타가야 사쿠라기 기념병원 응급실로 실려 갈 가능성이 크다. 그럼 도모아키가 그 환자를 진찰하게 되는 걸까?

　"손님, 좀 돌아가게 되는데 여기서 골목으로 빠져도 될까요?"

　"네. 그러세요."

어젯밤에 사귀기 시작했는데 벌써 나는 도모아키를 의심하기 시작했다. 어떻게 하면 이 의심을 깨끗하게 씻어 낼 수 있을까?

마유미가 탄 택시는 일방통행인 좁은 골목길로 들어섰다.

"미안, 좀 늦었지? 막 나오려는데 상사한테 잡히는 바람에."

가메야마 유코는 5분 늦게 왔다. 유코를 만날 때 항상 가는 시나가와의 레스토랑이었다. 마유미는 웃는 얼굴로 친구를 맞이했다.

"괜찮아. 나도 지금 막 왔으니까. 평소에 먹던 걸로 시키면 되지?"

"응. 좀 시켜 줘."

마유미가 가게 종업원을 불러 평소에 주문하던 햄버그스테이크 세트를 주문했다. 핸드백을 옆자리에 놓으면서 유코가 말했다.

"너 무슨 일 있었니? 왜 이렇게 애가 축 처졌어?"

"나? 아니. 아무 일 없었는데."

아무 일 없었던 게 아니다. 원래라면 이제 막 애인이 새로 생겼으니 콧노래가 저절로 나올 만큼 신이 나 있었을 것이다. 그런데 지금은 마냥 좋아할 수가 없었다.

세타가야 사쿠라기 기념병원에 갔던 게 어제였다. 그 뒤로 도모아키가 유부남이 아닐까 하는 불안감이 가슴 한편을 내내 차지하고 있었다.

"너야말로 무슨 일이야? 평소의 네가 아닌데?"

유코는 무채색에 가까운 옷차림을 선호해서 검은색이나 회색 계통 옷을 입는 일이 많은데 오늘은 짙은 청색 치마에 흰 블라우스를 입고 있었다. 옷차림 때문인지 표정까지 밝아 보였다.

"무슨 소리야. 내가 뭐 어때서?"

"왜 이러실까? 내가 아는 유코가 아닌데 뭐. 빨리 말해. 무슨 일이야?"

"지난번 만났을 때 내가 오카야마에 다녀왔다고 했잖아."

유코가 말하기 시작했다. 여행하다가 오카야마 성 앞에서 한 남자 여행객을 만났고, 오카야마 성을 배경으로 서로 사진을 찍어주었다. 그 남자는 도쿄에 사는 회사원인데 그때는 연락처를 서로 주고받기만 하고 그냥 헤어졌다. 그런데 도쿄로 돌아온 다음 연락이 닿아서 몇 번 식사를 같이 했고, 이제 정식으로 사귀기 시작했다는 것이다.

"우와, 잘 됐네! 축하해, 유코!"

"고마워. 하지만 이제 막 사귀기 시작한 거야."

"회사원이면 구체적으로 무슨 일을 하는 사람인데?"

"식품 관련 업체에서 일해. 나이는 나보다 두 살 위."

주문한 햄버그스테이크 세트가 나온 다음에도 두 사람의 이야기는 계속되었다. 주로 이야기하는 사람은 유코였고, 마유미는 들어주는 쪽이었다. 그런데 참 신기한 일이었다. 같은 시기에 두 사람 모두에게 각각 새 애인이 생기다니.

"자, 이제 내 얘기는 했으니까 네 차례야. 무슨 일인데?"

햄버그스테이크를 나이프로 썰면서 유코가 물었다. 마유미는 모르는 척했다.

"응? 무슨 일이라니?"

"딴청부리지 말고. 너랑 내가 봐 온 세월이 얼마인데. 네 얼굴만 봐도 감이 딱 오는 거 몰라?"

하긴 그렇다. 못해도 한 달에 두 번씩은 얼굴을 보고 밥을 먹는 사이다. 미묘한 변화를 알아차리는 것도 어찌 보면 당연한 일이다.

유코도 치어리딩 동아리에 있었기 때문에 당연히 도모아키를 알고 있다. 하지만 실명을 꺼내기가 왠지 꺼려졌다. 그래서 이름은 드러내지 않고 이야기했다.

"실은 나도 어떤 사람이랑 사귀기 시작했거든. 정말 얼마 되지 않았는데⋯⋯."

그 남자가 집에 두고 간 넥타이를 돌려주러 직장에 갔더니 안내하는 직원이 '사모님'으로 착각했다. 그래서 혹시 그 남자가 유부남이 아닐까 의심하게 되었다고 말했다. 그 이야기를 들은 유코가 확인하려는 듯 물었다.

"너 그 사람한테 결혼했는지 직접 물어본 적은 있어?"

"아니, 그렇게 직접 물어보지는 않았어. 하지만 결혼반지도 없었고 그래서 당연히 미혼인 줄 알았지. 그리고 결혼했으면 나한테 사귀자는 말을 하지는 않았을 거 아냐."

"그야 보통은 그렇지. 아무리 그래도 결혼반지가 없다고 바로 미혼이라고 믿은 건 좀 섣불렀던 것 같네. 별거 중일 가능성도 있는 거고. 아무래도 직접 물어보는 게 제일 빠르지 않을까?"

그렇게 할 수 있으면 무슨 걱정이겠는가. 하지 못하니까 문제인 것이다. 혹시 유부남 아니에요? 그렇게 물었을 때 돌아올 대답을 듣기가 겁이 났다. 게다가 입으로는 무슨 말인들 못하겠는가.

마유미가 그런 생각을 이야기하자 유코가 나이프와 포크를 내려놓으며 말했다. 벌써 음식을 거의 다 비운 상태였다.

"그 말도 맞네. 이쪽에서 대놓고 물어봐도 솔직한 대답이 돌아오리라는 보장은 없으니까. 그런데, 너, 그 사람이 진짜 유부남이면 바로 헤어질 생각인 거지?"

"그야 그렇지."

당연히 헤어질 생각이다. 하지만 미련이 없지는 않았다. 도모아키는 결혼 상대로 나무랄 데 없는 사람이고 결혼이라는 티켓 중에서도 상당히 좋은 축에 속한다. 포기하기가 쉽지는 않겠지만 이미 유부남이라면 포기하는 수밖에 없지 않은가. 내게 필요한 건 애인이 아니라 어디까지나 남편이니까.

"같이 아는 친구 누구 없어? 혹시 있으면 그 사람한테 슬쩍 물어보는 것도 좋은 방법일 텐데."

유코의 말에 마유미는 햄버그스테이크를 자르던 나이프를 멈췄다. 그것도 괜찮네. 적당한 사람도 알고 있다. 어떻게든 그 사람과 접촉할 방법이 없을까?

마유미의 접시에는 음식이 아직 반 이상 남아 있었다.

/ / /

오늘은 일요일인데 집에는 유카리 혼자만 남아 있었다. 남편과 시아버지는 아침부터 제약회사에서 주최하는 골프대회에 참가한다고 나갔고 시어머니는 연극을 보러 외출했다. 오후 2시에 유카리도 집을 나섰다. 다마나 미도리의 집으로 향했다.

"어서 와."

미도리가 맞아 주었다. 평소처럼 거실에서 커피를 대접받았다. 테이블 위에 쌓여 있는 학습 참고서가 이제는 낯익은 광경이 되었다.

"오늘은 무슨 볼일일까?"

"네? 특별히 볼일이 있어서 온 건 아닌데요. 일요일인데 집에는 아무도 없고 해서 커피 마시러 온 거예요."

"거짓말. 할 얘기가 있다고 얼굴에 적혀 있는데?"

어떻게 알았지? 사실은 목요일에 있었던 일에 대해 누군가에게 이야기하고 싶어 견딜 수가 없었던 참이다. 남편이 검붉은 색 넥타이를 잃어버리고 온 일 말이다. 그렇게 늦게 들어온 적이 최근에는 거의 없었다. 그 이야기를 하자 미도리가 살짝 웃으며 말했다.

"그냥 단순히 잃어버렸다는 생각은 안 들어? 술 마시고 들어왔다면서? 술자리에서 풀었다가 그대로 두고 왔을 수도 있잖아."

"지금까지 그런 적이 한 번도 없었어요. 보통 아무리 마신다고 해도 그렇게 술자리에서 넥타이를 풀어 버리는 일이 있을까요? 개그 프로에서는 자주 보지만."

"맞아. 나도 예전에 개그 프로에서 자주 봤어. 잔뜩 취해서 넥타이를 이마에 묶는 거 말이지. 현실에서는 그렇게 하는 사람이 거의 없겠지."

그 뒤로 유카리는 매일 남편의 옷장을 슬쩍 확인해 보곤 했는데 아직도 검붉은 색 넥타이는 돌아오지 않았다.

"넥타이를 풀었다는 건 와이셔츠를 벗었다는 뜻으로 생각하는 거지?"

"그럴지도 모른다는 생각을 하는 거죠."

그냥 벗기만 한 게 아니다. 그 자리에 여자도 있지 않았을까? 그러니까 남편이 바람을 피운 게 아닐까 하고 유카리는 의심하고 있었다.

올해 들어서 남편하고 한 번도 관계를 갖지 않았다. 남편이 다른 여자와 관계를 하기 때문에 그렇게 되었을 가능성이 있다. 아내가 아니라 다른 여자를 통해 성욕을 풀고 있는 것이다.

"그게 아니면 뭐겠어?"

미도리가 뭔가 자신 있는 투로 말했다.

"사실 도모는 외모도 썩 괜찮고 머리도 좋잖아. 게다가 의사이고. 어딜 봐도 빠질 데가 없는 남자인데 여자가 꼬이지 않을 리가 있겠어?"

"그렇죠?"

예상했던 일이어서 크게 낙심하지는 않았다. 게다가 얼마 전에 남편이 아이를 가질 생각이 없다는 사실을 알게 되었다. 도대체 내 결혼생활은 무슨 의미가 있을까? 유카리는 근본적인 부분에 대한 의문을 갖기 시작했다.

"자기는 도모랑 결혼해야겠다고 결심한 결정적인 계기가 뭐야?"

"그건…… 프러포즈를 받아서요."

프러포즈를 받은 것은 사귄 지 1년가량 지났을 때였다. 상대는 유능한 의사였고, 자기는 평범한 간호사일 뿐이어서 너무 어울리지 않는다는 생각이 들었고, 그런 불안한 마음을 도모아키에게 내비치기도 했다. 그러자 그가 웃으며 말했다. 그런 건 상관없다고. 난 그냥 너랑 결혼하고 싶고, 그거면 된 거라고.

"자기한테 결혼은 어떤 의미야?"

"결혼……이요……?"

미도리의 질문에 말문이 막혔다. 결혼이란 뭘까? 이상적인 결혼의 모습은 머릿속에 바로 떠오르는데 가만히 생각해 보니 지금의 결혼생활은 그중 무엇 하나 충족시키고 있지 않음을 새삼 깨달았다. 게다가 남편이 바람을 피우고 있다면 결혼생활은 완전히 망가져 버린 게 아닌가.

"내가 아는 친구가 미국에 사는데……."

미도리가 불쑥 말을 꺼냈다.

"걔네 남편이 영화 프로듀서였거든. 그 남자가 신인 여배우랑 바람이 나서 이혼소송까지 가게 됐지. 자세한 금액은 모르지만 결국 2천만 엔 정도는 받아냈을 거야."

"그, 그 얘기가 왜 지금 나오는 거예요?"

"만약 도모가 진짜로 바람을 피우고 있는 거면 자기는 상당히 유리한 조건으로 이혼할 수 있을지도 모른다는 소리야. 남편이 보통 회사원이면 위자료라고 해 봐야 얼마 되지 않겠지만 도모는 의사니까 연봉도 꽤 될 거고. 그럼 위자료도 상당한 금액을 받아낼 수 있지 않을까?"

"전 이혼 같은 거 할 생각 없는데요."

"진짜로?"

미도리의 말이 비수처럼 가슴에 꽂혔다. 정말 그런가? 진짜로 나는 이대로 도모아키와의 결혼생활을 계속하고 싶은 것일까?

청소와 빨래, 그리고 쇼핑과 요리가 유카리의 일과다. 낮에는 대개 시어머니와 함께 생활한다. 가끔 있는 휴일에도 남편은 외출하는 일이 많아서 부부끼리 어디 나가는 경우는 거의 없다. 요즘 들어서는 12일에 한 번씩 니혼바시의 스이텐구에 가는 일정까지 추가되었다. 남편하고 관계도 하지 않는데 임신을 위한 기도라니 참 어이없는 일이다.

"내가 보기에 지금 자기는 그냥 진노 집안의 하녀야. 아내, 아니면 며느리라는 이름의 하녀. 도모는 자기 엄마한테 잘 맞춰 줄 수 있는 몸종이 필요했던 거 아냐?"

하녀. 그 호칭이 지금의 유카리에게 제일 잘 들어맞는 것 같았다. 얘, 오늘은 욕실 청소를 해야겠더라. 얘, 오늘 조림은 간이 너무 짜게 되었구나. 여보, 이 와이셔츠 얼룩 좀 빼 줘.

유카리는 미도리를 바라보았다. 아주 조금 미도리가 미워졌다. 이 사람은 왜 이렇게 짓궂은 말만 골라서 하는 걸까? 그런 유카리의 속내를 훤히 들여다보는 사람처럼 미도리가 말했다.

"그렇게 험악한 표정 짓지 마. 난 그냥 내 의견을 솔직하게 말한 것뿐이니까. 중요한 건 결정적인 증거를 어떻게 찾느냐야. 도모가 바람을 피우고 있다는 완벽한 증거 말이야."

"그걸 어떻게 찾아요?"

"흥신소 같은 데 의뢰하면 되겠지. 프로한테 맡기는 게 제일 확실하니까."

남편이 바람을 피우고 있다는 결정적인 증거를 잡고 싶다는 마음이 있는 한편으로 그것을 알기가 두려운 면도 있었다. 남편이 정말로 바람을 피우고 있다면 나는 과연 무엇을 할 수 있을까?

유카리는 그런 생각을 골똘히 하면서 한참 전에 식어 버린 커피를 마셨다.

╱ ╱ ╱

"히무라 씨가 본사 홍보과에 있는 줄은 꿈에도 생각을 못했네. 하긴 나야 영업소를 전전하는 사람이니까 본사에 갈 일도 없고 하니 알 수가 없었겠지만."

마유미는 가나가와현 히라즈카시에 있는 도하츠 히라즈카 영업소에 와 있었다. 국도변에 있는 영업소는 전면이 유리로 둘려 있고 도하츠의 신차가 몇 대 전시되어 있었다. 주변에는 다른 회사 영업소도 있어 마치 경쟁하듯이 각자의 로고를 내걸고 있었다.

"저도 놀랐어요. 설마 오노 씨가 도하츠에서 일하고 있을 줄은 몰랐으니까요."

"어쨌든 정말 반갑네. 〈홍보 도하츠〉에 실리는 인터뷰라고 했지? 그 잡지에 내 기사가 실리다니 이게 꿈이야 생시야? 집에 가서 와이프랑 딸내미한테 자랑해야지."

남자 이름은 오노 미츠히로. 이곳 히라즈카 영업소에서 일하는 영업사원이다. 〈홍보 도하츠〉의 다음 호 인터뷰 기사를 이 사람으로 해야겠다고 생각한 데에는 따로 이유가 있었다. 도모아키가 했던 말이 생각나서였다.

　지난번 야구장에서 공이 머리를 스치는 바람에 기절해서 세타가야 사쿠라기 기념병원으로 실려 간 날이었다. 치료를 마치고 약국 앞에서 차례를 기다리는데 도모아키가 찾아와서 이야기를 했다. 그때 이런 말을 했다. 오노라고 기억하는지 모르겠네. 우리 동기 중에서 쇼트 수비를 맡던 놈인데 그 녀석이 도하츠에 있다고 했거든.

　오노라는 이름의 사원이 도하츠에 있고, 그 남자도 도모아키처럼 세이카 대학 야구 동아리 출신이라는 말이었다. 도모아키의 동기라면 뭔가 알고 있지 않을까? 그런 생각에 사원 명단을 찾아보았다. 오노라는 성을 가진 사원들은 무수히 많았지만 35세라는 조건을 충족시키는 사람은 딱 한 명이었다. 오노는 마유미를 기억하고 있었던 모양인데 미안하지만 마유미는 그에 대한 기억이 전혀 없었다.

　"그럼 인터뷰 시작할게요. 음, 오노 씨는 야구팀으로 도하츠에 입사하셨는데 이듬해 바로 팀에서 나오셨네요. 어떤 이유로 그렇게 되었는지 설명해 주시겠어요?"

　"알겠습니다."

　조심스럽게 목을 가다듬은 다음 대답하기 시작했다.

　"야구팀으로 추천받아 회사에 입사했는데 얼마 후에 다리 힘줄을 다치는 사고가 있었습니다. 그래서 야구를 그만둘 수밖에 없었지요. 회사를 그만둘까도 생각했지만 이왕 입사를 했으니 제2의 인생이라고 생각하고 영업 쪽에서 다시 시작해야겠다는 마음을 먹게 되었습니다."

"처음에는 많이 힘드셨겠네요."

"그랬지요. 당시에 저는 이미 지금의 제 와이프랑 사귀고 있었습니다. 그래서 이 사람이랑 결혼해야겠다는 마음에 더 맹렬하게 일했지요."

인터뷰가 계속되었다. 생각보다 훨씬 더 재미있는 이야기를 들을 수 있어서 좋은 기사가 되겠구나 하는 확신이 생겼다. 도하츠 자동차라는 회사가 지방에 있는 무수한 영업소에서 하루하루 열심히 일하는 사원들의 힘으로 존재한다는 사실을 전달할 수 있는 기사가 될 것 같았다.

"……감사합니다. 이걸로 취재를 마칠게요. 덕분에 좋은 기사가 나올 것 같네요."

"정말 나 같은 사람이 인터뷰를 해도 되는 건가?"

"물론이죠. 오노 씨는 히라즈카 영업소의 뛰어난 실적에 지대한 공헌을 하신 분이잖아요."

이 말은 사실이었다. 영업사원이 된 후 그는 좋은 실적을 거두었고, 그래서 이 히라즈카 영업소는 가나가와현 안에서도 세 손가락 안에 드는 매출을 자랑하는 곳이 되었다. 오노의 활약에 힘입은 바가 크다는 평판이었다.

"그나저나 나 말고 또 한 명은 누구지? 인터뷰 기사는 항상 두 명이 실리던데."

"다른 한 분은 부사장님이에요."

"와, 너무 비교되겠는데."

그러면서 오노가 웃었다. 그의 사람 좋은 얼굴을 보며 마유미는 마음 한구석이 찔렸다. 약간의 죄책감을 떨쳐 내고서 정말로 궁금했던 점을 알기 위해 본격적으로 파고들기 시작했다.

"오늘 세이카 대학 선배님과 이야기할 수 있어서 정말 영광이었어요. 오노 씨는 지금도 대학 때 친구분들이랑 자주 어울리시나요?"

"그야 그렇지."

별 의심 없이 오노가 대답했다.

"요즘도 연말이 되면 동기들끼리 송년회를 하니까. 난 여기 촌에 있는 바람에 자주 나가지는 못 하지만 도쿄에 사는 친구들은 꽤 자주 모여서 술 한잔씩 하고 그럴걸. 치어리딩팀은 어때? 지금도 얼굴들 보나?"

"나름 만나는 사람들도 있지요. 하지만 여자들은 결혼하면 좀처럼 개인 시간 내기가 쉽지 않더라고요. 아 참, 그러고 보니까 〈홍보 도하츠〉 이번 호 취재 때문에 야구팀에 잠깐 인터뷰를 갔거든요……."

취재 중에 날아온 공에 맞아 근처 병원에 실려 갔던 이야기를 오노에게 했다.

"……그때 저를 치료해 준 의사가 진노 선배였어요. 정말 깜짝 놀랐어요."

"진노였다고? 그 녀석은 집 근처 병원에서 일한다고 했던 것 같은데. 집이 사쿠라기였지 아마? 참 여러모로 부러운 놈이야."

이때다. 마유미는 마음을 굳게 먹었다. 볼펜을 들고 있던 손에 힘을 꽉 준 다음 준비해 두었던 질문을 꺼냈다.

"진노 선배는 결혼하셨죠?"

"했지. 벌써 한 7, 8년 됐을걸."

한순간 머릿속이 새하얘졌다. 어느 정도 예상은 하고 있었지만 생각보다 훨씬 충격이 컸다. 진노 도모아키는 유부남이었다. 나는 완전히 속았던 것이다.

동요하는 마음을 들키지 않으려고 애써 침착하게 오노에게 물었다.

"부인은 어떤 분이에요?"

"이런 말을 하기 좀 그렇지만 너무 평범한 느낌이던데. 간호사 출신이라지, 아마? 애는 아직 없는 모양이더라고. 근데 진노랑은 좀 안 어울린다고나 할까. ……내가 말이 좀 심했나?"

자신을 속인 도모아키에 대한 분노도 있었지만 그 이상으로 스스로에 대한 자괴감이 심하게 들었다. 난 왜 도모아키의 정체를 알아차리지 못했을까? 그게 너무 화가 났다. 애인이 새로 생겼다는 생각에 잔뜩 들떠서 잠시 도모아키와의 결혼을 꿈꾸고 있었던 자기 자신이 한심하기 짝이 없었다.

"오노 씨, 손님이 찾아오셨는데요."

여사원이 오노의 귓가에 대고 그렇게 속삭이는 소리가 들려서 마유미는 일어설 채비를 했다.

"오늘은 정말 감사했습니다. 잡지에 실리는 인터뷰 기사는 미리 작성해서 보여드릴 예정입니다. 제가 다시 연락을 드리겠습니다."

"알겠습니다. 기대하고 있을게요."

오노와 악수한 다음 히라즈카 영업소에서 나왔다. 국도를 따라

터벅터벅 걸어가는데 갑자기 눈시울이 뜨거워졌다. 이렇게 분하고 화가 난 것은 정말 오랜만이었다.

손에 들어온 줄 알았던 결혼이라는 티켓이 가짜였다. 더구나 그 티켓을 가질 수 있다는 희망에 부풀어서 귀중한 시간을 허비한 데다 마음에 깊은 상처까지 입었다. 내가 받은 상처만큼 그도 대가를 치르게 하고 싶었다.

마유미는 걸어가면서 깊은 생각에 잠겼다.

밤 10시. 마유미는 시나가와 구에 있는 어느 아파트 앞에서 발걸음을 멈췄다가 그대로 입구로 들어갔다. 엘리베이터로 6층에 올라가 603호 초인종을 눌렀다. 잠시 뒤에 문 안쪽에서 "누구세요?" 하는 여자 목소리가 들렸다.

"유코, 미안. 나야, 마유미."

체인을 벗기는 소리가 들렸다. 문이 열리면서 가메야마 유코가 빼꼼히 얼굴을 내밀었다.

"웬일이야? 이 시간에?"

유코는 흰 속치마 바람이었다. 머리가 약간 헝클어져 있었다. 담배 냄새가 코를 찔렀다. 유코는 담배를 피우지 않는다. 마유미는 눈길을 떨어뜨려 현관에 남자 신발이 있는 것을 보고는 금세 어떤 상황인지 눈치 챘다.

"아, 미안해. 근처에 올 일이 있어서 잠깐 들러 본 거야. 방해해서 미안."

"미리 연락을 주지 그랬어. 지금 그 사람이 와 있거든."

여행 갔다가 만나 사귀게 되었다는 애인이겠지. 언제나 제일 가까이 있는 친구라고 생각했던 유코하고 살짝 멀어진 것만 같은 느낌이 들었다. 치어리딩 동아리 출신 중에서 마지막까지 함께 남아 있는 친구다. 그래서 유코만은 확실한 동지라고 항상 생각했다.

　"그럼 그냥 갈게."

　"미안해 마유미. 갑자기 온 걸 보니까 무슨 일이 있었구나? 나중에 따로 천천히 만나서 얘기하자."

　"아니야, 괜찮아. 따로 볼 일이 있었던 게 아니라 정말로 그냥 들른 건데 뭐. 갈게."

　그렇게 말한 마유미는 그대로 뒤돌아서 엘리베이터를 타고 1층으로 내려왔다. 아파트에서 나와 걷기 시작했다. 정처 없는 발걸음이었다. 유코한테 모든 일을 털어놓고 조언을 구하려고 왔지만 사실은 조언이 아니라 그냥 공감하고 위로하는 말을 듣고 싶었을 뿐이라는 걸 스스로도 알고 있었다. 그러나 아무리 친구가 공감하고 위로해 줘도 상황이 갑자기 확 바뀔 가능성은 없다는 사실 또한 잘 알고 있었다.

　눈앞에 버스 정류장이 보였다. 마유미는 나란히 놓인 벤치 두 개 중 하나에 앉았다. 옆 벤치에는 커플로 보이는 젊은 남녀가 앉아 뭔가 즐겁게 얘기하고 있었다.

　어떻게 하다가 이렇게 됐지? 이제 와서 그런 생각을 해 봐야 소용없다는 건 잘 안다. 하지만 생각을 안 할 수가 없었다. 도대체 어째서 처음부터 그 남자의 정체를 알아차리지 못했을까?

　이렇게 된 이상 이제 방법은 한 가지밖에 없다. 깔끔하게 그만

두는 것이다. 그게 최선이었다. 하지만 억울했다. 이대로 조용히 물러서야 한다는 걸 도무지 받아들일 수가 없었다.

이대로 그 남자랑 계속 사귀는 방법도 있었다. 그리고 어떻게 해서든 지금의 부인과 이혼하게 만든 다음 그 자리를 꿰차는 것이다. 오늘 히라즈카에서 들었던 오노의 말이 떠올랐다. 평범한 여자에다 아이도 없다고 했다. 그도 결혼생활이 만족스럽지 않으니까 나를 만난 게 아닐까?

도모아키가 무슨 생각을 하고 있는지 그 속을 짐작할 수 없었다. 나와의 관계를 그냥 바람 한 번 피운 정도로 생각하고 있다면 더 이상의 진전은 기대할 수가 없다. 만약 그렇다면 하루빨리 그런 남자 따위 잊어버리는 게 상책이다. 하지만 그렇게 되더라도 이대로 곱게 물러나는 게 아니라 뭐든 한바탕 해 주고 싶었다. 나를 속인 일에 대해 후회할 만큼의 상처를 안겨 주고 싶었다.

마유미는 무릎 위에 있는 핸드백 속에서 책자 하나를 꺼냈다. 얇은 책자였다. 아까 옷장 깊숙한 곳에서 꺼낸 대학 시절의 명단이었다. 그 당시 운동 동아리에 소속되어 있던 학생들의 명단인데 물론 야구 동아리 회원들의 이름과 주소도 나와 있었다.

페이지를 접어 놓았기 때문에 진노 도모아키의 이름은 바로 찾을 수 있었다. 세타가야 사쿠라기 2동이 그 남자가 사는 집 주소였다. 부모님과 함께 산다고 했으니까 지금도 이 주소에 살고 있을 것이다. 얼굴도 모르는 그의 아내와 함께 말이다.

어떤 여자일까? 참을 수 없이 궁금했다. 진노 도모아키라는 잘나가는 의사의 부인 자리를 차지하고 있는 여자는 도대체 어떻게 생겼을까? 역시 직접 보지 않고는 상상이 되지 않았다.

옆 벤치에 앉아 있던 커플이 일어났다. 정류장 앞에 버스가 정차하자 여자가 올라탔다. 남자는 그 자리에서 여자를 향해 손을 흔들고 있었다. 조금 있다가 버스가 떠나자 남자는 주머니에 손을 찔러 넣고 뚜벅뚜벅 걸어서 어디론가 가 버렸다.

마유미는 다시 한 번 명단에 있는 진노 도모아키의 주소를 보았다. 이대로 끝내고 싶지 않다. 절대로.

/ / /

"얘, 마당에 있는 나무가 너무 많이 자란 것 같구나. 업체에 전화 좀 해 봐라."

"네, 어머님."

아침식사 시간. 평소와 다름없는 모습이었다. 시아버지와 남편은 나란히 TV 뉴스를 보면서 아침을 먹고 있었다. 시어머니가 오이절임을 젓가락으로 집어 들면서 시아버지에게 물었다.

"여보, 오늘 저녁은 스키야키 어때요? 한동안 안 해 먹었잖아요."

진노 집안에서 '맛있는 걸 먹자'고 할 때는 대개 에이쇼에서 최고급 초밥을 시켜 먹거나 스키야키를 해 먹는다. 스키야키를 할 때는 근처에 있는 정육점에서 고베 쇠고기(神戸牛 : 고베 지방에서 생산된 최상급 쇠고기 - 옮긴이)를 사서 집에서 요리한다. 한 달에 한두 번 그렇게 먹는데 이번 달에는 아직 한 번도 먹지 않았다.

"오늘 저녁이면 별일 없으니 나는 괜찮아."

시아버지가 그렇게 대답하자 옆에 있던 남편이 TV에서 눈길을 떼지 않은 채 말했다.

"난 좀 늦을 것 같은데. 그냥 나 빼고 드세요."

"그게 무슨 소리니? 스키야키는 가족이 다 같이 있을 때 먹어야지. 할 수 없구나. 그럼 오늘 저녁은 뭐 해 먹지? 얘, 넌 뭐 먹고 싶은 거 없니?"

"글쎄요, 저는……."

남편을 보았다. TV를 보면서 반찬을 우적우적 씹고 있었다. 오늘 밤에 늦게 올 모양이다. 일 때문에 늦는 걸까? 평소처럼 대학 동창들하고 술을 마시는 걸까? 아니면 친구라는 명목으로 애인을 만나는 걸까?

남편이 바람을 피우고 있다는 결정적인 증거를 찾는 것. 그게 이혼할 때 내 쪽을 유리하게 만들 수 있는 조건이라고 다마나 미도리가 그랬다. 하지만 흥신소에 지불할 돈을 마련할 방법이 없으니 직접 알아보는 방법밖에 없다.

오늘 밤이 절호의 기회일지도 모른다. 남편이 늦게 들어온다는 것을 미리 알게 되었으니 말이다. 오늘 밤에 그 여자를 만난다는 보장은 없지만 그래도 감시를 하다 보면 뭔가 알아낼 수 있을지도 모른다. 택시 운전사를 매수해 볼까? 1만 엔을 주고 병원에서 나오는 도모아키를 미행해 달라고 하는 것이다. 몇 사람한테 부탁하다 보면 들어주는 사람이 있겠지.

하지만 내가 진짜로 탐정처럼 미행을 할 수 있을까? 그 점이 제일 불안했다. 무엇보다 밤에 외출한 게 도대체 언제였는지 기억도 나지 않을 만큼 까마득하다는 사실에 충격을 받았다. 외출의 구실을 만드는 것도 힘들 것 같았다. 섣불리 어중간한 소리를 했다가는 시어머니가 꼬치꼬치 따지고 들 게 뻔하다. 역시 어떻게든 돈을 마련해서 흥신소에 맡기는 게 제일 좋은 방법인지도 모르겠다.

"도모아키, 너도 네 처한테 들었겠지만."

시어머니가 말을 꺼냈다.

"지난주부터 니혼바시에 있는 스이텐구에 가기 시작했다. 앞으로는 술일 때마다 갈 작정이야."

"네, 들었어요. 뭐 굳이 그렇게까지 해야 하나 싶은데요."

"그게 무슨 소리야. 거기가 얼마나 영험한 신사인데. 너도 언제 한번 같이 가 보자."

지금은 아이를 가져야 할 필요성을 느끼지 못한다. 남편은 그렇게 생각한다고 했고, 기회를 봐서 시어머니에게도 그렇게 말하겠다고 했다. 지금이 딱 좋은 기회구나 하고 속으로 생각했는데 남편은 그저 애매하게 고개를 끄덕이고 말았다.

"시간 날 때요."

"너도 속 편한 소리 하는 거 보면 딱 너희 아버지구나. 아이, 잘 먹었어. 얘, 오늘 쓰레기 버리는 날이라는 거 알고 있지?"

"네, 어머님."

"당신 정말 좋은 며느리야."

남편이 그렇게 말하면서 자리에서 일어났다. 평소 같으면 신경 쓰이지 않았을 그 말이 이상하게 마음에 걸렸다. 내가 칭찬받을 일을 하고 있는 건가? 지난번에 미도리가 말한 '하녀'라는 단어가 마음 한구석을 차지하고 있었다.

유카리는 그릇에 남아 있던 반찬을 마저 먹어 치우고서 빈 그릇을 들고 일어섰다. 설거지를 마친 다음 쓰레기를 가지고 부엌 옆에 있는 뒷문을 통해 밖으로 나갔다. 마당을 가로질러 집 밖으로 나갔다. 오늘도 날씨가 좋았다. 벌써 7월 중순이 다 되어서 더운 날이 계속되고 있었다.

쓰레기 버리는 곳에 들고 온 쓰레기 봉지를 내려놓았다. 그리고 왔던 길을 되돌아갔다. 모퉁이에서 어떤 여자가 나왔다. 집을 찾고 있는지 손에 책자 같은 것을 들고 있었다. 베이지색 타이트스커트에 흰 블라우스 차림인 게 일하러 가는 회사원 같았다.

여자와 눈길이 마주쳤다. 무슨 영문인지 여자는 깜짝 놀란 표정으로 그 자리에 우뚝 섰다. 아는 사람인가? 하지만 처음 보는 얼굴이었다. 옆을 지나갈 때 혹시나 싶어 유카리는 살짝 고개를 숙여 인사했는데 여자는 바쁜 걸음으로 그냥 지나쳐 버렸다.

집 앞에 와서 안으로 들어가기 전에 뒤를 돌아보았다. 아까 그 여자가 이쪽을 보고 있는 것 같았는데 유카리의 시선을 알아채고는 금방 다시 고개를 돌리고 가 버렸다.

유카리는 아까 봤던 그 얼굴을 머릿속에 잘 새겨 놓은 다음 집 안으로 들어갔다.

"무서운 여자네. 적진에 정찰하러 온 거 아냐? 무시무시하구만."

다마나 미도리가 허풍스럽게 어깨를 움츠렸다. 유카리가 씁쓸하게 웃으며 말했다.

124

"장난이 아니라니까요. 그래서 언니 생각은 어때요? 그 여자가 정말로 우리 남편 불륜 상대일까요?"

"그럴 수도 있고 아닐 수도 있고. 가능성은 반반이겠지."

오늘 아침에 쓰레기 버리러 나갔다가 마주친 여자 이야기였다. 이 근방에서는 본 적이 없는 얼굴이었기 때문에 마음에 걸렸다. 사쿠라기에 사는 사람이라면 부녀회 활동 등을 통해 얼굴 정도는 본 적이 있었을 것이다.

"식전 댓바람부터 불륜 상대의 집을 찾아 나섰다는 게 좀 이상하기는 하네. 혹시 보험회사 사람 아냐?"

"보험 영업사원이요? 그럴지도 모르겠네요."

얼굴 생김새가 또렷한 미인이었다. 연예인 수준은 아니더라도 유카리 주변에서는 본 적이 없는 느낌의 여자였다.

"그래서 어떻게 하기로 했어? 흥신소에 맡길 거야?"

"얼마나 돈이 들지 몰라서요……. 돈만 되면 그렇게 하고는 싶은데."

"내가 빌려줄까? 난 돈 많은데."

술잔에 있던 위스키를 단숨에 비운 미도리가 술병을 들어 다시 따르며 말했다. 지금은 오후 2시. 장 보고 오는 길에 잠깐 들렀는데 유카리가 들어올 때부터 미도리는 혼자서 술을 마시고 있었다. 오늘은 학원 일이 없다고 했다.

"저, 정말이요?"

"그럼. 자기가 원한다면야."

부모님을 사고로 잃은 뒤 부모의 재산과 지금 사는 집을 물려

받았고, 거기에다 보험금까지 들어와서 얼마든지 놀고먹을 수 있게 되었지만 정작 미도리의 생활은 퇴폐적이고 염세적이었다. 소중한 부모님을 잃은 대신 평생 먹고살 만한 돈을 얻게 된 그녀는 자유분방하게 사는 것처럼 보이지만 실은 여전히 깊은 슬픔을 안고 있는 게 아닐까 하는 생각이 들었다.

"왜 저한테 이렇게 잘해 주는 거예요?"

혹시 미도리와 도모아키 사이에 소꿉친구 이상의 무슨 관계가 있었던 게 아닐까? 자꾸만 그런 생각이 들어서 물어봤지만 미도리는 웃으며 대답했다.

"그냥 그러고 싶어서. 도모하고는 초등학교 때까지 학교도 같이 다녔고 해서 신경도 쓰이고. 그리고 난 할 일이 없어서 심심하거든."

"학원 일은 언제까지 할 생각인데요?"

"가을 정도까지? 그게 끝나면 어디로든 또 떠나려고. 내가 왜 이렇게 이 나라 저 나라 쏘다니는지 알아?"

미도리가 몽롱해진 눈으로 물었다. 완전히 취한 모양이었다.

"글쎄요? 다른 나라에 흥미가 있어서 아니에요?"

"죽을 자리를 찾는 거야."

미도리가 순간적으로 멀쩡한 얼굴이 되어 말했다.

"난 언제 죽어도 상관없어. 정말로 그렇게 생각하거든. 내가 사는 게 무슨 의미가 있겠어?"

"앗, 조심!"

미도리가 들고 있던 술잔이 손에서 미끄러져 떨어졌다. 다행히 깨지지는 않았지만 바닥에 떨어지는 바람에 안에 들어 있던 위스키가 온 사방으로 튀었다.

"괜찮아요?"

유카리는 술잔을 주워 올린 다음 휴지로 바닥에 흐른 위스키를 닦아 냈다. 알코올 냄새가 코를 찔렀다.

"이제 그만 마셔요."

"그래야지. 너무 많이 마셨어."

미도리가 일어서서 비틀거리는 발걸음으로 걸어갔다. 2층 침실로 올라가려는 모양인데 자칫하다가는 계단에서 굴러떨어질 것 같아서 유카리도 뒤따라갔다. 간신히 계단을 올라 제일 끝에 있는 방으로 들어갔다. 그리고는 방 한가운데 있는 침대 위로 풀썩 쓰러졌다.

완전히 취했는지 그대로 곯아떨어졌다. 장 보고 오는 길에 잠깐 들렀을 뿐이라는 사실이 문득 떠올라 허겁지겁 방에서 나오려던 유카리의 눈에 사진 한 장이 불쑥 들어왔다.

침대 머리맡에 놓인 액자였다. 대학 졸업식 때 사진인지 졸업 가운을 입은 미도리가 있었고 양옆에는 점잖은 정장 차림의 남녀가 서 있었다. 돌아가신 미도리의 부모님인 모양이었다. 사는 게 무슨 의미가 있겠어? 조금 전에 미도리가 그렇게 말했다. 그게 진심이겠구나 하는 생각이 들었다. 부모님을 여읜 것이 그 정도로 큰 충격이었던 모양이다.

사진 속의 미도리는 지금과는 비교도 할 수 없을 정도로 젊고 생기 있고 아름다웠다.

/ / /

"자기, 이번 일요일에 뭐해?"

마유미가 옆에 누워 있는 도모아키에게 물었다. 둘은 마유미네 집 침대에 있었고 둘 다 아무것도 걸치지 않은 상태였다. 도모아키가 천장을 올려다보면서 대답했다.

"일요일? 골프 약속이 잡혀 있을 걸, 아마? 그런데 왜?"

"영화나 같이 보러 갈까 해서."

"주말에는 골프 치러 나가는 경우가 대부분이야. 접대 때문에. 다음 달까지는 주말마다 뭐가 있어서 비는 날이 없을 텐데."

진짜인지 알 길이 없다. 하지만 골프를 친다는 말은 진짜 같았다. 왜냐하면 도모아키의 피부는 햇빛에 그을려 까무잡잡하고 왼쪽 손목에는 롤렉스 시계 자국이 하얗고 선명하게 나 있기 때문이다.

"골프가 그렇게 재미있어?"

"재밌지. 전에는 잘 몰랐는데 요즘 실력이 좀 붙어서 점수가 괜찮게 나오게 되었거든. 마유미는 골프 쳐 본 적 없어?"

도모아키가 이 집에 온 것은 오늘로 세 번째였는데 오늘 밥을 먹으면서부터 마유미의 이름에서 '짱'을 빼고 부르기 시작했다. 사이가 많이 가까워져서 그런 것이겠지만 마유미는 사실 그게 좀 싫었다. 도모아키는 아직도 자기가 유부남이라는 말을 하지 않았다.

"같이 해 보자는 소리는 몇 번 들었지."

"내가 가르쳐 줄까? 아, 다음에 연습장에 같이 가면 되겠네. 골프채는 내가 가져갈게. 연습 좀 하다가 밥 먹으러 가자."

도모아키가 제안했다. 천연덕스럽게 웃는 얼굴을 보고 있으려니 심사가 살짝 꼬여서 심술을 부려 보기로 했다.

"그것도 괜찮겠네. 아 참, 혹시 우리 동아리에 같이 있던 유코라고 기억해? 지금도 나랑 친하게 지내는데. 가메야마 유코 말이야."

"대충은. 좀 성실하고 진중해 보이는 애 아냐?"

"그렇게 말하면 난 불성실하고 가벼운 애 같잖아?"

"누가 그런 뜻으로 말했대?"

도모아키가 마유미의 머리를 툭 치면서 말했다. 애인끼리 장난 치는 것 같은 대화에 마유미는 속으로 살짝 웃었다. 아무것도 몰랐다면 지금 이 상황이 정말 좋았을 텐데. 하지만 나는 이 남자가 유부남이라는 사실을 알고 있다. 마유미는 태연한 표정으로 말을 이었다.

"유코랑 나는 수시로 만나서 밥 먹거나 했거든. 유코는 여행 다니는 걸 좋아하는데, 그게 어디라고 했더라. 아, 오카야마 어딘가로 여행을 갔다가 만난 남자랑 사귀기 시작했다고 하더라고. 지난번에도 밥 먹자고 했더니 바쁘다고 거절당했어. 하긴 나도 마찬가지지만."

같은 시기에 애인이 생긴 것은 우연이지만 재미있는 타이밍이라고 마유미도 생각한다. 하지만 유코의 애인은 아마 싱글이겠지. 그런 점에서 나랑 유코는 전혀 다르다.

지금 이 단어를 입 밖에 내는 것은 큰 모험이었다. 그러나 이 남자가 어떤 반응을 보이느냐에 따라 앞으로 어떻게 대응해 나갈지가 완전히 달라질 것 같았다. 경우에 따라서는 오늘이 이 남자를 만나는 마지막 날이 될 수도 있다. 그래도 마유미는 그 말을 꺼내지 않을 수가 없었다.

"아무래도 유코는 그 남자랑 결혼할 것 같아."

결혼. 이 단어를 들은 도모아키의 반응이 궁금했다. 마유미는 속으로 세 가지 경우를 예상하고 있었다. 첫째는 무시한다. 아무 말도 못 들은 척 다른 이야기로 화제를 돌린다. 둘째는 이 말을 계기로 사실대로 털어놓는다. 미안해. 사실 난…… 하는 식으로 고백하는 것이다. 그리고 이 두 가지를 제외한 다른 반응이 셋째 경우다.

아마도 무시하겠지 하고 마유미는 생각했다. 못 들은 척 다른 이야기를 꺼낸다. 그게 일반적인 반응이겠지. 이 상황, 그러니까 아내가 엄연히 있는데도 한 살 아래의 애인이 생긴 상황을 조금이라도 더 즐기고 싶다면 굳이 자기가 유부남이라는 사실을 털어놓을 리가 없으니까.

아니나 다를까 도모아키는 말문이 막힌 모양이었다. 5초가량 침묵하다가 입을 뗐다.

"결혼이라. 마유미는 결혼에 대한 꿈이 있어?"

질문이 돌아올 줄은 예상치 못했다. 살짝 당황하면서 대답했다. "어느 정도는 있지."

"월급쟁이 의사는 생각보다 무지 힘든 일이야. 휴일에 출근하는 일도 많고, 수시로 당직도 서야 하고. 아직까지는 많은 환자를 보면서 경험을 쌓는 게 중요하다고 난 생각하거든. 하지만 나도 이

병원에 앞으로 계속 있을 생각은 아니야. 조금 더 경험을 쌓은 다음에는 세이카 대학 부속병원으로 옮길 작정이지. 그렇게 되면 지금하고는 상황이 많이 달라지겠지."

무슨 뜻으로 하는 말인지 이해하려고 머리를 굴렸다. 대학병원으로 옮길 때까지 기다려 달라는 뜻일까? 그럼 도모아키는 지금의 아내와 이혼할 작정이라는 건가? 아니면 그냥 단순히 딴청을 피우려고 엉뚱한 얘기를 꺼낸 걸까?

도모아키의 아내는 어제 아침에 봤다. 그가 어떤 여자랑 결혼했을까 하는 궁금증 때문에 도저히 가만히 있을 수가 없어서 출근하기 전에 사쿠라기로 일부러 찾아간 것이다. 집에까지 찾아갈 생각은 없었고, 그냥 어디쯤 살고 있는지 장소만 확인하고 오려고 했다. 그런데 도모아키의 집에서 나오는 여자와 우연히 마주쳤다. 쓰레기를 버리러 나온 모양이었다.

옷차림도 수수했고, 화장을 안 해서 그런지 얼굴 생김새도 평범한 편이었다. 히라즈카 영업소의 오노가 한 말처럼 도저히 진노 도모아키의 아내로는 보이지 않았다. 이 남자는 왜 하필 그런 여자와 결혼했을까? 당장이라도 대놓고 물어보고 싶었다.

"자기 정말 힘들겠다. 그래도 열심히 해."

마유미의 격려에 도모아키는 몸을 일으키면서 말했다.

"고마워. 슬슬 가 봐야지."

"집에 가게?"

"응. 난 아직도 부모님이랑 같이 살잖아. 외박하면 엄마 잔소리가 장난 아니라서."

도모아키는 바닥에 널려 있던 옷들을 주워서 입기 시작했다. 그 모습을 바라보면서 마유미는 자기 마음을 실감했다.

나는 이 남자를 사랑한다. 동시에 죽이고 싶을 정도로 미워한다. 유부남이라는 사실을 숨기고 나랑 관계를 맺은 남자다.

그러나 지금 마유미의 마음속에 또 하나의 생각이 생겨났다. 아까 그가 했던 이야기, 그러니까 세이카 대학 부속병원에 들어가면 상황이 바뀔 수도 있다는 이야기를 듣고서 그 여자만 없어지면 내가 이 남자를 차지할 수 있지 않을까 하는 생각이 싹트게 되었다.

"마유미, 나 간다. 다음에는 골프연습장에 데리고 갈게."

"알았어. 연락해."

마유미도 침대에서 일어나 얇은 이불을 몸에 둘렀다. 그가 입맞춤을 하려고 다가오는 것을 보고 마유미도 살짝 웃으며 그의 뽀뽀를 받았다.

／／／

토요일의 스이텐구는 사람들로 인산인해를 이루고 있었다. 술일이 겹쳐서인지 대부분이 기도하러 온 사람들 같았다. 가끔씩 임산부도 보였지만 그보다는 20대에서 30대 사이의 여자들이 압도적으로 많았다. 남편으로 보이는 남자와 함께 온 사람들도 있었다. 아이가 생기도록 기원하러 온 모양이다.

참배를 마친 다음 유카리는 시어머니와 함께 닌교초를 걸었다. 전통적인 분위기의 가게가 줄지어 늘어선 이곳도 쇼핑하는 사람들로 붐비고 있었다.

"어머, 맛있어 보이네. 저걸로 사갈까?"

시어머니가 전통 과자 가게 앞에서 발걸음을 멈췄다. 에도 시대에 창업하여 오랜 역사를 자랑하는 전통 과자 가게였고 그중에서도 밤과자가 제일 인기 품목인 모양이었다. 시어머니는 이 길로 우에노에서 옛 친구랑 만날 약속이 있는데 그 사람에게 가져갈 선물을 사려는 것 같았다.

"이건 네가 집에 갖다 놔라."

가게에서 나와 시어머니가 종이백 하나를 유카리에게 건네주며 말했다. 그러고는 둘이서 조금 더 걸어가다가 다시 발걸음을 멈췄다. 지하철역 앞이었다. 여기서 시어머니는 지하철 히비야 선을 타고 우에노로 갈 예정이다.

"그럼 난 가 보마. 내 저녁은 필요 없으니까 나머지는 네가 알아서 하고."

"네 어머님. 즐겁게 보내다 오세요."

시어머니가 계단으로 내려가는 모습을 지켜본 다음 유카리는 왔던 길로 되돌아갔다. 사쿠라기로 돌아가려면 니혼바시 역에서 타야 한다.

도모아키는 오늘도 오후부터 골프를 친다고 했다. 최근 들어 남편은 거의 매주 골프를 치러 나간다. 유카리는 골프를 쳐 본 적도 없고, 하고 싶다고 생각한 적도 없었다.

오후 2시가 넘은 시간이었다. 점심은 시어머니랑 같이 중간에 들러서 먹었다. 오늘은 시아버지도 학회 때문에 나가 있어서 밤까지 해야 할 일이 없었다. 일단 집에 들어갔다가 다마나 미도리한 테나 가 볼 생각이었다.

유카리는 어제 오랜만에 미에의 친정집에 전화했다. 낮에 시어머니가 외출하고 집에 혼자 남아 있던 참에 마침 생각이 나서 전화를 걸었다. 친정어머니가 전화를 받고는 일방적으로 이런저런 이야기를 늘어놓았다. 미에에 있는 친정집에는 2년에 한 번씩, 설날에만 가는 것으로 정해져 있다. 올해 설에는 가지 않는 차례여서 어머니와 이야기하는 것도 오랜만이었다.

아버지가 얼마 전에 허리를 다쳐서 현장에 나가지 못하게 되었다는 이야기, 유카리보다 두 살 어린 남동생의 아이, 그러니까 유카리의 조카인 어머니의 친손자가 너무 예쁘다는 이야기를 어머니는 끝도 없이 이어 갔다. 유카리의 남동생은 아버지와 같은 임업 관련 회사에서 경리로 일하는데 5년 전에 같은 지역에 사는 여자와 결혼해서 벌써 아이가 둘이었다. 30분쯤 통화했는데 어머니는 일방적으로 친정집의 근황만을 늘어놓을 뿐 딸이 도쿄에서 어떻게 지내는지는 일체 물어볼 생각을 하지 않았다. 전화를 끊고 나서 유카리는 다시금 깨달았다. 내가 돌아갈 곳은 미에의 친정집이 아니다.

그럼 내가 돌아갈 곳은 도대체 어디일까? 시댁의 하녀로 평생을 살고 싶지는 않았다.

니혼바시 역에 다다랐다. 긴 계단을 내려가 플랫폼에 섰다. 에어컨이 신통치 않은지 플랫폼은 후끈후끈했다. 잠시 기다렸더니 1번 플랫폼에 시부야 방면으로 가는 열차가 도착한다는 안내방송이 나왔다.

플랫폼에는 상당히 많은 사람이 전철이 오기를 기다리고 있었다. 멀리서 다가오는 열차의 불빛이 보였다. 문득 이상한 느낌이 들었다. 뭐라 말로 형용할 수 없는 느낌이었다. 유카리는 뒤를 돌아보고 자기도 모르게 "헉" 하는 소리를 냈다. 바로 뒤에 여자가 서 있었다. 선글라스를 쓴 그 여자는 유카리의 시선을 알아차리고는 당황한 모습으로 뒤돌아서 가 버렸다.

틀림없다. 그 여자다. 쓰레기 버리러 갔을 때 만난 여자.

"잠깐만요."

유카리의 목소리는 플랫폼으로 미끄러져 들어오는 열차의 굉음에 묻혀 버렸다. 여자는 다른 손님들 틈새로 빠져나가면서 멀어져 갔다. 유카리는 그런 여자의 모습을 뒤따라 뛰어가기 시작했다.

2부

그녀들의 거짓말

"우에하라 형사, 잠깐 서장실에 가 봐. 구마자와 형사도 데리고."

과장이 부르자 우에하라 다케하루가 고개를 들었다. 세타가야 경찰서 형사과 사무실이었다. 어젯밤에 관내에서 강도 사건이 발생해서 대부분이 수사에 동원되어 나간 상황이었다. 구마자와 리코를 눈으로 찾아서 불렀다.

"구마자와 형사, 같이 좀 가자. 서장실로."

창가에서 커피를 타고 있던 구마자와 리코가 이쪽을 돌아보더니 무슨 일인가 하는 표정을 지었다. 올해 형사과에 배치된 여경이었다. 세타가야 경찰서에서 여경이 형사과에 배치된 것은 이번이 처음이었다. 우에하라가 자리에서 일어나면서 리코에게 말했다.

"나도 무슨 일인지 몰라. 아무튼 가자."

복도를 따라 서장실로 향했다. 도대체 무슨 일인지 궁금했다. 서장에게 벼락을 맞을 만한 실수를 한 기억은 없었다. 리코가 약간 뒤쪽에서 따라오고 있었다. 서장실 문을 노크했다.

"우에하라입니다. 실례합니다."

문을 열고 안으로 들어갔다. 정면에 묵직해 보이는 책상이 있었고, 거기에 서장인 사카구치가 앉아 있었다. 일개 형사에 지나지 않는 우에하라가 서장과 일대일로 마주하는 일은 거의 없었다. 얼굴 보는 일이라면 조회시간에 훈시를 듣는 정도에 지나지 않았다. 사카구치 서장이 자리에서 일어서더니 접대용 소파에 앉으라고 손으로 가리켰다. 리코와 나란히 소파에 앉았다. 푹신하니 감촉이 좋았다. 서장은 맞은편에 앉더니 상체를 앞으로 약간 숙이면서 말했다.

"실은 말이야, 부탁이 좀 있는데."

서장은 이제 50대 후반이고 내후년이면 정년퇴임을 한다. 앞으로 인사이동도 없을 테니 세타가야 경찰서 서장으로 화려하게 퇴임하게 될 것이다.

서장이 본론을 꺼냈다.

"사쿠라기에 내 골프 친구가 살고 있거든. 진노라는 의사인데 세이카 대학병원에서 외과부장으로 있지."

사쿠라기는 관내에 있는 주택가다. 도쿄 안에서도 손꼽히는 고급주택가로 알려져 있고, 범죄 발생률은 낮은 편이다. 가끔씩 좀도둑이 드는 정도에 불과하고 분위기상 살인사건과 같은 흉악범죄와는 거리가 먼 곳이다.

"어젯밤 그 진노 선생이 연락을 했더군. 며느리의 행방을 찾아달라는 거야. 벌써 일주일째 연락이 안 된다고 하네. 일단 경찰에 신고하고 수색해 달라고는 했다는데 단서가 될 만한 게 하나도 없는 모양이야."

주부 한 명이 실종되었다고 경찰이 움직이지는 않는다. 당연한 일이다. 서장이 말을 이었다.

"진노 선생한테는 내가 신세를 많이 졌어. 작년에 와이프가 세이카 대학병원에서 수술을 받았거든. 수술은 잘 되었고 덕분에 와이프는 지금 건강하게 잘 지내고 있지. 우에하라 형사, 자네가 진노 선생 이야기를 좀 듣고 와 주지 않겠나?"

그러니까 가출한 며느리 찾는 것을 도와주라는 소리다. 신세 진 의사가 부탁하는데 단박에 거절할 수도 없는 노릇이겠지.

"연말을 앞두고 바쁠 때 이런 부탁을 해서 미안하네만 잘 좀 부탁해."

서장이 직접 부탁하는데 거절할 수는 없는 일이다. 게다가 아까 과장이 가 보라고 한 것으로 보아 과장도 이 안건을 알고 있는 게 틀림없다.

"잘 알겠습니다. 자세한 내용을 알려 주십시오."

"그쪽에는 내가 미리 얘기해 두었네. 직접 듣는 편이 낫겠다 싶어서 말이야. 진노 선생이 오후에는 자택에 있다고 했으니까 1시쯤 이쪽으로 가면 될 거야."

서장이 건네준 종이쪽지에 주소가 적혀 있었다. 사쿠라기 2동. 사쿠라기는 동에 붙은 숫자가 낮을수록 사회적 지위가 높은 집이라고 들은 적이 있었다. 대학병원 의사에다 자택이 세타가야 사쿠라기면 상당히 부유한 집안이다.

"이야기를 듣기만 하면 되는 겁니까?"

일반인들은 형사가 사정을 들어주는 것만으로도 안심하곤 한다. 거기까지만 상대하면 되는 일이냐고 확인하려는 것이다.

"어떨지 모르겠군. 자네에게 맡기겠네. 사건성이 있다고 판단되면 수색을 계속해도 되고. 보나마나 가출이겠지. 이러다가 좀 지나면 불쑥 돌아올 거야."

"알겠습니다. 가서 들어 보겠습니다."

자리에서 일어나 서장실에서 나왔다. 우에하라는 손에 든 종이쪽지를 리코에게 내밀었다.

"12시 45분에 아래에다 차 대놔."

"네, 알겠습니다."

리코가 무표정하게 대답했다. 화장기 없는 얼굴에 머리는 적당히 하나로 묶고 있었다.

"그럼 나중에 내려오십시오."

그렇게 인사하고 걸어가는 리코의 뒷모습을 바라보다가 우에하라는 화장실을 향해 걸어갔다.

으리으리한 저택이었다. 오후 1시에 진노의 집으로 찾아가니 주인인 진노 가즈오가 맞아 주었다. 부인도 같이 있었다. 사카구치 서장의 골프 동료라고 하더니 가즈오도 햇볕에 그을린 가무잡잡한 피부였다. 반대로 부인 쪽은 하얀 피부에 은테 안경을 쓴 약간 신경질적인 느낌의 여자였다. 가즈오의 안내로 응접실에 들어선 우에하라는 리코와 나란히 소파에 앉았다.

"사카구치 서장님을 통해 이야기를 대략 들었습니다. 며느님의 행방을 찾고 계시다고요."

"네. 그렇습니다. 정말 남부끄러운 이야기입니다만."

가즈오가 이야기를 시작했다. 50대 후반 정도로 보였다.

"지난주 금요일, 날짜로는 12월 2일이었지요. 그날 아내가 오후에 외출했다가 저녁에 들어왔는데 며느리가 안 보이더랍니다. 장보러 갔겠지 싶어 처음에는 신경을 쓰지 않았다고 하더군요."

밤이 되었는데도 연락도 없고 돌아오지도 않아 가족들은 불안해졌다. 며느리 이름은 진노 유카리이고 서른네 살 전업주부라고 했다. 오늘이 12월 8일이니 자취를 감춘 지 일주일 정도 된 셈이다.

"혹시 며느님이 갈 만한 장소로 짐작이 가는 곳이 있습니까?"

"없습니다. 며느리는 사교적인 성격이 아니어서 만나는 친구도 없었던 모양입니다. 아내하고는 쇼핑도 같이하고 부녀회 모임에도 자주 나갔습니다만."

마침 그때 부인이 응접실로 들어와서 홍차가 든 찻잔을 커피 테이블에 올려놓았다. 테이블 한가운데 놓인 바구니에는 이름도 알 수 없는 외국 과자가 담겨 있었다. 보나마나 비싼 수입 과자겠지.

"사모님, 며느님이 갈 만한 곳에 대해서 혹시 어디 짐작이 가는 데는 없습니까?"

"저도 이것저것 많이 생각해 봤는데요."

부인이 가즈오 옆에 앉으면서 말했다.

"정말로 모르겠더라고요. 그 아이가 갈 만한 데가 아무리 생각해 봐도 없어요. 굳이 꼽자면 친정집 정도겠지만 거기에도 안 왔다 그러고."

그냥 단순 가출일 가능성이 높다. 범죄에 휘말렸을 수도 있겠지만 현실적으로는 그럴 가능성이 희박하다. 오기 전에 서에서 미리 알아봤는데 최근 도쿄 안에서 신원을 알 수 없는 여성의 시신이 발견된 사건은 없었다.

"그런데 아드님은 어디 계십니까?"

"이제 곧 들어올 거예요. 오후 진찰은 쉰다고 했으니까."

부인이 그렇게 대답하자마자 현관 쪽에서 소리가 들렸다. 이어서 복도를 걸어오는 발소리가 나더니 한 남자가 응접실로 들어왔다.

"늦어서 죄송합니다."

"도모아키, 좀 일찍 오지 그랬니? 형사님들이 아까부터 와 계셨는데."

"미안해요, 엄마. 좀 오래 봐야 하는 환자가 있어서."

회색 양복에 넥타이 차림이었다. 이 남자도 아버지와 마찬가지로 햇볕에 잘 그을린 가무잡잡한 피부색이었다. 방금 이야기하는 것으로 보아 이 남자도 의사인 모양이었다. 나이는 30대 정도로 보이는데 아직도 청년 같은 생기를 내뿜고 있었다.

"안녕하십니까. 세타가야 서의 우에하라 형사입니다. 이쪽은 같이 온 구마자와 형사입니다."

"진노 도모아키라고 합니다. 잘 부탁드리겠습니다."

도모아키가 고개를 숙였다. 잘생긴 얼굴이었다. 적어도 경찰 중에서는 보기 드문 타입이었다.

"도모아키, 너도 형사님들께 잘 설명드리도록 해."

가즈오가 끼어들었다.

"어디라도 네 처가 갈 만한 데가 있을 것 같으면 다 말씀드리란 말이다."

도모아키가 살짝 대들 듯이 말했다.

"내가 그걸 어떻게 알아요? 알고 있었으면 벌써 찾으러 갔겠지요."

"아내분의 사진 한 장 좀 빌릴 수 있을까요?"

이 말에는 가즈오의 부인인 모토코가 반응했다.

"잠시만요."

하더니 일어서서 응접실에서 나갔다. 우에하라가 도모아키에게 물었다.

"아내분에 대해서 좀 여쭙겠습니다. 혹시 어디 이상하다거나 평소와 다른 점이 있었습니까? 아주 사소한 점이라도 괜찮습니다."

"음…… 정말로 생각나는 점이 없네요. 아내는 미에현 출신이고 결혼 전에는 저희 병원에서 일하고 있었어요. 결혼을 계기로 일을 그만둔 후로는 집안에 들어와 헌신적으로 내조를 잘해 줬습니다. 가출할 이유가 딱히 없는 사람인데……. 형사님, 이런 상상은 정말 하고 싶지 않은데 만에 하나 무슨 사고나 사건에 휘말렸을 가능성은 없을까요?"

실종된 지 일주일. 친하게 지낸 지인도 없고, 친정에도 돌아가지 않았다면 그런 안 좋은 가능성까지도 상상할 만하겠구나 싶었다. 우에하라는 도모아키를 안심시키려고 말했다.

"서에서 미리 조사해 봤습니다만 거기에 해당할 만한 사건이나 사고 기록은 없었습니다. 두 분은 그럼 여기서 부모님과 함께 사시는 거지요?"

"저희 부부는 저쪽 별채를 쓰고 있습니다."

도모아키가 고개를 돌린 쪽에 하얀 서양식 별채 건물이 보였다. 이 저택만 하더라도 충분히 큰데 굳이 한 집 안에 별채를 만들다니 역시 부자는 스케일이 다른 모양이다.

어쨌든 지금 시점에서는 사건이라고 할 만한 근거가 없으니 서장이 직접 부탁한 사안이라고 해도 굳이 수색에 나설 필요까지는 없어 보였다. 그래도 서장의 체면을 세워 주는 의미에서라도 실종자 주변의 인간관계를 한 번쯤 짚어 볼 필요는 있겠다는 생각이 들었다.

"형사님 찾았어요. 이게 가장 최근에 찍은 사진일 거예요."

사진 한 장을 받았다. 어딘가 관광지에서 찍은 사진 같았다. 모토코 옆에 30대 정도로 보이는 여자가 있었다.

"올가을에 부녀회 여행으로 가루이자와에 갔거든요. 그때 찍은 사진이에요."

사쿠라기에 사는 젊은 의사 부인치고는 좀 수수한 느낌의 여자였다.

"이 사진을 좀 빌려 가도 되겠습니까?"

"그럼요. 가져가세요."

우에하라가 그 사진을 옆에 있는 리코에게 건넸다. 리코는 사진을 흘깃 보더니 받아서 수첩 사이에 끼워 넣었다.

"그럼 저희는 이만 실례하겠습니다. 혹시 뭐라도 알게 되면 연락드리겠습니다."

"잘 부탁드리겠습니다."

세 사람이 현관까지 배웅했다. 자갈길을 따라 대문으로 향했다. 뒤에서 자갈 밟는 소리가 들려 돌아보자 실종자 남편인 도모아키가 뛰어오고 있었다.

"잘 부탁드립니다, 형사님. 제가 할 수 있는 일이 있으면 뭐든지 말씀해 주세요."

그러면서 머리를 숙였다. 생각보다 훨씬 친근한 느낌의 남자였다. 의사라고 하면 자존심도 세고 잘난 척할 것 같다는 이미지가 있는데 이 남자는 전혀 그렇게 보이지 않았다. 곱게 자란 부잣집 도련님이라서 그런가?

"알겠습니다. 그런데 오늘 오후에는 어디 외출하십니까?"

"오늘 오후요?"

"네. 아까 어머님께서 오늘 오후에는 진료를 쉬신다고 하셔서."

"아아. 아내가 없는 바람에 저희 집이 지금 엉망이라서요. 청소를 하려고요."

"혹시 아내 분이 쓰시던 옷장을 좀 살펴봐도 되겠습니까?"

참고삼아 들여다보려는 것이었다. 이쪽도 나름 신경 쓰고 있다는 자세를 보여 줄 필요는 있을 테니 말이다.

"물론이죠. 이쪽으로 오세요."

별채 쪽으로 걸어갔다. 셔터가 반쯤 열린 차고 안에 주차된 차 두 대가 보였다. 은색 벤츠와 흰색 포르쉐였다. 리코가 멈춰 서서 그 두 차량의 번호를 수첩에 적었다.

"이쪽으로 들어오세요."

"실례합니다."

　말이 별채지 갖출 것은 다 갖춘 집 한 채였다. 젊은 부부 둘이서 충분히 살 만한 공간이었다. 역시 의사라 돈을 잘 버는 모양이군. 속물적인 생각이 우에하라의 머릿속에 끼어들었다. 흠잡을 데 없어 보이는 남편, 풍족한 생활, 갑자기 사라진 아내. 우에하라는 잘못 맞춰진 퍼즐처럼 사라진 아내의 모습을 떠올렸다. 그녀는 왜 사라졌을까.

／／／

"다에짱, 점심 먹자."

　사장인 도미타 도미코가 불러서 히라이 다에는 청소기 스위치를 껐다. 식당으로 갔더니 종업원들이 제각기 늦은 점심을 먹고 있었다. 오늘 메뉴는 말린 전갱이구이와 낫토였다.

　오후 2시가 넘은 시간이었다. 다에가 이곳 도미노야에서 일하게 된 지도 1년이 다 되었다. 온천 료칸 객실 종업원이라는 직업은 생각보다 바쁘고 눈치도 많이 봐야 하는 일이다. 12월은 바쁠 때라 주말이면 모든 방이 다 찰 정도다. 오늘은 평일이어서 그나마 객실이 80퍼센트 정도만 차 있는데 연말연시가 되면 평일에도 만실 상태가 계속된다고 했다.

"다에짱, 제비꽃 방 손님은 좀 어떤 거 같아?"

　도미코가 물었다. 제비꽃 방은 다에가 맡고 있는 방들 중 하나다. 도쿄에서 온 여자 손님 하나가 묵고 있었다. 오늘로 일주일째인데 여자 혼자서 장기 투숙하는 경우는 별로 없으니 신경 써서 지켜보라고 도미코가 지시해 둔 바 있었다.

"특별히 이상한 점은 없는 것 같은데요. 오늘은 산책 나가신 것 같았어요."

나이는 30대 정도로 보였다. 수수한 느낌의 여자인데 입고 있는 옷들은 상당히 값나가는 브랜드였다. 다에는 작년까지 도쿄에서 일했기 때문에 옷이나 브랜드에 대해 민감한 편이었다.

"신경 써서 잘 보고 있어야 해. 별일은 없을 거라고 생각하지만."

그렇게 말하면서 도미코가 젓가락으로 전갱이의 잔가시를 발라냈다. 도미노야는 시즈오카현 이토시에 있는 온천 료칸이다. 지역 특성상 이토시는 관광에 힘을 쏟고 있어서 여름철에는 바다를 찾는 사람들로, 그 외의 계절에는 온천을 위해 오는 손님들로 붐비는 관광지다. 다에는 이토시 중에서도 산간지역 출신이다. 아버지는 평범한 회사원이었지만 학교에는 부모가 료칸이나 선물가게와 같은 관광업에 종사하고 있는 친구들이 많았다.

다에는 고향에서 고등학교를 졸업한 뒤 도쿄에 있는 전문대에 진학했다가 그대로 도쿄의 통신회사에 취직했다. 거기서 만난 두 살 위의 회사원과 결혼한 것이 지금으로부터 5년 전, 다에가 스물다섯 살 때였다. 하지만 결혼생활이 순탄했던 것은 처음 1년뿐이었다. 남편의 고약한 술버릇을 결혼하고 나서야 처음 알게 되었다. 휴일이면 아침부터 술을 찾는 일이 예사였고, 어떤 때는 온종일 술병을 놓지 않는 경우도 있었다. 술에 취하면 손찌검을 하기도 해서 결국 1년 반쯤 전에 다에가 이혼하자는 말을 꺼냈다. 처음에는 좀처럼 받아 주지 않았던 남편도 얼마 지나 결국 이혼에 합의했고, 그 뒤로 다에는 고향인 이토시로 돌아왔다. 도미노야는 어머니가 소개해 줘서 일하게 되었다.

"그럼 다에짱, 오늘 저녁도 잘 부탁해. 선생님들 송년 모임 예약 잡혀 있는 거 알지?"

오늘 밤에는 식당 큰 홀에서 이토 시내 초등학교 교사들의 송년 모임이 예약되어 있었다. 다 해서 스무 명도 넘는 사람들이 모이는 송년 모임이라서 상당히 바쁘게 움직여야 한다.

다에도 점심을 다 먹고 그릇을 치운 다음 복도로 나왔다. 오후 3시부터 오늘 밤에 묵는 손님들의 체크인이 시작되기 때문에 객실종업원은 방 안내를 해야 한다.

슬슬 각 방에 손님 맞을 준비가 다 되었을 시간이었다. 객실을 최종적으로 점검하는 일 또한 객실종업원의 몫이었다. 2층에 있는 객실로 가 보려고 계단을 오르고 있는데 뒤에서 누가 불렀다.

"저기요, 잠깐 실례해도 될까요?"

돌아보니 여자 손님이 있었다. 아까 말하던 제비꽃 방의 손님이었다. 숙박명단에는 엔도 유카리라고 적혀 있는데 그 이름이 본명인지는 알 길이 없다.

"네. 무슨 일이세요?"

"제가 내일 아침에 체크아웃을 할 생각이거든요."

"그러세요?"

뭐라고 말을 이어야 할지 망설이다가 다에는 고개를 숙이고 인사했다.

"저희 료칸을 이용해 주셔서 감사합니다. 남은 하룻밤도 편안하게 즐겨 주세요."

"그래서 부탁이 있는데요."

"네. 말씀하세요."

"숙박비를 지금 좀 냈으면 하는데. 아까 은행에 가서 돈을 뽑아 왔거든요. 액수가 커서 내일까지 가지고 있기가 좀 겁이 나서요."

충분히 이해가 되었다. 이 손님은 일주일이나 묵고 있었기 때문에 숙박비만 해도 10만 엔 정도 될 것이다. 귀중품을 넣어 두는 금고가 각 방마다 비치되어 있지만 그래도 여자 혼자 묵는 것이라 불안할 수 있다.

"그럼 이쪽으로 오세요. 안내해 드리겠습니다."

다에는 엔도 유카리라고 하는 손님을 1층에 있는 계산대로 데리고 갔다. 거기 있는 종업원에게 사정을 설명한 다음 내일 아침까지의 숙박비를 미리 정산해 달라고 했다. 다에는 그 손님이 핸드백에서 루이비통 지갑을 꺼내는 것을 보았다. 들고 있는 물건만 가지고 사람을 판단할 수는 없는 노릇이지만 다에가 예상했던 대로 상당히 부유한 여자인 모양이었다.

료칸 사장인 도미코가 혼자 묵는 여자 손님을 경계하는 데에는 다 이유가 있다. 이토시에는 조가사키 해안이라는 풍광이 수려한 바닷가가 있어서 관광객이 끊이지 않는데 몇 년에 한 번꼴로 자살자가 생긴다. 대개는 젊은 여자들이라는 것이 사장의 말이었다. 그래서 젊은 여자가 혼자 묵으러 왔을 때는 신경을 곤두세우는 모양이었다. 그런데 내일 체크아웃을 한다니 이제 한시름 놓겠구나 하는 생각이 들었다.

"그동안 감사했어요."

숙박비를 다 치른 엔도 유카리라는 여자가 인사를 했다. 다에도 덩달아서 머리를 숙였다.

"남은 시간도 편히 지내시길 바랍니다."

방으로 돌아가는 그녀의 뒷모습을 바라보고 있는데 현관으로 노부부 한 쌍이 들어왔다. 남자 쪽이 프런트에 와서 말했다.

"좀 일찍 도착했는데 체크인할 수 있나?"

"네. 괜찮습니다. 예약하신 성함이 어떻게 되시죠?"

지금 가까이 있는 객실종업원은 다에 혼자여서 그 노부부를 방으로 안내할 사람은 자기밖에 없었다. 다에는 얼굴에 미소를 짓고서 노부부가 체크인하는 모습을 지켜보았다.

도미노야의 일은 아침 일찍부터 시작된다. 객실종업원인 다에는 6시까지 출근하지만 주방에 있는 사람들은 더 이른 시간부터 나와서 일한다. 6시가 되기 전에 다에가 출근했더니 도미노야 종업원들이 웅성거리고 있었다. 다에가 출근한 것을 본 도미코가 가까이 다가왔다.

"다에짱, 제비꽃 방 손님이 사라졌어."

"그게 무슨 말씀이세요?"

어떻게 된 일인지 물었다. 사정을 들어 보니 어제저녁에 제비꽃 방에서 프런트로 내선전화가 왔는데 저녁식사는 필요 없다고 했다는 것이다. 전화를 받은 종업원이 그 사실을 주방에 알려서 그 손님 저녁은 준비하지 않았다고 했다. 오늘 아침 사장이 그 소식을 듣고는 미심쩍게 생각했다는 것이다.

"감이 왔다고나 할까? 뭔가 좀 찝찝하더라고."

어젯밤에는 식당 큰 홀에서 송년 모임이 있었기 때문에 다에는 그쪽 일에 매달려 있느라고 제비꽃 방 손님 일에 신경을 쓸 겨를이 없었다. 그 손님이 숙박비를 미리 정산했다는 사실도 사장은 오늘 아침에서야 알게 된 모양이었다.

"그래서 아까 제비꽃 방에 가 봤거든. 노크를 해도 아무 반응이 없고 문을 열어 봤더니 그냥 열려서 안을 들여다봤지. 그랬더니 안에 아무도 없더라고. 짐만 놓여 있고."

짐이 있다는 건 어디 갔다가 돌아올 가능성도 있다는 뜻이다. 다시 한 번 방 안을 살펴보자고 하면서 다에는 사장과 함께 2층에 있는 제비꽃 방으로 갔다.

방 안은 깔끔하게 정돈되어 있었다. 이부자리도 펴져 있지 않았다. 평소에는 다에가 와서 이부자리를 폈는데 어젯밤에는 그것도 하지 않았다. 저녁식사를 하지 않겠다는 전화를 하면서 이부자리도 준비할 필요가 없다고 했던 모양이다.

창가에 놓여 있는 여행용 가방이 보였다. 방 안을 둘러봐도 개인 물건이라고는 그 가방밖에 없었다. 그 외에는 먼지 한 톨 없는 것 같았다.

"어떡하지? 그렇다고 남의 가방을 막 열어 볼 수도 없고."

"어젯밤에는 여기 안 묵었던 걸까요?"

"그럴지도 모르지. 일단 그대로 두는 수밖에 없겠다."

제비꽃 방에서 나왔다. 엔도 유카리라는 여자의 얼굴을 떠올려 보았다. 도대체 어디로 갔을까?

1층으로 돌아왔다. 아침은 아침대로 일이 바빠서 손님 한 사람한테만 신경 쓰고 있을 수가 없었다. 다에는 식당 큰 홀로 가서 아침식사 준비를 했다. 식사시간은 7시부터다. 손님들이 우르르 식당으로 몰려와서 먹기 시작했다. 빈 그릇을 내가고, 밥을 퍼 주는 등 종업원은 할 일이 많다. 아침식사가 끝나면 그때부터는 체크아웃하는 손님들을 응대하고, 손님이 떠난 방에 들어가 점검을 하면서 놓고 간 물건이 없는지 확인하는 등의 자잘한 일들이 계속된다.

정신없이 바쁜 시간이 계속되다가 오전 10시가 넘어서야 겨우 한숨을 돌릴 수 있었다. 그나마 평일이라 이 정도지 주말이면 이렇게 바쁜 시간이 더 오래 계속되기도 한다.

다른 객실종업원과 함께 1층 안쪽에 있는 방으로 갔다. 이곳은 종업원 휴게실인데 안으로 들어갔더니 몇 명이 차를 마시고 있었다. 창가 쪽으로 나 있는 툇마루에서 남자 종업원들이 담배를 피우고 있는 모습도 보였다.

"어제 큰 홀 송년 모임 때 난리도 아니었다며?"

동료 종업원이 다에에게 물었다. 그 사람은 어제 쉬는 날이었다. 다른 사람에게 이야기를 들은 모양이다.

"네. 매년 그렇다고 하던데요."

송년 모임에 참가한 교사 중 한 사람이 잔뜩 취해서 난리를 치다가 나중에는 넘어져서 문풍지가 찢어져 버린 것이다. 그 문풍지를 새로 바르느라 어젯밤에 퇴근이 한 시간 이상 늦어진 종업원도 있었던 모양이다.

"히라이 씨, 사장님이 찾던데."

안으로 들어온 종업원의 말에 다에는 휴게실을 나가 프런트로가 보았다. 제비꽃 방 손님이 돌아왔나? 그런 생각을 하면서 프런트로 갔는데 거기에는 도미코가 없었다.

프런트 뒤에 작은 사무실이 있는데 사장은 그곳에 있었다. 도미코는 전화로 뭔가 이야기하고 있었다. 그러다가 다에를 발견하고는 들어오라고 손짓했다. 사무실 안으로 들어가자 도미코가 전화를 내려놓고 말했다.

"골치 아프게 생겼네."

도미코가 한숨을 쉬었다. 다에가 물었다.

"무슨 일인데요?"

"지금 료칸 조합에서 전화가 왔는데 가나가와 쪽에서 낚시하러온 사람이 가도와키사키 북쪽에서 발견했대."

"네? 뭘 발견했는데요?"

"신발 말이야, 신발. 여자 신발이 가지런히 놓여 있었다는 거야. 누가 바다로 뛰어든 거 아니냐 해서 경찰이 료칸 조합으로 문의 전화를 했나 봐. 혹시 손님 중에 행방이 묘연한 사람이 없냐고."

가게 전화가 울려서 도미코가 수화기를 들었다.

"네. 도미노야입니다. ……어머, 이사장님. ……네, 맞아요. 저희쪽에 어젯밤부터 안 보이는 손님이 하나 있어서요. ……네, 네. 여자 손님이요. 그래서 걱정이 되어서요…….”

제비꽃 방에서 묵던 여자 손님이 생각났다. 숙박비를 미리 내고 싶다고 했던 게 어제였다. 혹시 그 사람이 바다로 뛰어든 것일까?

/ / /

서장 지시로 진노의 집에 갔던 이튿날 우에하라는 다시 진노의 저택으로 가게 되었다. 여형사인 구마자와 리코도 동행했다. 현관에서 두 사람을 맞은 사람은 실종자의 남편인 도모아키였다. 어두운 표정이었다.

어제 그 응접실로 다시 안내되었다. 그곳에는 벌써 도모아키의 아버지인 진노 가즈오가 있었다. 어머니인 모토코는 충격 때문에 앓아누운 모양이었다.

“처음부터 자세히 말씀해 주십시오.”

간략한 내용은 이미 들어서 알고 있었다. 시즈오카현 이토시의 해안가에서 자살한 사람이 남긴 것으로 보이는 여자 신발이 발견되었고, 근처 료칸에 숙박하고 있다가 사라져 버린 손님의 이름이 ‘엔도 유카리’였다는 이야기였다.

실종자 남편인 도모아키가 설명을 시작했다.

“제가 듣기로는 해안가에서 신발이 발견되어서 일단 경찰에 연락이 갔다고 하네요. 그래서 경찰이 그 지역 조합이라고 하나 그런 곳에 연락해서 이토 시내의 료칸이나 호텔로 문의가 들어갔다고 하더군요.”

여자 숙박객 중에 행방을 모르는 사람은 없는가? 시내에 있는 호텔과 료칸들에 문의해 본 결과 도미노야라는 전통 있는 료칸의 사장에게서 손님 중 하나가 행방이 묘연하다는 연락이 왔다.

"그 료칸 숙박 명단에 적힌 이름이 '엔도 유카리'였어요. 엔도는 결혼 전 아내의 성이고요. 주소도 미에현 구마노시라고 되어 있는데 저희 처가 주소입니다."

친정으로 연락이 갔고, 이상하게 여긴 친정 식구들이 진노의 집으로 전화를 한 모양이었다. 그렇다면 이 집 며느리가 자살했을 가능성이 높아 보이기는 하지만 속단할 수 없었다. 이토시의 해안에서 여자가 자살한 흔적이 발견되었고, 그 여자가 '엔도 유카리'라는 이름의 여행객일 '가능성'이 있다. 지금 시점에서 분명한 사실은 이것뿐이었다.

"형사님, 어떡하면 될까요?"

도모아키의 질문에 우에하라는 팔짱을 꼈다. 어려운 문제였다. 엔도 유카리라고 이름을 적은 그 여자 손님은 진노 유카리라고 봐도 틀림없을 것 같았다. 그러나 해안에서 발견된 신발이 그녀의 것이라는 보장은 어디에도 없다.

"혹시나 해서 물어보는 겁니다만."

우에하라가 질문했다.

"그 엔도 유카리라는 여성이 남긴 물건을 보면 아내분 것인지 알아보실 수 있겠습니까?"

도모아키가 신음 소리를 냈다.

"음…… 어떨지 모르겠네요. 하지만 지갑 같은 게 있으면 안에

면허증도 있을 텐데요."

그쪽 지역의 이토 경찰서에서 얼마나 열심히 움직여 주느냐가 관건이었다. 하지만 현시점에서는 사건이라고 할 만한 점이 없다. 바닷가에서 신발이 발견되었다고 해서 관할 경찰서가 곧바로 움직일 것 같지는 않았다. 우에하라가 다시 도모아키에게 물었다.

"그런데 남편분께서는 이토라는 지역에 대해 뭔가 짚이는 점이 있습니까?"

"아니요, 전혀 없는데요. 제가 그쪽으로 가 보는 게 좋을까요?"

"뭐라고 말씀해 드리기가 어렵네요."

명확한 대답을 할 수가 없었다. 형사라는 입장에서는 아무것도 해 줄 수가 없다는 게 솔직한 생각이었다. 지금 시점에서는 사건이 발생한 것으로 보기가 힘들었다.

서장님께 판단을 맡겨야지. 실종자 수색은 원래 형사가 개입할 사안이 아니다. 어디까지 관여해야 할지 가늠하기 힘든 부분이었다.

"그럼 저희는 일단……."

서로 돌아가서 정보를 모아보겠습니다. 그렇게 말하면서 일어서려던 그때 복도 쪽에서 전화벨 소리가 울렸다. 도모아키가 응접실에서 나갔다.

"형사님, 여러모로 신세를 많이 지네요. 서장님께도 인사 말씀을 잘 좀 전해 주세요."

진노 가즈오가 인사를 해서 우에하라는 고개를 살짝 숙이며 대답했다.

"저희가 할 일입니다. 너무 걱정하지 마십시오."

잠시 방 안에 침묵이 흘렀다. 옆에는 구마자와 리코가 앉아 있었다. 표정이라는 것이 거의 없는 여자인지 지금도 무표정으로 수첩에 눈길을 떨구고 있었다.

"혀, 형사님!"

발소리와 함께 도모아키가 돌아왔다. 우에하라의 얼굴을 보면서 말했다.

"자, 잠깐 전화 좀 받아 보세요. 이토 바닷가에서 어, 어선이……"

얼마나 당황했는지 도모아키는 말을 잇지 못했다. 우에하라가 일어서서 복도로 나갔다. 거실 선반 위에 전화기가 있는 게 보였고 전화를 끊지 않았는지 수화기가 옆에 내려져 있었다. 그 수화기를 들고서 말했다.

"여보세요. 세타가야 경찰서의 우에하라 형사입니다."

"세타가야 경찰서요? 아니 이게 어떻게……"

전화를 건 사람은 이토 경찰서의 경찰관이었다. 우에하라가 간단히 사정을 설명했다. 상대방도 그제야 이해가 된 모양이었다. 우에하라가 물었다.

"그래서 무슨 일입니까? 어선이 어쩌고 하던데."

"네. 맞습니다. 오늘 오전에 어선 스크루 부분에 사체가 걸려든 것 같다고 저희 쪽으로 연락이 왔습니다. 심하게 손상된 모양이기는 한데 머리 길이나 옷차림으로 봐서 여자라는 건 파악이 됐습니다. 시내에 있는 도미노야라는 료칸에서 자취를 감춘 여자 손님이 있다고 해서 그 사람일 수도 있다고 생각한 겁니다."

어떻게 된 일인지 이해가 됐다. 사정을 알게 된 우에하라는 마음이 무거워졌다. 그러니까 진노 유카리가 자살했을 가능성이 높아진 것이다.

"가능하다면 가족분이 오셔서 시신을 확인해 주셨으면 해서 전화를 드린 겁니다. 남편분한테 그렇게 좀 전해 주시겠어요?"

"알겠습니다. 나중에 이쪽에서 다시 연락드리도록 하겠습니다."

최악의 결과가 되어 버렸군. 한숨을 크게 내쉰 우에하라가 전화를 끊었다.

오후 6시가 넘은 시간. 우에하라는 시즈오카현 이토시에 있었다. 진노 도모아키가 시신의 신원확인을 위해 가는 데 동행하게 된 것이다. 우에하라가 이토시에 온 것은 서장 지시에 따른 행동이었고 출장 허가도 받은 상태였다. 이토 역에 내리자 역 앞에 경찰차가 서 있었고 경찰관 두 명이 나와서 맞아 주었다.

"오시느라 수고가 많으셨습니다. 이 먼 곳까지 일부러 와 주셔서 감사합니다."

"반갑습니다. 저는 세타가야 서의 우에하라, 이쪽은 구마자와입니다. 그리고 이분이 진노 도모아키 씨입니다."

두 경찰관의 시선은 리코를 향하고 있었다. 여형사라는 존재가 이 근방에서는 보기 드물어서인지도 모른다. 시신은 이토 경찰서에 안치되어 있다고 해서 그쪽으로 바로 가기로 했다.

차로 5분 만에 이토 경찰서에 도착했다. 준비를 기다리는 동안 형사에게 이야기를 듣기로 했다. 진노 도모아키는 벤치에 앉아 안절부절못하며 기다리고 있었다.

"먼 길 오시느라 고생이 많았습니다. 저는 이토 서의 와키야라고 합니다."

"처음 뵙겠습니다."

서로 자기소개를 했다. 와키야라는 형사는 우에하라와 비슷한 연배인 마흔 전후로 보였다. 우직한 성품의 형사 같았다. 얼굴도 몸도 전체적으로 네모진 남자였다. 우에하라가 와키야에게 바로 본론을 꺼냈다.

"해안에서 신발이 발견되었다고 하는데 틀림없습니까?"

"네. 낚시꾼이 발견했습니다. 미심쩍게 생각했는지 저희 서로 연락을 줘서 근처 지구대에 근무하던 경찰관을 바로 현장에 보냈습니다."

여성용 단화가 있었는데 유서로 보이는 것은 없었다고 했다.

"사체가 어선 스크루에 말려드는 이런 일은 자주 발생하는 편입니까?"

"아주 없지는 않지요. 7, 8년 전쯤에 비슷한 일이 있었습니다. 생선이랑 같이 어망에 걸려 드는 경우도 있습니다."

이토시는 이즈 반도의 동쪽 기슭에 있다. 동쪽으로 사가미 만을 바라보고 있다. 그 해안선 일대가 거친 절벽으로 이루어져 있고 조가사키 해안이라고 불리는 관광명소도 있다고 했다.

"이 근방에는 자살자가 많습니까?"

"자살 명소라고 할 정도는 아닙니다. 작년에는 그런 일이 한 건도 없었으니까요."

"시신이 발견되지 않는 경우도 있겠지요?"

"그렇지요. 벼랑 아래로 흘러들어오거나 이번 경우처럼 배에서 발견하거나, 아니면 아예 발견되지 않거나. 이 셋 중 하나지요."

시신을 인양한 어선은 미야마마루라는 이름이었다. 미야마라는 이름의 노인이 아들과 함께 고기잡이를 하러 나갔던 모양이다. 사체를 인양하다니 어선으로 봐서는 참 재수 없다고 여기겠지만 덕분에 시신을 발견할 수 있었다.

"준비 다 되었습니다. 이쪽으로 오세요."

감식반 남자직원이 말해서 우에하라 일행은 복도를 따라 안쪽으로 갔다. 영안실 앞에서 멈춰 섰다. 우에하라가 뒤에 있는 도모아키에게 물었다.

"진정이 좀 되셨습니까?"

"네, 이제 괜찮습니다."

안색은 여전히 좋지 않았지만 또렷하게 말했다. 감식반 직원이 문을 열었다. 우에하라가 먼저 안으로 들어간 다음 문 옆에 서서 도모아키를 들어오게 했다.

영안실 안쪽에는 향냄새가 나고 있었다. 시신은 파란 비닐 시트로 덮여 있었다. 도모아키가 시신을 향해 두 손을 모으는 것을 보고 우에하라도 덩달아 예를 갖췄다. 도모아키가 시트를 걷자 처참한 상태의 사체가 보였다. 베테랑 형사인 우에하라조차도 얼굴을 돌려 버릴 정도로 엉망진창이었다.

시신의 손상이 벼랑에서 뛰어내릴 때 생겼는지 아니면 어선의 스크루에 말려 들어가서 생겼는지 우에하라는 알 수 없었다. 아마 둘 다 맞을 것이다. 도모아키는 험악한 표정으로 시신을 보고 있었다. 우에하라가 옆에 있는 와키야 형사 귓가에 입을 가까이 대고 나지막이 말했다.

"저 사람 의사입니다. 정형외과 의사라고 들었습니다."

"그렇군요."

와키야가 중얼거렸다. 도모아키가 시신을 시트로 도로 덮은 다음 다시 한 번 손을 모았다. 의사여서 그런지 그런 일련의 움직임이 몸에 밴 듯 매끄러웠다. 영안실에서 나온 뒤 우에하라가 도모아키에게 물었다.

"진노 선생님, 어떻습니까? 시신은 아내분이 확실합니까?"

"잘 모르겠네요. 너무 손상이 심해서 저도 확실하게 단정을 지을 수가 없어요. 소지품이나 옷처럼 뭔가 시신과 함께 있던 물건이 있으면 확인하고 싶은데요."

"알겠습니다. 시신 왼쪽 손목에 있던 시계가 있습니다. 이쪽으로 오시죠."

와키야의 안내를 받으며 복도를 따라 걸어가 어느 방으로 들어갔다. 회의실 같은 곳이었는데 간이테이블 위에 여행용 가방이 놓여 있었다. 그 옆에는 보관용 비닐 백에 든 단화와 흰 손목시계가 있었다.

"해안에서 발견된 구두와 시신이 차고 있던 손목시계. 그리고 료칸 방에 남겨져 있던 가방입니다. 엔도 유카리라는 이름으로 일주일 동안 숙박했던 손님의 물건입니다. 참고로 시신은 하얀색 꽃무늬 원피스를 착용하고 있었습니다. 아마 그 위에도 옷을 입고 있었을 테지만 물속에서 벗겨진 것으로 생각됩니다.”

도모아키가 앞으로 나아가 손목시계가 들어 있는 비닐 백을 손에 쥐었다. 잠시 후 도모아키가 말했다.

“틀림없습니다. 아내가 하고 있던 파텍필립 시계입니다. 약혼식 때 저희 부모님이 아내에게 준 선물입니다.”

시신은 진노 유카리가 틀림없는 모양이었다. 손목시계에 대해 자세히는 모르지만 파텍필립이 최고급 시계 브랜드라는 정도는 알고 있었다. 형사 월급으로는 평생 가도 살 수 없는 물건이다.

“이 여행용 가방은 저희가 먼저 조사를 해 봤습니다.”

와키야가 앞으로 나섰다. 엽서 한 장을 들고 있었다.

“이게 안에 들어 있었습니다. 한번 보시죠.”

우에하라도 옆에서 들여다보았다. 그림엽서인데 위쪽 반은 바닷가 사진이었다. 아래쪽 여백에 ‘미안해요. 유카리’라고 적혀 있었다. 그것을 한참 바라보던 도모아키가 입을 열었다. 살짝 떨리는 목소리였다.

“아내 글씨체랑 비슷합니다. 100퍼센트 단정 지을 수는 없지만.”

도모아키는 옆에 있던 간이의자에 앉더니 머리를 두 손으로 감싸고는 고개를 떨어뜨렸다. 필사적으로 감정을 억누르고 있음을 알 수 있었다. 우에하라는 와키야와 눈짓을 주고받은 다음 회의실에서 나왔다. 회의실 문을 닫자마자 안에서 도모아키가 흐느끼는 소리가 들려왔다.

“왜 형사가 된 거야? 이동 때 자원했다는 거잖아?”

"네. 그렇습니다."

일이 늦어져서 오늘은 이토 시내에서 하룻밤 묵게 되었다. 우에하라와 리코는 역 근처 비즈니스호텔에 체크인했다. 후배 형사한테 밥을 사지 않을 수도 없어서 호텔 근처에 있는 술집으로 갔다. 이미 밤 9시를 넘은 시간이어서 손님은 우에하라와 리코밖에 없었다.

"우리 쪽으로 오기 전까지는 어디 있었던 거야?"

"시부야 교통과에 3년, 아사쿠사 지역과에 3년, 그리고 세타가야 지역과에 1년 있었습니다."

근무 연수는 7년이다. 그럼 아직 20대라는 말인가? 그렇게 어린 나이치고는 너무 침착해 보였다. 우에하라가 단도직입적으로 물었다.

"나이가 몇이야?"

"올해 서른셋입니다. 이런저런 사정으로 경찰이 된 건 스물여섯 살 때입니다."

우에하라는 올해로 마흔이었다. 서른 살 때 형사과에 배치된 이후로 줄기차게 이쪽에서만 굴렀다. 스물다섯 살 때 상사의 강한 권유로 선을 보고 결혼했다. 올해 중학교 2학년이 되는 딸이 하나 있다. 한창 반항기인 외동딸은 아빠하고 말도 섞으려 하지 않고, 심지어 빨래도 같이 돌리는 걸 싫어했다. 아내도 남편 일에는 별 관심이 없고 그저 TV 드라마에만 온통 정신을 쏟고 있어서 집에 돌아가도 대화다운 대화를 하는 일이 거의 없었다. 우에하라에게 집은 그저 갈아입을 옷을 놓아두고 잠을 자러 들어가는 자취방이

나 다름없었다.

"내일은 어떻게 하실 겁니까?"

리코의 질문에 우에하라가 대답했다.

"일부러 이 먼 곳까지 출장을 왔는데 료칸 종업원이나 사체를 인양한 어부한테 이야기를 들어 보는 것도 나쁘지 않을 것 같은데."

"자살로 마무리 지어질까요?"

"거의 틀림없지. 사건으로 보기 힘드니까 부검도 하지 않을 거야. 아, 사장님, 여기 따뜻한 사케 하나요."

카운터 안에 있던 초로의 사장이 "예." 하고 말했다. 혼자서 가게를 운영하는 모양이었다. 카운터 자리 다섯 개에 4인용 식탁이 두 개 있는 작은 가게였다.

"자살 동기는 뭘까요?"

"모르지. 여러 가지로 힘든 게 있었겠지. 고부간의 갈등이라든지. 남편이라는 사람이 바람 같은 걸 피웠을 수도 있고."

"그럴까요?"

"잘생겼지, 의사지, 집안 잘 살지. 여자가 안 꼬일 리가 있겠어?"

우에하라는 인생의 여러 고비로 목숨을 끊는 이들을 많이 봐왔다.

"술 나왔습니다."

사장이 술병을 가지고 왔다. 테이블에 술병을 놓은 사장이 안으로 돌아가지 않고 카운터 의자에 앉았다. 재떨이를 끌어당겨 놓고 담배에 불을 붙인 다음 말을 걸었다.

"얘기가 들려서 그런데, 혹시 도쿄에서 온 형사 양반들인가?"

다른 손님은 없었다. 자작으로 술을 따르면서 우에하라가 대답했다.

"그렇다고 해야겠죠. 그나저나 사장님 음식 솜씨가 정말 끝내주네요. 아까 먹은 방어조림이 기가 막히던데요."

빈말이 아니었다. 속까지 간이 잘 배어든 방어조림도 맛있었고 처음에 먹은 전갱이회도 도쿄에서 먹는 것과는 차원이 달랐다. 역시 어항이 가까운 바닷가라서 생선이 신선한 것이겠지. 음식 값도 도쿄에서 먹는 것보다 저렴했다.

"그 일 아닌가? 도미노야의 손님이 벼랑에서 몸을 던졌다는. 어선에 인양된 게 다행인지 불행인지 모르지만."

도미노야는 죽은 진노 유카리가 숙박하고 있던 온천 료칸 이름이다. 여기서 걸어서 10분 거리에 있다고 와키야 형사에게 들었다. 술잔을 손에 든 우에하라가 정보수집에 나섰다.

"도미노야를 잘 아십니까?"

"이 작은 동네에서야 서로 뻔하지. 료칸 급으로는 한 중간쯤 가려나? 여사장 혼자서 운영하고 있지. 남편이 한 2, 3년 전에 갑자기 가 버리는 바람에. 도쿄에서 실연당한 젊은 여자라고 하던데. 아까운 목숨을 왜 그런 일로 버리는지 원."

벌써 뜬소문이 돌아다니는 모양이었다. 자칫 무슨 말을 했다가는 또 엉뚱한 소문이 생겨날 것 같았다. 우에하라가 리코에게 말했다.

"뭐 좀 더 먹지 그래?"

"아니요, 전 괜찮습니다."

"그래?"

우에하라가 벽에 붙어 있는 메뉴를 봤다.

"사장님, 그럼 오차즈케로 마무리할게요. 도미 오차즈케 1인분만 주세요."

"그럽시다."

담배를 재떨이에 비벼 끈 다음 사장이 카운터 안으로 들어갔다. 불이 완전히 꺼지지 않았는지 재떨이에서 연기가 피어올랐다. 리코가 아무런 표정 없이 컵을 들고 일어나서 남아 있던 맥주를 재떨이에 부었다.

/ / /

아침 9시를 넘어 손님들의 아침식사 상을 다 치웠을 무렵 사장인 도미코가 히라이 다에를 불렀다. 이야기를 들어 보니 어제 발견된 시신에 대한 일로 경찰이 온 모양이었다. 도미코의 지시로 제비꽃 방으로 갔다. 제비꽃 방은 그 여자 손님이 묵었던 방인데 한동안 손님을 들이지 말아 달라고 경찰이 요청해 두었던 모양이다.

제비꽃 방에서는 형사 세 명이 다에를 기다리고 있었다. 마흔 정도로 보이는 남자 형사 두 명과 여자 형사 한 명이었다. 남자 형사 한 사람은 이토 경찰서 소속이고 나머지 둘은 도쿄에서 온 형사들인 모양이었다.

서로 자기소개를 간단하게 한 다음 바로 형사의 질문이 시작되었다. 도쿄에서 온 우에하라라는 형사가 품에서 사진 한 장을 꺼내더니 테이블에 올려놓았다.

"이것 좀 봐 주세요. 그저께까지 이 방에 묵었던 손님이 이분 맞습니까?"

관광지에서 찍은 사진 같았다. 여자 둘이 나란히 찍혀 있었다. 그중 한 사람은 본 적이 있었다. 그저께까지 이 방에 묵었던 여자 손님이었다.

"여기 있네요. 오른쪽에 있는 이 여자분 맞아요."

"진노 유카리 씨라고 합니다. 엔도는 결혼 전의 성입니다. 히라이 씨는 일주일 동안 진노 씨가 묵는 방을 담당하셨다고 들었는데 혹시 눈에 띄는 점은 없었습니까?"

"특별히 생각나는 점은 없는 것 같아요."

어제부터 계속 생각해 봤는데 특별히 기억나는 점이 없었다.

"이 손님은 매일 어떻게 지내고 있었습니까? 히라이 씨가 기억하는 범위 내에서 말씀해 주시면 됩니다."

도쿄 사람들 눈에는 여기가 할 일 없고 심심한 곳으로 보일 수도 있다. 다에도 도쿄에 10년 이상 살았기 때문에 시골 특유의 심심함이 무엇인지 잘 알고 있다. 하지만 익숙해지면 그 심심함이 쾌적한 한가로움으로 바뀐다. 차가 있으면 여기저기 다양하게 돌아다닐 수 있는 점도 편리하다.

"바닷가를 산책한다는 말씀을 하셨어요. 도서관에서 시간을 보내는 일도 많았다고 들었고요."

"그래요? 도서관에서요?"

여기 도미노야에서 시립도서관까지는 걸어서도 갈 수 있는 거리다. 그 여자가 이곳에 묵기 시작한 지 이틀 정도 지났을 무렵 아침식사 시간에 만났을 때 도서관이 어디 있는지 물어본 적이 있었다.

"그 외에는 뭔가 없었습니까? 개인적인 이야기 같은 것은 전혀 안 했나요?"

"죄송해요. 참고가 될 만한 얘기는 한 게 없는 것 같아요."

"그렇군요. 혹시라도 뭐든 생각나는 게 있으면 이토 서로 연락 주십시오."

옆에서 계속 가만히 듣고만 있던 남자 형사가 명함을 꺼내서 테이블에 올려놓았다. 명함을 받은 다음 다에는 제비꽃 방에서 나왔다. 아래층으로 내려와 복도를 걸어가는데 다른 객실종업원이 다가왔다.

"다에짱, 경찰이 뭐라고 그래?"

"별말 없던데. 나도 아는 게 없고."

중학교 때 같은 반 친구였던 아오키 도모코였다. 결혼해서 애가 둘이나 있는 주부여서 주말에만 파트타임으로 료칸 일을 하고 있다. 오늘은 토요일이어서 출근한 것이다.

"그나저나 이게 뭔 일이라니? 어제 뉴스 보고는 얼마나 놀랐다고."

그 뉴스는 다에도 봤다. 전국 뉴스가 끝난 뒤에 나오는 현 내 뉴스에서 첫 번째로 방송되었다. 시신을 인양한 어선과 신발이 발견된 해안 근처 영상도 나왔다.

"제비꽃 방은 어떻게 할 거지?"

흥미진진한 표정으로 아오키 도모코가 말했다. 다에가 고개를 살짝 갸웃거렸다.

"어떻게 하긴 뭘 어떻게 해?"

"아니, 그렇잖아. 자살한 사람이 묵었던 방인데. 재수도 없을 것 같고 찜찜하고 그렇잖아."

"그 방에서 자살한 것도 아닌데 뭐. 그냥 그대로 쓰겠지."

"그럴까? 그나저나 실연 한 번 당했다고 죽어 버리면 목숨이 몇 개라도 모자라겠다."

"실연당한 거 아냐."

"그래? 난 그렇게 들었는데."

도모코는 소문을 좋아하고 남 얘기를 잘하는 주부다. 틈만 나면 누구든 붙잡고 동네 소문을 떠들고 다닌다. 평일에는 집에 있기 때문에 시간적으로 여유가 많으니 그런 정보를 모으느라 여념이 없는 모양이다.

"그 사람 유부녀거든. 여기서는 결혼 전의 성을 썼다고 형사가 그랬으니까."

"어머, 그러니?"

'아차' 싶었다. 보나마나 이 이야기는 삽시간에 이 료칸을, 아니 온 이토 시내를 돌아다닐 것이다.

"다에짱, 내일 밤에 일 끝나고 나랑 한잔 안 할래?"

"남편이랑 애들은?"

"괜찮아. 카레 만들어 놓을 생각이니까. 우리 집은 남편도 애들도 카레만 있으면 아무 소리 안 해."

월요일은 쉬는 날이다. 가끔은 기분전환을 하는 것도 나쁘지 않

겠지. 다에는 "그러자."라고 대답한 다음 체크아웃을 마친 방들을
치우기 위해 2층으로 가는 계단을 올랐다.

'드라이브인 다나카'는 이토시 바닷가 옆에 있는 레스토랑이다.
여름에는 관광객이 북적이지만 관광철이 아닌 12월은 한적하다.
그래도 점심때는 어협 관계자들이 밥을 먹으러 오는 모양이었다.
다에는 지금 카운터에서 아오키 도모코와 함께 맥주를 마시고 있
었다.
꽤 큰 가게여서 대형버스를 타고 온 단체 손님들이 전체를 대
절하는 경우도 있는 모양이다. 지금은 그 큰 가게 안이 휑하니 비
어서 두 사람이 떠드는 목소리가 울릴 정도였다.
"세타가야라는 데가 되게 좋은 동네라며? 남편은 의사라고 그
러고. 도대체 무슨 일이 있었기에 죽을 정도로 힘들었던 걸까?"
그저께 발견된 자살자에 관한 이야기였다. 자살한 사람이 나왔
다는 소문이 시내에도 많이 돌았는지 다에도 부모님에게 이런저
런 질문을 받았다. 죽은 여자의 가족에 대해서도 어느새 다 알려
진 모양이었다.
"그래도 벼랑에서 떨어져 죽는 건 정말 아닌 것 같아. 아래쪽 바
위에 부딪쳐서 즉사할 수 있으면 다행이지만 안 그러면 바다에
떨어져서 자칫하다 못 죽을 수도 있잖아. 나 같으면 절대 그렇게
안 할 거야. 다에짱 너라면 어떻게 할 것 같아?"
"모르지. 죽고 싶다고 생각한 적도 없고."
"그래? 전 남편이랑 이혼할 때도?"

"그때도 죽어야겠다는 생각은 안 들던데."

이혼한 전 남편은 술주정이 심해서 취하면 손찌검을 하는 일도 있었지만 그래도 죽고 싶다는 생각까지 들지는 않았다. 지금 와서 생각해 보면 고향의 존재가 정말 큰 힘이 되었던 것 같다. 아무리 힘든 일이 있어도 이토로 돌아오면 어떻게든 될 거라는 생각이 항상 마음속에 자리 잡고 있었다.

"야, 너는 남편이랑 애들 내팽개치고 여기서 이러고 있어도 되는 거냐?"

허리에 앞치마를 두른 남자가 주방에서 나왔다. 이 가게에서 일하는 다나카 겐타다. 다에와 도모코의 중학교 동창인데 몇 년 전부터 부모님이 하시는 이 가게를 돕고 있는 모양이었다.

"주부들도 기분전환이 필요해."

"기분전환 좋아하네. 넌 스트레스 푼다면서 그냥 수다 떠는 거잖아. 자, 서비스."

겐타가 병맥주를 테이블에 올려놓은 다음 도모코 옆에 앉았다. 도모코가 겐타에게 컵을 내밀고 맥주를 따라 주면서 말했다.

"겐짱, 그 사건 말인데, 죽은 그 여자가 이 앞으로 지나가지 않았을까?"

도쿄에 살다가 여기 와서 자살한 진노 유카리라는 여자 이야기다. 그 여자가 뛰어내렸다는 해안은 여기서 걸어서 10분 정도 걸리는 곳이다. 도미노야에서 거기까지 걸어서 가려면 반드시 '드라이브인 다나카' 앞을 지나게 되어 있다.

"뭐? 그 사건이 뭐야?"

"요 앞 벼랑에서 여자가 뛰어내려 죽었잖아. 그 사람이 글쎄 다에가 담당하던 손님이었대. 너 몰랐어? 온 시내가 이 소문으로 난리도 아닌데?"

"그게 언제 일어난 일인데?"

젠타가 컵에 있던 맥주를 다 마신 다음 물었다. 진노 유카리가 자살한 날이 언제인지 묻는 것이다. 도모코가 말했다.

"시체가 발견된 게 금요일이었으니까 그 여자가 투신한 건 목요일 밤 아니었을까?"

"잠깐만."

하더니 젠타가 팔짱을 꼈다. 잠시 생각하던 젠타가 말했다.

"나 그 여자 본 거 같은데."

"뭐? 진짜로?"

"목요일 밤이라며. 기억이 나거든. 아마 밤 9시가 지난 시간이었던 것 같은데 여자 손님이 가게에 들어왔어. 처음 보는 얼굴이어서 타지 사람이구나 하고 금방 알았지. 그 손님이 저쪽 자리에 앉아서……."

젠타가 가게 제일 안쪽, 화장실 바로 옆에 있는 테이블 자리를 가리켰다.

"오므라이스를 시켰어. 꽃무늬가 있는 하얀색 옷에 베이지 색 코트 같은 걸 입고 있었고."

그 여자가 마지막에 어떤 옷을 입고 있었는지는 다에도 모른다. 하지만 그 여자일 가능성이 크다는 생각은 들었다. 목요일 밤에 이 가게에 온 낯선 여자. 그 여자가 진노 유카리였을지도 모른다.

"남자 쪽은 카레라이스를 주문했어. 그런데 둘 다 분위기가 영 이상하더라고."

"아니, 잠깐만."

도모코가 겐타의 이야기를 가로막으며 물었다.

"누가 같이 있었어?"

"응. 둘이 같이 들어왔는데."

겐타의 이야기가 이어졌다. 남녀 커플로 들어온 두 사람은 별로 대화도 없었고, 무거운 분위기만 감도는 것처럼 느껴졌다고 했다. 가게에서 30분가량 있다가 남자가 먼저 나갔고, 여자는 돈을 낸 다음 남자를 뒤쫓듯이 나갔다는 것이다.

"이거 보통 일 아닌데. 겐짱, 너 경찰서에 가서 이 얘기해 줘야 되는 거 아냐? 다에짱, 너도 그렇게 생각하지?"

"응. 그게 좋을 것 같아."

만약 겐타가 본 여자가 진노 유카리라면 죽기 직전에 어떤 남자와 같이 있었다는 이야기는 귀중한 증언이 될 수 있다. 그 남자는 누구고 그 여자와 어떤 관계였을까? 틀림없이 경찰도 흥미를 보일 것이다.

"어떤 남자였는지 기억나?"

"남자는 계속 등을 돌리고 있어서 얼굴을 제대로 못 봤어. 카운터에 술 취한 손님이 있어서 그 사람 상대를 하느라고."

"그래도. 너 경찰서에 꼭 가야 해. 이런 얘기는 경찰한테 해 줘야 되는 거야."

"난 싫어. 내가 왜 경찰서에 가야 하냐?"

두 사람이 주고받는 이야기를 듣다가 다에의 머리에 떠오르는 게 있었다. 형사들에게 질문을 받았던 게 어제였다. 다에가 말했다.

"겐짱, 나도 경찰서에 가야 할 것 같아. 나 어제 형사한테 받은 명함이 있거든. 나도 같이 가 줄까? 내일은 쉬는 날이기도 하니까."

다에는 컵에 남아 있던 미적지근한 맥주를 마셨다. 그리고 가게 제일 안쪽 테이블 자리를 봤다. 그 여자 손님은 벽을 등지고 앉아 있었다고 했다. 엔도 유카리라고 했던 여자 손님이 그 자리에 앉아 있는 장면을 상상해 보았다.

일주일 동안 이곳 이토시에 머물다가 끝내 벼랑에서 투신자살한 여자. 그 사람은 돌아갈 곳이 없었는지도 모른다.

/ / /

이토 경찰서 소속 형사인 와키야의 전화를 받은 것은 이토에서 돌아온 지 이틀이 지난 월요일 오후 2시 넘어서였다. 우에하라가 교환이 돌려준 전화를 받자 와키야는 약간 흥분한 목소리로 말하기 시작했다.

"우에하라 형사님, 목격자가 나왔습니다. 죽은 진노 유카리의 모습을 바닷가 옆에 있는 드라이브인 레스토랑 종업원이 목격했다고 합니다. 저한테 주셨던 사진 복사본을 보여 줬더니 틀림없다고 증언했습니다."

자세한 이야기를 들었다. 오늘 오전에 그 종업원이 도미노야의 객실종업원과 함께 이토 경찰서로 와서 목격 정보를 증언한 모양이었다. 그 사람이 진노 유카리의 모습을 목격한 것은 지난주 목요일 밤 9시 넘어서라고 했다. 더구나 어떤 남자와 같이 있었다는 새로운 사실을 알게 되었다.

"종업원 말로는 두 사람 사이에 무거운 분위기가 감돌고 있었다고 합니다. 어떻게 생각하세요? 좀 냄새가 나지 않습니까?"

"네. 많이 궁금해지네요."

진노 유카리가 자살했다는 소식은 이미 보도된 상태였다. 전국판 신문에도 작은 기사가 실렸을 정도다. 그런데 죽기 직전에 누가 같이 있었다는 이야기는 들은 바가 없었다.

"혹시 불륜 같은 거 아닐까요? 헤어지자는 이야기로 싸우다가 여자가 충격을 받고 죽음을 택한 것인지도 모르지요."

와키야의 입에서 나온 이야기는 우에하라도 상상했던 것이다. 유카리는 남편 모르게 누군가와 불륜관계에 있었고 그것 때문에 가출했다. 그러니까 도모아키를 버리고 불륜 상대를 선택한 것이다. 죽을 각오로 집에서 나왔는데 막상 남자 쪽은 나 몰라라 하면서 헤어지자고 했다. 충분히 가능성이 있는 이야기였다.

"그 종업원은 남자 얼굴을 기억하고 있습니까?"

"잘 생각이 나지 않는다고 하네요. 같은 시간에 단골손님이 있었던 모양이라서. 지금부터 그 손님한테도 가 볼 생각입니다. 아마 같이 있던 남자는 여자가 죽은 사실을 알고 있을 겁니다. 그런데도 지금껏 그런 남자가 나타났다는 얘기가 없는 게 영 걸리네요."

"저도 마찬가지입니다. 와키야 형사님, 어쩌면 이렇게 생각해볼 수도 있을 것 같습니다. 남자한테도 가정이 있어서 섣불리 나설 수가 없는 건지도 모르지요. 그렇다면 이해가 되지만 그런 게 아니라면…….”

말을 잇지 못했다. 여자는 정말로 자살한 것일까? 혹시 같이 있던 남자가 벼랑에서 민 것은 아닐까? 그렇게 생각해 볼 수도 있는 일이다. 그러나 이토 경찰서는 이미 자살로 사건을 마무리 지었다.

“저는 남자 쪽을 찾아보겠습니다. 단골손님이라는 사람이 뭐라도 기억하고 있으면 좋을 텐데.”

기대하기 어려운 듯한 말투였다. 여자는 벽을 등지고 종업원 쪽을 향하고 있었던 모양인데 남자는 계속 등을 돌린 자세였다고 했다. 돈을 낸 사람도 진노 유카리였던 모양이다.

“우에하라 형사님, 바쁘신 와중에 죄송하지만 이 건에 대해서 힘을 좀 빌렸으면 합니다.”

죽은 진노 유카리는 세타가야에 사는 사람이었다. 이토 경찰서의 와키야가 그녀 주변을 수사하기는 어려울 것이다. 그 부분에 대한 협조를 요청했다.

“당연히 협조해야지요, 와키야 형사님. 저도 진노 유카리에 대해 알아보겠습니다.”

전화를 끊었다. 지금도 수사 중인 사건이 몇 개 있었지만 급한 사안은 아니었다.

“구마자와 형사, 잠깐 나 좀 보자.”

형사과에 처음으로 배치된 여형사를 다들 어떻게 대해야 할지 몰라서 지금까지는 용의자가 여자일 경우 취조에 입회하는 정도밖에 구마자와 리코가 하는 일이 없었다. 그 이외의 시간에는 보고서를 작성하거나 현장에 동행해서 교통정리 같은 자잘한 일을 처리하는 정도였다.

"네, 무슨 일이십니까?"

리코가 일어서서 우에하라에게 다가왔다.

"진노 유카리 건인데 이토 서의 와키야 형사한테서 전화가 왔어."

우에하라는 와키야에게 들은 정보를 이야기해 준 다음에 리코에게 질문했다.

"장례 일정은 알아봤나?"

"오늘 장례식을 하고 내일이 발인입니다. 식은 저녁 7시부터라고 합니다."

리코가 수첩을 보면서 대답했다. 진노 집안의 장례 일정을 알아 두라고 이토에서 돌아오는 열차 안에서 지시해 놓았다. 지시받은 사항에 대해서는 빈틈없이 실행하는 타입인 것 같았다.

"장소는 사쿠라기 지역 장례식장이라고 했습니다. 어떻게 하실 겁니까? 가시는 거면 저도 동행하겠습니다."

"가 봐야지. 남편 쪽한테 해 줄 얘기도 있고."

"알겠습니다. 그럼 저도 가겠습니다."

리코는 그렇게 말하고 수첩을 덮은 다음 자기 자리로 돌아갔다. 이 건은 자살로 마무리 지어진 줄로 알았는데. 일단 서장한테는 보고를 해 둬야지. 그런 생각을 하며 우에하라는 자리에서 일어났다.

밤 8시가 지난 시간, 검은 옷을 입은 조문객들이 장례식장에서 연달아 나왔다. 30대 전업주부였던 사람의 장례치고는 조문객들의 연령층이 높은 편이었다. 아마도 고인의 시아버지인 진노 가즈오 쪽 관계자들일 것으로 생각되었다. 그는 세이카 대학 부속병원 외과부장이기 때문에 그쪽과 연관이 있는 조문객들이 많이 왔는지도 모른다.

장례식장 옆에는 주차장이 있는데 그쪽으로 들어가는 사람, 그리고 가까운 전철역 쪽으로 걸어가는 사람의 수가 대략 반반이었다. 나오는 조문객들이 좀 뜸해졌을 무렵 우에하라는 장례식장 안으로 들어갔다. 리코도 같이 있었다. 리코는 상복 차림이었다. 우에하라는 원래부터 검은색 정장을 입고 있었기 때문에 옷을 갈아입지 않았다.

들어가자마자 정면에 접수 창구가 있었고, 그 안쪽이 장례식장이었다. 의자가 나란히 늘어서 있었고, 한가운데 고인의 사진이 있었다. 사진 속에서는 진노 유카리가 미소 짓고 있었다.

접수 창구 근처에서 유족들이 조문객들과 뭔가 이야기를 주고받고 있었다. 손수건으로 눈가를 닦고 있는 사람도 있었다. 장례식장 관계자가 지나가기에 한마디 알린 다음 분향을 하러 갔다. 앞쪽에 있는 제단으로 가서 리코와 나란히 분향했다. 두 손을 모아 고인을 향해 합장했다.

"형사님께서도 와 주셨군요."

뒤에서 누가 불러서 돌아보니 진노 도모아키였다. 왼손에 염주를 걸고 있었다. 우에하라가 말했다.

"예. 생전의 사모님을 알지는 못하지만 그래도 분향은 해야겠다 싶어서요."

"아내도 기뻐할 겁니다. 감사합니다."

"진노 씨, 잠시 시간 좀 내주실 수 있을까요? 말씀드리고 싶은 일이 있는데 가급적 조용히 따로 뵈었으면 합니다만."

우에하라의 말투에서 뭔가 미묘한 느낌을 감지했는지 도모아키가 목소리를 낮추었다.

"그럼 이쪽으로 오시죠."

일단 장례식장을 나와 복도를 따라 안쪽으로 갔다. 가족 대기실과 사무실 등이 이어졌는데 그중 한 방으로 안내되었다. 안에는 긴 테이블들이 여럿 있는 게 식사하는 장소 같았다. 조문객들에게 하는 식사 대접은 내일 발인 이후가 될 예정인지 오늘은 아무도 없었다.

"무슨 일이 있나요?"

"그게 사실은……."

우에하라가 단도직입적으로 사실을 전했다.

"오늘 이토 서의 형사에게서 연락이 왔는데 생전의 사모님을 봤다는 증언이 나왔다고 합니다. 현장 근처에 있는 드라이브인 레스토랑 종업원이라고 합니다만. 그 사람 말로는 사모님이 혼자가 아니라 어떤 남성과 함께 있었다고 합니다. 이토 서의 형사는 그 남성이 사모님의 죽음과 관련이 있을지도 모른다고 생각하는 모양입니다."

"아내의 죽음과 관련이 있다니 그게 무슨……."

"사모님의 죽음이 정말 자살이었는지 그 부분을 의심해 볼 필요가 있을지도 모른다는 말씀입니다."

도모아키가 어안이 벙벙한 얼굴로 서 있었다. 이 남자로서는 상상하지도 못한 이야기였던 모양이다. 우에하라가 말을 이었다.

"함께 있던 남성이 사모님을 살해했을 가능성이 있습니다. 진노 선생님, 실례를 무릅쓰고 여쭙겠습니다. 사모님과 사이는 어떠셨습니까?"

"아내와의 사이라뇨?"

"부부 사이 말입니다. 좋은 편이었나요?"

"그, 그야……."

살짝 당황한 기색으로 도모아키가 대답했다.

"제가 워낙 평소에도 바쁜 편이어서 잘 챙겨 주지는 못한 부분이 있었지요."

의사라면 당연히 바쁘게 지냈을 것이다. 그러나 그 외에도 다른 이유가 있을 것 같다는 느낌을 지울 수가 없었다. 이 부부는 제각기 애인이 따로 있지 않았을까? 우에하라는 자꾸만 그런 생각이 들었다.

"사모님이 불륜을 하고 있다. 혹시 그런 생각을 해 보신 적은 없습니까?"

"그런 일은…… 상상해 본 적도 없는데요."

거짓말하는 사람처럼 보이지는 않았다. 아내의 행동을 도모아키가 잘 파악하고 있었을 것 같지는 않았다. 유카리는 전업주부였으니까 낮 시간은 충분히 자유롭게 쓸 수 있었을 것이다.

"진노 선생님, 의사로서 의견을 말씀해 주셨으면 합니다. 타살이었을 경우 사모님의 시신을 지금 부검하면 그 증거를 찾아낼 수 있을까요?"

시신은 지금 관에 안치되어 있고 내일이면 화장장으로 이동한다. 지금이 부검을 할 수 있는 마지막 기회였지만 우에하라는 그런 결정을 내릴 권한이 없었다. 아직 타살이라고 단정할 수 있는 것도 아닌 데다 사건 그 자체는 이토 경찰서 관할이었다. 유족인 도모아키에게 판단을 맡겼다. 그 방법밖에는 없어 보였다.

"장담을 못 하겠네요."

도모아키가 고개를 저었다.

"손상이 워낙 심한 상태라서 그런 증거가 나올 확률은 적을 것 같은데요. 게다가 더 이상 아내를 저렇게 두는 건 너무 가혹하다는 생각이 듭니다."

아까 분향을 하면서 보았더니 관 뚜껑이 덮여 있었다. 일반적으로는 깨끗하게 꾸민 고인의 얼굴을 조문객들에게 마지막으로 보여 주기 마련인데 유카리의 시신은 손상이 너무 심해서 그렇게 할 수도 없고, 하고 싶지도 않은 상태인 것이다. 도모아키의 말투에서 부검에 대한 거절의 뜻을 알아차린 우에하라가 고개를 끄덕였다.

"잘 알겠습니다. 그런데 진노 선생님, 사모님께서 돌아가신 날 오후에 무엇을 하면서 지내셨습니까? 집 안 청소를 한다고 하셨던 것 같은데."

진노 유카리가 바다에 투신한 것으로 생각되는 그날 오후에 우에하라는 마침 서장의 지시로 사쿠라기에 있는 진노의 집을 방문했다. 오전 진찰을 마치고 돌아온 도모아키도 그때 만났다.

"그때 말씀드린 대로 집 안을 치웠지요. 그러고는 혼자서 쉬고 있었습니다. 별채에 혼자 있었기 때문에 딱히 그 사실을 증명해 줄 사람은 없지만요."

"그러셨군요. 그럼 혹시 새로 알게 되는 부분이 있으면 저희 쪽에서 연락드리겠습니다. 늦었지만 심심한 조의를 표합니다."

머리를 숙인 다음 방에서 나왔다. 장례식은 끝났지만 장례식장 안에는 아직도 조문객이 몇 명 남아서 낮은 목소리로 이야기하는 모습이 보였다. 고인이 젊은 주부였던 데다 극단적인 선택을 했다는 점 때문에 뜬소문이 돌아다니고 있는지도 모른다. 우에하라는 복도를 따라 그대로 장례식장에서 나왔다.

이튿날 오후에 우에하라는 세타가야 구 사쿠라기에 있는 세타가야 사쿠라기 기념병원에 있었다. 리코는 관내에서 발생한 상해 사건의 탐문수사에 동원되어서 오늘은 혼자였다. 진노 유카리의 발인이 오늘이어서 유족을 상대로 한 탐문은 어렵기 때문에 병원 관계자를 만나 봐야겠다는 생각에 이곳으로 온 것이다.

"죄송해요. 전 아무것도 몰라요. 그 사모님 자살 아니었어요?"

"그냥 사실 확인차 나온 겁니다. 별다른 의미는 없습니다."

도모아키가 소속된 정형외과 직원들에게 사정을 알아보고 다녔는데 자세하게 물어보기가 힘들었다. 타살 사건도 아닌데 꼬치꼬치 캐물으면 이상하게 여길 게 뻔하기 때문이다.

"감사합니다."

정형외과에서 나왔다. 오후 2시가 다 된 시간이었다. 도모아키는 직장에서 집안 이야기를 하는 일이 거의 없었던 모양이다. 직원들 대부분이 도모아키의 가정에 대해 모른다는 인상을 받았다.

지금쯤 시신은 재가 되어 버렸겠지. 자살로 처리된 사건을 자꾸 헤집는 것도 이제 그만할 때가 되었는지 모른다. 복도를 따라서 로비로 나왔다. 큰 병원이어서 로비도 널찍한데 오후 진료가 시작되기를 기다리는 환자들 모습이 벌써 여기저기 보였다. 오후 진료는 3시부터 시작되는 모양이었다.

정면 현관 바로 앞에 중앙 안내데스크가 있고 거기에 여직원 둘이 나란히 서 있었다. 그쪽으로 가 보았다. 지금 안내데스크 앞에는 아무도 없었다. 형사수첩을 보여 주고 신분을 밝힌 다음 두 사람에게 물었다.

"정형외과 진노 선생님의 부인이 사망했다는 소식은 들으셨지요? 그 사모님에 대해 혹시 알고 있는 점이 있습니까? 뭐든 괜찮습니다."

"글쎄요, 전 모르겠는데요."

오른쪽에 선 여직원이 고개를 저었다. 왼쪽에 있는 여직원도 갸웃거리고 있었다. 아무것도 모른다는 뜻이겠지.

"알겠습니다. 고마워요."

그냥 가려고 하는데 "형사님." 하고 왼쪽 직원이 불렀다.

"예?"

"그게요 ….."

말하기 거북한 이야기인 모양이었다. 오른쪽 직원과 눈짓을 주고받더니 안내데스크에서 나왔다. 근처에 있는 기둥 뒤로 데리고 갔다.

"뭔가 아는 게 있습니까?"

"그게 한 반년쯤 전의 일인데요."

안내데스크에 진노 도모아키의 부인이라면서 어떤 여자가 찾아왔다고 했다. 놓고 간 물건을 가져왔다고 했는데 도모아키가 바빠서 오지 못한다니까 그대로 가 버렸다고 했다.

"그게 뭐 이상합니까? 부인은 그냥 갔다면서요?"

"그때는 그렇게 생각했는데요, 나중에 보니까 아무래도 사모님이 아니었던 것 같아요."

"네? 그게 무슨 소리인가요?"

안내데스크 직원이 설명했다. 부인이라고 했던 그 여자가 왔다가고 며칠 후에 병원 동료 몇 명이랑 같이 밥을 먹으러 갔는데 약국 사무직원이 그 광경을 기억하고는 그 여자가 부인이 아니라고 확실하게 말했다는 것이다.

"사모님이 아니라 환자였던 거죠. 그래서 잘 생각해 봤더니 그날도 제가 그냥 사모님이라고 혼자 착각했던 거더라고요. 그런데 그 여자분은 저한테 아니라고 그러지 않았거든요."

도모아키에게 분실물을 주러 찾아온 어떤 여자. 좀 더 자세한 이야기가 듣고 싶어서 그 약국 사무직원을 불러 달라고 했다. 안경을 낀 소박한 타입의 여직원이었다.

"아마 7월쯤이었을 거예요. 정형외과의 진노 선생님이 약국 앞으로 와서 벤치에서 기다리던 어떤 여자분 옆에 앉는 게 보였어요. 그때 마침 저는 창구에서 수납 업무를 하고 있었거든요."

진노 선생님이 웬일로 진찰 시간에 로비로 나왔지? 그렇게 생각하면서 유심히 보고 있었다고 했다. 두 사람이 서로 이야기를 주고받는데 원래 아는 사이 같아 보였다. 며칠 후에 안내데스크 직원과 밥을 먹는데 그 여자에 대한 이야기가 나왔다는 것이다.

"어떤 느낌의 여자분이었습니까?"

"미인이었어요. 나이는 진노 선생님하고 비슷한 정도로 보였고, 제 느낌에는 독신 같았어요. 유부녀한테서는 나오지 않는 분위기가 있었거든요. 옷도 고급 브랜드였던 것 같고요."

여자들의 안목은 대단하다. 가끔씩 형사보다 낫다는 생각이 들 정도다. 우에하라가 약국 사무직원에게 형사수첩을 보여 주면서 정식으로 협조를 요청했다.

"알았어요."

여직원은 대답한 다음 약국으로 돌아갔다. 안내데스크 직원에게도 고맙다고 한 다음 우에하라는 약국 앞 벤치에 앉아 기다렸다.

"오래 기다리셨죠?"

5분가량 지난 다음 약국 사무직원이 돌아왔다. 손에 서류 한 장을 들고 있었다. 그 여자 환자가 약을 받기 위해 기입한 서류인 모양이었다. 히무라 마유미라는 이름에 주소는 시부야 에비스다. 일하는 회사는 자동차회사인 도하츠다. 우에하라가 젊었을 때 면허를 따고 제일 처음 산 차가 도하츠의 중고차였다.

서류에 있는 이름과 주소를 수첩에 적었다. 히무라 마유미. 혼자 상상하던 것이 들어맞았는지도 모른다는 생각이 들었다. 진노 도모아키의 얼굴을 떠올렸다. 그 잘생긴 의사라면 애인이 한두 명 있다고 해도 전혀 놀랍지 않을 것 같았다.

　도하츠 본사는 시나가와구 가미오사키에 있는 빌딩이었다. 대기업답게 빌딩을 통째로 쓰고 있었다. 안내데스크 앞은 미팅 약속을 잡은 회사원들로 북새통을 이루고 있었다.

　여자 하나가 걸어오는 모습이 보였다. 누군가를 찾는 눈길이었다. 긴 치마에 검은 스웨터 차림이었다. 저 여자구나 싶었다. 미인이어서였다. 세타가야 사쿠라기 기념병원의 여직원이 미인이었다고 말했었다.

　"히무라 씨 맞으시죠?"

　그렇게 부르면서 우에하라가 다가갔다. 마유미가 미심쩍은 표정으로 이쪽을 쳐다보았다. 주변의 시선도 있기 때문에 그 자리에서 형사수첩을 꺼내기는 싫었다. 그래서 우에하라는 목소리를 약간 낮췄다.

　"세타가야 경찰서의 우에하라 형사입니다. 진노 도모아키 씨 일로 좀 물어볼 게 있어서요."

　마유미의 눈빛이 한순간 흔들렸다. 그러나 금방 냉정함을 되찾고는 말했다.

　"저쪽에 카페가 있어요. 그쪽으로 가시지요."

　아까 들은 안내데스크 직원의 말에 따르면 히무라 마유미는 홍보과에서 일하는 모양이었다. 평소에 언론사 쪽 대응 업무도 하고 있는지 모른다. 보통 사람이라면 직장에 형사가 찾아왔다는 사실만으로도 적지 않게 당황할 텐데 카페로 가자고 금방 안내하는 것만 보아도 배짱이 상당히 좋은 여자 같았다.

"어떻게 저를 찾아오신 거죠?"

본사 빌딩 안에 있는 카페는 비즈니스 상담을 하는 회사원들로 80퍼센트가량 차 있었다. 빈 테이블에 앉아 주문한 커피가 나온 다음에서야 히무라 마유미에게 질문했다.

"진노 도모아키 씨를 아시지요? 세타가야 사쿠라기 기념병원의 의사 말입니다."

"네, 알아요. 같은 대학 한 학년 선배였으니까요. 올해 여름이었나, 취재하다가 다치는 일이 있었는데 우연히 실려 간 병원에서 진노 선생님한테 진찰을 받았어요."

그렇게 된 일이었구나. 우에하라는 이해가 갔다. 반년 전쯤에 세타가야 사쿠라기 기념병원 직원이 목격한 것은 두 사람이 재회한 장면이었군. 약 처방은 한 번뿐이었고 그 뒤로 병원에 환자로 온 적이 없다는 사실은 이미 알고 있었다.

"진노 씨 부인이 사망하신 일은 알고 계시지요?"

"네. 대충은요. 이토 어디에서 자살하셨다고."

"그 일로 진노 씨한테 연락받은 적이 있습니까?"

마유미는 대답하지 않았다. 한동안 테이블 한곳을 바라보면서 뭔가 생각에 잠겼다. 그러더니 얼굴을 들고 결심을 한 듯 말했다.

"하시고 싶은 말씀이 있으면 분명하게 해 주세요."

자존심이 강한 여자구나. 대기업 홍보 부문에서 일하는 것을 보면 나름 일도 잘하는 편이겠지.

"히무라 씨, 확실한 증거는 없지만 저는 히무라 씨와 진노 선생이 특별한 사이가 아닐까 하고 생각하고 있습니다."

조사하면 다 나오게 되어 있다. 그런 압박을 은근히 내포한 말이었다. 이 협박성 멘트가 효과를 발휘했는지 마유미가 입술을 깨무는 게 보였다.

"저희는 수사를 통해 얻은 정보에 대해서는 비밀을 엄수합니다. 실은 말입니다, 진노 선생의 부인은 자살이 아닐 가능성이 있습니다."

"네? 뉴스에서는 자살이라고……."

"사망 전에 현장 근처에서 부인과 같이 있던 남자의 모습이 목격되었습니다. 그 사람이 증언을 하러 나서지 않았다는 점으로 보아 진노 유카리 씨의 죽음에 대해 뭔가 알고 있지 않을까 하고 현지 경찰서는 보고 있습니다. 저는 수사를 돕고 있는 입장이고요. 그래서 말인데, 히무라 씨, 혹시 진노 선생한테서 뭐라도 들은 바가 없습니까?"

마유미는 입을 다물었다. 그 얼굴을 보면서 우에하라는 커피에 설탕 두 스푼과 생크림을 넣고 스푼으로 저었다. 옆 테이블에서 담배 연기가 흘러왔다. 회사원이 상대방과 거래 이야기를 하면서 끊임없이 담배를 피워 대고 있었다. 우에하라는 금연한 지 1년이 되었는데 이제는 담배를 피우고 싶은 욕구가 거의 생기지 않았다. 형사과에서 담배를 안 피우는 사람은 우에하라와 리코밖에 없었다.

우에하라가 커피를 한 모금 마신 다음에야 겨우 히무라 마유미가 입을 열었다.

"특별히 들은 바는 없어요."

"마지막으로 둘이 만난 게 언제였습니까?"

"지난달 말쯤이었을 거예요."

"어디서 만나셨죠?"

"제…… 집에서요."

도모아키와 불륜 관계에 있다는 사실을 인정한 셈이었다. 우에하라가 다시 물었다.

"진노 선생의 부인이었던 유카리 씨에게 특별한 사이였던 남자가 있었을 가능성이 있습니다. 진노 선생이 그런 의심을 가지고 있는 느낌이 있었습니까?"

"제가 아는 바로는 없었어요. 그 사람은 별로 관심이 없었던 것 같아요."

진노 도모아키는 부인인 유카리에 대해 관심이 없었다. 그런 뜻인 모양이었다. 맞은편에 앉아 있는 히무라 마유미라는 여자에게서 강렬한 자신감이 느껴졌다. 그 남자에게 사랑받고 있는 여자는 바로 나다. 그렇게 믿어 의심치 않는 표정이었다.

"형식적인 질문입니다만."

그렇게 말한 다음 물었다.

"지난주 목요일 밤에는 어디 계셨습니까? 특별히 의심이 가는 부분이 있어서가 아니라 이런 경우에는 반드시 질문하게 되어 있어서요."

히무라 마유미는 진노 도모아키의 불륜 상대다. 아내인 유카리에 대해 안 좋은 감정을 가지고 있는 게 당연하다. 그러나 현장에서 유카리와 함께 목격된 사람은 남자다. 마유미는 용의자 선상에서 제외되겠지만 그래도 알리바이만큼은 확인해 두어야 한다.

"목요일이면……."

마유미가 수첩을 펼치면서 말했다.

"회사에서 온종일 일하고 있었어요. 저희 과에 계속 있었네요."

도쿄에서 이토까지 신칸센과 지역 열차를 갈아타고 가면 2시간 만에 갈 수 있다.

"퇴근 후에는 어떻게 지내셨습니까?"

"친구를 만났어요. 대학 때 친구요. 그 애랑 같이 골프연습장에 갔어요."

"골프를 치십니까?"

"네. 연습장에서 프로였던 분한테 레슨을 받고 있어요. 목요일에 도 친구랑 같이 레슨을 받았고요. 저녁 7시부터 9시까지요. 그다음에는 친구랑 밥을 먹고 집에 돌아온 게 11시쯤이었을 거예요."

그 시간이면 열차를 타고 이토에 가기는 힘들다. 확인을 위해 함께 레슨을 받았다는 친구 이름을 물었다. 가메야마 유코라는 이름이고 출판사에 근무한다고 했다.

"고맙습니다. 혹시 또 뭔가 질문할 일이 생기면 그때도 협조 부탁드리겠습니다."

자기가 마신 커피값을 테이블에 올려놓은 다음 우에하라가 일어섰다. 마유미도 우에하라를 배웅하기 위해 일어났다. 우에하라는 가볍게 목례를 한 다음 카페에서 나왔다. 회사원들 틈에 섞여 도하츠 본사 1층을 가로질렀다.

히무라 마유미. 진노 도모아키의 불륜 상대라는 선입견을 가지고 봐서 그런지 몰라도 어딘지 인상적인 여자였다.

"너까지 또 오게 해서 미안하다."

"괜찮아. 사장님도 다녀오라고 그랬는데 뭐."

히라이 다에가 이토 경찰서에 갔더니 다나카 겐타가 벌써 정면 현관 앞에서 기다리고 있었다. 경찰에서 연락이 왔는데 가능하면 같이 와 달라고 했다.

어제도 겐타와 함께 이 이토 경찰서에 와 있었다. 진노 유카리가 자살한 날에 겐타네 가게, 즉 드라이브인 다나카에 왔었다고 증언했더니 이야기를 듣고 있던 형사가 흥분했는지 몸을 앞으로 내밀면서 재차 확인했다. 정말이죠? 정말 그 여자가 틀림없는 거죠?

다에의 짐작대로 자살하기 직전에 남자와 같이 있었다는 것은 경찰들도 전혀 몰랐던 새로운 사실인지 어제도 겐타는 한 시간 동안이나 질문을 받았고, 몽타주 작성에도 협조했다. 몽타주를 잘 그리는 형사가 있는데 그 사람에게 특징을 말해 주면 그림으로 그릴 수 있다고 했다. 하지만 겐타는 남자의 얼굴이 거의 기억나지 않는 모양이었다.

진노 유카리와 그 남자가 들어왔을 때 마침 가게 안에는 단골 손님 둘이 카운터에서 술을 마시고 있었고, 형사들은 어제 그 사람들한테도 찾아가서 이런저런 질문을 한 것으로 알고 있다.

"잘 오셨습니다. 이쪽으로 오시죠."

정복을 입은 경찰관이 안쪽 회의실 같은 방으로 안내해 주었다. 양복을 입은 마흔 살가량의 형사가 안에서 기다리고 있었다. 어제도 같이 이야기했기 때문에 이 사람은 알고 있었다. 와키야라는 이름의 형사였다.

"다시 와 주셔서 감사합니다. 실은 몽타주가 완성됐는데 그걸 봐 주셨으면 해서 오시라고 했습니다."

와키야라는 형사가 그렇게 말하더니 종이 한 장을 꺼내서 책상에 올려놓았다. 겐타가 그 종이를 손에 들고 보았다. 와키야가 물었다.

"다나카 씨, 어떻습니까? 진노 유카리와 같이 있던 남성과 비슷한가요?"

"음……."

겐타가 고개를 비틀었다.

"비슷한 것 같은데요. 어제도 말했지만 사실 전 거의 못 봤거든요. 하지만 이런 느낌의 남자였던 것 같기는 하네요."

"분위기는 비슷하다. 단골손님 중의 한 분은 그렇게 말씀하셨습니다."

두 명의 단골손님은 진노 유카리와 그 남자를 기억하고 있었다. 타지 사람임을 한눈에 알아봤기 때문에 관심이 갔다고 했다. 그중 한 사람은 화장실에 갈 때 남자 얼굴을 가까이서 봤다고 해서 그 사람 의견이 몽타주에 많이 반영된 모양이었다.

"그러고 보면 비슷한 느낌이 드는 것 같기도 하고."

겐타가 들고 있는 종이를 다에도 들여다보았다. 남자 얼굴이 연필로 그려져 있었다. 비교적 단정한 생김새의 얼굴 같았다.

"히라이 씨도 한 장 가지고 가시죠. 도미노야에서 일하는 분들

194

한테도 보여 주셔서 뭐든 짐작이 가는 분이 있으면 저희 서로 연락 바랍니다."

와키야의 배웅을 받으며 경찰서에서 나왔다. 겐타와 나란히 주차장을 걸었다. 겐타는 검은 세단을 탄다. 다에가 타고 온 경차는 안쪽에 주차되어 있었다. 겐타가 자기 차 앞에서 발걸음을 멈추고 손에 들고 있던 몽타주를 보면서 말했다.

"TV에 공개하면 될 텐데. 그럼 본인은 아니라도 주변 사람이 신고하지 않을까?"

"어제 형사님도 그랬지만 그 여자가 자살한 걸로 되어 있어서 그렇게 못하는 거 아닐까?"

진노 유카리가 어떤 남자와 함께 드라이브인 다나카에 들른 것이 분명해지면서 다에는 사실 마음이 좀 놓였다. 혹시 내가 살아 있는 그 여자와 마지막으로 이야기를 나눈 사람이 아닐까? 계속 그렇게 생각하고 있었다. 그래서 뭐라도 말을 해 줬어야 하는 게 아닌가 하는 생각에 마음이 편치 않았다.

그러나 다에의 걱정은 기우에 불과했고, 그 여자는 죽기 전에 어떤 남자와 함께 겐타의 가게에 들렀다. 마음의 짐이 약간은 가벼워진 느낌이었지만 그래도 그 여자가 죽었다는 사실에는 변함이 없었다. 서른네 살이었다고 들었다. 그 나이에 죽음을 결심하게 한 건 도대체 무엇이었을까?

/ / /

"바쁘신데 나오시라 해서 죄송합니다. 세타가야 서의 우에하라 형사입니다."

도하츠 본사에서 히무라 마유미를 만난 다음날 우에하라는 그 녀의 친구인 가메야마 유코의 회사로 찾아갔다. 구마자와 리코에게는 다른 일을 몰래 부탁해 두었기 때문에 오늘도 혼자였다. 가메야카 유코가 다니는 출판사는 시나가와에 있었다. 유아용 교재와 중고생용 참고서 등을 주로 내는 출판사였다. 만나기로 한 장소는 시나가와 역 근처의 찻집이었다.

"무슨 일이신가요?"

그렇게 물으면서 가메야카 유코가 손목시계를 봤다.

"급한 회의가 잡혀 있어서 이야기할 시간이 7, 8분밖에 없네요. 여기까지 오셨는데 죄송합니다."

가메야마 유코도 히무라 마유미 정도는 아니지만 그래도 미인 축에 드는 얼굴이었다. 마유미보다 약간 부드러운 인상이었다. 뽀글뽀글한 웨이브가 있는 헤어스타일이었다.

"그럼 단도직입적으로 묻겠습니다. 지난주 목요일 가메야마 씨는 히무라 마유미 씨와 함께 골프 레슨을 받으신 게 맞습니까?"

"네. 그랬어요. 그걸 왜 물어보시죠?"

"수사상의 비밀이라 말씀드리지 못하는 점 양해 부탁드립니다. 다만 가메야마 씨나 히무라 씨가 용의선상이 있는 것은 아니고 그냥 어떤 사건 관계자들 모두의 알리바이를 확인하고 있을 뿐입니다. 그런데 가메야마 씨는 히무라 씨와 어떤 사이입니까?"

"대학 친구예요. 치어리딩 동아리에 4년 동안 같이 있었죠."

그랬군. 우에하라가 속으로 고개를 끄덕였다. 히무라 마유미도 그렇고 가메야마 유코도 그렇고 뭔가 화려한 분위기를 풍기고 있는데 치어리더였다는 말을 듣고 이해가 갔다.

"그렇군요. 치어리딩 동아리의 친구들은 두 분 말고도 더 있습니까?"

"있기는 하지만 자주 만나는 사람은 마유미밖에 없어요. 우리 둘만 빼고 다른 애들은 다 결혼했거든요."

"히무라 씨 이야기가 나와서 말인데, 골프는 자주 하는 편입니까?"

"올여름쯤부터 시작했을걸요. 저도 그때 같이 하자는 이야기를 듣고 시작했으니까요. 사실 그때쯤 해서 전 지금 그이와 사귀기 시작했고, 그 사람이 골프를 치기 때문에 저도 배워야겠다는 생각이 들었죠."

"그럼 히무라 씨는 왜 골프를 시작했을까요?"

"그야 뻔하죠."

유코는 그러면서 의미심장한 미소를 지었다. 남자라는 소리군. 히무라 마유미도 남자의 영향으로 골프를 시작했다는 말인가? 하긴 진노 도모아키도 골프 때문에 까무잡잡하게 타 있었다.

"가메야마 씨는 히무라 씨의 애인과 만난 적이 있습니까?"

"안타깝게도 본 적이 없네요. 그런 얘기를 별로 안 했거든요. 그런데 그게 언제였더라? 아마……."

어느 날 밤, 유코의 집으로 히무라 마유미가 아무런 연락도 없이 갑자기 찾아온 적이 있었다고 했다. 그런데 그때 유코의 집에는 막 사귀기 시작한 애인이 있어서 마유미에게 들어오라고 하지 못했다는 것이다.

"남자 때문에 무슨 일이 있었구나 하고 금방 알 수 있었어요. 하지만 그 후로 다시 안정을 찾은 것 같았고, 골프를 시작한 것도 그 무렵이었어요. 그래서 애인끼리 사랑싸움이라도 했나 보다 싶었죠."

싸웠다가 화해하면서 사랑이 더욱 불타오르는 사랑싸움. 그렇게 알았다는 뜻이다.

"그런데 형사님은 마유미의 애인에 대한 얘기를 물어보러 오신 거 맞죠? 어떤 사람이에요?"

"그건……."

우에하라가 대답을 머뭇거렸더니 유코가 작게 웃으면서 말했다.

"유부남 아니에요?"

"왜 그렇게 생각하십니까?"

"그런 고민 상담을 한 적이 있으니까요. 새로 생긴 애인이 집에 놓고 간 물건을 갖다 주려고 갔더니 회사 사람이 자기를 부인으로 착각했다고 그랬어요."

처음에 유코가 말했던 7, 8분이 훌쩍 지났는데도 별로 시간을 걱정하는 것 같지 않았다. 우에하라가 화제를 다시 되돌렸다.

"아까 하던 이야기로 돌아가겠습니다. 골프 레슨이 끝난 다음에는 어디로 가셨습니까?"

"얘기를 안 해 주시네요, 형사님."

유코는 그렇게 말하며 어깨를 움츠렸다.

"골프연습장 근처에 있는 레스토랑에서 밥을 먹었어요. 레슨 뒤에는 보통 거기서 같이 밥을 먹거든요."

거짓말하는 것 같지는 않았다. 히무라 마유미의 알리바이는 성립된 모양이다. 그런데 영 마음에 걸리는 존재였다. 결혼하고픈 욕망이 아주 많은데도 기꺼이 의사의 불륜 상대로 머물러 있는 여자. 대기업 홍보과에 근무하는 미모의 여직원.

"그래서 결국 마유미의 애인은 어떤 사람인데요?"

"아니, 그건……."

도대체 누가 탐문수사를 하는 형사인지 모르겠다. 우에하라는 적당히 얼버무리면서 식어 버린 커피를 홀짝 마셨다.

"우에하라 형사님은 히무라 마유미가 수상하다고 생각하시는 겁니까?"

"수상하다고 할 정도는 아니야. 실제로 알리바이도 성립이 되었고."

경찰서에 갔더니 리코도 돌아와 있었다. 리코는 이번 건에 대해 적극적이다. 진노 유카리 사건은 자기 담당이라는 자부심이 있는 것인지도 모른다. 리코에게는 누군가의 조수가 아니라 자신에게 정식으로 맡겨진 첫 사건이기도 하다.

"그쪽 일은 제대로 됐어?"

"그러저럭요. 최우선으로 해 달라고 했으니까 30분 내로 나올 겁니다."

리코에게 은밀히 시킨 일은 히무라 마유미의 사진을 찍는 것이었다. 정식으로 부탁해 봐야 거절당할 게 뻔해서 몰래 찍는 수밖에 없었다. 도하츠 본사에 가서 손님인 척 불러낸 다음 1층으로 내려온 그녀를 멀리서 찍었다고 했다.

"구마자와, 나 차 한 잔만."

"알겠습니다."

남자 형사의 심부름에 리코는 창가에 있는 선반 쪽으로 갔다. 거기에는 전기 주전자와 찻잔 등이 갖춰져 있었다. 익숙한 솜씨로 녹차를 내려서 형사들에게 돌린 다음 리코는 다시 우에하라 옆으로 왔다.

"이거 좀 드세요."

리코가 찻잔을 우에하라의 책상에 놓았다.

"고마워."

"아닙니다. 어차피 내리는 김에 한 건데요. 그보다 이토 서에서 연락은 왔습니까? 진노 유카리가 죽기 직전에 만났다는 남자의 정체가 마음에 걸리는데."

유카리의 불륜 상대가 아닐까? 그게 우에하라의 직감이었다. 그렇지 않다면 느닷없이 가출할 리가 없다. 사랑의 도피를 할 셈이었는지도 모른다. 그런데 남자 쪽이 갑자기 안 하겠다고 꽁무니를 빼서 충격을 받은 여자가 벼랑에서 투신한 것이다. 뻔한 스토리가 아닌가.

"남자의 정체는 그쪽에서 조사하고 있을 거야. 얼마나 진척이 됐는지 확인해 보는 것도 나쁘지 않겠지."

책상 위에 있던 메모지를 끌어당겼다. 이토 경찰서 직통 전화번

호가 적혀 있었다. 전화나 걸어 볼까 하던 찰나 갑자기 책상 위의 전화가 울렸다. 수화기를 들었더니 교환원이 손님이 왔음을 알려 주었다. 이토 서의 와키야라고 했다.

"구마자와, 우리 생각이 통한 모양이다. 밑에 이토 서의 와키야 형사가 와 있다는군. 내려가서 여기로 안내해."

잠시 후 리코가 와키야를 데리고 형사과로 들어왔다. 베레모를 벗으면서 와키야가 말했다.

"갑자기 찾아와서 죄송합니다. 오전에 전화를 드렸는데 자리에 안 계셔서."

"그랬군요. 수사 때문에 자리를 비웠습니다."

"이거, 별것 아니지만 받아 주십시오."

"감사합니다. 잘 먹겠습니다."

과자가 들어 있는 종이백을 받았다. 소파가 있는 응접 공간으로 안내했다. 소파에 앉으면서 와키야가 말했다.

"도쿄에는 정말 오랜만에 오네요. 저도 사실 학생 때는 시모기타자와에 살았거든요."

"사건에 뭔가 진전이 있어서 일부러 찾아오신 건가요?"

"예."

와키야가 씨익 웃었다.

"지난번에 전화로도 말씀을 드렸지만 드라이브인 레스토랑 종업원에게 협조를 부탁해서 지노 유카리와 같이 왔던 남자의 몽타주를 작성했습니다."

와키야가 가방을 열고 종이 한 장을 꺼내서 테이블 위에 올려

놓았다.

"이게 그 몽타주입니다."

약간 진한 연필로 그려진 얼굴 그림이었다. 미남이라고 할 수 있을 만한 얼굴이었다.

"비슷하지 않습니까? 그 남자랑."

얼굴 그림을 자세히 봤다. 먼저 반응을 보인 사람은 옆에 앉아 있던 리코였다.

"진노 도모아키 말씀이죠?"

"그렇습니다. 처음에 봤을 때는 저도 알아차리지 못했는데 자세히 보니까 비슷한 느낌이 자꾸 드는 겁니다. 한번 그 생각이 떠오르니까 확인을 해 보고 싶어져서 위에 억지로 부탁해서 출장 허가를 받았습니다."

쏙 빼닮았다고 할 만한 정도는 아니지만 듣고 보니 윤곽이 비슷했다. 몽타주의 정밀함에도 문제가 있지만 어쨌든 이 그림 모델이 진노 도모아키라고 한다면 그렇구나 할 정도에 불과했다.

"우에하라 형사님, 진노 도모아키의 알리바이는 알아보셨습니까?"

"사실 그날 오후에 제가 진노를 만났습니다."

우에하라가 설명했다. 서장의 지시로 진노네 집에 간 날 오후에 도모아키는 자기 집을 청소할 작정이라는 이야기를 했다. 별채에 살고 있어서 그 말을 뒷받침해 줄 가족은 없다고 했다.

"도모아키라면 아내를 만나고 있었다고 해도 전혀 이상하지 않겠네요."

와키야의 말에 우에하라가 맞장구를 쳤다.

"저는 사랑의 도피 쪽을 생각했었는데 남편이 아내를 데리러 갔을 가능성도 충분히 생각할 수 있지요."

"우에하라 형사님이라면 그렇게 말씀해 주실 줄 알았습니다."

"와키야 형사님이야말로 이 그림 하나 보여 주시려고 여기까지 오시지는 않았을 텐데요."

"당연하지요."

우에하라가 손목시계를 확인했다. 오후 4시가 다 된 시간이었다. 아마 오늘도 도모아키는 병원에 있을 것이다. 아무리 늦어도 6시까지는 오후 진찰을 마치겠지.

우에하라의 어림짐작은 보기 좋게 빗나가서 저녁 7시가 넘어서야 진노 도모아키를 만날 수 있었다. 급한 환자가 들어왔다고 잠시 기다려 달라는 안내를 받은 응접실에서 한 시간 넘게 기다려야 했다.

"죄송합니다. 많이 기다리셨다고 들었는데."

"저희야말로 갑자기 찾아와서 미안합니다."

형사 세 명이 나란히 앉아 있는 모습을 보고 도모아키는 약간 놀란 모양이었다. 그래도 소파에 앉으면서 말했다.

"그래서 저를 찾아오신 이유가?"

"그나저나 의사라는 직업은 정말 힘든 것 같네요."

우에하라는 곧바로 본론으로 들어가지 않고 딴 얘기를 시작하면서 도모아키의 눈치를 살폈다.

"어제가 사모님 발인이었는데 오늘 벌써 출근해서 일하다니 대단하십니다."

"병원 규정으로는 일주일 동안 쉴 수 있다고 하는데 몸을 움직이는 쪽이 마음은 더 편해서요."

"그러시군요. 충분히 이해가 됩니다."

약간 홀쭉해진 느낌이 들었다. 수염도 듬성듬성 나 있었다. 아내가 사망했다고 해도 도모아키는 부모의 집에서 살기 때문에 생활하는 데에는 힘든 일이 없을 터였다.

"실은 말입니다……."

우에하라가 상반신을 내밀고 무릎에 팔꿈치를 대면서 말했다.

"이토 서의 와키야 형사가 아주 흥미로운 이야기를 가지고 왔습니다. 선생님도 직접 한번 들어 보시면 좋겠다 싶어서 이렇게 찾아뵌 겁니다. 와키야 형사님, 시작하시죠?"

"와키야 형사입니다. 바쁘신데 방해해서 죄송합니다. 일단 짤막하게 설명 드리자면……."

와키야가 간단한 사정을 설명한 다음 몽타주를 테이블 위에 펼쳐놓았다.

"……그렇게 해서 만들어진 몽타주가 바로 이 그림입니다. 선생님도 한번 살펴봐 주시지요."

도모아키가 얼굴 그림에 눈길을 주었다. 안색이 바뀌지 않은 채 무표정하게 몽타주를 가만히 들여다보고 있었다. 와키야가 설명을 이어갔다.

"이 몽타주의 인물이 바로 부인이 사망하기 직전까지 같이 있던 사람입니다. 이 얼굴을 보고는 누군가와 많이 닮았다는 생각이 자꾸 들었는데 그게 도대체 누군지 이제야 알겠습니다. 선생님을 많이 닮았네요."

도모아키는 말이 없었다. 그의 시선은 몽타주에 고정되어 있었지만 한편으로는 아무것도 보고 있지 않은 듯한 느낌이었다. 얼마 후에 도모아키가 고개를 들었다.

"형사님, 믿어 주세요. 아내는 자살한 겁니다. 저는 아무 짓도 안 했어요."

"그게 무슨 말씀입니까? 자세히 이야기해 보시지요."

우에하라의 말에 도모아키는 살짝 고개를 숙인 채 이야기하기 시작했다.

"그날 전화가 걸려왔어요. 형사님이 저희 집에서 나가고 조금 있다가. 전화를 받으면 아무 말 없이 그냥 끊어 버리는 전화였어요. 그 뒤로 30분마다 그런 전화가 몇 번 걸려 왔습니다. 무시하려고 했는데 몇 번째인가 받았을 때 불현듯 이런 생각이 들더라고요. 어쩌면 아내가 전화한 건지도 모르겠다."

당신이야? 하고 묻자 다 죽어 가는 아내의 목소리가 들려왔다. 울고 있는 것 같았다. 이 전화 절대 끊으면 안 돼. 그렇게 말한 다음 도모아키는 아내에게서 조금씩 이야기를 끌어냈다.

"이토에 있는 료칸에 묵고 있다는 사실을 알게 되자 도저히 그대로 있을 수가 없었고 정신을 차려 보니 차를 달리고 있었어요. 료칸 뒤편 주차장에서 아내가 기다리고 있었습니다."

밤 9시 무렵이었다. 어디든 앉아서 얘기해야겠다는 생각에 올

때 바닷가 근처에서 본 드라이브인 레스토랑 간판이 떠올라 그곳으로 갔다.

"이혼하고 싶다고 그러더군요. 이유를 물어도 그저 고개만 저을 뿐이었습니다."

유카리가 이야기를 하려고 하지 않아서 하는 수 없이 가게에서 나왔다. 료칸 앞에까지 데려다주고 거기서 아내를 내려 준 다음 도모아키는 다시 자기 차를 운전해서 도쿄로 돌아왔다.

"정말이에요. 믿어 주세요. 전 아무 짓도 안 했습니다. 아내를 료칸 앞까지 바래다주고 그냥 돌아왔을 뿐이에요."

"어째서 지금까지 말씀을 안 하신 겁니까?"

"그다음 날에 갑자기 아내가 죽었을지도 모른다는 소리를 듣고는 너무 당황했습니다. 어영부영하다 보니 이토에 가게 되었고요. 형사님한테 이 이야기를 털어놓을 경황도 없었어요. 정말입니다. 다른 뜻은 없었어요."

도모아키가 진지한 표정으로 호소했다. 잘나가는 의사의 멋들어진 가면이 벗겨지면서 처음으로 이 남자의 진짜 얼굴을 본 것 같다는 생각이 들었다.

"우에하라 형사님은 어떻게 생각하십니까? 저 의사 얘기를 어디까지 믿을 수 있을까요?"

도쿄 역 야에스 출구 근처의 술집이었다. 와키야 형사가 이 근처 비즈니스호텔에 묵는다고 해서 바래다주는 길에 들렀다. 리코는 먼저 퇴근시켰고 지금은 와키야와 둘이서만 카운터에서 청주를 마시고 있었다.

"애매하네요. 솔직하게 털어놓는 것처럼 보이기는 했지만 그 얘기를 그대로 믿어도 될지."

"저도 그렇게 생각합니다. 그 의사는 뭔가 좀 냄새가 나는 것 같거든요."

아내에게서 전화가 와서 차를 타고 만나러 갔다고 도모아키는 설명했다. 료칸까지 바래다주고 돌아왔다고 주장하는데 그 이야기를 입증해 줄 사람이나 증거는 전혀 없다.

"큰 틀에서는 사실을 말하고 있다고 봅니다."

우에하라가 머릿속을 정리하면서 말했다.

"부인에게서 말 없이 끊는 걸려왔다는 말과 드라이브인 레스토랑에서 이혼 이야기를 했다는 말은 아마 사실일 겁니다. 문제는 마지막 부분이죠. 료칸으로 바래다줬다는 말을 믿을 수 있느냐 하는 겁니다."

"료칸 종업원에게 물어봤는데 진노 유카리가 사망한 당일 밤에 그녀를 료칸 안에서 목격한 사람은 아무도 없었습니다. 만약 저 의사 이야기가 사실이라면 료칸 앞에서 내린 그녀는 료칸에 들어가지 않고 그길로 다시 바다 쪽으로 되돌아갔다는 이야기지요."

"료칸에서 현장까지는 거리가 얼마나 됩니까?"

"3킬로미터 정도입니다. 걸어가지 못할 정도는 아니지요."

그녀가 입장이 되어 생각해 보았다. 도쿄에서 남편이 달려왔고 그에게 이혼 이야기를 꺼냈는데 받아 주지 않았다. 너무 힘들어진 그녀는 터벅터벅 바다를 향해 걸어갔다. 그렇게 되나?

"형사님, 그 사람 핸드백에서 나온 유서 말인데요, 어떻게 보십니까?"

그림엽서 이야기였다. '미안해요'라는 짧은 글이 적혀 있었다. 그래서 그게 유서이려니 했는데 지금 와서 생각해 보니 그렇게 섣불리 단정 지을 일이 아니었다.

"어쩌면 그 사람은 그 엽서를 남편에게 보내려고 했는지도 모르지요. 우리가 오해했을 수도 있는 일 아닙니까?"

"만약에 그 사람이 자살이 아니라 저 의사 손에 죽은 거면 일이 골치 아파지겠네요. 시신은 벌써 화장해 버렸고, 유품도 전부 유족들에게 돌려보냈으니 말입니다."

와키야가 그렇게 말하더니 술잔을 비웠다. 자기가 내린 결단을 후회하고 있는 것 같았다. 우에하라가 와키야의 술잔에 술을 따라 주면서 말했다.

"그때는 그렇게 생각할 수밖에 없었지요. 제가 와키야 형사님 입장이었어도 아마 자살이라고 결론을 지었을 겁니다."

벼랑 위에 여자 신발이 남겨져 있었고, 어선이 여자 사체를 인양했다. 그리고 근처 료칸에 가명으로 여자가 묵고 있었는데 체크 아웃도 하기 전에 숙박비를 정산했다. 유서로 보이는 그림엽서도 발견되었다. 이런 정황에서 자살로 결론을 내리지 않는 게 더 이상하다.

"그런데 말입니다, 저희 쪽에서 또 재미있는 사실을 알아냈습니다. 진노 도모아키하고 불륜 관계에 있는 여자가 있는데 그 여자의 정체도 밝혀졌어요."

대기업에 근무하는 히무라 마유미라는 여자에 대해 설명하자 예상대로 와키야가 반색을 하며 달려들었다.

"그랬군요. 그 의사한테 애인이 있었다면 또 여러 가지로 생각해 볼 수 있겠네요."

"그렇지요. 그 사람은 아내가 이혼하자는 말을 했다고 그러지만 오히려 반대였을 가능성도 충분히 있으니까요."

"그게 무슨?"

"잘 생각해 보세요."

우에하라가 술잔을 내려놓고 설명했다.

"진노 도모아키는 아내와 헤어지고 애인인 히무라 마유미와 결혼하고 싶다는 생각을 갖게 된 거죠. 아내에게 넌지시 이혼 이야기를 꺼냈는데 그 말에 충격을 받은 아내가 가출해 버린 겁니다."

"아아, 그렇군요. 도쿄에 계신 형사님이라 역시 보는 관점이 남다르시네요."

"아, 왜 이러십니까? 아무튼 이렇게 생각해 볼 수도 있다는 거죠."

"제 생각도 그렇습니다. 저는 내일 아침에 바로 돌아가는데 그쪽에서도 현장 근처에 대한 탐문수사를 계속하겠습니다."

만약 도모아키가 정말로 아내를 료칸까지 바래다주었다면 애초에 그렇게 말했으면 될 일이었다. 그런데 그런 진술을 하지 않은 것을 보면 형사의 습성상 뭔가 뒤가 구린 점이 있지 않나 하고 의심하게 된다.

"저는 이쪽에서 계속 진노 도모아키 주변을 털어 보겠습니다. 앞으로도 손을 잡고 움직이는 것으로 하지요. 아, 다른 술로 한번 바꿔 볼까요?"

"좋지요. 저도 한 잔 주십시오."

가게 안은 손님들로 북적이고 있었다. 꼬치를 굽는 연기와 담배 연기 때문에 가게 안에 허연 안개가 자욱하게 낀 것 같았다. 우에 하라가 메뉴판을 들고 점원을 찾았다.

/ / /

"사무장님, 사사즈카 지점 쪽 강사 한 명이 그만두고 싶다고 하는데요."

사원이 부르는 소리에 히구치 유지가 고개를 들었다. 시부야 에비스에 있는 초등학생 대상 보습학원인 '유신주쿠'의 사무실이었다. 사원은 히구치를 제외하고 세 명이 더 있는데 각자 스케줄 관리와 사무용품 관리, 그리고 경리 등을 분담하고 있었다.

"이유는? 왜 그만두겠다고 하는지 이유는 들었어?"

"아마 다른 쪽으로 옮기려는 것 같은데요. 수당을 올려 달라는 것일 수도 있고요. 지난달에도 같은 얘기가 나왔으니까요."

"두 번째란 말이지. 그냥 내버려 둘 수가 없네. 경우에 따라서는 그만두게 해야 할 수도 있고. 내일이라도 내가 직접 얘기해 보지."

"네. 알겠습니다."

지금부터 8개월 전인 4월에 히구치는 시부야 안에 학원 두 군데를 동시에 오픈했다. 장소는 에비스와 사사즈카였다. 두 군데 모두 순조롭게 학생이 늘어서 지금은 양쪽을 합치면 200명가량의 수강생이 있었다.

예전에 대형 입시학원에서 강사로 일했는데 입시생과 재수생들 상대로 입시 위주로만 수업을 하는 게 싫어져서 가능하면 좀 더 어린 학생들, 그러니까 초등학생이나 중학생을 가르치고 싶다는 생각을 갖게 되었다. 학교에서 배우는 데 그치지 않고 학원에 가서 보충학습을 해야 한다는 생각이 보편화되는 상황이라 은행에서 간신히 융자를 받을 수 있었다. 물론 은행 융자를 받는 데 요코하마에서 운수회사를 경영하는 아버지의 영향력이 많은 힘이 되었다. 히구치 자신도 그 점을 알고 있었다.

"나 먼저 갈게. 다들 수고."

히구치는 자리에서 일어나 가방을 들고 사무실에서 나왔다. 엘리베이터로 1층에 내려와 임대 주차장에 세워 둔 닛산 승용차에 올라탔다. 집은 미나토구 시바에 있는 아파트였지만 히구치는 반대 방향으로 차를 몰았다.

다마나 미도리를 만난 것은 지금으로부터 15, 16년 전인 대학교 때였다. 교육학부 강의를 같이 들으면서 처음 알게 되었다. 활발하게 발언하고 남자들 못지않게 배짱이 두둑한 그녀에게 마음이 끌렸다. 미도리는 눈에 띄는 학생이었다. 1학년 대학 축제 때 열린 미인대회에서 선으로 뽑힌 것이 큰 영향을 주었다. 하지만 당사자는 그런 점을 의식하지 않는 듯 털털했고, 강의에서도 누구 못지않게 열성적이었다.

짝사랑이 이루어진 것은 4학년 때였다. 그 당시 미도리는 연상의 카메라맨과 사귀고 있었는데 그 남자와 헤어졌다는 사실을 알자마자 과감하게 고백을 했다. 미도리가 승낙을 하면서 그때부터 사귀게 되었다.

그러나 그 관계는 오래가지 않았다. 미도리는 교원시험에 합격하고 초등학교 교사로 발령을 받았는데 히구치는 떨어지고 만 것이다. 틀림없이 합격하리라고 주변에서도 당연시했던 만큼 불합격은 큰 충격으로 다가왔다. 아버지의 설득으로 아버지가 경영하는 운수회사에서 사무 일을 돕게 되면서 미도리와는 어느덧 자연스럽게 멀어졌다. 그렇게 헤어지고 난 후로도 히구치는 무슨 일이 있을 때마다 그녀를 떠올렸다. 그 정도로 사랑했던 것이다.

다시 만난 것은 대학을 졸업하고 8년이 지나 서른이 되었을 무렵이었다. 우연한 재회가 아니라 히구치가 미도리를 찾아간 것이다. 그해에 히구치는 아버지가 경영하는 운수회사에서 나와 도쿄에 있는 입시학원에서 강사로 일하기 시작했다. 동창들의 연락망을 통해 미도리가 일하는 구립 초등학교를 알아내어 그 앞에서 마냥 기다렸다. 미도리가 싫어하면 어떡하나 걱정이 되었지만 그녀는 생각보다 재회를 기뻐해 주었다. 만난 그날에 미도리는 히구치가 사는 아파트에서 하룻밤을 묵었고 다시 연인관계가 되었다.

교제는 순조로웠다. 미도리는 초등학교 교사로, 히구치는 학원 강사로 바쁘게 일하면서 서로 만날 시간이 많지 않았지만 어떻게든 짬을 내서 얼굴을 봤다. 서로가 결혼을 의식하고 있었고 그래서 이제 슬슬 그녀를 요코하마에 있는 부모님에게 데려가 볼까 했던 바로 그때 그 사고가 났다.

무더운 여름날이었다. 그날 미도리의 부모님은 야마나시 현 후지요시다 시에 있는 묘지를 향해 중앙고속도로를 달리고 있었다. 성묘하러 가는 길이었다. 주행 중에 옆 차선을 달리던 대형트럭이 갑자기 접근하더니 부부가 탄 차를 그대로 들이받았다. 부부는 그 자리에서 숨졌다. 사고 원인은 대형트럭 운전사의 졸음운전이었다.

부모님의 죽음 이후로 미도리는 변했다. 딴사람이 되어 버렸다. 원래부터 세상을 살짝 삐딱하게 본다고 할까, 시니컬한 면이 있었는데 부모님을 여의고부터는 그런 면이 증폭된 것 같았다. 교사 일도 그만두고 외국으로 나가는 일이 잦아졌다. 마음이 아파서 떠나는 거야. 미도리는 그렇게 말하며 웃었지만 히구치는 걱정이 되어서 미칠 것 같았다. 미도리가 주로 가는 여행은 패키지 투어가 아니라 치안이 안 좋은 나라들을 혼자 돌아다니는 식이었다. 자살 행위 같기도 했고 실제로 그녀는 뭔가 내려놓은 듯한 느낌이 들었다.

당연히 결혼 이야기도 미도리 쪽에서 파기했고, 만날 기회도 좀처럼 없어졌다. 미도리는 1년의 반 이상을 외국에서 지냈고, 국내에 있을 때도 전화를 받는 경우가 거의 없어서 얼굴을 보려면 집으로 찾아가는 수밖에 없었다. 더구나 그렇게 찾아가도 대개는 집에 없었다.

학원을 차리려고 생각한 이유가 첫 번째로는 대입만 바라보는 입시학원에 회의를 느끼게 되어서였지만 한편으로 미도리를 생각해서 결단한 부분도 있었다. 초등학생을 상대로 하는 보습학원이라면 미도리가 도와줄 수 있지 않을까? 그런 기대가 적지 않게 있었다. 그리고 올해 6월에 귀국한 미도리가 연락을 주었을 때 학원 이야기를 꺼내면서 강사로 있어 달라고 부탁했다. 거의 강요하다시피 설득해서 마지못해 승낙받은 것이었지만 어쨌든 미도리는 학원 강단에 서게 되었다.

상냥하지 않은 성격 때문에 아이들이 어떻게 받아들일지 걱정되는 면이 있었는데 초등학교에서 교사를 했던 경험이 있는 미도리는 뛰어난 강사였다. 특히 고학년 위주의 영어 수업에서 영어 실력을 유감없이 발휘해 준 덕분에 학부모들의 평도 매우 좋았다. 이대로 계속 강사로 있어 주었으면 좋겠다. 그리고 언젠가는 그녀와……. 히구치는 그런 마음을 품고 있었다.

히구치가 브레이크를 밟았다. 세타가야구의 사쿠라기라는 고급 주택가였다. 다마나 미도리네 집 앞이다. 히구치가 알기로 부모님이 돌아가신 이후로 미도리는 이 집에 혼자 살고 있다.

차에서 내렸다. 서양식 주택이다. 미도리의 부모님은 고위공무원이었고, 미도리는 소위 부잣집 아가씨였던 모양이다. 새빨간 스포츠카가 주차되어 있었다.

미도리가 학원을 그만두겠다는 말을 꺼낸 것이 지난달 중순이었다.

"이번 달만 하고 그만둘 거야."

그렇게 말했다. '그만두고 싶어'가 아니라 '그만둘 거야'다. 한 번 말을 꺼내면 그대로 밀고 나가는 성격임을 알고 있었기 때문에 말리지 않았다. 하지만 속으로 많이 낙심했다. 이번에야말로 미도리와 함께할 수 있지 않을까? 그런 소망을 품고 있었기 때문이다.

　현관 앞에 서서 초인종을 눌렀다. 한동안 기다렸는데 반응이 없었다. 문을 두드리며 "미도리, 안에 없어?" 하고 외쳐 봤지만 여전히 아무런 반응이 없었다. 벌써 출발했나? 언제 일본을 떠나는지는 정확하게 들은 바가 없었다.

　히구치는 올해로 나이가 서른다섯이다. 주변 친구들은 거의 대부분 결혼했다. 미도리와 이렇게 어중간한 관계로 있다가는 안 되겠다는 생각에 이번만큼은 그녀가 일본을 떠나기 전에 이야기를 해야겠다고 생각했었다.

　미도리가 결혼할 생각이 없다는 사실은 알고 있었다. 문제는 히구치의 마음이었다. 어떻게든 결판을 짓고 싶은데 도무지 결심이 서지 않는 것이다.

　결혼할 생각이 없다면 이제 끝을 내자. 이 말만 입에서 꺼내면 되는 일이었다. 어차피 그녀의 반응은 예상이 되었다. 내가 결혼을 하겠니? 그렇게 말하며 웃을 게 뻔하다. 하지만 어쩌면 그렇게 나오지 않을 가능성도 있지 않을까? 그 실낱같은 희망 때문에 히구치는 이렇게 몇 번이고 사쿠라기 주택가에 들락거렸던 것이다.

　"저기, 이보세요?"

　갑자기 뒤에서 누가 불렀다. 돌아보니 어떤 노부인이 서 있었다. 그 노부인이 수상해하는 표정으로 물었다.

　"누구신데 거기에서 그러고 있어요?"

　"아, 저기, 그러니까."

　히구치가 설명했다. 밤에 큰 소리로 부르는 바람에 의심을 사

버린 모양이었다.

"저는 여기 사는 다마나 미도리 씨 동료입니다. 학원강사를 하고 있습니다."

"아아, 그랬구만. 아까 무슨 소리가 들려서 뭔 일인가 싶어 창문으로 내다봤는데 수상해 보이지는 않았지만 그래도 확인 삼아 물어본 거요."

이웃 주민인 모양이었다. 마침 좋은 기회다 싶어서 히구치가 물었다.

"혹시나 해서 여쭤 보는 건데 다마나 미도리 씨 여기 사는 거 맞죠?"

"글쎄요. 요즘에는 통 보지를 못해서. 워낙에 그 애는 마음 내키면 갑자기 외국으로 가 버리잖수. 몇 달이고 집을 비워 놓고 말이우."

노부인이 말했다. 이웃과 거의 왕래가 없는데도 미도리는 외국에 나갈 때마다 반드시 양쪽 옆집에는 인사를 한다고 했다. 그런 부분에서는 의외로 꼼꼼하다는 사실을 히구치도 알고 있었다.

"이번에도 그러던가요? 인사를 하고 갔습니까?"

"그러고 보니 이번에는 안 왔네. 그럼 아직 일본에 있는지도 모르겠구만."

히구치의 정체를 알고 안심했는지 노부인은 자기 집으로 돌아갔다. 히구치는 윗옷 주머니에서 명함집을 꺼내 한 장을 빼고 볼펜을 잡았다. 가로등의 희미한 불빛 아래서 '연락해' 하고 쓴 다음 그것을 문틈에 끼워 넣었다.

미도리가 이걸 보고 연락을 줬으면 좋겠는데. 그렇게 생각하면서 자기 차로 돌아갔다.

/ / /

"글쎄요, 친구가 거의 없는 애였던 건 알고 있어요. 미에에서 올라온 애여서 이쪽에 그럴 만한 사람이 없었겠죠. 그런 점에서는 딱하다고 생각했고요."

우에하라는 리코와 함께 진노네 집에 와 있었다. 평일이어서 도모아키와 그의 아버지 가즈오는 없었고, 도모아키의 어머니인 모토코가 맞아 주었다. 사실 이 사람의 이야기를 듣기 위해 온 것이다.

유카리의 죽음에 사건성이 있지 않을까? 그렇게 생각하면 가장 수상한 사람은 생전에 마지막으로 그녀와 함께 있었던 남편 도모아키였다. 만약 도모아키가 유카리를 살해했다면 그 동기도 밝혀내야 한다. 유카리는 전업주부였기 때문에 그녀에 대해 가장 잘 아는 사람은 시어머니인 모토코가 아닐까 생각했던 것이다.

"그래서 부녀회 모임에 자주 데려갔지요. 가을 버스여행도 같이 갔고요. 지난번에 형사님한테 드렸던 사진 있잖아요. 그게 버스여행 갔을 때 사진이거든요."

모토코는 며느리의 죽음으로 인한 충격에서 많이 벗어났는지 아까부터 쉴 새 없이 며느리에 대한 이야기를 늘어놓고 있었다. 부녀회는 사쿠라기 지역에 있는 자치회 모임인 모양이었다. 사쿠라기 지역에서 자치회의 영향력이 얼마나 큰지는 우에하라도 소문으로 들어 알고 있었다.

"아이가 없었기에 망정이지. 애라도 있었으면 그거 불쌍해서 어떻게 봤겠어요. 애가 어미 없이 어떻게 커요."

"진노 씨."

우에하라가 끼어들었다. 가만히 내버려 두었다가는 끝도 없이 떠들 것 같았다.

"며느님의 교우관계에 대해서는 혹시 짐작이 가는 분이 있을까요? 예를 들면 뭔가 고민이 있을 때 털어놓고 이야기했을 만한 그런 분은 없습니까?"

"걔가 무슨 고민이 있었던 거예요?"

"아니, 그냥 예를 든 겁니다."

생전의 진노 유카리를 알지는 못하지만 이런 시어머니와 온종일 같이 살았다면 참 힘들었겠구나 싶었다. 나쁜 사람은 아니지만 뭐든 자기 방식대로 해야 하는 사람이었다.

"그러고 보니 다마나 씨네 딸이랑 사이가 좋았을지도 모르겠네요."

"다마나 씨요?"

"3동에 사는 사람이에요. 부모님을 사고로 여의고 거기 혼자 살아요. 도모아키하고 동갑내기인데 아직 결혼도 안 했고요."

자세히 물어보았다. 같은 3동에 사는 주부하고 수다를 떨다가 다마나 미도리라는 여자가 사는 집에 유카리가 들어가는 걸 봤다는 이야기를 들었다고 했다.

"다마나 씨네 집이요? 우리 집 앞길에서 동쪽으로 가다가 첫 번째 모퉁이를 오른쪽으로 돌아서……."

옆에서 리코가 수첩에 메모했다. 그 후로도 한참을 이야기했지만 쓸 만한 정보는 없었다. 고맙다고 인사하고 진노네 집에서 나왔다. 다마나라는 여성의 집으로 찾아가 보기로 했다. 리코가 수첩을 보면서 안내했다.

"이쪽입니다."

사쿠라기 주택가는 바둑판 모양으로 구획이 정리되어 있고 곳곳에 벚나무가 서 있었다. 봄이 되면 벚꽃이 흐드러지게 피어서 장관이겠구나 싶었다. 하지만 이렇게 벚나무가 많으면 떨어진 꽃잎을 청소하는 일도 보통이 아니겠다 하는 쓸데없는 걱정도 들었다.

"이 집입니다."

앞서 걷던 리코가 발걸음을 멈췄다. 흰 벽으로 된 단독주택이었다. 노란 지붕이 선명하게 눈에 들어왔다. 빨간 스포츠카가 세워져 있는데 먼지가 앉은 상태로 봐서 한동안 아무도 타지 않은 모양이었다. 문패에 '다마나 미도리'라는 글자가 보였다. 초인종을 눌렀는데 아무 반응이 없었다.

"집을 비웠나 보네요."

리코가 그렇게 말하면서 집 주위를 둘러보았다. 누군가 사는 느낌이 거의 없는 집이었다. 현관문 틈새에 하얀 물건이 끼워져 있는 게 보여서 뽑아보니 명함이었다. 그 명함에는 "학원 '유신주쿠' 사무장 겸 강사 히구치 유지"라고 인쇄되어 있었다. 뒷면에는 '연락해'라는 짤막한 메시지가 적혀 있었다.

"어떻게 할까요? 일단 서로 돌아갈까요?"

리코가 물었다. 도무지 단서를 잡을 수 없는 상태였다. 공격 대상이 진노 도모아키라는 점은 거의 틀림이 없었다. 아내가 사망한 날에 그가 이토에 있었던 것이 목격되었다. 본인은 아내를 만나 이야기한 다음 료칸까지 바래다주었다고 주장하는데 영 미덥지 않았다. 하지만 그를 공격하려면 뭔가 더 확실한 단서가 필요하다.

생전의 진노 유카리와 사이가 좋았다던 다마나 미도리. 그리고 그 여자를 찾고 있는 학원강사. 우선은 이 남자 이야기를 들어 보는 게 좋겠다. 명함이 아직 깨끗한 것으로 봐서 그 남자가 여기 왔다 간 지 얼마 안 되었을 것으로 예상되었다.

'유신주쿠'는 시부야 에비스에 있었다. 간판으로 보아 비교적 새로 생긴 학원으로 추정되었다. 상가빌딩의 한 층을 통째로 쓰고 있었고, 한쪽 끝에 사무실이 있었다. 사무실이라고는 하지만 좁은 방에 책상이 여럿 놓여 있고, 그 위에 서류들이 산더미처럼 쌓여 있었다.

"저를 왜 보자고 하셨죠?"

히구치 유지는 안경을 낀 홀쭉한 남자였다. 양복을 입었는데 넥타이는 하지 않았다. 쉴 새 없이 눈을 깜박이는 모습이 갑작스러운 형사의 방문에 적잖이 당혹스러워하는 눈치였다.

오후 5시가 넘은 시간이어서 학원 수업이 시작된 모양이었다. 아까 복도를 걸어오면서 보니 수업 중인 교실 내부가 보였다. 대부분의 자리가 학생들로 차 있는 것으로 보아 학원 경영은 순탄

한 모양이었다.

"다마나 미도리라는 여자분을 아시지요?"

"미, 미도리한테 무슨 일이 생겼나요?"

갑자기 흥분한 말투로 히구치 유지가 다그쳤다. 의외의 반응이었다. 우에하라가 히구치의 어깨를 두드리며 흥분을 가라앉혔다.

"놀라실 필요 없습니다. 저희는 어떤 사건 때문에 다마나 씨에게 사정을 들으려고 방문했는데 댁에 안 계시더군요. 히구치 씨명함이 문 틈새에 끼어 있어서 혹시 뭔가 아시는 점이 있나 해서온 겁니다. 실례지만 다마나 씨하고는 어떤 관계이신가요?"

"대학 동창입니다. 그리고 지난달까지 이 학원 일을 도와주고있었어요."

"그럼 다마나 씨는 강사 일을 하셨나요?"

"네. 예전에 초등학교에서 교사를 했거든요. 사정이 있어서 그만두기는 했지만."

진노 모토코가 했던 이야기가 떠올랐다. 그녀는 사고로 부모를잃었다고 했다. 그때 여러 가지 일이 있었는지도 모른다. 그리고이 남자와의 관계도 궁금했다. 방금 전의 반응으로만 봐도 단순한동창 이상의 관계가 있을 것으로 짐작되었다. 일부러 짓궂은 질문을 던져 보기로 했다.

"다마나 씨와는 사귀는 사이셨지요?"

"네, 아니 그게……."

"애써 부인하실 필요는 없습니다. 그런데 히구치 씨, 다마나 씨가 어디로 가셨을지 짐작이 가는 곳은 없습니까?"

"그게 저도 도무지……. 어쩌면 이미 일본을 떠났을 수도 있고요."

"그게 무슨 뜻입니까?"

히구치가 설명했다. 다마나 미도리라는 여자는 방랑벽이 있어서 1년의 반 이상을 외국에서 보낸다고 했다. 히구치의 학원을 도와준 것도 그저 어쩌다 기분 내켜서 했을 뿐이고 반년이나 일본에서 지냈다는 자체가 보기 드문 일이라는 것이다. 우에하라는 중학생 딸이 생각났다. 그 아이가 커서 나중에 1년의 반을 외국에서 떠돌아다닌다고 하면 그야말로 머리를 싸맬지도 모르겠다는 생각이 들었다.

"마지막으로 얼굴을 본 게 지난달 말이었는데 조만간 또 나간다고 하더라고요."

그 말대로 정말 외국으로 나갔다면 다마나 미도리를 만나 사정을 듣는 것은 불가능하다. 우에하라는 혹시나 싶어 물어보았다.

"진노 유카리라는 이름을 혹시 들어 보신 적이 있습니까?"

"진노 유카리……."

옆에 앉아 있던 리코가 수첩에 한자로 이름을 적어 보여 주었다. 히구치는 그것을 보고도 고개를 갸웃거렸다.

"전 들어 본 적이 없네요. 죄송합니다."

"그럼 혹시 다마나 씨한테서 근처 사는 누군가하고 친하게 지낸다는 이야기는 들어 보셨나요?"

"글쎄요……. 그런 얘기는 따로 없었는데. 사실 미도리는 남들하고 가깝게 지내는 일이 거의 없었거든요."

아무것도 못 건졌네. 그렇게 포기하려는데 갑자기 뭔가 떠올랐는지 히구치가 얼굴을 들었다.

"그게 아마 두 달, 아니 석 달쯤 전이었나, 미도리가 물어보더라고요. 변호사 좀 소개시켜 줄 수 있냐고."

"변호사요? 무슨 분쟁에라도 휘말렸습니까?"

"아니, 본인이 아니라 친구 일 때문에 그런 것 같았어요. 그 애입에서 친구라는 말이 나온 게 너무 신기해서 기억하고 있었어요. 이혼 문제를 잘 다루는 변호사가 있으면 소개해 달라고 그러더라고요."

진노 유카리겠구나. 우에하라는 직감적으로 알았다. 유카리는 남편과 이혼할 생각이 있었고 그 일을 다마나 미도리에게 의논했는지도 모른다. 전업주부였던 유카리는 아는 사람이 별로 없었을 테니 다마나 미도리밖에는 털어놓을 사람이 없지 않았을까?

"그래서 변호사를 소개해 주셨습니까?"

"아니요. 못했어요. 저도 그쪽으로는 별로 아는 사람이 없어서요."

3개월 전이라면 9월쯤이다. 적어도 그 무렵에 유카리는 이혼을 의식하고 있었다는 뜻이다. 동시에 도모아키의 불륜도 그때 벌써 알고 있었다고 볼 수 있다.

"감사합니다. 혹시 나중에라도 다마나 씨와 연락이 되면 꼭 알려 주십시오."

명함을 건넨 다음 방에서 나왔다. 좁은 엘리베이터를 타고 1층으로 내려왔다. 리코의 머리가 오른쪽 코밑에 있었는데 린스 향기가 살짝 풍겨 왔다. 이 녀석도 여자구나 하고 실감이 났다.

"이제 어떻게 할까요?"

"서로 돌아가자. 내일 아침 바로 도하츠로 가 봐야지."

"알겠습니다."

히무라 마유미에게 이야기를 들어볼 수밖에 없다는 생각이 들었다. 어쩌면 헛걸음이 될 수도 있겠지만 현시점에서는 그쪽을 다그쳐 보는 방법밖에는 없었다.

"형사님, 너무하신 거 아닌가요? 저도 나름 바쁜 사람이라고요."

히무라 마유미는 상당히 불만스러운 얼굴로 도하츠 본사 로비에 모습을 나타냈다. 오늘도 긴 치마에 흰 블라우스 차림이었다. 목에 은 목걸이를 하고 귀에는 큼지막한 귀걸이가 달랑거리고 있었다.

"이거 정말 면목이 없습니다."

우에하라가 웃으면서 머리를 숙였다. 아침에 출근하자마자 연락을 해 봤는데 외출했는지 본인과는 통화가 되지 않아 결국 저녁이 다 된 시간에야 만날 수 있었다. 홍보과 취재로 여기저기 돌아다닌 모양이었다.

"그래서 오늘 오신 용건은 뭔데요?"

지난번과 같은 카페로 갔다. 오늘도 카페는 비즈니스 상담을 하는 회사원들로 북적이고 있었다. 물컵에 있는 물을 한 모금 마신다음 우에하라가 말했다.

"진노 도모아키 씨의 부인인 진노 유카리 씨에 대한 이야기입니다."

"형사님, 지난번에도 물었지만……."

말을 가로막듯이 마유미가 끼어들었다.

"그분 자살이 아닌 거예요? 그래서 형사님들이 이렇게 수사하고 다니는 건가요?"

"현시점에서는 뭐라고 말씀드리기가 힘드네요. 그런데 히무라 씨, 도모아키 씨의 부인이 이혼을 생각하고 있었다는 사실을 알고 계셨습니까?"

마유미가 입을 다물었다. 종업원이 다가와서 주문한 커피 세 잔을 테이블 위에 놓았다. 우에하라가 설탕 두 스푼과 크림을 잔에 넣고 스푼으로 저으면서 다시 한 번 물었다.

"저희가 조사한 바에 따르면 진노 유카리 씨는 이혼을 생각하고 있었던 모양입니다. 그 사실을 도모아키 씨도 알고 있었을까요?"

마유미는 주저하고 있었다. 불륜 상대라는 입장에서 하는 발언이 어떤 영향을 줄지 머릿속으로 가늠하는 모양이었다. 그러다 결국 포기했는지 입을 열었다.

"두 사람이 이혼을 생각한다는 사실은 저도 알고 있었어요. 그이가 가르쳐 주었으니까요."

역시 그랬군. 우에하라는 자기 직감이 들어맞았다는 사실에 흡족해하면서 마유미에게 다시 물었다.

"도모아키 씨는 어떻게 말하던가요? 들으신 그대로 말씀해 주세요."

"두 달 전쯤에 두 사람 사이에서 이혼 이야기가 나왔다고 하더라고요. 어느 쪽이 먼저 꺼냈다기보다는 그냥 이야기하다 보니 그렇게 되었다고 저한테는 그랬어요."

그러나 유카리는 이혼해도 상관은 없지만 조건이 있다고 했고, 어느 정도의 위자료를 달라는 뜻을 비쳤다고 했다.

"정확한 금액은 그이도 말하지 않았지만 말도 안 되게 많은 돈을 요구한 모양이더라고요. 한 2, 3천만 엔을 달라고 했나 봐요."

위자료를 주지 않을 경우 재판도 불사하겠다. 유카리가 그렇게 말했다고 했다. 어제 만난 히구치의 이야기하고도 맞아떨어졌다. 도모아키가 위자료를 주지 않을 경우에 대비해서 유카리는 지인인 다마나 미도리를 통해 이혼소송 전문 변호사를 찾고 있었던 것으로 보인다.

"그래서 그 사람 반응은 어땠습니까? 위자료를 내줄 생각으로 보이던가요?"

도모아키는 의사이니 재산이 상당할 것이다. 하지만 아무리 그래도 2, 3천만 엔이라는 위자료는 너무 지나치다는 생각이 들었다. 마유미의 대답은 우에하라가 예상했던 그대로였다.

"그이도 고민하는 모양이었어요. 아무리 그래도 위자료가 너무 많다고 생각했나 봐요. 의사라고는 하지만 병원에 고용되어서 월급을 받는 사람이니까요. 그래도 법정으로 가는 일만큼은 어떻게 해서든 피하고 싶어 하는 것 같았어요."

집안 명성에 흠집이 날까 봐 겁을 냈다고 볼 수 있다. 법정 싸움까지 가면 아무리 쉬쉬해도 소문이 나게 마련이다. 더구나 도모아키의 아버지는 세이카 대학 부속병원 외과부장이니까 아버지의 위신에도 악영향을 미칠 가능성이 있다. 그런 사정을 고려했을 때 도모아키는 어떻게 해서든 이 일이 조용히, 그러니까 남의 입에 오르내리는 일 없이 원만하게 해결되기를 바랐을 것이다.

"그런데 히무라 씨, 만약 도모아키 씨가 이혼하면 그 사람과 결혼할 생각이었습니까?"

너무 무례한 질문이라는 생각이 들었지만 그래도 일부러 물어보았다. 마유미는 커피를 한 모금 마시더니 대답했다.

"잘 모르겠네요. 결혼이라는 말에 너무 얽매이는 것도 좀 그렇고요. 그래도 한 가지는 확실하게 말할 수 있어요. 그이는 세상 누구보다도 저를 사랑하고 있어요."

마유미가 우에하라를 정면으로 바라보면서 말했다. 그 눈길은 자신감에 차 있었다. 그 사람이 사랑하는 여자는 바로 나다. 그렇게 주장하는 눈빛이었다. 마유미가 계산서를 들고 일어섰다.

"이만 실례할게요. 아직 일할 게 남아 있어서."

"계산은 제가……"

"경비 처리할 수 있으니까 걱정 마세요."

마유미가 계산을 마치고 카페에서 나가는 모습을 지켜보았다. 아직 커피가 남아 있어서 그냥 자리에 앉아 있기로 했다. 계속 입을 다물고 있던 리코가 물었다.

"어떻게 생각하세요?"

"음…… 글쎄."

우에하라가 팔짱을 꼈다.

"확실하게 말할 수 있는 건 진노 도모아키에게 아내인 유카리의 존재는 눈엣가시였을 거라는 점이지. 진노 도모아키에게는 아내를 죽일 만한 동기가 충분히 있었던 거야."

원만한 이혼은 못하겠구나. 그렇게 깨달은 진노 도모아키가 아내에 대한 살의를 품는다. 충분히 상상할 수 있는 상황 전개다. 그런데 아직 뭔가 한 가지가 부족하다는 것이 우에하라의 솔직한 생각이었다.

진노 도모아키가 아내의 살해에 관여했을 수도 있다. 그렇게 생각할 수 있을 만한 무언가가 필요했다. 결정적인 단서가 아니더라도 임의동행을 요구할 수 있으면 그것만으로도 분위기가 확 바뀔 텐데.

"딱 한 가지가 있으면 좋겠는데."

우에하라는 잔에 남은 커피를 다 마신 다음 자리에서 일어났다.

／／／

"감사합니다. 또 오십시오."

마츠오카 가즈마사는 모자를 벗고 머리를 숙여서 찻길로 나가는 차를 향해 인사했다. 뒤에 대기하고 있는 차는 없었다. 시계를 봤다. 저녁 7시 50분. 10분 후면 문 닫을 시간이다.

마츠오카 주유소. 마츠오카는 아버지가 운영하는 이 주유소에서 일하고 있다. 이토 시내의 해안가에 있는 주유소여서 1년 내내 손님이 끊이는 법이 없다. 여름철은 관광객들로 붐비고 그 밖의 계절에는 주민들이 주유하러 찾아온다. 인근 택시회사와도 계약이 되어 있다.

국산차 한 대가 들어오는 게 보였다. "오라이, 오라이" 하고 손짓으로 주유기 앞까지 인도했다. 차 문이 열리고 남자 하나가 내렸다. 이토 경찰서의 형사였다. 이름은 와키야라고 들었다.

"만땅으로 넣어줘. 영수증은 이토 경찰서 앞으로."

5천 엔짜리를 내밀면서 와키야가 물었다.

"아버지는?"

"안에 계세요."

와키야라는 형사가 사무소 쪽으로 걸어갔다. 그 안에서 책상 앞에 앉아 잡지를 보는 아버지의 모습이 보였는데 와키야 형사가 들어오는 것을 보더니 둘이서 무슨 이야기를 하기 시작했다. 오늘은 이 손님이 마지막이겠군. 겨울철 영업시간은 밤 8시까지다. 여름철은 한창 벌어야 할 때여서 밤 9시까지 열어 놓는다.

형사가 몰고 온 차에는 기름이 15리터 정도밖에 들어가지 않았다. 주유가 아니라 아버지와 이야기하려고 온 모양이었다. 저 형사가 여기 온 것도 벌써 대여섯 번째다.

지난주에 이토 앞바다에서 어선이 여자 시신을 끌어올리는 사건이 발생했다. 작은 마을이다 보니 소문이 삽시간에 퍼져서 그날은 시신에 대한 이야기로 시끌시끌했다. 죽은 사람은 시내 료칸에 묵고 있던 여자였는데 도쿄에서 왔다고 했고 이 주유소에서 1킬로미터쯤 떨어진 벼랑에서 그 사람 것으로 보이는 신발도 발견되었다.

자살했을 가능성이 높다고 하는데 저 와키야라는 형사만은 아직도 목격자를 필사적으로 찾아다니고 있는 모양이었다. 신발이 남아 있던 벼랑은 마츠오카도 잘 아는 곳이다. 낚시꾼들 사이에서는 포인트로 알려진 장소다. 근처에 있는 담배 자판기는 마츠오카도 자주 이용한다. 여기서 집으로 돌아가는 길목에 있기 때문이다.

주유구 뚜껑을 닫았다. 거스름돈과 영수증을 가지고 사무소로 들어갔다. 안에 들어가자 두 사람 이야기가 들려왔다.

"이 근처는 워낙 차들이 수도 없이 오가잖나. 그건 자네도 잘 알고 있을 테고. 세타가야 번호판의 포르쉐라는 것만 가지고는 알 수가 없지."

"참고로 색깔은 흰색입니다. 단골들이랑 이야기할 일이 있으면 넌지시 좀 알아봐 주세요."

"알겠네. 하지만 큰 기대는 하지 말고."

"부탁드립니다. 아, 다 됐나? 고마워."

마츠오카의 손에서 거스름돈과 영수증을 챙긴 와키야가 사무소에서 나갔다. 마츠오카도 밖으로 따라 나가서 모자를 벗고 와키야의 차를 배웅했다.

"가즈마사, 이제 닫자."

아버지도 그렇게 말하며 사무소에서 나와 문 닫을 채비를 했다. 뒷정리는 이미 어느 정도 끝내놨기 때문에 5분도 안 되어 문을 닫을 수 있었다. 마지막으로 바깥에 있는 간판의 불을 껐다. 아버지가 사무소를 잠그고 한 손에 헬멧을 들고서 물었다.

"오늘 밤도 집에서 안 먹냐?"

"네."

"너무 늦게 다니지 마라."

그 말만 하고 아버지는 헬멧을 쓴 다음 스쿠터를 타고 집으로 출발했다. 그 뒷모습을 보다가 마츠오카도 자기 오토바이 쪽으로 가려고 했다. 그때 주유소 앞에 차 한 대가 서는 모습이 보였다. 주유소에는 벌써 체인까지 둘려 있었다. 에이, 닫아 버렸는데 뭐야? 속으로 혀를 차면서 차 있는 쪽으로 갔다. 닛산 소형차였다.

운전석 쪽 문이 열리더니 여자 하나가 내렸다. 나이는 30대 초반 정도. 어쨌든 마츠오카 입장에서 보면 한참 위다. 육감적이라는 말이 어울리는 여자다.

"죄송한데 벌써 닫았나요?"

"네. 죄송해요. 저희는 8시에는 닫는 데라서."

될 수 있으면 도와주고 싶었지만 아버지가 사무소 열쇠를 가지고 있기 때문에 불가능했다. 그러자 여자가 운전석 차 문에 손을 올리며 말했다.

"지금 도쿄까지 돌아가야 하거든요? 이 정도면 갈 수 있을까?"

"제가 잠깐 봐 드릴게요."

운전석 쪽으로 머리를 들이밀고 미터기를 확인했다. 바늘이 딱 반 정도에 걸려 있었다. 이만하면 갈 수 있겠다 싶었지만 살짝 걱정되는 마음도 이해가 갔다. 머리를 다시 운전석에서 꺼내면서 말했다.

"괜찮을 것 같기는 하지만 정 걱정되시면 근처에 다른 주유소도 있으니까 그쪽으로 가시면 돼요."

"어디쯤인데요?"

"이 길로 쭉 가다 보면 신호등이 나오는데 거기서 왼쪽으로 꺾어서……."

팔에 무게감이 느껴졌다. 여자 손이 마츠오카의 오른손에 닿아 있었다.

"좋은 생각이 있는데. 나랑 같이 가요. 난 옆자리에 탈 테니까. 기름 넣은 다음에 다시 여기로 오면 되잖아요."

여자는 자기 마음대로 그렇게 정하더니 조수석 문을 열고는 안에 타 버렸다. 정신을 차려 보니 마츠오카는 운전석에 앉아 있었다.

향수 때문인지 차 안에서는 무척이나 좋은 냄새가 났다.

/ / /

요즘 집에서 우에하라는 혼자 자고 있다. 2년 전까지는 아내와 같은 침실을 썼는데 코 고는 소리가 시끄럽다고 쫓겨난 것이다. 지금은 예전에 창고로 쓰던 작은 방에 이불을 깔고 거기서 잔다.

머리맡에서 전화가 울리고 있었다. 시간을 확인해 보니 아침 6시 반이었다. 잠에서 덜 깬 상태로 전화를 받았다.

"네. 우에하라입니다."

"이른 시간에 죄송합니다. 이토 서의 와키야 형사입니다."

"아, 안녕하십니까? 잠시만요."

이불에서 빠져나왔다. 7시로 맞춰 놓은 시계 알람을 끄고 근처에 놓아두었던 물컵을 들어 안에 있던 물을 쭉 들이켰다. 서서히 머리에 피가 도는 것을 느끼면서 다시 전화기를 귀에 갖다 댔다.

"기다리게 해서 죄송합니다. 와키야 형사님, 이렇게 일찍부터 무슨…….”

“정말 너무 이른 시간이었네요. 8시 반까지 기다릴까 했는데 도저히 참을 수가 없어서.”

“무슨 일인데 그러십니까?”

“그 사건 말입니다.”

기다렸다는 듯이 와키야가 말을 쏟아 냈다.

“진노 유카리가 투신한 것으로 추정되는 벼랑에서 1킬로미터 정도 북쪽에 주유소가 있거든요. 진노 도모아키의 차가 흰색 포르쉐라는 사실을 형사님께 듣고는 혹시라도 비슷한 차를 본 단골이 있으면 연락 달라고 주유소 사장한테 부탁해 뒀었습니다.”

주유소뿐만 아니라 인근 일대에 있는 음식점과 료칸 등에도 제보를 부탁해 두었다고 한다. 그랬더니 어제 밤늦게 반응이 있었다.

“주유소 사장이 저희 집까지 찾아온 겁니다. 실은 거기 사장이 제 중학교 선배인데 집이 근처거든요. 아무튼 사장이 아들을 데리고 왔습니다. 그 아들 나이가 아마…… 스물서넛 정도 되는데…….”

이름은 마츠오카 가즈마사. 주유소 사장의 외동아들이라고 했다. 수산물 가공공장에 다니다가 그만두고 아버지가 하는 주유소를 돕고 있다고 했다.

“저도 그 애를 어릴 때부터 알고 있거든요. 그 애가 생각났다고 하더라고요. 지지난 주 목요일, 그러니까 진노 유카리가 투신한 것으로 추정되는 날입니다. 그날 밤에 근처를 지나치던 그 애가 벼랑 옆 길가에 세워져 있던 흰색 포르쉐를 봤다고 합니다.”

"그래요? 확실합니까?"

"네. 제 앞에서 본인이 그렇게 말했으니 틀림없을 겁니다. 그 근처에 담배 자판기가 있는데 거기서 담배를 사면서 봤다고 하더라고요."

우에하라도 현장에 직접 가 본 적이 있기는 하지만 자판기가 있었는지까지는 기억나지 않았다. 현지 사람이 있다고 하니 있는 게 맞겠지.

"어떻습니까? 이 정도면 상당히 유력한 증언 아닐까요?"

"그렇죠. 이 정도면 유력한 증언 맞습니다."

아내와 드라이브인 레스토랑에서 대화를 나눈 다음 료칸으로 데려다주었다고 진노 도모아키는 말했다. 그 증언이 완전히 뒤집혀버린다. 적어도 그 남자가 거짓말을 했다는 것만은 틀림없는 사실이었다.

괜찮네. 상당히 유력한 정보다. 문제는 이 정보를 어떻게 다루느냐. 그러나 그 판단은 우에하라가 아니라 사건을 담당하는 이토 경찰서가 해야 한다. 전화 너머로 와키야가 말했다.

"실은 어젯밤에 그 말을 듣고 바로 계장님과 의논했습니다. 지금 서로 가서 과장님 허가를 받아올 작정입니다."

"어떤 허가 말씀입니까?"

"진노 도모아키에게 임의동행을 요구하려고요. 부인 살해혐의로 말입니다."

승부를 걸겠다는 말이군. 우에하라는 속으로 신음 소리를 냈다. 진노 유카리의 시신은 이미 화장되었고, 사인은 명확하게 특정되지 않았다. 부검을 하지 못한 것이 너무 아쉬웠다. 이 상태에서 이 사건을 타살로 확정 지으려면 살해한 자, 그러니까 진노 도모아키에게 자백을 받아내는 수밖에 없다.

"이미 계장님 승인을 받은 상태니까 과장님 허가도 날 겁니다. 그 후에 곧바로 도쿄로 올라가겠습니다. 우에하라 형사님도 동행해 주셨으면 하는데 가능할까요?"

"물론이지요. 저도 함께 가겠습니다."

"그리고 세타가야 서의 취조실을 좀 빌릴 수 있을까요? 의사라는 직업도 있어서 장시간 구속은 어려울 테니까 이동시간을 줄였으면 합니다."

원래는 이토 서로 연행하는 게 맞다. 하지만 그렇게 하면 이동하는 데 시간이 너무 걸린다. 그래서 세타가야 서의 취조실을 쓰고 싶다는 말이었다.

"알겠습니다. 저도 일단은 상사에게 부탁해 보겠지만 거절당할 일은 없을 겁니다."

"감사합니다. 점심나절에는 그쪽에 도착할 수 있을 겁니다."

"알겠습니다. 조심해서 올라오십시오."

전화를 끊은 다음 복도로 나갔다. 계단으로 1층에 내려갔다. 아내는 아직 일어나지 않은 모양이었다. 냉장고에서 우유를 꺼내서 컵에 따라 단숨에 들이켰다.

달력을 봤다. 12월 19일. 올해도 이제 며칠 남지 않았구나. 해가 바뀌기 전에 진노 도모아키한테서 자백을 받아 낼 수 있을까?

오후 2시에 우에하라는 세타가야 사쿠라기 기념병원에 있었다. 와키야 형사도 함께였다. 안내데스크에서 면회를 신청하자 로비에서 기다려 달라는 전갈이 왔다.

"기다리시게 해서 죄송합니다."

　복도 저편에서 진노 도모아키가 종종걸음으로 다가왔다. 흰 가운을 입고 있었다. 와키야 형사가 도모아키 앞에 섰다. 이토 경찰서 관할 사건이어서 앞에 나서는 사람은 어디까지나 와키야 형사이고 우에하라는 수사협력을 하고 있을 뿐이었다.

"진노 선생님, 바쁘실 텐데 죄송합니다. 여기서 말씀드리기는 곤란한 사안이니 이쪽으로 오시죠."

　그렇게 말한 와키야 형사가 앞장서서 병원 정면 현관을 통해 밖으로 나왔다. 택시 정류장이 있고, 그 너머에는 주차장이 있었다. 셋이 함께 인적이 뜸한 쪽으로 갔다. 도모아키는 무슨 일인가 싶은 표정이었다.

"여기쯤이면 되겠네요."

　와키야가 멈춰 서서 도모아키를 봤다.

"진노 선생님, 부인의 죽음에 대해 확인이 필요한 점이 있습니다. 지난번에 찾아뵈었을 때 말씀하신 바에 따르면 선생님은 부인의 호출을 받고 드라이브인 레스토랑에 들어갔고, 그곳에서 이혼 이야기를 들었다고 했는데 그 말씀에는 틀림이 없지요?"

"네, 맞습니다."

　병원 앞에 버스가 도착했다. 버스에서 내리는 사람들은 대부분 노인들이었다. 오후 진료 시간에 맞춰 온 모양이었다. 모두 정면 현관을 통해 병원으로 들어갔다.

"드라이브인 레스토랑에서 나온 뒤에는 부인을 료칸 앞에까지 차로 바래다준 다음 선생님은 곧바로 도쿄로 돌아왔다고 했습니다. 그 말씀에도 변함이 없는 거지요?"

"네. 저는 그때 바로 돌아왔습니다."

"그런데 말입니다. 그날 부인의 신발이 발견된 벼랑 근처에서 흰색 포르쉐를 목격한 사람이 있습니다. 근처 주유소 종업원인데요. 선생님은 정말로 부인을 료칸에 데려다주신 게 맞습니까?"

"그랬다니까요."

도모아키의 말투가 약간 거칠어졌다.

"제가 료칸 앞까지 바래다줬어요. 틀림없어요."

"그럼 그게 정확히 몇 시였는지는 기억하십니까?"

"아마 10시 정도 됐을 거예요."

"두 분은 부부 사이 아니었습니까? 그 시간이면 료칸 방으로 같이 들어간다든지, 선생님도 거기서 묵는다든지 하는 게 일반적이지 않을까요?"

"그건 아니죠. 어떻게 그렇게 하겠어요? 아내는 일주일이나 말도 없이 가출한 상태였습니다. 게다가 저는 다음 날에도 병원에 출근해야 했고요."

"가정 일보다 병원 일을 먼저 챙기셨군요. 역시 의사는 다르네요."

와키야는 일부러 말을 비꼬아서 도모아키를 도발하고 있었다. 그렇게 흥분시켜서 그가 실수하기를 바랐던 것이다. 의도대로 도모아키는 기분이 상한 모양이었지만 아직 흥분할 정도에 이르지는 않은 것 같았다.

"단도직입적으로 말씀드리겠습니다. 우리 경찰에서는 선생님이 부인을 살해한 것으로 의심하고 있습니다."

"무슨 말도 안 되는……."

"사실입니다. 동기도 충분하고요."

"동기요? 그런 게 어디 있어요? 도대체 무슨 소리를 하는 겁니까?"

"히무라 마유미라는 여성을 아시지요?"

그 이름이 나오자마자 도모아키의 안색이 확 변하는 게 보였다. 불륜 상대까지 알아내리라고는 미처 생각하지 못했는지도 모른다. 와키야가 말을 이었다.

"선생님은 히무라 마유미 씨와 교제하고 있었습니다. 맞지요? 그런데 그녀와 함께하려면 부인과 헤어져야 했지요. 부인의 존재가 거추장스러워진 겁니다. 그렇지 않습니까?"

"아니에요. 형사님들이 뭔가 크게 오해하고 계신 겁니다."

"어떤 부분이 오해라는 말씀이죠?"

"그러니까……."

도모아키는 말문이 막혔다. 어떻게 설명해야 할지 머리를 굴리고 있는 눈치였다. 이제 슬슬 나서 볼까?

"선생님, 그리고 와키야 형사님. 이러면 어떨까요? 저희 서에서 말씀을 나누시지요. 선생님도 오해를 풀고 싶으실 테고."

와키야가 약간 과장된 말투로 동조했다.

"자리를 마련해 주신다면 저희야 감사하지요. 이토 서까지 선생님을 모시고 갈 수는 없으니 말입니다."

"발연기는 그만하시죠?"

도모아키가 코웃음을 치면서 말했다.

"어차피 처음부터 그럴 작정으로 오신 거잖아요? 이런 걸 뭐라고 하더라? 체포가 아니라……."

"임의동행."

"아, 맞다. 그거네요. 임의라고 했으니 거절할 수도 있다는 뜻이네요?"

"물론입니다."

와키야가 대답했다.

"체포영장이 나온 게 아니니까요. 다만 저희는 선생님을 의심하고 있습니다. 방금 우에하라 형사님 말씀처럼 서에서 천천히 대화하면서 오해를 푸는 것도 좋은 방법이라고 생각합니다. 게다가 말입니다. 임의동행은 어디까지나 임의니까 거절할 수도 있지만 거절한 사람들은 대개 증거인멸을 시도하더군요."

그러니까 거절하는 사람이 오히려 더 의심스럽다는 뜻이다. 도모아키는 틀림없이 이런 도발에 걸릴 것이다. 우에하라와 와키야는 처음부터 그렇게 생각하고 있었다. 그는 의사에다 대학교 때까지 야구팀에 있었다. 엘리트나 스포츠맨들은 대개 자존심이 강해서 자기 힘으로 상황을 통제할 수 있다고 생각하는 경향이 있다.

도모아키가 손목시계를 보면서 말했다.

"오후 진료가 끝나는 대로 세타가야 경찰서로 가겠습니다. 임의라고 했으니 끝나면 집에 가도 되는 거지요?"

"물론입니다. 이야기가 끝나면 귀가하셔도 좋습니다. 어떻게 할까요? 저희가 모시러 와도 되는데."

"됐습니다. 제가 가겠습니다. 그럼 나중에 뵙지요."

도모아키가 인사하고 뒤돌아갔다. 흰 가운이 바람에 펄럭였다. 그가 병원 안으로 들어가는 모습을 본 다음에 와키야가 말했다.

"1단계는 무사히 완수했네요."

"그러게요. 일단은 서로 돌아갑시다."

이쪽에서 쥐고 있는 패는 얼마 없다. 취조가 시작된 다음 어떻게 굴러가느냐에 승패가 달려 있다. 어쨌든 임의동행까지 오게 된 것만 해도 큰 성과였다.

와키야가 자기 담배에 불을 붙인 다음 "한 대 하시죠." 하고 담뱃갑을 내밀었는데 우에하라는 고개를 저어서 사양했다. 그 대신에 껌 하나를 입안에 던져 넣었다.

/ / /

엘리베이터 문이 닫히기 직전에 커플로 보이는 남녀가 뛰어들어 왔다. 히무라 마유미는 몸을 벽에 딱 붙였다. 남들에게 얼굴을 보이고 싶지 않았다. 커플이 쓰는 말이 일본어가 아니어서 그나마 마음이 좀 놓였다. 관광객인가? 두 사람이 쓰는 언어는 중국어 같았다.

엘리베이터에서 먼저 내린 쪽은 커플이었다. 12층에서 두 사람이 내리자 마유미 혼자 남았다. 다음으로 문이 열린 곳은 20층인데 마유미는 여기서 내렸다. 고급스러워 보이는 붉은 카펫이 깔려 있었다.

아카사카에 있는 호텔이었다. 뉴욕에 본점이 있는 미국의 전통 있는 호텔 체인이 도쿄에 처음으로 지은 호텔이어서 몇 년 전 개업했을 때 뉴스에도 나올 정도였다. 마유미는 이곳에 묵은 적이 없었고, 안으로 들어와 본 것도 오늘이 처음이었다. 그녀가, 아니 정확하게 말하면 그녀들이 불러서 오게 된 것이다.

복도 제일 안쪽 방이었다. 초인종을 누르고 가만히 기다렸다. 잠시 후 도어 체인을 벗기는 소리와 함께 문이 열렸다. 흰 셔츠에 청바지를 입은 가벼운 옷차림의 여자가 서 있었다.

"왔네. 들어와요."

여자, 진노 유카리가 그렇게 말하더니 방 안쪽으로 들어갔다. 세미스위트룸이어서 안이 상당히 넓었다. 적어도 마유미가 사는 아파트보다는 커 보였다. 가구들도 고급스러웠고 천장에는 화려한 샹들리에가 걸려 있었다.

"편하게 있어요. 내 집은 아니지만."

진노 유카리가 자조 섞인 웃음을 지으며 방 한가운데 있는 응접세트 소파에 앉았다. 테이블 위에는 룸서비스로 시킨 요리들이 여러 접시 있었다. 샐러드와 스테이크, 그라탱, 클럽하우스 샌드위치 등이었다. 은색 샴페인 쿨러 안에는 얼음이 가득 차 있었고, 샴페인 병이 파묻혀 있었다. 테이블은 음식들로 상다리가 부러질 지경이었다.

"샴페인 한 잔 할래요? 제일 비싼 술 같던데."

유카리가 그렇게 물어서 마유미는 고개를 끄덕였다.

"그럼 한 잔 마셔 볼까?"

유카리가 술잔에 샴페인을 따랐다. 술잔을 건네받은 마유미가 한 모금 마셨다. 솔직히 무슨 맛인지 모르겠다. 다만 탄산의 기포가 목구멍을 타고 흘러내리는 느낌은 꽤 괜찮았다.

"그 애는 아직 안 왔나?"

"벌써 와서 지금 씻고 있어요. 우리 먼저 먹어요. 음식이 식잖아요."

낮은 진동음이 멀리서 들려왔다. 화장실에서 드라이어를 쓰고 있는 모양이었다.

"그보다도 좀 말해 봐요. 어떻게 해서 시신이 발견된 거지? 도대체 이해가 안 되는데."

마유미가 물어도 유카리는 대답하지 않았다. 훈제연어가 든 샐러드를 접시에 덜어서 포크로 먹고 있었다. 포크 쓰는 게 서툰지 샐러드를 담는 데 애를 먹고 있었다.

이 여자, 진노 유카리는 바깥세상에서는 자살한 것으로 되어 있다. 이토에 있는 료칸에서 일주일 묵고 나서 바닷가에 신발을 남기고 실종된다는 것이 마유미가 들었던 작전 내용이었다. 료칸에 남겨 놓은 물품을 통해 실종된 사람이 진노 유카리로 밝혀지고 바닷가에 남겨진 신발을 근거로 그녀가 벼랑에서 투신했으리라고 경찰이 추측하게 만든다는 것이 시나리오였다.

그런데 뜻밖의 일이 벌어졌다. 진노 유카리의 시신이 발견된 것이다. 현지 어선이 그녀의 시신을 인양했다고 했다. 처음에 그 뉴스를 봤을 때 마유미는 자기 눈을 의심했다. 형사가 찾아왔을 때도 미리 정해 놓은 대로 반응했는데 사실 머릿속은 혼란스럽기 짝이 없었다. 발견된 시신은 도대체 누구란 말인가?

아무튼 어떻게 된 일인지 설명을 듣고 싶었다. 계속 그렇게 생각했지만 마유미가 먼저 연락할 수는 없었다. 그러다가 어제가 되어서야 겨우 연락을 받았다. 그리고 지금 마유미는 죽은 것으로 알려진 여자와 한 방에 있다.

"아무튼 일단은 먹자고요. 이 음식들 다하면 아마 5만 엔은 될 걸요."

유카리의 말에 마유미는 접시를 들었다. 포크로 그라탱을 떠서 입에 넣었다. 역시 맛있었다. 일류 호텔의 명성에 걸맞게 일반 레스토랑에서 나오는 음식과는 차원이 달랐다.

유카리는 훈제연어 샐러드가 마음에 들었는지 그것만 먹고 있었다. 벌써 샐러드 접시의 반가량을 먹어치운 모양이었다. 그런 다음에야 샐러드에 질렸는지 이번에는 카레에 손을 뻗었다.

그때까지 희미하게 계속 들리던 진동음이 그쳤나 싶더니 흰 목욕 가운을 입은 여자가 마유미와 유카리가 있는 방으로 들어왔다. 맨발에 슬리퍼를 신고 있었다. 그 여자가 마유미를 보더니 "어, 선배. 언제 왔어요?" 하고는 유카리 옆 소파에 앉았다. 그런 다음 나이프와 포크를 손에 들고서 말했다.

"이제 시간이 별로 없어요. 조금 있다가 진노 도모아키가 출두하게 되었으니까."

"출두? 체포되는 건가?"

"아니요. 임의동행이요."

여자는 나이프로 속이 붉은 스테이크를 자르더니 입으로 가져 갔다. 입에 넣은 고기를 잠시 씹고는 "역시 맛있네요."라고 말했 다. 입가에 묻은 스테이크소스를 혀로 날름 핥은 구마자와 리코가 만족스러운 미소를 지었다.

3부

그
녀
들
의

비
밀

탈의실에는 아무도 없었다. 진노 도모아키는 자기 라커를 열고 옷걸이에 걸려 있던 재킷을 꺼내 입었다. 도대체 영문을 알 수가 없었다. 왜 내가 경찰서에 가야 한단 말인가.

　발단은 이번 달 초에 아내가 자취를 감춘 일이었다. 아무리 수소문을 해 봐도 아내를 찾을 수 없었다. 그러다 일주일 뒤에 세타가야 경찰서에서 형사들이 집으로 찾아온 날 느닷없이 아내한테서 전화가 걸려 왔다. 그래서 그녀가 묵고 있다는 시즈오카현 이토시의 료칸으로 갔다. 거기서 아내를 차에 태우고 해안가에 있는 드라이브인 레스토랑에서 밥을 먹었다. 이혼하고 싶다는 아내의 말을 듣고 겉으로는 당혹스러운 척했지만 속으로는 전혀 놀라지 않았다. 사실 도모아키는 아내를 별로 좋아하지 않았다. 어차피 언젠가는 이런 날이 오리라고 생각했는데 그래도 아내에게 가출할 용기가 있으리라고는 상상하지 못했다.

"수고하셨어요."

의사 한 명이 탈의실로 들어왔다. 도모아키도 동료 의사에게 인사했다.

"수고했어요."

소아과 의사인데 나이도 비슷해서 사이가 좋은 편이었다. 한 달에 한 번 정도는 같이 술을 마시러 가는 사이였는데 아내에게 그런 일이 생긴 후로 눈치가 보이는지 거리를 두려는 기색이었다.

"먼저 갑니다."

동료 의사가 인사하더니 재빨리 탈의실에서 나가 버렸다. 그 서먹서먹한 태도가 영 찜찜했다. 오늘도 형사가 찾아온 일이 직원들 사이에서 화제가 되었을 것이다. 뭔가 이상한 소문이 떠돌고 있을 가능성도 있다.

탈의실에서 나와 복도를 걸었다. 저녁 6시가 넘은 시간이었다. 정면 현관은 이미 잠겼기 때문에 뒤쪽에 있는 야간전용 출입구를 이용해 밖으로 나왔다. 평소 자전거로 출퇴근하는데 여기서 세타가야 경찰서까지는 거리가 꽤 되었다. 택시를 잡는 편이 낫겠지. 이럴 줄 알았으면 차를 가지고 올 걸 하는 생각을 했다. 요즘에는 흰색 포르쉐를 타고 그전에는 BMW를 몰았다. 특정한 취향이 있어서라기보다 그냥 친구가 권해서 그때그때 바꾸고 있을 뿐이었다.

진노, 넌 참 좋겠다. 집안 잘 살지, 머리도 좋지, 게다가 의사잖아.

주변 친구들에게 자주 듣는 소리였다. 살아오는 동안 비슷한 말을 수십 번, 아니 수백 번도 넘게 들었다. 그 말대로 부유한 집안 출신에 직업은 의사다. 하지만 도모아키는 그 점을 자랑스럽게 생각한 적이 한 번도 없었다. 오히려 그 반대였다. 그저 부모가 시키는 대로 사는 꼭두각시 같다는 생각을 항상 품고 있었다. 눈앞에 깔려 있는 레일을 따라 아무 생각 없이 타성으로 달려가는 인생이라는 느낌이었다.

진노 집안의 장남으로 태어난 순간부터 도모아키의 인생은 이미 결정되어 있었다고 해도 과언이 아니다. 학교에서는 언제나 1등 자리를 지켜야만 했고, 야구를 하면 주장이 되어야만 했다. 어느 학교를 갈지도 당연히 정해져 있었다. 세이카 대학 부속고등학교에서 세이카 대학 의학부로. 정확하게 말하자면 아버지와 똑같은 길을 따라야 한다는 것이 처음부터 결정되어 있었다. 지금은 세타가야 사쿠라기 기념병원에서 월급쟁이 의사로 일하고 있지만 아마 2, 3년 안에는 세이카 대학 부속병원으로 옮겨 가게 될 것이다. 이렇게 주변의 모든 일이 결정 사항처럼 예정되어 있었다.

아버지가 시키는 대로 사는 게 싫었지만 그렇다고 어떻게 하고 싶은지, 어떤 인생을 살고 싶은지에 대한 분명한 생각이 있는 것은 아니었다. 그래서 지금도 의사를 계속하고 있다. 의사라는 직업 자체가 싫지는 않았다.

만사를 아버지의 바람대로만 살아왔던 도모아키도 딱 한 번 반항한 적이 있었다. 결혼 상대를 고를 때였다. 원래대로라면 아버지의 의사 동료 중 누군가의 딸과 선을 봐서 결혼하게 되었을 것이다. 사실 아버지와 어머니도 그 무렵 후보자를 물색하기 시작했던 모양이었다. 그런데 도모아키는 자기가 직접 결혼 상대를 선택했다. 더구나 좋은 집안의 딸도 아니고 괜찮은 여대 출신도 아니었다. 군이 그렇게 평범하기만 한 여자를 골라온 것이다.

결혼 상대만이라도 직접 선택해야겠다. 그것도 부모님이 원하는 이상적인 며느리의 조건하고는 정반대인 여자로. 이것이 아버지에 대한 나름의 반항이었다.

결혼 후 유카리는 불평 한마디 없이 매일 집안일을 하는 모양이었다. 도모아키의 본심이 어떤지는 전혀 모르고 있었을 테고 그 부분을 완벽하게 숨기고 있다고 자신할 수 있었다. 집에서는 좋은 남편 연기를 하면서 밖에서는 다른 여자들과 놀았다. 최근에 만나는 여자는 대학 때 한 학년 후배였던 히무라 마유미다. 우연히 진찰한 일이 계기가 되어 얼마 후에 바로 그런 관계가 되었다. 지금도 그녀와는 괜찮은 관계가 이어지고 있는데 이번 일 때문에 요즘에는 통 만나지 못했다.

지나가던 택시를 세워 뒷자리에 올라탔다.

"세타가야 경찰서 앞이요."

짤막하게 행선지를 말한 다음 팔짱을 끼고 눈을 감았다.

/ / /

"다마나 미도리? 그게 누구야?"

마유미는 한 번도 들어 본 적이 없는 이름이었다. 구마자와 리코가 스테이크를 먹으면서 태연한 얼굴로 대답했다.

"다 설명하기는 너무 귀찮은데 쉽게 말하면 유카리 씨네 이웃

250

이에요. 진노 도모아키의 소꿉친구기도 하고."

"그 사람이 왜 시신으로 발견된 거야? 잠깐만, 설마, 리코 네가……?"

생각해 보면 금방 알 수 있는 일이었다. 그러나 절대 그런 일이어서는 안 된다고 마음 어딘가에서 거부하고 있었다. 자살로 위장하려고 했는데 시신이 발견되었다. 설마 딱 맞아떨어지는 타이밍에 자살자가 생기는 그런 기막힌 우연 따위는 있을 리가 없었다.

"모르는 편이 좋을걸요."

리코가 사무적인 말투로 말했다. 콜라를 한 모금 마시더니 말을 이어갔다.

"선배는 그냥 신경 쓰지 마세요. 우리가 처음 계획했던 대로만 해 주시면 돼요. 반드시 잘 될 테니까 걱정하지 마시고요."

"걱정 말라니……. 어쨌든 실제로 죽은 사람이 있는 거잖아."

"결과적으로는 진노 유카리가 자살한 것으로 되어 있지요. 우리가 원했던 대로잖아요."

구마자와 리코. 세이카 대학 한 학년 후배로 같은 치어리딩 동아리에 있던 아이다. 그러나 리코는 1학년 가을에 학교를 떠나 버렸다. 그렇다. 대학 축제가 있던 날 밤에 진노 도모아키에게 몹쓸 짓을 당했던 바로 그 아이였다.

그런데 리코에게서는 그 무렵의 느낌을 전혀 찾아볼 수 없었다. 지금은 목욕 가운을 입고 맨 얼굴인데 평소의 모습도 별로 다르지 않았다. 치어리딩 동아리에 들어와서 변신을 거듭하기 전, 그러니까 시골에서 갓 상경했던 무렵의 그 아이로 돌아간 느낌이었다. 아니, 나이를 먹은 만큼 그때보다 더 심해진 것 같았다.

"유카리 씨도 알고 있었어? 그 다마나라는 사람이 어떻게 되었는지."

마유미가 그렇게 물어도 유카리는 애매한 표정으로 웃을 뿐이었다. 그 표정을 본 마유미는 확신할 수 있었다. 유카리도 알고 있었구나. 어쩌면 처음부터 그럴 작정이었는지도 모른다.

"제 예감에 앞으로는 선배한테 형사가 찾아오지 않을 거예요. 온다고 해도 심각한 질문 같은 건 안 할 거고요. 그러니까 안심해도 돼요."

"말이 쉽지 그게……."

지난주에 두 번 정도 형사가 회사로 찾아왔다. 세타가야 경찰서의 우에하라라는 형사였다. 두 번째 왔을 때는 리코도 함께였다. 도모아키와의 관계를 기본적으로는 숨기되 형사가 알아냈을 경우 순순히 이야기하세요. 리코한테 처음부터 그런 언질을 받았기 때문에 형사가 혼자 찾아왔을 때 도모아키와 불륜 관계에 있다는 사실을 솔직하게 인정했다.

"아, 잘 먹었다. 난 끝이지만 두 사람은 더 먹어요."

리코가 그렇게 말하더니 종이 냅킨으로 입을 닦으면서 화장실 쪽으로 사라졌다. 테이블 위에는 음식이 아직 남아 있었다. 마유미는 식욕이 별로 없었지만 유카리는 담담하게 계속 먹고 있었다. 방금 전에 리코가 먹고 있던 스테이크를 맛보려 하고 있었다.

"그 여자……"

마유미는 물어보지 않고 배길 수가 없었다.

"죽인 거야? 그 다마나라는 여자를 죽였다는 거야?"

말을 하면서도 무서웠다. 설마 사람이 죽을 것이라고는 상상도 하지 못했다. 유카리는 태연한 목소리로 대답했다.

"몰라요. 나도 자세히는. 어떻게 됐는지."

"모른다고? 하지만 어선이 시신을 인양했잖아. 그건 누가 봐도 이상한 거 아냐?"

"그냥 떨어진 거 아닐까요?"

"설마……."

리코가 다시 모습을 드러냈다. 우중충한 회색 바지정장을 입고 있었다. 시골 면사무소 공무원 같은 차림새였다. 길거리에서 마주쳐도 아마 알아보지 못할 것이다. 리코는 두 사람을 번갈아 보면서 말했다.

"이렇게 셋이서 만나는 건 이제 그만하는 게 좋겠어요. 급한 일이 생기면 제 쪽에서 연락할게요. 그럼 이만."

그리고는 방에서 나가 버렸다. 유카리와 마유미만 널따란 세미 스위트룸에 남겨졌다. 이 방 값은 도대체 누가 내는 거야? 그런 쓸데없는 걱정을 하고 있었더니 마유미의 속내를 꿰뚫어봤는지 유카리가 말했다.

"걱정하지 마세요. 계산은 제가 할게요. 이 방에 2, 3일 정도 더 묵을 생각이니까."

"혼자서?"

"네. 가끔은 이런 호사를 누려도 되지 않을까 싶어서요. 이브에는 예약이 꽉 차서 쫓겨나겠지만."

이번 주말이 크리스마스다. 아무리 그래도 이런 방에 혼자 묵겠다는 심사는 이해가 되지 않았다. 하룻밤에 도대체 얼마야? 10만 엔은 너끈히 갈 텐데.

"혼자서는 다 못 먹으니까 좀 도와주세요."

유카리가 그렇게 말하면서 샴페인 잔을 들었다. 이 사람은 내 남자의 아내인데. 도대체 어쩌다가 이렇게 된 거지? 마유미는 이렇게 된 경위를 떠올렸다.

지금 다시 생각해 봐도 그 무렵의 자신은 제정신이 아니었다는 사실을 마유미도 알고 있다. 올여름이었다. 아마 7월 하순쯤이었을 것이다.

당시 마유미는 진노 도모아키가 유부남이면서 자기한테는 싱글이라고 거짓말했다는 사실을 알게 되었고 그의 집 앞까지 갔다가 부인으로 보이는 여자를 목격했다. 도모아키가 부인과 이혼하고 싶어 한다는 착각에 빠져 그 여자만 없어지면 도모아키와 결혼할 수 있을 거라는 강박관념에 사로잡혀 있는 상태였다.

그러던 어느 토요일 오후, 사쿠라기에 있는 도모아키의 집을 감시하고 있는데 여자 두 명이 거기서 나왔다. 한 사람은 진노 유카리, 또 한 사람은 도모아키의 어머니로 보였다. 가족들 이름은 문패에 나와 있어서 이미 알고 있었다. 마유미는 두 사람을 미행하기 시작했다.

두 사람을 미행하는 것은 정말 쉬운 일이었다. 걷는 속도도 느릿느릿했고 경계심도 전혀 없었다. 두 사람은 전철을 몇 번 갈아

타고서 지하철 니혼바시 역에서 내렸다. 그리고 스이텐구라는 신사 안으로 들어갔다. 마유미는 스이텐구에 와 본 적이 없어서 이 신사가 순산이나 임신을 기원하는 곳이라는 사실을 그때 처음 알았다. 그 사실을 알고는 갑자기 진땀이 솟았다. 혹시 진노 유카리가 임신한 게 아닐까? 그런 생각이 들자 초조감에 속이 탔다.

참배를 마친 두 사람은 신사에서 나와 닌교초에 있는 과자점에 들렀다가 얼마간 더 걸어간 다음 헤어졌다. 마유미는 당연히 유카리 쪽을 따라가기로 했다. 그녀는 지하철 니혼바시 역으로 들어갔다. 집으로 돌아가나?

역 플랫폼에서 유카리는 열차 도착을 기다리고 있었다. 마유미는 그 뒤에 바짝 붙어 서서 뒷모습을 계속 보고 있었다. 열차가 들어오는 타이밍에 맞춰 내가 이 여자 등을 살짝 밀면 어떻게 될까? 틀림없이 죽겠지. 이 여자만 없어지면 나는…….

역무원의 안내방송 소리에 정신이 번쩍 들었다. 자기가 얼마나 무서운 상상을 하고 있었는지 깨닫고는 아연실색했다. 이마에서 식은땀이 났다.

열차 붉빛이 다가오고 있었다. 그때 전혀 생각지도 못했던 일이 일어났다. 유카리가 뒤를 돌아보더니 다른 사람도 아닌 마유미의 얼굴을 알아보고는 작은 비명을 지른 것이다.

들켰다. 바로 그 자리를 뛰쳐나갔다.

"잠깐만요!"

뒤에서 부르는 소리가 들렸지만 멈출 수는 없었다. 역 계단을 뛰어 올라갔다. 조금만 더 가면 밖으로 나갈 수 있다 싶은 곳에서 넘어졌다. 왼쪽 정강이가 말도 못 하게 아팠다. 계단 모서리에 갖다 박은 것이다. 아픔을 참고 일어서려는데 뒤에서 다가오는 발소리가 들렸다. 돌아보니 그녀, 진노 유카리가 있었다. 숨이 찼는지 약간 헐떡거리면서 그녀는 마유미를 내려다보고 있었다.

갑자기 눈물방울이 후두둑 떨어졌다. 아픔 때문이었는지 아니면 도모아키의 아내에게 들켜서 그랬는지는 모르지만 아무튼 눈물이 하염없이 솟았다. 눈앞에 유카리가 내민 손수건이 보였다. 그것을 받으며 고개를 들었더니 그녀가 말했다.

"얘기 좀 할 수 있을까요? 남편에 관해서인데."

둘은 과자점에 들어갔다. 지하철역에서 나오자마자 있는 과자점인데 가게 앞에 붉은 천이 깔린 평상이 있어 손님이 앉을 수 있게 되어 있었다. 그곳에서 마유미는 유카리와 처음으로 이야기를 나누었다. 그런데 유카리가 전혀 뜻밖의 말을 했다.

"남편과는 지금처럼 사귀어도 전혀 상관없어요."

도대체 어떤 반응을 보여야 할지 난감했다. 일반적으로 생각하면 나쁜 사람은 마유미 쪽이고 부인인 유카리한테는 잘못이 없다. 그런데 유카리의 말이나 행동은 어딘지 자신감이 결여되어 있었고 어색하게 느껴졌다. 마치 마유미가 더 유리한 입장에 있는 것마냥 착각할 정도였다.

"이혼할 생각이거든요."

유카리가 이야기를 시작했다. 임신을 못 한다고 시어머니는 날이면 날마다 눈치를 주고, 아이를 갖고 싶어도 남편은 골프와 여자에 푹 빠져서 아내와는 관계하려고 하지 않는다고 했다.

"난 그냥 진노 집안의 하녀였구나 하고 깨닫게 되었어요. 아이를 낳지 않는 며느리는 그냥 하녀일 뿐이에요. 저 집안에서는."

그러던 참에 이혼하면 위자료를 받을 수 있다는 점을 누군가의 이야기로 알게 되었다. 남편 쪽에 귀책사유가 있으면 유리한 조건으로, 그러니까 많은 위자료를 받고 이혼할 수 있다는 말을 들었다고 했다. 그래서 도모아키와 마유미가 갈라서면 곤란하다는 소리였다.

"그래서예요. 그러니까 저희 남편하고 관계를 계속 유지해 주세요."

할 말이 없었다. 헤어져 달라고 한다면 충분히 이해할 수 있었다. 그런데 이대로 불륜 관계를 계속 유지해 달라는 부탁을 받으리라고는 상상도 하지 못했다.

"꼭 그렇게 해 주세요."

유카리는 무릎 위에 들고 있던 찻잔을 한쪽에 내려놓더니 앉은 채로 허리를 굽혀 고개를 숙였다.

"제발 부탁드려요. 이대로 남편이랑 사귀어 주세요."

"왜, 왜 이래요? 이러지 말아요."

거리를 지나는 사람들의 시선을 느끼며 마유미는 허둥지둥 유카리의 어깨에 손을 얹었다. 그래도 유카리는 좀처럼 고개를 들지 않았다. 도대체 이게 어찌 된 일이지?

/ / /

"진짜라니까요. 도대체 몇 번 말해야 알겠어요? 난 그냥 아내를 료칸에 데려다줬다고요."

"거짓말하지 말고. 당신 차랑 똑같은 흰색 포르쉐가 현장에서 목격되었다잖아."

"거짓말 아니라니까요?"

우에하라는 팔짱을 끼고 두 사람의 언쟁을 듣고 있었다. 세타가야 경찰서 취조실 안이었다. 약속했던 대로 저녁 7시쯤에 진노 도모아키가 찾아와서 곧바로 심문이 시작되었는데 아직까지는 이렇다 할 성과가 없었다. 심문은 이토 경찰서의 와키야가 주도했다.

"그럼 뭐야, 우연히 당신 차랑 똑같이 생긴 포르쉐가 현장에 세워져 있었다는 말을 하고 싶은 건가?"

"그렇겠지요. 아무튼 난 아니에요."

아까부터 두 사람의 말이 평행선을 달리고 있었다. 현장 인근의 주유소 직원이 길가에 세워져 있던 흰색 포르쉐를 목격한 모양이었다. 번호판의 정확한 번호까지는 생각나지 않지만 세타가야 번호판이었다는 점은 확실히 기억한다고 했다.

"아니, 우리는 당신이 부인을 어떻게 했다고 생각하는 건 아니라니까. 그냥 거기에다 데려다줬다는 거 아냐?"

"몇 번이나 말하지만 난 그쪽으로는 안 갔다니까요."

"흰색 포르쉐면 흔히 보는 차가 아니잖아. 게다가 세타가야 번호판이고. 주유소 직원이 똑똑히 봤다니까."

"그럼 조사해 보시라고요. 세타가야 번호판을 단 흰색 포르쉐가 몇 대 있는지. 형사면 충분히 알아볼 수 있잖아요. 정말로 그런 차가 거기 세워져 있었다면 모조리 찾아보면 나오겠지요."

　도모아키는 도무지 인정하려 들지 않았다. 차를 목격했다는 증언만 있으면 술술 불겠지. 아니면 말에 허점이라도 보이겠지 하고 생각했는데 큰 오산이었던 모양이다. 와키야도 같은 생각이었는지 질문의 방향을 바꿨다.

　"그런데 진노 선생, 부인이 있는 유부남이 밖에서 꽤 많이 놀았나 봐? 히무라 마유미라고? 직접 본 적은 없지만 상당히 매력적이라고 하던데."

　도모아키는 대답하지 않았다. 약간 험악한 표정으로 입을 꾹 다물고 있었다. 와키야가 계속 찔러댔다.

　"참 부러운 팔자야. 역시 의사는 여자들한테 인기가 많은가 봐? 그런데 말이야, 진노 선생. 당신도 입장이 상당히 난처했겠어? 바람피우던 거 부인한테 들켰다며? 부인이 엄청난 위자료를 요구했다고 들었는데."

　"그게 무슨 소리예요?"

　"진작부터 부인한테서 이혼하자는 소리를 들었었잖아. 당신 불륜이 원인이니까 당연히 부인에게는 위자료를 요구할 권리가 있지. 자칫하다가는 소송까지 갈 수도 있고 말이야. 그러니까 당신으로서야 조용히 일을 끝내고 싶었겠지."

　"아니 형사님. 지금 무슨 얘기를 하는 거예요?"

　도모아키가 항의했다. 말투에서 짜증이 묻어났다.

　"이번 일이 있기 전에 아내한테 이혼하자는 소리를 들었다고요? 누가 그래요? 난 그날 밤 밥 먹으면서 이혼 얘기를 처음 들었거든요."

"내가 들은 이야기하고는 다른데. 하긴 당신 마음도 충분히 이해는 돼. 의사라는 입장도 있을 테고 하니 무슨 일이 있어도 법정까지 가고 싶지는 않았겠지. 그렇다고 순순히 거액의 돈을 내놓기도 힘들었을 테고. 의사라도 월급쟁이 처지라 아마 세상 사람들이 생각하는 것만큼 돈이 많은 건 아닐 테니까. 그렇다면 아버지한테 손을 벌려야 하는데 그 자존심에 그런 일은 용납이 안 됐을 테고."

"무슨 황당한 소리를…… 하나같이 다 그냥 억측이잖아요."

"부인이 거추장스러워졌겠지. 이혼하겠다, 위자료 내놔라 하고 난리를 치는 부인이 너무 꼴 보기 싫고 귀찮아졌던 거잖아. 같은 남자로서 나도 당신 마음이 어느 정도 이해는 돼."

"아니, 그러니까 이혼 얘기가 나온 거 자체가 그날 밤이 처음이었다니까요."

짜증스러움이 느껴졌다. 와키야의 작전이었다. 일부러 신경을 건드리는 말을 해서 도모아키가 허점을 드러내기를 기다리는 것이다. 도발하는 데에는 성공했는데 아직 결정적인 말실수까지는 이끌어 내지 못한 상태였다.

"히무라 마유미하고 그렇고 그런 사이라는 건 인정하는 거지?"

"그걸 여기서 말해야 되나요? 게다가 아내는 자살한 거잖아요? 아니에요? 아니라고 할 거면 근거를 대 보세요."

아픈 곳을 찔러 왔다. 진노 유카리가 살해되었다는 생각은 어디까지나 우에하라와 와키야의 상상에 지나지 않는다. 그런데 와키야는 그 말을 가지고 오히려 반격에 나섰다.

"그건 불가능하지. 왜냐하면 시신은 이미 화장됐거든. 당신이 시신을 일찌감치 인수해서 바로 화장시켰잖아. 마치 부검을 피하려는 듯이 말이야. 그런 거 아닌가?"

"그건 장례업체 사람들이 진행한 거예요. 우린 그냥 그쪽 스케줄에 따른 것뿐이라고요."

"당신은 시신 부검을 피하고 싶었겠지. 그래서 바로 시신을 인수한 거야. 하긴 그 점에서는 우리 쪽 실수도 있었지만. 변사자의 남편이 의사라는 우연을 의심해 보지도 않고 곧이곧대로 그 말을 따랐으니까."

"내가 자살이라고 단정한 게 아니에요. 난 그저 아내의 시신이라고 인정했을 뿐입니다."

"무엇보다도, 그날 밤에 부인이랑 만났던 일을 숨긴 이유가 도대체 뭐야? 뭔가 뒤가 켕기는 게 있어서 아냐?"

"지난번에도 말했잖아요. 말을 꺼낼 타이밍을 놓쳤던 거라고."

취조는 계속되고 있었지만 이렇다 할 소득이 없었다. 취조실에는 작은 매직미러가 달려 있다. 서장 친구의 아들이라는 점도 있어서 형사과의 상사도 다른 방에서 취조실의 모습을 보고 있을 것이다.

"그럼 이제 다시 그날 밤 이야기로 돌아가 보자고."

"벌써 몇 번째 같은 얘기를 하는 겁니까?"

도모아키가 누골적으로 싫은 표정을 지었다. 그 얼굴을 보고 와키야가 씨익 웃었다. 심문이 시작된 지 30분도 지나지 않았다. 긴 싸움이 되겠군. 우에하라는 팔짱을 끼고 벽에 기대서서 두 사람이

옥신각신하는 소리에 귀를 기울였다.

"배짱이 보통 아니네요. 상당히 파고들었는데도 타격을 받은 느낌이 전혀 안 들더군요."

와키야가 말하면서 컵에 든 맥주를 벌컥 마셨다. 그 모습을 본 리코가 바로 맥주병을 들어서 잔을 채워 주었다. 생각보다 눈치가 있네. 그런 생각을 하면서 우에하라는 젓가락으로 만두를 집어 간장에 찍은 다음 입에 넣었다.

밤 9시가 지난 시간이었다. 진노 도모아키에 대한 심문은 조금 전에 막 끝났다. 와키야, 리코, 그리고 우에하라까지 셋이 경찰서 근처에 있는 중국집에 와 있었다. 포렴을 접어들이고 가게 문을 닫으려는 주인에게 부탁해서 안으로 들어왔다. 주문한 음식은 만두와 맥주, 그리고 볶음밥 3인분이었다.

"우에하라 형사님, 어떡할까요? 이렇게까지 버틸 줄은 몰랐네요. 부잣집 도련님이라고만 생각해서 가볍게 비틀면 금방 불겠지 했는데."

"실은 저도 마찬가지입니다. 예상이 완전히 빗나갔네요."

히무라 마유미의 존재와 유카리가 이혼을 생각하고 있었다는 점, 그리고 현장에서 목격된 흰색 포르쉐. 이 정도만 들이대면 완전한 자백까지는 아니어도 어느 정도 걸리는 게 있겠지 생각했다. 그런데 도모아키는 일관되게 자기는 관련이 없다고 부인했다.

"볶음밥 나왔습니다. 미안하지만 시간이 없어서 그냥 큰 그릇에 한꺼번에 담았어요."

"사장님, 맥주 한 병만 더 주세요."

리코가 큰 숟가락으로 각자 접시에 볶음밥을 덜어 주었다. 술에 약한 체질인지 맥주 한 컵에 벌써 볼이 발그스레했다. 리코도 매직미러 너머에서 심문하는 모습을 지켜봤던 모양이다.

실은 도모아키에 대한 심문이 끝난 다음 우에하라는 과장에게 불려 가서 한 소리를 듣고 왔다. 억지로 수사하지 마라. 대충 그런 느낌의 말이었다. 도모아키에게 임의동행을 요구한 것은 이토 경찰서이지 세타가야 경찰서가 아니었다. 하지만 장소를 제공하려면 눈치껏 하라는 소리였다. 진노 도모아키의 아버지가 서장의 골프 친구라는 사실은 과장도 알고 있었다.

"임의동행은 한동안 삼가는 편이 좋겠네요."

볶음밥을 먹으면서 우에하라가 그렇게 말하자 와키야도 맞장구를 쳤다.

"저도 그렇게 생각했습니다. 아무래도 시신을 부검하지 않았다는 점이 뼈아프네요. 타살이라는 근거가 없는 이상 이쪽도 밀어붙일 수가 없으니까요."

그 말이 맞다. 그러나 사실 그 상황에서는 타살을 의심해 보기 힘들었다. 바닷가에 남겨진 신발, 그 뒤에 인양된 여자 사체, 누가 봐도 자살이라고 생각했을 것이다.

"전 내일 아침 일찍 이토로 돌아갈 작정입니다."

"그렇군요."

오늘 심문해 본 결과에 따라서는 내일까지 취조를 계속할 수도 있었지만 이 상태라면 더 이상 추궁해 봐야 소용이 없을 것 같았다. 다른 방향으로 찔러 볼 수도 있겠지만 과연 어디를 어떻게 공격해야 할지 모른다는 게 사실이었다.

"돌아가서도 계속해서 목격자 증언을 찾아보겠습니다. 그리고 감식반에 부탁해 현장 주변에 유류품이 없는지 수색해 볼 생각입니다. 감식반은 아직 한 번도 현장에 들어가지 않았으니까요."

와키야의 집념에 감탄했다. 우에하라는 그 생각을 그대로 말했다.

"대단한 집념이네요. 고개가 절로 숙여집니다."

"왜 이러십니까? 저희 쪽은 도쿄하고 달라서 강력범죄가 일어나는 일이 거의 없으니까요. 혹시 그 사이에 다른 큰 사건이 일어나면 당연히 그쪽을 우선할 겁니다."

/ / /

집에 돌아온 시간은 밤 9시가 넘어서였다. 유카리가 죽은 후로도 도모아키는 별채에서 혼자 지내고 있었다. 샤워라도 해야겠다고 생각하는 차에 초인종이 울렸다. 어머니였다.

"도모아키, 아버지가 부르신다."

"샤워부터 하고."

"나중에 해도 되잖아. 빨리 건너와라."

어머니가 냉랭하게 말하더니 가 버렸다. 할 수 없지. 가볍게 한숨을 쉬고서 넥타이만 풀고 바로 본채로 건너갔다.

아버지는 거실 소파에 앉아 TV를 보고 있었는데 도모아키가 들어오는 것을 보더니 TV를 껐다. 아들이 앉기를 기다렸다가 바로 말을 꺼냈다.

"세타가야 서 서장이 전화를 했더구나. 취조를 받았다고?"

"네. 병원으로 형사들이 찾아왔어요. 임의동행, 뭐 그런 거였어요."

"며느리 일 때문이구나."

"네. 그 사람이 살해당했다고 생각하는 모양이더라고요. 말도 안 되는 소리지."

"네가 그렇게 보이게 행동했으니 그런 것 아니냐?"

그날 밤 아내를 만나러 이토에 갔었다는 이야기를 부모에게 한 것은 지난주였다. 그전까지는 말하지 않았다. 쓸데없이 걱정하게 만들고 싶지도 않았고, 무엇보다 아버지의 간섭을 받고 싶지 않았다.

"경찰에서는 뭐라고 하더냐?"

"제 차랑 비슷하게 생긴 흰색 포르쉐가 현장 근처에 세워져 있었다고 하더라고요. 난 그 사람을 료칸까지 바래다주고 왔는데."

그날 밤, 아내와 드라이브인 레스토랑에서 밥을 먹었다. 아내는 오므라이스, 도모아키는 카레라이스를 주문했다. 같이 먹다가 아내가 이혼 이야기를 꺼냈다.

솔직히 말하면 도모아키도 바라던 바였다. 부모에게 반항하려고 결혼한 여자였지만 사실 최근 들어서 자꾸 후회되었다. 좀 더 어울리는 짝이 있었을 텐데. 그런 생각을 하던 차에 만난 사람이 히무라 마유미였다. 도모아키가 딱 바라던 여자였다.

아내 쪽에서 먼저 이혼 이야기를 꺼내 준 건 다행이었다. 하지만 그렇다고 바로 이혼에 동의하면 아내가 이상한 의심을 하게 될 수도 있었다. 드라이브인 레스토랑에서 카레를 먹으면서 도모아키는 "왜 이혼하자는 거야?", "진심이야?"라는 질문을 여러 차례 했다. 그러나 "다시 생각해 봐"라는 말은 절대 하지 않았다. 그런 말을 했다가 아내가 진짜로 다시 생각하면 곤란했기 때문이다.

설마 아내가 죽어 버릴 줄은 몰랐다. 그날 밤을 몇 번이고 다시 떠올려 봤는데 도무지 아내에게 큰 상처를 줄 만한 말을 한 기억이 없었다. 영안실에서 본 그녀의 사체는 너무 처참해서 도저히 눈 뜨고 볼 수 없는 지경이었다.

"정말로 그 애를 료칸으로 데려다준 것뿐이겠지?"

아버지가 재차 확인하자 도모아키는 쓸쓸하게 웃으면서 대답했다.

"그렇다니까요. 아버지까지 날 의심하는 거예요?"

"네가 똑바로 행동하지 않으니까 하는 말이다. 그날도 어떻게 해서든, 머리채를 잡고서라도 그 애를 집으로 끌고 돌아왔어야 했어."

아버지의 눈길은 차가웠다. 아직도 도모아키를 어린애라고 생각하는 모양이었다. 나도 이제 어엿한 어른이에요. 가끔씩은 그렇게 말하고 싶을 때도 있었지만 한 번도 입 밖으로 내지는 못했다. 이 집안의 가장은 아버지였고, 세이카 대학 부속병원의 외과부장이라는 타이틀의 힘도 막강했다. 언젠가는 원장 자리도 노려 볼 만하다는 소리도 있었다. 일개 월급쟁이 의사에 불과한 도모아키와는 비교할 수도 없는 파워다.

"세타가야 서의 서장한테는 나도 한마디 해 두마. 억지 수사는 삼가 달라고 말이다."

마유미가 보고 싶었다. 만나서 그녀를 품고 싶었다. 하지만 그녀에게도 형사들이 갔을 것이다. 화가 나 있지 않았으면 좋겠는데.

그러고 보니 형사가 이상한 이야기를 했다. 아까 들었던 형사의 말이 떠올랐다. 아내가 예전부터 이혼 이야기를 꺼냈고 위자료까지 요구했었다는 이야기였다. 금시초문이었다. 아내 입에서 이혼이라는 말을 들은 것은 그날 밤이 처음이자 마지막이었다. 도대체 어쩌다가 그런 이야기가 나왔는지 도모아키는 도무지 짐작이 되지 않았다. 남의 뒷담화하기 좋아하는 병원 직원들이 얼토당토않은 소문을 퍼뜨리고 다니는지도 모른다.

"사사오카한테도 귀띔을 해 두는 편이 좋겠군. 다음에 형사가 찾아오면 사사오카한테 같이 가 달라고 하는 게 나을지도 모르겠다."

"그렇게까지 할 필요가 있겠어요? 오늘 본 느낌으로는 형사들 쪽에도 이렇다 할 뭐가 없던데."

사사오카라는 사람은 아버지 동창이고 변호사다. 도쿄에서 변호사 사무실을 열고 있는데 오래전부터 진노 집안에 드나들었다.

"그럼 전 샤워하러 갈게요."

도모아키가 일어섰다. 거실에서 나오자 부엌에 있는 어머니가 불렀다.

"도모아키, 빨랫거리 있으면 세탁기에 넣어 둬. 저녁도 차려 놨으니까 알아서 먹고."

"알았어."

아버지도 그렇고 어머니도 그렇고 아내가 죽은 뒤로 갑자기 어린아이 취급을 하고 있다. 하긴 혼자서는 집안일 하나 변변히 못하니 어쩔 수 없기는 하지만. 도모아키는 샌들을 신고 별채로 걸어갔다.

/ / /

마유미가 두 번째로 진노 유카리를 만난 것은 니혼바시 역에서 처음 본 뒤로 한 달이 지난 8월 하순의 무더운 날이었다. 유카리가 마유미 직장으로 전화해서 시부야에 있는 찻집으로 불러냈다. 유카리는 제일 안쪽에 있는 박스 자리에서 기다리고 있었다. 지난번 봤을 때와 비슷한 치마에 흰 블라우스를 입은 수수한 옷차림이었다.

주문한 아이스커피가 나온 뒤로도 유카리는 좀처럼 입을 열지 않았다. 기다리다 못해 마유미가 먼저 말을 꺼냈다.

"왜 보자고 했어요?"

"아, 미안해요. 잘 있나 싶어서."

맥이 빠졌다. 남편의 불륜 상대를 불러내서 하는 말이 고작 이건가 싶었다.

"정말 다른 볼일이 없는 거예요? 그럼 난 그냥 갈게요."

"죄송해요. 저기…… 저희 남편하고는 어때요? 요즘에도 잘 지내고 있는 거죠?"

잘 지낸다고 할 수는 없어도 만나고는 있었다. 회사 일이 약간 바빠지면서 예전처럼 자주 만나지는 못했고, 처음에 가지고 있던 그에 대한 강한 집착도 반쯤 없어진 상태였다. 그럼에도 유카리가 그 남자랑 이혼할 생각이 있다는 사실이 여전히 머리 한구석을 차지하고 있었다. 만약 두 사람이 이혼하게 되면 도모아키와 당당하게 결혼할 수 있다. 이혼남이 되긴 하지만 그래도 의사라는 타이틀은 충분히 매력적이다.

"뭐, 그럭저럭요."

자기 남편이랑 잘 지내고 있냐고 부인이 물었을 때 불륜녀 입장에서는 도대체 어떻게 대답해야 맞는 건가? 마유미는 애매하게 답한 다음 자기 앞에 놓인 아이스커피를 빨대로 마셨다. 대각선 맞은편 테이블 자리에 여자 하나가 앉아 있는 모습이 보였다. 비슷한 연배의 여자인데 머리를 대충 하나로 묶고서 문고판 책을 읽고 있었다.

"그래서……."

마유미가 약간 주저하면서 유카리에게 물었다.

"그 얘기는 어떻게 됐어요?"

"그 얘기요?"

목소리를 낮추면서 마유미가 말했다.

"둘이 헤어진다는 얘기요."

"아아, 그 얘기요? 실은 남편한테 아직 말하지 못했어요. 변호사를 만나서 상담할까 했는데 변호사 수임료라고 하나, 아무튼 그게 꽤 비싼 것 같아서 영 엄두가 안 나더라고요."

유카리는 그렇게 말하더니 살짝 웃었다. 자기 얘기를 딴사람 얘기하듯 하는 사람이라는 생각이 들었다. 한 달 전에 만났을 때는 냉정하게 관찰할 여유가 없었는데 지금 보니 왼손에 차고 있는 시계, 저거 파텍필립 아닌가? 진품이면 최소한 100만 엔 이상 가는 물건인데.

"……산 거예요?"

딴생각을 하느라 유카리의 말을 제대로 듣지 못했다. 마유미가 되물었다.

"네?"

"옷 말이에요. 멋있다는 생각이 들어서. 어디서 산 거예요?"

"뭐, 여기저기. 다이칸야마로 갈 때가 많죠."

"역시 다르네요. 일하는 여성은 너무 멋있는 것 같아요."

뭐하는 짓인가 싶었다. 얘는 도대체 뭐지? 이런 수다를 떨려고 굳이 나를 불러냈나? 아이스커피나 마시고 빨리 일어서야겠다. 그렇게 생각하면서 커피잔을 잡으려는데 대각선 맞은편 테이블에 있는 여자 손님이 이쪽을 쳐다보는 게 보였다. 아까까지 읽고 있던 문고판 책은 어느새 들고 있지 않았다. 이쪽을 너무 뚫어지게 바라봐서 기분이 언짢아졌다.

그런데 그 여자 손님이 일어서나 싶더니 좁은 통로를 가로질러 마유미와 유카리가 앉은 테이블 앞으로 온 것이다. 깜짝 놀란 마유미와는 달리 유카리는 아무렇지도 않은 얼굴로 자리를 내어주려는 듯 의자 안쪽으로 몸을 옮겼다. 뭐지? 둘이 아는 사이인가?

"누, 누구세요?"

여자는 새침한 표정으로 마유미 맞은편에 앉았다. 그러고는 살짝 미소를 지으면서 말했다.

"아직도 모르겠어요? 선배, 나예요."

귀에 익은 목소리였다. 예전 모습은 거의 사라지고 없지만 얼굴 군데군데 낯이 익은 것 같았다.

"설마…… 너…… 리코짱이니?"

치어리딩 동아리 후배였던 아카오 리코였다. 입학한 해 가을에 소리 소문 없이 대학을 떠나 버린 아카오 리코. 지금껏 진노 도모아키에게 성폭행을 당해서 그랬다고 생각했는데 사실 그런 게 아니었다는 이야기를 얼마 전에 도모아키에게 들었다.

"오랜만이네요, 선배. 지금 성은 구마자와예요. 부모님이 이혼해서 성이 바뀌었거든요."

자기소개를 그렇게 한 리코는 지나가는 종업원을 불러서 아이스커피를 달라고 주문했다. 마유미는 입을 다물지 못한 채 그런 모습을 멍하니 바라보고만 있었다.

시간은 잔인하다. 시간이 흐르면 사람은 변한다. 리코의 경우 흘러간 시간이 더욱 잔인하게 할퀴고 갔다는 인상을 받았다. 그녀는 그 시간의 흐름을 전혀 감추려 하지 않았다.

"리코짱, 어째서…… 네가……?"

물음표가 머릿속을 가득 채웠다. 아카오 리코. 지금으로부터 14년 전에 마유미 앞에서 사라져 버린 후배. 그렇게 자취를 감춘 이유가, 마유미의 억측에 불과했지만, 진노 도모아키에게 몹쓸 짓을 당했기 때문이라고 오랫동안 생각했었다. 그런데 도모아키 본인의 입을 통해 그런 생각을 부인하는 이야기를 들은 것이 얼마 전이었다. 두 사람은 취해 있었고, 쌍방 합의하에 그런 행위에 이르렀다고 도모아키는 변명했다. 어찌 되었든 그 일을 계기로 리코가 학교를 떠난 사실을 보면 그 일이 큰 충격이었다는 것만은 틀림없었다.

"선배, 정말 오랜만이네요."

"리코짱…… 네가…… 왜……?"

머릿속이 아주 혼란스러웠다. 왜 리코가 여기에, 진노 유카리와 나란히 앉아 있는지 상황이 이해되지 않았다. 예전에 도모아키와 그런 일이 있고서 학교를 떠난 여자와 도모아키가 결혼한 현재의 부인. 그 두 사람이 나란히 앉아 있는 모습에 강렬한 위화감을 느꼈다.

"그때는 죄송했어요, 선배. 아무 말도 없이 떠나 버려서."

14년 전 대학 축제 얼마 후에 리코는 갑자기 여학생 기숙사에서 나가 버렸는데 그때 일을 사과하는 모양이었다. 리코는 종업원이 가지고 온 아이스커피에 시럽과 크림을 넣고 저으면서 말했다.

"선배가 진노 도모아키한테 어떤 소리를 들었는지 모르지만 전 그때 그놈한테 강간당했어요."

리코가 열심히 빨대를 돌리면서 말했다.

"쇼크였죠. 무서워서 경찰한테 신고도 못 하겠고. 할 수 없이 시골로 돌아갔어요. 학교도 결국 자퇴했고요. 오랫동안 선배를 만나면 미안하다고 말하고 싶었어요. 그렇게 잘해 줬는데 아무 말도 없이 떠나서."

　유카리는 말없이 리코의 이야기를 듣고 있었다. 그녀 입장에서 보자면 지금의 남편이 예전에 여자를 강간했다는 충격적인 사실을 말하고 있는데 아무런 반응이 없었다. 이미 리코에게 들어서 알고 있었다는 건가?

　"누마즈에 있는 부모님 집에 갔다가 2년 후에 도쿄에 있는 다른 대학에 다시 입학했어요. 그리고 졸업한 다음에는 곧바로 취직했고요. 지금은 세타가야 경찰서에서 일하고 있습니다."

　"뭐? 세타가야 경찰서? 그러니까 넌 지금……."

　"세타가야 경찰서 형사과에 있어요. 이래 봬도 형사예요. 그놈한테 당한 다음에 생각을 많이 했어요. 생각하고 또 생각했는데 나 같은 희생자가 더 생기지 않게 하려면 그런 놈을 잡는 쪽으로 가야겠구나 싶더라고요. 게다가 경찰은 공무원이라서 안정적이기도 하고요."

　남자에게 성폭행을 당하고 그 일을 계기로 경찰이 될 결심을 한다. 그 극단적인 발상이 이해가 안 되는 건 아니었지만 나라면 실행에 옮길 엄두가 안 났을 텐데 하고 마유미는 생각했다. 그런데 무슨 생각으로 유카리와 나에게 접촉해 온 걸까?

　"세타가야 경찰서로 지원한 이유는 물론 진노 도모아키 때문이었죠. 그놈이 아직도 사쿠라기에 있는 본가에 살면서 같은 지역 병원에서 일한다는 사실을 알고 있었으니까요. 작년 봄에 세타가야 경찰서에 배치받은 후로 계속 그놈 주변을 살피고 있었어요. 이유야 뻔하지요. 난 아직 그놈을 용서하지 않았으니까요."

찻집은 손님들로 거의 빈자리가 없을 만큼 가득 차 있었다. 여기저기 테이블에서 손님들이 즐겁게 떠들고 있었다. 그런데 마유미는 자기가 있는 자리만 주변과 동떨어져 다른 차원에 있는 듯한 묘한 착각이 들었다.

"혼자서는 아무래도 한계가 있어서 흥신소에도 부탁했어요. 그런데 그 탐정이라는 인간이 좀 어설퍼서 그놈한테 들킨 적이 있는 모양이에요. 아마 선배도 기억하고 있겠지만."

신주쿠에 있는 술집에서 도모아키와 만났을 때였다. 카운터에 있던 남자를 도모아키가 수상하게 여겨서 다그친 적이 있었다. 아니나 다를까 남자는 탐정이었고 마유미에 대해 조사하고 있다고 자백했는데 사실은 리코의 의뢰를 받아 도모아키의 뒤를 밟고 있었던 모양이다.

"그나저나 선배도 참 순진하네요. 그놈이 무슨 소리를 떠벌렸는지 모르지만 그 얘기를 홀랑 믿은 거잖아요. 축제 때 내가 먼저 그놈을 꼬셨다, 뭐 그런 헛소리를 했겠지요, 보나마나."

그러면서 리코가 픽 웃었다. 그 웃음에서 경멸이 느껴졌다.

아무런 대꾸도 할 수 없었다. 리코의 말이 맞았다. 마유미는 도모아키를 믿었다. 아니, 믿고 싶었다. 그만큼 갑자기 나타난 연상의 청년 의사는 매력적인 존재였다.

"그런데…… 어떻게……?"

마유미는 맞은편에 앉아 있는 두 여자를 번갈아 보면서 물었다.

"둘은 어떻게 아는 거야? 그리고 왜 나한테……?"

도모아키의 부인과 불륜 상대, 그리고 과거에 도모아키에게 성폭행 당한 여자 형사. 이렇게 보기 드문 조합도 없지 싶었다. 리코가 아이스커피를 한 모금 마시고서 대답했다.

"어쩌다 보니 그렇게 됐어요. 선배랑 유카리 씨가 접촉할 줄은 나도 전혀 생각을 못했죠. 하지만 어차피 이렇게 됐으니 이 상황을 잘 활용해야겠다는 생각이 들더라고요."

2주 전쯤에 리코가 먼저 유카리에게 다가갔다고 했다. 남편 대학 후배. 그렇게 말하면서 다가가서 그 뒤로 두 사람은 세 번 정도 만나서 이야기한 모양이었다. 절대로 본인이 불리해질 일은 없다. 리코의 그 말을 믿었는지 아니면 선천적으로 사람을 의심할 줄 모르는지 유카리는 순순히 리코의 말에 따른 모양이었다.

하지만 도대체 어쩌려는 걸까? 리코의 속내를 알 수가 없었다. 유카리 쪽을 봤더니 약간 고개를 숙인 자세로 리코 이야기에 귀를 기울이고 있었다.

"우리 셋은 제각기 원하는 바가 있잖아요. 유카리 씨는 그 남자랑 되도록 유리한 조건으로 이혼하고 싶고, 선배는 그 남자랑 결혼해서 의사 부인이라는 타이틀을 얻고 싶지요. 그리고 난 지금도 그놈을 증오하고 있어요. 예전에는 죽여 버리고 싶었는데 이제 그 정도는 아니에요. 그렇다고 용서한 건 아니에요. 어떻게든 죗값을 치르게 하고 싶어요."

우리를 한자리에 모은 사람은 진노 도모아키였다. 여기 있는 사람들은 그 남자를 둘러싼 세 명의 여자인 셈이다.

"어떻게 할지 특별히 생각해 둔 아이디어가 있는 건 아니에요. 하지만 세 명이 힘을 합치면 뭔가 좋은 아이디어가 떠오를 수도 있겠다, 그냥 그렇게 생각했어요. 우리 셋이 다 같이 행복해질 수 있는 방법을 생각해 보지 않을래요?"

그렇게 말한 리코가 싱긋 웃었다. 아아, 리코짱이다. 마유미는 그 웃는 얼굴을 보고서야 예전 후배였던 아카오 리코를 다시 만났다는 실감이 났다.

///

우에하라가 와키야 형사로부터 전화를 받은 것은 와키야가 이토로 돌아가고 이틀이 지난 12월 22일 오후였다. 분주한 연말에 접어들어 세타가야 서도 연말연시 관내 순찰강화 기간이 시작된 상태였다.

"형사님, 찾았어요!"

전화를 받자마자 와키야 형사가 대뜸 외쳤다. 목소리만 들어도 신이 났음을 알 수 있었다.

"뭐가 나왔습니까?"

우에하라가 묻자 와키야가 숨 쉴 틈도 없이 말을 쏟아냈다.

"이쪽으로 돌아온 다음에 현장 주변, 그러니까 신발이 발견된 장소하고 흰색 포르쉐가 목격된 장소를 중점적으로 조사했거든요. 대규모 인원을 동원하기는 힘들어서 나름 고생은 좀 했지만요."

이토 경찰서도 연말연시 기간이라 순찰을 강화했을 것이다. 특히 지방은 속도위반 단속 등을 경찰서 전체가 동원되어 실시한다는 이야기도 들은 적이 있었다. 그런 분위기 속에서 이미 자살로 처리된 사건에 대해 이 정도 열의로 수사를 계속한 와키야의 열정에 우에하라는 절로 고개가 숙여졌다.

"신발이 남겨졌던 곳 부근은 사건 이후에 몇 번 수색을 했지만 포르쉐가 세워져 있던 주변은 이번에 처음으로 수색해 본 거지요."

사건 당일 밤 흰색 포르쉐가 정차되어 있던 모습을 인근 주유소 직원이 목격했다고 했다. 담배 자판기가 있어서 거기 담배를 사러 갔다가 봤다는 이야기를 들었다.

"샅샅이 찾아봤는데 이렇다 할 물건은 못 건졌지요. 그런데 바로 어제, 시간이 비는 젊은 애들이 있기에 도와 달라고 해서 현장 부근의 배수로 뚜껑을 들어 올리고 찾아봤습니다. 저 혼자서는 도저히 못하거든요. 제가 허리가 안 좋아서."

콘크리트로 된 길가 배수로 뚜껑을 말하는 모양이었다. 하긴 그 무거운 뚜껑을 들어 올리는 건 보통 일이 아니겠지.

"거기서 볼펜 한 자루를 발견했어요. 그런데 형사님, 놀라지 마십시오. 그게 세이카 대학 개교 80주년 기념 볼펜이더라고요. 대학에 문의해 보니까 작년 여름에 기념식을 했는데 기념사업에 기부해 준 졸업생들에게 그 볼펜을 나눠 줬다고 합니다."

"진노 도모아키도 대상 중 하나였나요?"

"네. 맞습니다. 물론 도모아키의 아버지도 받은 모양이지만요."

진노 도모아키가 현장에 있었다고 입증할 수 있으면 그의 진술이 허위였음을 드러낼 수 있다. 우에하라가 마른침을 삼키며 물었다.

"지문은 일치했나요?"

"완벽하게 일치했어요. 볼펜에서 그 남자 지문이 검출됐습니다."

며칠 전 진노 도모아키가 임의동행으로 경찰서에 왔을 때 심문을 마치고 돌아가려는 그에게 지문을 채취해도 되냐고 물었다. 도모아키는 마다하지 않고 바로 허락했다. 그때 채취한 지문을 이토 경찰서에도 보냈는데 그 지문과 일치한 모양이다. 그가 현장에 있었을 확률이 매우 높아진 셈이다.

"그래서 어떻게 할까요? 다시 임의동행을 요구할까요?"

우에하라가 물었다. 그게 제일 좋은 방법이다. 임의동행을 요구해서 새로운 사실을 눈앞에 들이댄다. 진노 도모아키가 거짓 진술을 한 것이 자명하기 때문에 그 점을 공략하면 새로운 진술이 나올 수도 있다. 그런 우에하라의 예상과 달리 와키야는 뜻밖의 대답을 했다.

"영장청구를 해 볼까 합니다."

"가능할까요?"

"확률은 반반이라고 보고 있습니다."

체포영장은 체포할 수 있는 허가증 같은 서류여서 판사가 내줘야 한다. 일본에서는 현행범 체포와 같은 긴급 사안이 아니면 반드시 영장이 있어야 체포가 가능하다. 영장청구를 위한 서류를 작성해서 제출하면 판사가 살펴보고 체포가 필요하다고 판단할 경우에 체포영장을 발부한다.

"오늘 중으로 청구를 할까 합니다. 이르면 다음 주 초쯤에는 결과가 나올 겁니다."

성급한 면이 없지는 않았지만 더 이상의 증거를 찾을 가망이 없다면 영장청구도 하나의 방편이라는 생각이 들었다. 이혼을 요구하던 아내가 벼랑에서 투신했고, 그 현장에 남편이 있었다는 증거가 발견되었다. 그런데 남편은 현장에 간 적이 없다고 완강하게 부인하고 있다. 이 상황을 판사가 어떻게 판단하느냐에 달렸다.

"이번에 영장이 나오지 않으면 일단은 포기할 생각입니다."

와키야가 털털한 목소리로 말했다.

"왜 엉뚱한 데 힘을 쓰고 있냐고 과장한테서 한소리 들었거든요. 연말이 다 됐는데 저로서도 이 사건을 내년까지 끌고 가고 싶지는 않으니까요."

와키야의 말에 우에하라도 공감했다. 질질 끌던 일을 시원하게 끝마치고 깔끔한 상태로 새해를 맞이하고 싶은 마음은 일반인이나 형사나 마찬가지다.

"뭔가 진전이 있으면 다시 연락드리겠습니다."

전화가 끊어졌다. 이 이야기를 리코한테도 해 줘야지. 그 생각을 하며 리코 자리를 봤는데 거기 없었다. 리코가 젊다는 이유 하나만으로 순찰에 동원되고 있다는 사실을 우에하라도 알고 있었다.

지문이 남겨져 있는 볼펜이 현장에서 발견되었다. 새로운 증거물이 너무 기가 막힌 타이밍에 나왔다는 사실에 약간의 위화감이 들기는 했다. 그러나 이렇게 된 것은 어디까지나 와키야가 노력한 덕분이고 동시에 진노 도모아키라는 남자의 불운을 나타내고 있다고 생각했다.

우에하라는 다시 정신을 차려고 작성하던 서류에 집중했다.

／／／

"사모님, 이번에 큰일을 겪으시느라 고생이 많으셨겠네요."

"아니에요. 여러모로 도와주셔서 정말 감사합니다."

그렇게 인사하면서 진노 모토코는 머리를 숙였다. 오늘은 올해 마지막으로 열리는 부녀회 모임이었다. 며느리가 그렇게 간 지 오늘로 거의 2주일이 되었다. 상중이라 부녀회 참석을 삼가야 하나 생각했지만 장례식 때 부녀회 명의로 보내 준 화환에 대한 인사 겸해서 오게 되었다.

"정말 얼마나 힘드셨어요? 돌아가신 분도 젊은 나이에 너무 안타깝네요."

지나가던 이웃 여자가 그렇게 애도의 말을 하면서 목례를 했다. 아들딸 모두가 삼류 대학을 졸업했지만 결혼을 일찍 해서 손주가 넷이나 있다는 사실을 자랑으로 여기는 사람이었다.

"그게 그 애 팔자려니 생각해야죠."

처음에는 가족장으로 조촐하게 하려고 했는데 남편과 연관이 있는 의료 관계자들로부터 조문에 관한 문의가 많이 들어와서 그냥 일반적인 장례식으로 치르기로 했다. 장례식 때 많은 조문객이 찾아와서 며느리의 갑작스러운 죽음을 애도해 주었다.

"아드님은 좀 어떠세요? 충격이 말도 못할 텐데."

"일하는 데 정신을 쏟고 있어요. 그렇게 해서라도 마음을 다잡을 수 있으면 좋겠는데."

모토코에게 말을 걸어오는 사람은 부녀회 회원 중에서 반 정도

밖에 없었다. 나머지 사람들은 그저 말없이 목례만 하고 지나갔다. 며느리의 죽음이 자살이었다는 사실을 벌써 다들 알고 있어서 뭐라고 말을 붙이기가 어려운 모양이었다. 모토코도 이럴 줄 알면서 참석한 것이었다. 이런 일에는 처음에 어떻게 하느냐가 중요하다고 생각했다. 남들 보기가 불편하다고 부녀회를 한 번 빠지면 그대로 어영부영 발길이 멀어질 것 같은 예감이 들었다.

"그럼 사모님도 기운 차리세요."

"감사합니다."

모토코는 발걸음을 옮기는 상대를 향해 고개를 숙였다. 5, 6분 후면 부녀회 모임이 시작된다.

며느리를 처음 봤을 때의 기억이 아직도 머릿속에 생생하게 남아 있다. 내 아들에게는 여자 보는 눈이 아예 없는 건가? 정말 그런 의심을 하지 않을 수 없었다.

어릴 때부터 아들 교육에 나름 시간과 정성과 돈을 쏟았다. 덕분에 세이카 대학 의학부에 들어갔고, 이제는 어엿한 정형외과 의사가 되었다. 대학 때는 야구팀에 들어가 활약했고, 별채에 종종 친구들을 불러서 밤새도록 게임을 하며 놀기도 했다. 야식으로 주먹밥을 해다 나른 적이 한두 번이 아니었다.

그렇게 온 힘을 쏟아 정성껏 키운 아들이 선택한 여자니까. 그런 생각으로 유카리를 며느리로 받아들였는데 그 아이를 보고 있으면 어리바리하고 눈치도 없는 것 같아 짜증이 나곤 했다. 이렇게 맹한 애가 이 집안 며느리 노릇을 제대로 해낼 수 있을까? 그래서 일이 있을 때마다 남편한테 의논도 하고 불평도 했지만 집안일에 별로 관여하지 않는 남편은 그럴 때마다 웃어넘기기만 했다. 그 아이도 언젠가는 익숙해지겠지. 생각해 봐, 미에현 그 시골에서 혼자 도쿄로 올라온 애잖아.

"진노 사모님, 얼마나 상심이 크셨어요."

"네, 정말 여러모로 도와주셔서 감사합니다."

덩치 좋은 여자가 다가왔다. 근처 정육점 부인이었다.

"너무 아쉽네요. 이제 그 댁 며느님 얼굴을 볼 수 없다니."

정육점 부인이 말했다. 한 달에 한두 번씩 진노네 집에서는 이 정육점에서 최고급 고베 쇠고기를 사먹곤 했는데 그럴 때 고기는 항상 며느리가 사왔다. 그래서 이 부인도 며느리를 잘 아는 것이다.

"그 댁 며느님은 저희 집에 오시면 꼭 고로케를 하나 사서 그 자리에서 드시고 갔거든요. 이렇게 맛있는 고로케는 처음 먹어 본다면서 얼마나 좋아하시던지."

"그 애도 참…… 남부끄럽게……. 아무튼 그동안 신세를 많이 졌네요."

서당 개 3년이면 풍월을 읊는다더니 그래서인지 요즘에는 며느리가 하는 말이나 행동에 짜증이 나는 일도 부쩍 드물어졌다. 오히려 좀 모자란 딸이 하나 생긴 것 같아 이렇게 해라 저렇게 해라 하면서 자꾸 챙겨 주게 되었다. 사실 모토코가 사사건건 이래라저래라 지시를 했는데도 며느리는 불평 한마디 없이 잘 따랐다.

반년 전쯤에 모토코는 며느리를 데리고 니혼바시에 있는 스이텐구로 몇 번 참배하러 간 적이 있었다. 임신이 안 되는 며느리가 딱해 보여서였다. 모토코 자신도 도모아키 하나밖에 자식이 없어서인지 몇 년이 되어도 애 하나 없는 며느리가 그저 불쌍해 보였다. 그 아이는 아무 소리 않고 시어미 말을 따랐다. 그렇게 순하고 잘 따르는 며느리는 찾아보기 힘들 것이다.

"……이제 시간이 되었으므로 사쿠라기 지역 부녀회를 시작합니다. 이번이 올해 마지막 부녀회이기도 해서 회의를 마친 후 조촐하게나마 친목을 다지는 자리를 준비했으니 여러분께서는 꼭 참석해 주시기 바랍니다."

며느리가 죽고 없다는 사실을 모토코도 잘 아는데 그래도 가끔씩 무의식중에 그 애를 찾을 때가 있었다. 집에 전화가 오면 "애, 전화 안 받니?" 하기도 하고, 입이 심심할 때 "애, 차 한 잔 마시자." 하고 얼떨결에 말을 하곤 했다. 며느리의 죽음에 생각보다 훨씬 더 충격을 받고 있다는 사실은 알지만 그렇다고 하면 죽은 며느리가 비웃을 것 같아 인정하기 싫었다.

"그럼 첫 번째 안건입니다. 연말에 예정되어 있는 연례행사인 떡 만들기 대회인데요……."

작년 떡 만들기 대회에는 며느리와 함께 나갔다. 재작년에도 그랬다. 웃으면서 맛있게 떡을 먹던 며느리 얼굴이 생각났다. 모토코는 손에 든 자료에 눈길을 떨어뜨렸다.

/ / /

진노 도모아키에 대한 체포영장이 발부되었다. 그 희소식을 들은 것은 월요일 아침 출근하자마자였다. 이토 경찰서의 와키야 형사가 법원에 들렀다가 바로 그 길로 상경하겠다고 해서 우에하라는 세타가야 경찰서에서 도착을 기다리기로 했다. 리코는 오늘도 연말 순찰에 끌려갔는지 자리에 없었다.

"우에하라 형사님, 많이 기다리셨죠?"

오전 11시 반에 와키야가 세타가야 서에 도착했다. 와키야는 일반 형사 차량으로 왔고, 운전사로 젊은 경찰관이 동행했다. 두 형사는 나란히 뒷자리에 앉았다. 우에하라가 와키야에게 말했다.

"용케 영장이 나왔네요."

"현장에서 지문 찍힌 볼펜이 나온 게 컸지요. 그게 없었다면 백발백중 안 됐을 겁니다."

아내가 투신한 현장 근처에서 남편의 볼펜이 발견되었다. 그렇다면 남편이 아내의 죽음에 뭔가 관여되어 있겠지. 판사가 그렇게 판단한 것은 전혀 이상하지 않았다.

"올해도 얼마 안 남았네요."

와키야가 창문을 빼꼼히 열더니 담배에 불을 붙였다. 오늘은 12월 26일. 관공서는 대개 12월 28일에 일을 마감한다. 세타가야 경찰서도 그날이 올해 마지막 정상근무일인데 내년 1월 3일까지는 계속 교대로 당직근무를 하게 되어 있어서 일반 사람들처럼 연말연시의 연휴 느낌은 들지 않았다.

"와키야 형사님은 댁이 어디시죠?"

"전 이토 시내에 삽니다. 본가는 건어물 도매상을 하고 있지요. 아, 혹시 괜찮으시면 다음에 저희 집 건어물 좀 보내 드릴까요?"

"그럼 저야 감사하지요. 지난번에 그쪽에 갔을 때 해산물을 먹었는데 도쿄에서 먹는 거랑은 맛이 다르더라고요."

어제는 크리스마스였다. 우에하라는 딸이 초등학교 2학년 때 산타클로스의 정체를 알아 버린 이후로 그냥 아이가 원하는 물건을 선물하고 있다. 중 2인 딸이 갖고 싶은 게 아무것도 없다고, 아버지로서는 세상 난감한 말을 하는 바람에 결국 어쩔 수 없이 애 엄마를 통해 현금으로 5천 엔을 주었다. 그 돈으로 뭐라도 샀는지, 아니면 그냥 현금으로 받고 말았는지 우에하라는 모른다.

세타가야 사쿠라기 기념병원에 도착했다. 차를 로터리에 정차시켜 두고 우에하라는 와키야와 함께 병원 안으로 들어갔다. 안내 데스크에다 정형외과의 진노 도모아키 선생에게 볼일이 있다고 전했다.

"지금 진료 중이십니다. 잠시만 기다려 주세요."

"알겠습니다."

15분 정도 기다렸더니 정형외과 진료실로 가 보라고 안내데스크 직원이 말했다. 복도를 따라 정형외과 쪽으로 갔다. 정오가 지난 시간이었는데도 모든 과에서 아직 진료가 계속되고 있는 모양이었다.

"형사님들, 이제 그만 좀 하시죠. 진료 시간에 이게 뭐하는 짓입니까?"

진료실로 들어서자마자 진노 도모아키가 화난 표정으로 말했다. 진료 차트로 보이는 서류가 책상에 놓여 있었다. 도모아키 뒤에 간호사 두 명이 서 있었는데 형사들의 등장에 불안해하는 기색이 역력했다.

"잠시 자리 좀 비켜 주시겠습니까?"

우에하라가 말하자 두 간호사는 얼굴을 마주 보았다.

"끝나면 부를게."

도모아키의 말에 두 사람은 진료실에서 나갔다.

"이번에는 또 뭡니까?"

볼펜으로 진료 차트에 뭔가를 쓰면서 도모아키가 물었다. 이쪽으로는 눈길도 주지 않았다. 와키야가 품속에서 서류 한 장을 꺼내서 도모아키가 볼 수 있게 책상 위에 펼쳤다.

"진노 도모아키 씨, 진노 유카리 씨 살해혐의로 체포영장이 나왔습니다. 지금부터 당신을 연행하겠습니다."

도모아키의 볼펜이 멈췄다. 당혹스러운 표정으로 도모아키가 고개를 갸웃거렸다.

"체포영장이요? 나를 체포한다고요? 뭔가 잘못된 거 아닙니까?"

"잘못된 게 아닙니다."

와키야가 냉정하게 말했다.

"당신에게 체포영장이 나왔습니다. 지금 저희와 이토 경찰서로 같이 가 주셔야 합니다. 일단 주변을 정리하시지요."

"아니, 잠깐만요. 와이프는 자살했잖아요? 게다가 난 현장 근처에는 가지도 않았다고요."

"자세한 이야기는 서에 가서 듣겠습니다. 준비해 주세요."

도모아키가 우에하라에게 시선을 돌렸다. 어떻게든 도와 달라는 뜻인 모양이었다. 그러나 지금은 그에게 해 줄 수 있는 게 없었다. 우에하라가 고개를 저었다.

"미치겠네."

도모아키는 그렇게 말하면서 넥타이를 느슨하게 풀었다. 그리고 진료 차트를 캐비닛 안에 넣더니 우에하라와 와키야에게 말했다.

"한두 군데 전화 좀 해도 될까요?"

"그러시죠."

"혼자 있게 해 주세요."

도주의 위험은 없어 보였다. 그렇게 판단해서 진료실에 혼자 남겨 두고 와키야와 함께 밖으로 나왔다. 얼마 후에 진료실 안에서 말소리가 들려왔는데 무슨 이야기를 하는지까지는 알 수 없었다. 아버지와 통화했는지도 모른다.

5분가량 기다리자 진료실 문이 열렸다. 가운을 벗은 진노 도모아키가 서 있었다. 이쪽으로 날카로운 시선을 돌리며 물었다.

"체포하는 거면 수갑도 채워야 합니까?"

"원래는 그래야겠지만 이번만큼은 그냥 가시죠. 장소도 장소이니만큼."

복도를 따라 걸어서 정면 현관을 통해 밖으로 나왔다. 형사 차량 앞에 이토 경찰서의 젊은 경찰관이 서 있었다. 그가 뒷문을 열자 진노 도모아키는 저항하지 않고 차 안으로 들어갔다. 침착한 얼굴이었다. 변호사와 의논했는지도 모른다.

"우에하라 형사님, 여러 가지로 힘써 주셔서 감사합니다."

와키야가 머리를 숙이며 인사해서 우에하라도 덩달아 고개를 숙였다.

"아닙니다. 당연히 할 일을 한 것뿐인데요."

"취조 결과에 대해서는 추후에 연락드리겠습니다. 그럼 저희는 이만."

와키야가 뒷자리에 올라타자 금세 차가 출발했다. 취조가 시작되자마자 도모아키가 자백을 한다면 가장 이상적이겠지만 그럴 가능성은 희박해 보였다.

우에하라는 일말의 불안감을 느끼면서 달려가는 이토 경찰서의 차를 물끄러미 바라보았다.

/ / /

세타가야구의 의사가 체포되다.

히무라 마유미가 그 소식을 접한 것은 저녁 7시 뉴스에서였다. 집으로 돌아와 슈퍼에서 사 온 먹거리를 냉장고에 넣고 있는데 뒤에서 TV 소리가 들렸던 것이다. 허겁지겁 TV 앞으로 와서 뉴스를 봤더니 역시 도모아키에 관한 소식이었다. 아내를 살해한 혐의로 이토 경찰서로 연행되었다고 했다. 충격을 받은 마유미는 한동안 그 자리에서 미동도 하지 못했다. 임의동행 정도는 있을 수도 있겠지만 체포될 일은 없을 거예요. 리코가 그렇게 말했는데.

정신을 차려 보니 뉴스는 어느새 끝났고 일기예보가 나오고 있었다. 마유미는 바로 핸드백을 들고 집에서 나왔다. 아파트에서 나와 빈 택시를 잡았다.

"시나가와로 가 주세요."

혼자 있기 싫었다. 평소 같으면 대학 동창인 가메야마 유코에게 갔겠지만 이번 일을 그 애에게 이야기할 수는 없었다. 그렇다면 갈 만한 곳은 한 군데밖에 없었다.

시나가와 역 근처에 있는 호텔로 갔다. 엘리베이터로 18층까지 올라가서 어느 방의 초인종을 눌렀다. 잠시 후에 방문이 열렸다. 목욕 가운을 입은 진노 유카리가 서 있었다.

"올 줄 알았어요. 들어와요."

지난번에 묵고 있던 세미스위트룸 정도는 아니지만 그래도 꽤 널찍한 방이었다. 트윈베드 중 한쪽은 짐 놓는 곳으로 쓰는지 침대 위에 여행 가방이 놓여 있었다. 커튼은 닫혀 있었고, 방 안에는 주황빛이 살짝 나는 조명이 켜져 있었다.

"뭐 시킬래요? 룸서비스라도 괜찮다면."

그러면서 유카리가 룸서비스 메뉴를 내밀었는데 마유미는 그걸 무시하고 바로 본론으로 들어갔다.

"뉴스 봤어?"

"뉴스요?"

"못 봤어? 그 사람 체포됐다는데."

진노 유카리. 진노 도모아키의 아내다. 마유미는 처음에 유카리가 둔하고 머리 나쁜 사람인 줄 알았는데 사실은 혼자 속으로 이런저런 생각을 하느라 대화가 서로 맞지 않을 뿐이라는 점을 최근 들어서야 깨닫게 되었다.

"뉴스는 못 봤지만, 저녁때쯤에 리코짱한테서 연락이 왔어요.

그 사람 체포되어 버렸네요."

유카리와 리코는 서로의 연락처를 알고 있는 모양인데 마유미는 두 사람의 연락처를 모른다. 일부러 알려고 하지 않았다. 되도록 거리를 두어야겠다는 마유미 나름의 방어책이었는데 일이 이렇게 된 이상 그런 한가한 생각을 할 때가 아니었다.

"그 애한테 전화 좀 해 봐. 어떻게 된 일인지 당장 알아야겠어. 그이가 체포되다니 우리 계획하고는 전혀 맞지 않잖아."

"안 받을걸요, 아마. 근무시간일 테니까."

"원래 처음 계획에는 사람이 죽는 일도 포함되어 있지 않았어. 벼랑 위에 신발만 남겨 두고 유카리 씨가 자취를 감추기로 되어 있었잖아."

그랬기 때문에 이 계획에 참여했다. 자살로 보이게 해 놓고 유카리가 모습을 감춘다. 그게 리코가 세운 계획이었다. 그런데 어디서 뭐가 잘못되었는지 현지 어선이 여자의 시체를 끌어올렸다. 세상 사람들은 그 시체가 진노 유카리라고 알고 있지만 사실은 다마나 미도리라는 여자의 시체였다.

"이상하잖아? 그 다마나라는 사람은 왜 죽게 된 거냐고?"

"마유미 씨, 좀 진정해요."

그렇게 말하면서 유카리가 방에 비치된 냉장고 안에서 작은 화이트 와인 병을 꺼냈다. 적당한 잔이 없는지 위스키 잔에 따라서 내밀었다.

"이거 좀 마셔요."

그 잔을 받아서 반쯤 들이켰다. 마음은 조금 가라앉았지만 머릿속의 의문들은 여전히 남아 있었다.

대기업 홍보직. 마유미의 직업이다. 사회적인 지위에 대해서는 만족하고 있었다. 그런데 그 탄탄한 위치가 요즘 들어 발치에서부터 흔들리고 있음을 느끼고 있었다. 어쩌면 자기도 모르는 사이에 범죄모의에 가담하게 되었는지도 모른다. 그런 생각을 하기 시작하면 두려움이 엄습해 왔다.

"유카리 씨, 제발 좀 말해 줘."

화이트 와인을 다 마시고 위스키 잔을 테이블 위에 탁 하고 올려놓으며 마유미가 말했다.

"이게 어떻게 된 일이야? 뭐가 어떻게 돌아가고 있는 거냐고? 그이를 단순히 혼내 준다는 거 아니었어?"

유부남이라는 사실을 숨기고 나에게 접근해 온 대학 선배, 진노 도모아키. 그런 남자를 좋아하게 된 자신이 바보라는 자각도 있었지만 따지고 보면 나쁜 쪽은 그 남자니까 어느 정도 벌을 받는 게 당연하다. 그런 생각을 가지고 리코와 유카리의 계획에 함께하기로 했다. 그렇다고 마유미가 무슨 역할을 맡은 것도 아니었고, 그냥 못 본 척하는 정도라는 게 마유미의 생각이었다. 그런데 정말로 죽은 사람이 생기고 거기다 도모아키가 체포까지 되다니……!

"마유미 씨도 한 번 본 적 있어요. 그 다마나 미도리라는 사람."

"뭐? 언제?"

"10월 정도였나? 신주쿠에서 장어를 먹은 적이 있잖아요. 그때 만났는데. 기억 안 나요?"

기본적으로 셋이서 다 같이 얼굴을 본 횟수는 손으로 꼽을 정도밖에 없었다. 그때가 10월 하순 무렵이었다. 유카리한테 전화를 받고 신주쿠에 있는 전통 있는 백화점으로 나갔다.

　가게 제일 안쪽 통로에 접해 있던 그 자리는 신발을 벗고 들어가는 방이었다. 셋이서 같이 얼굴을 보는 건 두 번째였지만 리코와 유카리는 정기적으로 만나면서 정보교환을 하는 모양이었다.

　"마유미 씨하고 진노 도모아키가 같이 있는 자리에 유카리 씨가 혼자 쳐들어간다. 이런 식으로 하고 싶은데요."

　장어정식을 거의 다 먹었을 때였다. 리코가 태연한 표정으로 말했다. 무슨 생각으로 하는 말인가 싶어서 마유미가 물었다.

　"그게 무슨 소리야? 그런 식으로 하면 난장판이 되잖아."

　"여러 가지를 생각해 봤는데 재판으로 끌고 가는 건 별로 좋지 않을 것 같아요. 법정까지 갔는데 만에 하나 지기라도 하면 본전도 못 건지니까요. 보나마나 저쪽은 상당히 유능한 변호사를 쓸 테고."

　가능한 한 유리한 조건으로 이혼한다. 이게 진노 유카리의 바람인 모양이었다. 그 희망을 이루기 위해서는 소송을 거는 게 제일 간단하지만 리코의 말대로 완벽하게 이긴다는 보장이 없었다.

　"마유미 선배네 집이 제일 좋겠지만 개인 집으로 유카리 씨가 갑자기 쳐들어가면 잘못하다가는 불법침입으로 걸릴 수가 있으니까요. 그래서 호텔 방이 나을 것 같아요. 둘이서 침대에 같이 있을 때 유카리 씨가 등장하는 거예요. 완전 빼도 박도 못하게 걸리는 거죠. 이보다 더한 증거가 어디 있어요?"

"그야 그렇지만, 리코짱. 유카리 씨가 어떻게 그 방을 알고 쳐들어온다는 거야? 나중에 틀림없이 그 부분을 따지고 들걸?"

"그 정도야 얼마든지 지어낼 수 있죠. 탐정을 고용해서 알아냈다는 게 제일 그럴듯하겠네요. 선배도 상상 좀 해 보세요. 유카리 씨가 방으로 들어섰을 때 그놈 표정이 어떻겠어요?"

많이 놀라겠지. 그리고 당혹스러워하겠지. 유카리를 배신하고 나를 속인 대가라고 생각하면 나름 괜찮은 연출이다. 그런데 과연 유카리와 리코는 그 정도만 가지고 속이 풀릴까? 마유미는 그런 의문을 가지고 물었다.

"두 사람은 어떻게 할 거야? 난처해서 어쩔 줄 모르는 그 남자를 보고 시원해하면 끝인 거야?"

"그다음부터는 유카리 씨가 협상을 하는 거죠. 협상이랄까, 이혼 이야기요. 결정적인 현장을 아내한테 들켜 버린 꼴이니까 그 남자도 어지간한 조건은 받아들일 거예요. 천만 엔 정도는 받아낼 수 있을 거예요. 그것과는 별도로 한 달에 10만 엔씩 3년 동안 내라고 하면 어떨까요?"

위자료로 천만 엔하고 한 달에 10만 엔씩 3년 동안 받는 조건으로 이혼한다. 그게 유카리의 몫인 셈이다.

"금액에 관해서는 합의를 해 줄 생각이 없어요. 잘하면 올해 안에 이혼할 수도 있겠네요. 선배는 그다음에 마음대로 하세요. 결혼이든 뭐든 하고 싶은 대로 해도 돼요."

그런 말을 들어도 실감이 나지 않았다. 예전만큼 그 남자에게 집착하지 않게 된 것도 사실이었다. 유카리를 만나 그녀가 도모아키와 이혼하고 싶어 한다는 말을 들었을 때부터 마음이 바뀌기 시작했다. 부인이 헤어지고 싶어 하는 남자와 억지로 결혼해도 될까 하는 망설임이 생겨났기 때문이다.

오히려 그 반대였다면 마음이 또 달라졌을지도 모른다. 가령 유카리가 "제발 남편과 헤어져 주세요."라고 매달렸다면 경쟁심에 불이 붙어서 무슨 일이 있어도 도모아키와 헤어지지 않겠다고 고집을 부렸을지도 모른다.

"리코짱은? 리코짱은 그래도 괜찮은 거야?"

도모아키에 대한 세 사람의 생각은 제각기 다르다. 유카리는 유리한 조건으로 그와 이혼하고 싶어 하고, 마유미는 자기를 속인 애인을 골탕 먹이고 싶다는 장난스러운 마음을 가지고 있다. 그런데 리코는 그에게 가장 깊고 어두운 감정을 가지고 있다.

복수였다. 리코는 예전에 자기에게 몹쓸 짓을 한 남자에게 복수하고 싶어 했다.

"난 괜찮아요. 그 정도면 됐죠, 뭐. 이래 봬도 형사라서 범죄를 저지를 수는 없거든요. 아, 녹화 정도는 해 둬도 괜찮겠네요. 부인과 애인 사이에서 우왕좌왕하고 있는 그놈 얼굴을요. 나중에 무슨 일이 있으면 써먹을 수도 있을 테고."

그렇게 담담하게 말하는 리코의 얼굴에서 예전의 모습은 전혀 찾아볼 수가 없었다. 이렇게 말하는 모습을 보고 있으면서도 이사람이 정말로 그때의 아카오 리코가 맞는지 의심이 들 정도였다. 외모뿐만 아니라 성격도 완전히 변해 버렸다. 대학 1학년 때의 아카오 리코는 주관이 뚜렷한 편이 아니어서 이렇게 자기 의견을 남 앞에서 당당하게 말하는 타입이 아니었다.

"저기, 말하는 중간에 미안한데요."

계속 말없이 듣고만 있던 유카리가 끼어들었다.

"난 녹차를 좀 더 마시고 싶은데 다들 어때요?"

"나도 마실래요."

"그럼 나도."

통로에서 제일 가까운 자리에 앉아 있는 사람은 유카리였다. 유카리가 미닫이문을 열고 방에서 얼굴을 내밀어 근처를 지나던 종업원에게 "녹차 세 잔만 더 주세요." 하고 부탁했다. 그러더니 그녀가 통로로 얼굴을 내민 자세 그대로 얼어 버렸다. 무슨 일인가 싶었는데 밖에서 여자 목소리가 들렸다.

"어머, 이런 곳에서 다 만나네."

남녀 한 쌍이 바깥 통로에 있었다. 한 사람은 마흔 정도의 회사원으로 보이는 남자였고, 여자 쪽은 기하학적인 무늬의 긴 원피스를 입고 있었다. 나이는 이쪽 일행과 거의 비슷해 보였다. 옆방에서 식사를 하고 나온 모양이었다. 남자는 얼른 가려고 하는 눈치였는데 여자 쪽은 흥미진진한 표정으로 방 안에 있는 다른 사람들의 모습을 관찰하고 있었다.

"유카리 씨 친구들인가 봐요?"

여자가 그렇게 물어서 리코가 대표로 대답했다.

"네, 뭐. 실례합니다."

리코가 손을 뻗어서 미닫이문을 닫았다. 이렇게 셋이 모였을 때 아는 사람을 만난 적이 처음이었고, 설마 그런 일이 일어나리라고 상상한 적도 없었다. 한동안 셋 다 입을 꾹 다물고 있었다. 상대에게 실례가 되는 행동이었을 수도 있지만 어쩔 수 없다는 생각이 들었다. 마유미가 목소리를 낮춰서 속삭였다.

"지금 그 사람 누구야?"

유카리가 당혹스러운 표정으로 대답했다.

"근처에 사는 사람이에요."

리코의 표정이 심상치 않았다. 뭔가를 생각하려는 듯 아래만 내려다보고 있었다.

"실례합니다."라는 말소리와 함께 종업원이 들어와서 각자의 찻잔에 녹차를 따라 주고 갔다. 종업원이 가기를 기다렸다가 리코가 입을 열었다.

"나 아까 그 사람 알아요. 진노 도모아키가 대학 때 사귀던 여자예요."

"그럼 그때 그……."

마유미는 그제야 생각이 났다. 신주쿠에 있는 백화점 안 장어 집이었다. 통로에서 방 안을 들여다보던 기하학 무늬 원피스의 그 여자. 유카리네 근처에 살고 있다고 했고 도모아키가 대학 때 사귀던 여자라고 리코가 그랬다.

리코가 치어리딩 동아리 1학년들과 시부야 번화가를 지나고 있을 때 그 여자와 팔짱을 끼고 걸어가던 진노 도모아키를 본 적이 있는 모양이었다. 리코 친구 말에 의하면 도모아키의 애인은 다른 대학에 다니고 있고 그 대학 미인대회에서 '선'으로 뽑힌 적도 있다고 했다.

"그게 다마나 미도리라는 사람이었어요. 올 여름쯤부터 친해졌다고 해야 하나, 아무튼 가끔씩 그 집에 가서 수다를 떨었어요. 내 푸념을 잘 들어줘서 그 사람한테는 이런저런 이야기를 꽤 많이 했지요."

유카리가 담담하게 설명했다. 다마나 미도리는 3년 전쯤에 부모님을 교통사고로 잃고 사쿠라기에 있는 자기 집에서 혼자 살고 있었다고 했다. 부모님의 재산을 전부 물려받아서 일하지 않아도 넉넉하게 살 수 있었고 해외여행을 다니면서 별다른 걱정 없이 지냈다.

"그 사람이 우리 남편하고 사귄 적이 있었다는 사실은 몰랐어요. 좀 이상하다는 생각이 들기는 했죠. 꼬치꼬치 캐묻는 게 우리 부부에 대해서 뭐든 알고 싶어 한다는 느낌이랄까……. 지금 생각해 보면 그 사람이 나를 갖고 놀고 있었던 것 같기도 하고."

"그래서 죽여 버렸다고?"

계획이 바뀌었다는 이야기를 리코한테서 들은 건 지난달 하순이었다. 유카리가 자살한 것처럼 꾸민다는 소리를 들었을 때 왜 그렇게 하려는지 마유미는 이해할 수 없었다. 사람들이 알아보도록 신발과 짐을 남겨 두고 유카리가 자취를 감춘다는 내용이었다. 전화로만 이야기했는데 리코는 뭔가 확신을 가지고 있는 듯했고, 마유미로서는 마땅히 반대할 이유가 없었다. 마유미가 해야 할 역할은 거의 없었고, 형사들이 찾아오면 도모아키에 대해 이야기해도 된다고만 했다.

"마유미 씨는 혹시 전혀 딴사람으로 다시 태어나고 싶다고 생각한 적 없어요?"

갑작스러운 유카리의 질문에 마유미는 당황했다.

"다시 태어난다고? 설마 리코짱이랑 유카리 씨가 한 짓이⋯⋯."

"맞아요. 난 이제부터 다마나 미도리로 살아갈 거예요. 이미 그 사람 카드를 마음대로 쓰고 있고. 그 집도 조만간 팔아 버리려고요. 물론 지금 이 호텔비도 다마나 미도리의 카드로 냈어요. 정말 감쪽같이 아무도 모르더라고요."

"그래서 당신은⋯⋯."

이제야 알았다. 위장자살을 하면 원래 받아 낼 작정이던 위자료가 들어오지 않는다. 그런데 다마나 미도리라는 여자로 살게 되면 그 여자의 재산을 마음껏 쓸 수 있다.

"너무 이상하더라고요. 다마나 미도리 말이에요. 장어집에서 보고 난 다음에 만났는데 아무것도 물어보지 않는 거예요. 그게 너무 불안했어요. 보통 같으면 물어보잖아요. 같이 있던 사람들은 누구냐, 뭐 그런 식으로."

어떤 관계냐, 어떤 사람들이냐. 다마나 미도리가 이것저것 물어볼 거라고 생각했는데 그녀의 반응이 예상과는 전혀 달랐다.

"그때 그 사람이 옆방에 있었잖아요. 우리가 꽤 험악한 이야기를 하고 있었으니까 어쩌면 옆에서 어느 정도 들었을지도 모르겠다는 생각이 들더라고요."

목소리를 낮추고 이야기했지만 밖에서 전혀 들리지 않았을 거라고 장담할 수는 없었다.

"그래서 리코짱한테 말했지요. 그랬더니 다마나 미도리에 대해서 자세히 알려 달라고 아주 진지한 얼굴로 그러더라고요."

유카리와 리코가 둘이 만나 이야기할 때였다. 유카리가 농담처럼 말했다.

"다마나 미도리가 너무 부럽다. 그 사람처럼 돈을 마음대로 쓸 수 있으면 얼마나 좋을까?"

그 말을 들은 리코가 갑자기 심각한 얼굴이 되더니 잠시 후에 말했다.

"그거 가능할 수도 있어요."

다행히 다마나 미도리는 사람을 거의 안 만나며 살았고, 게다가 1년의 반 이상은 외국에서 지내곤 했다. 그런 사람이 갑자기 자취를 감춘다 해도 진지하게 찾아다닐 사람은 없으리라는 생각이 들었다. 어느 날 갑자기 사라져도 아무도 의심하지 않을 사람. 그게 바로 다마나 미도리였다.

"게다가 그 사람 자살하고 싶어 했어요."

"그게 무슨 소리야?"

"그 사람 쉬는 날이면 대낮부터 술을 마시는 경우가 있었는데 완전히 취하면 자기 이야기를 늘어놓곤 했거든요. 그때 알게 되었는데 3년 전 부모님이 사고로 돌아가신 직후에 자기도 병으로 쓰러졌다고 하더라고요. 자궁경부암이었다고."

자궁을 들어냈기 때문에 이제는 아이를 낳을 수 없는 몸이 되었다고 했다.

"부모님이 돌아가시고 혼자만 남았는데 새로운 가족을 만들 수도 없게 되었다고. 당시에 결혼을 생각하던 남자도 있었던 모양인데 헤어져 버렸대요.”

“아무리 그렇다고 죽여 버리면…….”

말을 이을 수가 없었다. 마유미로서는 그냥 심술궂은 장난을 한다는 느낌으로 시작한 일이었다. 유부남이라는 사실을 숨기고 자기를 유혹한 도모아키에게 벌을 준다는 정도. 그런데 죽은 사람이 생겼고, 더구나 죽은 여자의 재산을 마음대로 쓰고 있었다. 지금 하는 행동은 완전히 범죄행각이었다.

리코의 생각은 짐작이 되었다. 도모아키에게 위자료를 받아내는 것보다 다마나 미도리의 재산을 빼앗는 편이 훨씬 많은 돈을 손에 넣을 수 있다고 생각했겠지. 그러면서 도모아키에게 부인 살해의 혐의를 뒤집어씌우면 리코의 복수도 성사된다.

“리코는 뭘 얻는 거야? 그 애도 돈이 목적이었던 거야?”

“글쎄요.”

유카리가 고개를 살짝 비틀었다.

“하지만 통장을 가지고 은행에 갔으니까 리코짱도 돈이 필요한 모양이지요. 얼마나 뽑았는지는 모르지만.”

“유카리 씨는 처음부터 알고 있었어? 리코가 다마나 미도리를 죽일 생각이었다는 걸.”

마유미의 질문에 유카리가 작게 웃었다.

“몰랐어요. 뭔가 속으로 일을 꾸미고 있구나 싶기는 했지만. 아마 그때 물어봤어도 가르쳐 주지 않았을 거예요.”

“도모아키 씨는 체포당했어. 체포당할 정도면 큰일인 거 아냐?”

"모르겠네요."

유카리는 관심 없다는 투였다.

"그 사람이 죽인 게 아니잖아요. 그게 밝혀지면 풀려나겠죠. 경찰도 바보는 아닐 테니까."

"그러면 다행이지만……."

불안감이 완전히 없어지지는 않았다. 하지만 도모아키는 죄가 없으니 아마 곧 풀려나겠지. 지금으로서는 그렇게 믿는 수밖에 없었다. 체포되었다가 결백이 드러나서 풀려난다고 해도 의사인 도모아키에게 그게 얼마나 큰 타격이 될지 불을 보듯 훤했다. 그 남자에 대한 리코의 깊은 원한을 느낄 수 있을 것 같았다.

"마유미 씨, 우리 룸서비스 시켜 먹어요. 아까도 말했지만 이 카드는 얼마든지 써도 상관없어요."

그렇게 말하는 유카리는 오른손에 은색 카드를 들고 있었다. 다마나 미도리의 카드일 것이다.

"난 생각 없어."

마유미는 핸드백을 들고 일어났다.

/ / /

진노 도모아키가 이토 경찰서로 연행된 다음 날 우에하라는 서장실로 불려 갔다. 안으로 들어서자 사카구치 서장이 기다리고 있었다. 각설하고 본론으로 들어갔다.

"오늘 아침 진노 선생님 전화를 받았네. 아드님이 체포된 일로 많이 노여워하고 계시더군. 상황은 어떻게 되고 있나?"

우에하라가 지금까지의 경위를 설명했다. 이토 경찰서의 와키야 형사로부터 의뢰를 받아 수사에 협조하고 있었다는 점, 그리고 진노 도모아키의 체포는 이토 경찰서의 뜻이라는 점 등. 설명을 다 들은 서장이 팔짱을 끼면서 말했다.

"그렇군. 그럼 최종적으로는 이토 서 관할 사건이니 이번 일도 그쪽 책임으로 미룰 수 있다는 얘기군. 처음에 이 일을 부탁받은 입장이라 좀 난처한 면이 있어서 말이야."

진노 유카리가 실종되었다면서 찾아 달라는 의뢰를 받은 것이 이번 일의 시초였다. 유카리는 시신으로 발견되었고, 더구나 부인 살해혐의로 진노 도모아키가 체포되었다. 아버지인 진노 가즈오의 심정도 말이 아니겠지. 복잡하기도 하고 도대체 뭐가 어떻게 돌아가는지 이해하지 못하고 있을지도 모른다. 그래서 골프 친구인 서장에게 연락을 했을 것이다.

"그쪽 취조 상황이 어떻게 되고 있는지에 대해서는 연락받았나?"

"예, 대충은 들었습니다. 아직까지는 혐의를 부인하고 있다고 합니다."

사실 방금 전에 와키야 형사와 통화했다. 본격적인 취조는 어젯밤부터 시작되었는데 하룻밤이 지난 오늘까지도 진노 도모아키는 혐의를 계속 부인하고 있었다.

"근처 드라이브인 레스토랑에서 부인을 만난 사실은 인정하는데 그 뒤에는 부인이 묵고 있던 료칸으로 바래다주었다고 주장하는 모양입니다."

"그런데 현장에서 차가 목격되었다고 하지 않았나?"

"그렇습니다. 그리고 본인의 물건으로 보이는 볼펜도 발견되었습니다. 지문도 일치했다고 합니다."

"그럼 뭐 더 볼 것 없네. 조만간 실토하겠구만."

서장이 딱 잘라 말했다. 와키야 형사도 그런 식으로 말했다. 지금은 부인하고 있지만 얼마 버티지 못하고 자백할 거라고.

"이제는 이토 서에서 어찌 하는지 지켜보는 수밖에 없군. 그래도 우에하라 형사, 그 건에 대한 정보는 계속 알아보도록 해. 진노 선생이 뭔가 물어왔을 때 모른다고 할 수는 없지 않겠나?"

"알겠습니다."

"그나저나 구마자와 형사는 좀 어떤가? 잘 적응하고 있나?"

형사과에 처음으로 여경이 배치된 것이니 서장으로서도 신경이 쓰일 수밖에 없을 것이다.

"예. 나름 열심히 하려고 노력하는 것 같습니다."

"자네가 잘 좀 챙겨 줘. 늑대 같은 놈들이 잡아먹겠다고 달려들면 그것도 쫓아내 주고."

서장의 농담에 적당히 웃어 주면서 서장실에서 나왔다. 형사과에 있는 자기 자리로 돌아왔다. 관내에 큰 사건이 일어난 것도 아닌데 대부분의 형사들이 자리를 비우고 있었다. 자기 담당 사건을 올해 안에 해결하고 싶은 심정은 누구나 마찬가지일 테니 모두들 각자의 사건처리에 분주할 것이다.

뭔가 석연치 않았다. 진노 유카리 사건 말이다. 자살로 위장해서 아내를 죽였다. 정말 그게 사건의 진상일까?

진노 도모아키에게는 동기도 있었고, 현장 부근의 목격담도 있다. 얼마 전에 현장에서 증거물도 발견되었다. 한없이 유죄에 가까운데도 어딘지 모르게 개운하지 않았다. 그런데 도대체 뭐가 이리 마음을 찜찜하게 하는지 그 점을 도무지 알 수 없었다.

그렇다고 이 사건에만 계속 매달려 있을 수는 없다. 어차피 진노 도모아키는 현재 이토 서에 잡혀 있는 몸이니 우에하라의 손에서 벗어난 상태라고 해도 과언이 아니다. 기분을 바꿔서 보고서를 작성하려던 바로 그때 경시청에서 사건이 발생했다는 연락이 왔다. 형사과 사람들이 바짝 긴장했다.

현장은 세타가야 구청 근처의 주택가 안이었다. 어느 집에 강도가 침입해서 거기 살고 있던 고령의 여성을 폭행하고 금품을 훔쳐서 달아났다. 피해자는 목숨에는 지장이 없는 것으로 알려졌지만 상해 정도는 아직 모르는 상황이었다.

"우에하라 형사가 나가 봐."

과장의 지시에 우에하라가 자리에서 일어났다. 같이 일어난 젊은 형사와 함께 출동했다. 마음을 다잡기 위해 우에하라는 자기 볼을 찰싹찰싹 때린 다음 계단을 내려가기 시작했다.

/ / /

"그러니까 안 갔다니까요. 뭐가 어떻게 된 건지 난들 어떻게 알아요?"

밤낮을 가리지 않고 취조가 계속되고 있었다. 진노 도모아키는 지금이 몇 시쯤 되었는지, 낮인지 밤인지도 알 수 없었다. 취조실에 작은 창문이 있는데, 거기가 밝은 것을 보면 지금은 낮인 모양이었다.

"현장에서 볼펜이 발견되었어. 그것도 세이카 대학 졸업생들만 가지고 있는 볼펜이. 당신이 거기서 떨어뜨린 거잖아."

형사가 사진을 눈앞에 내밀었다. 벌써 몇 번이고 보여 준 사진이었다. 도모아키의 모교인 세이카 대학에서 개교 80주년을 기념해서 만든 볼펜인 모양이었다. 학교에 기부한 사람들에게만 나눠 주기 위해 주문제작한 볼펜인데 그 물건이 아내가 투신한 현장 부근에서 발견되었다고 했다.

"그런 볼펜은 한 번도 써 본 적이 없어요."

"그럼 왜 이 볼펜에 당신 지문이 찍혀 있는 거야? 이상하잖아."

"쓰지 않았다고 했지 만진 적이 없다고 하지는 않았잖아요."

그 볼펜이 배달되어 온 것은 기억하는데 그 뒤로 어떻게 되었는지는 전혀 모른다. 서재의 펜 꽂이에 꽂아 놨던지, 아니면 병원으로 가져갔을 것이다.

"우리도 당신이 부인을 죽였다고 하는 게 아니야. 그냥 현장에서 무슨 일이 있었는지 그것만 알려 달라는 거지. 드라이브인 레스토랑에서 밥을 먹은 다음에 부인을 데리고 바닷가로 간 거지?"

이야기가 다시 처음으로 돌아왔다. 아내를 데리고 바닷가 같은 데로 간 적이 없다. 그저 그녀가 묵고 있다는 료칸으로 가서 거기서 내려 주고 도쿄로 돌아왔을 뿐이다.

"난 아내를 료칸으로 데려다줬을 뿐이에요."

"참 어지간히 버티네. 이렇게 증거까지 다 나왔는데."

취조실 문이 열리면서 젊은 형사가 들어왔다. 상사에게 다가와 귓가에 뭔가를 속삭였다. 잠시 후에 형사가 말했다.

"변호사가 온 모양이군. 딱 15분간 면회 시간을 주지."

다른 방으로 안내되었다. 투명 플라스틱으로 된 칸막이 맞은편에 감색 양복을 입은 남자가 앉아 있었다. 사사오카 변호사였다. 아버지의 동창이어서 도모아키가 어릴 때부터 집에 드나들던 아저씨다.

방 안에는 아무도 없어서 사사오카와 둘이서만 이야기할 수 있었다. 간이의자에 앉아 사사오카를 마주 보았다.

"도모아키 군, 몸은 좀 어떤가?"

사사오카의 질문에 도모아키가 대답했다.

"괜찮습니다. 그런데 아저씨, 도대체 어떻게 된 일인가요? 느닷없이 체포되었는데 뭐가 어떻게 돌아가고 있는지 모르겠어요."

"시작하기 전에 미리 확인해 두고 싶은데······."

사사오카가 상반신을 내밀었다.

"부인하고 어떤 일이 있었던 건가? 숨기지 말고 다 얘기해 줬으면 하네."

"아저씨까지 날 의심하는 거예요?"

사사오카는 대답하지 않았다. 도모아키를 보는 눈길이 냉철했다. 사사오카는 아버지와 함께 골프를 친 다음 종종 도모아키네 집에 와서 배달시킨 초밥을 먹으며 술을 마시곤 했다. 그때 봤던 친근한 얼굴이 아니라 지금은 완전히 변호사의 얼굴이 되어 있었다.

"난 아내한테 아무 짓도 안 했어요. 결백하다고요."

"현장에서 자네 차가 목격되었고 자네 지문이 찍힌 볼펜도 발견되었다고 하던데. 어떻게 된 일인가?"

"모른다니까요, 그건."

도모아키가 내뱉었다. 그 말을 들은 사사오카가 약간 경멸하는 표정으로 말했다.

"도모아키 군, 나한테는 사실대로 말해야 되네. 그래야 자네를 도울 수 있어."

"아저씨까지…… 날 못 믿는 거예요?"

"믿느냐 못 믿느냐를 논할 단계는 이미 지나 버렸네. 물증이 나오고 증언도 나온 상태에서 자네가 현장에 없었다는 걸 입증하는 일은 거의 불가능하지. 이제부터는 어떻게 하면 자네의 형량을 가볍게 만드느냐가 관건이 되는 거야."

현장에는 절대 가지 않았다. 아내를 마지막으로 본 것은 료칸 앞에 내려 줬을 때였다. 그런데 어디가 어떻게 잘못되었는지 모르지만 나는 아내가 투신한 현장에 있었던 것으로 되어 있다. 이게 도대체 어떻게 된 일인가?

"이렇게 말하면 좀 뭣하지만 다행히 유카리 씨는 이 세상 사람이 아니야. 죽은 자는 말이 없는 법이니 그날 밤에 무슨 일이 일어났는지 설명할 수 있는 사람은 자네밖에 없어."

"무슨 일이 있었냐니요, 그야……."

아내가 자기 혼자 투신해 버렸다. 그것뿐이었다. 물론 도모아키의 불륜이 원인이었을 수는 있다. 드라이브인 레스토랑에서 이야기할 때도 아내는 이혼하고 싶다고 일방적으로 말했을 뿐 이유를 밝히려고 하지 않았다. 눈치가 빠른 여자는 아니었지만 그래도 남편이 바람을 피운다는 사실은 알고 있었을 것이다.

"유카리 씨가 히스테리를 부리면서 이혼해 주지 않으면 뛰어내려 버리겠다고 말하기 시작했어."

마치 현장을 보며 말하는 사람처럼 사사오카가 설명하기 시작했다.

"자네는 어떻게든 설득해 보려고 했지만 그녀는 막무가내였지. 그러더니 신발을 벗고는 정말로 뛰어내리겠다며 소리를 질렀어. 그러다가 발이 미끄러진 거야. 자네는 아내를 붙잡으려고 했지만 순간적으로 놓쳐 버렸어. 그렇게 그녀는 벼랑에서 떨어지고 말았지."

말도 안 되는……. 난 그 자리에 없었다. 그런데 이상하게도 사사오카가 이야기하는 광경이 정말 있었던 일처럼 생각되면서 벼랑 위에서 악을 쓰는 아내의 표정까지 뇌리에 선명하게 떠올랐다.

"실은 어제 구마노에 다녀왔다네. 그래, 자네 처가에 간 거야. 이야기는 잘 됐어. 그쪽 부모님은 이 일로 자네를 고소하지는 않을 걸세."

아마도 아버지가 시킨 일이겠지. 아내 친정에 돈을 얼마간 쥐어 주고 일을 조용히 마무리 짓도록 입막음을 한 것이다. 혹시라도 아내 친정 쪽에서 이런저런 말이 나오거나 하면 일이 더 꼬일 가능성이 있으니까.

"뜻밖의 사고라는 쪽으로 이번 일을 진행시키고 싶네. 그러니

우선 벼랑 위에서 무슨 일이 일어났는지 잘 생각해 보도록 해. 유카리 씨가 어떻게 말했는지. 그녀가 떨어졌을 때의 상황과 그때 자네는 어디에 있었는지. 형사들이 캐물어도 막힘없이 대답할 수 있도록 해야 되네. 하룻밤 정도 찬찬히 생각하면서 머릿속에 그 상황을 숙지하도록 해."

나는 현장에 있었다. 그리고 아내와 말싸움이 벌어졌는데 그 와중에 아내가 발을 헛디디어서 떨어져 버렸다. 사사오카는 그런 시나리오를 머릿속으로 잘 그려 놓으라고 한 것이다.

"또 한 가지는 도망친 이유야. 어째서 바로 경찰에 알리지 않고 그 자리를 떠나 버렸느냐 하는 점도 잘 생각해 두는 게 좋아. 도모아키 군, 이게 자네를 구할 수 있는 가장 좋은 방법이라는 점을 이해해 주기 바라네."

도모아키는 숨을 크게 들이쉬었다가 내뱉었다. 여기서 나가려면 할 수 없이 거짓말을 해야 한다는 뜻인가?

/ / /

"우에하라 형사님, 피의자를 잡았습니다. 바로 서로 연행하겠습니다."

무선으로 연락을 받은 우에하라가 끄덕였다.

"수고했이. 끝까지 방심하지 말고."

세타가야 구청 근처에 사는 고령의 여성이 습격을 당한 사건이 발생한 이튿날, 경찰은 피의자를 잡을 수 있었다. 범인은 올 여름에 복역을 마치고 출소한 전과자로 빈집털이를 전문으로 하는 50대 남자였다. 빈집인 줄 알고 들어갔다가 복도에서 주인과 맞닥뜨리는 바람에 상대방을 밀치고 허둥지둥 도망쳤으리라고 경찰은 보고 있었다. 여성은 타박상 정도로 가볍게 다쳤을 뿐이다.

공구함을 창문 밖에 놓고 갔는데 그 점만 봐도 범인이 매우 당황했음을 알 수 있었다. 공구함에서 채취한 지문을 전과자 리스트와 대조해 보았더니 단번에 범인 이름이 나왔다.

범행 발생 하루 만에 금방 해결된 셈인데 사실은 원래 전혀 다른 사람이 범인으로 지목되고 있었다. 사건 발생 직후에 현장을 급히 떠나는 두 젊은이의 모습을 근처 술가게 주인이 목격했다고 해서 경찰은 그 두 사람이 사건에 관여했을 가능성이 높다고 보고 행방을 쫓고 있었다.

지문에서 전혀 다른 피의자가 드러나면서 사건이 해결되었지만 그 두 사람의 정체는 지금껏 오리무중이었다. 단순히 어디로 서둘러 가는 길이었겠거니 하고 추측할 뿐이었다. 어쨌든 사건은 해결되었으니 다행인 셈이다.

"우에하라 형사님, 배달을 시키려고 하는데 같이 시키시겠어요?"

"그러지. 고마워."

젊은 형사가 국수집 메뉴를 건네주었다. 그 메뉴를 들여다보면서 생각했다. 이토시의 그 사건에 대해서였다.

그 사건의 변곡점이 된 것은 인근 주유소 직원의 증언이었다. 사건 당일 밤에 현장 부근에서 흰색 포르쉐를 목격했다고 경찰에 증언한 일이 계기였다. 바로 그 한 가지 때문에 진노 도모아키를 용의자로 지목하게 되었다고 볼 수 있다.

어제 일어난 강도 사건을 보면 알 수 있다. 목격 정보가 유력한 증거는 될 수 있지만 지나치게 믿었다가는 큰 코 다친다는 점을 통감했다. 이토시의 사건도 마찬가지다. 주유소 직원의 증언이 마음에 걸렸다. 정말 믿어도 되는 증언일까?

"내 건 안 시켜도 돼."

우에하라는 국수집 메뉴를 젊은 형사에게 돌려주고 일어섰다. 그대로 과장에게 갔다.

"과장님, 잠깐 괜찮으십니까?"

"왜?"

서류를 들여다보던 과장이 돋보기를 벗으면서 얼굴을 들었다.

"지금 당장 이토에 다녀오고 싶은데요."

"그 사건 때문에?"

"네. 좀 걸리는 점이 있어서요."

오늘은 12월 28일. 업무를 마감하는 날이다. 하지만 어떻게든 오늘 중으로 이토에 가 보고 싶었다. 이런 일은 뒤로 미루고 싶지 않았다.

"그렇게 해."

과장이 허락했다.

"서장님께는 내가 말씀드리지. 그쪽 과장한테도 내가 미리 연락해 두는 편이 좋겠군."

"부탁드립니다."

자리로 돌아와 의자 등받이에 걸쳐 놓았던 코트를 입었다. 시간은 오전 11시 반을 지나고 있었다. 서두르면 3시쯤에 도착할 수 있겠지.

"실은 오늘 아침에 갑자기 진노가 말을 바꿨습니다."

이토 경찰서에 도착했더니 와키야가 난감한 표정으로 나타났다. 우에하라를 보고는 상황을 설명하기 시작했다.

"현장에 자기가 있었다고 합니다. 그뿐만이 아니라 자기 부인이 미끄러져서 떨어졌다는 겁니다."

드라이브인 레스토랑에서 나와 아내와 둘이서 해안가를 산책하고 있었는데 아내가 돌연 태도를 바꿔서 이혼해 주지 않으면 뛰어내려 버리겠다고 히스테리를 부리기 시작했다. 어떻게든 달래려 했지만 아내가 점점 심하게 흥분하면서 나중에는 신고 있던 신발까지 벗어 버렸다. 그러다 우연히 발이 미끄러져서 그대로 떨어져 버리고 말았다.

"어째서 그때 바로 경찰에 알리지 않았다고 합니까?"

우에하라의 질문에 와키야가 고개를 절레절레 흔들면서 대답했다.

"아버지가 떠올랐다고 하네요. 무슨 낯으로 볼 수 있을까 하는 생각이 들었답니다. 그 사람 아버지가 대학병원 외과부장이지요? 자식 잘못이 그대로 부모 잘못으로 여겨지기 때문에 이런 일이 벌어졌다는 사실이 드러나면 안 되겠다는 생각에 그냥 그 자리에서 도망쳐 버렸다고 합니다."

결국 남의 눈이 두려워서 그랬다는 뜻이다. 의사 집안이라는 좋은 환경에서 곱게만 자란 남자다. 겉보기는 스포츠맨처럼 남자답고 탄탄하지만 속을 들여다보면 영 물러터진 부분이 있는 모양이다.

"형사님은 오늘 어쩐 일로 오신 겁니까?"

"걸리는 부분이 좀 있어서요. 한번 신경 쓰이기 시작하니까 직접 와서 확인하지 않고는 배길 수가 없겠더군요."

주유소 직원의 목격담이 너무 딱 맞는 타이밍에 나온 점이 영 걸린다. 그 말의 신빙성을 한 번쯤 의심해 볼 수도 있지 않은가? 우에하라의 주장을 들은 와키야가 크게 끄덕였다.

"말씀을 듣고 보니 정말 그러네요. 잠시만요."

와키야가 메모지에 주소와 주유소 이름을 적었다.

"이걸 택시 운전사에게 보여 주시면 바로 데려다줄 겁니다. 저도 같이 가고 싶은데 지금 다들 밖에서 분주하게 뛰어다니는 때라 제가 자리를 지켜야 해서요."

"괜찮습니다. 그런데 그럼 진노는 이제 어떻게 되는 겁니까?"

"그게 문제입니다."

와키야 표정이 흐려졌다.

"이대로는 검찰에 서류송치를 하기가 힘들어서 일단은 풀어 줘야 할 것 같습니다. 지금부터 위랑 의논해서 정해야지요."

변호사가 귀띔해 줬겠지. 와키야의 추측은 그랬다. 어제 도모아키의 담당 변호사가 경찰서로 찾아왔고, 15분가량 둘이서 이야기했다고 했다. 그리고 오늘이 되자 도모아키가 갑자기 사고였다고 주장하기 시작했다는 것이다. 와키야의 추측이 맞을 것이다.

"그럼 저는 주유소에 가 보겠습니다."

우에하라는 이토 경찰서에서 나왔다. 택시를 타고 와키야가 적어 준 메모를 보여 줬더니 10분 만에 주유소에 도착했다. 해안가에 있는 길인데 꽤 넓은 편도 2차선 도로였다.

주유소에 손님은 없었다. 맞아 준 사람은 우에하라보다 약간 나이가 더 들어 보이는 남자였는데 이 주유소 사장이라고 했다. 그 증언은 이 남자 아들이 한 모양이었다.

"잠시만 기다려 봐요. 지금 어디 갔다가 오는 길이니까."

얼마 후에 작은 용달트럭이 다가오더니 그대로 주유소로 들어왔다. 운전석에서 젊은 남자가 내렸다. 그 남자가 미심쩍은 눈초리로 우에하라를 쳐다봤다.

"어이, 가즈마사. 도쿄에서 형사님이 오셨다. 네 얘기를 듣고 싶으시단다. 자, 형사님, 저쪽 사무소에 들어가서 얘기해요."

마츠오카 가즈마사라는 아들 이름은 주유소 사장에게 들었다. 마츠오카라는 청년은 원래 퉁명스러운 편인지 인사 한 마디 없이 사무소 안으로 들어갔다. 우에하라도 사무소로 따라 들어갔다.

"무슨 얘기요? 빨리 해요. 근무시간이니까."

마츠오카가 간이의자에 앉아 담배에 불을 붙이며 말했다. 주스 자판기가 여러 대 있었고, 타이어와 같은 자동차용품 카탈로그도 보였다. 좀 시건방진 놈 같네. 그런 생각을 하면서 우에하라가 질문했다.

"이번 달 초에 요 앞 해안에서 투신자살한 여자가 있었지? 그때 그 근방에서 흰색 포르쉐를 봤다고 말했다면서? 확실히 본 거 맞아?"

"형사한테 몇 번을 설명했는데."

마츠오카가 담배 연기를 뿜어냈다.

"일부러 경찰서까지 가서 그런 얘기를 해 줬으면 감사장 정도 나와야 하는 거 아닌가?"

"정말 흰색 포르쉐를 본 거 맞지?"

"봤다니까. 몇 번을 말해야 아는 거야?"

예의라고는 모르는 청년인 모양이었다. 우에하라가 찬찬히 설명했다.

"자살로 여겨지다가 그 증언 때문에 갑자기 다른 가능성이 제기됐어. 살인일지도 모르는 사건으로 말이야. 이게 살인일 경우 어떻게 되는지 알아? 재판을 하게 돼. 그럼 당연히 너도 증언대에 서야겠지. 이게 무슨 뜻인지 알지?"

"뭐, 뭐야? 그게 무슨 뜻인데?"

마츠오카의 안색이 변했다. 울대가 크게 부풀면서 마른침을 삼키는 게 보였다.

"재판에서 증언대에 서면 절대 거짓말을 할 수가 없어. 거짓말을 하면 위증이 되고, 만약 위증을 한 게 드러나면 위증죄로 처벌을 받게 되니까. 다시 한 번 묻겠다. 그날 밤 흰색 포르쉐를 틀림없는 본 거지?"

"봐, 봤다니까. 몇 번을 말하게 하는 거야?"

"그럼 재판 때도 그렇게 증언할 수 있는 거지?"

"하게 되면 하는 거지."

마츠오카의 이마에 땀방울이 솟아 있었다. 사무소 안은 덥지 않았다. 작은 전기난로 하나만 있어서 오히려 추울 정도였다.

마츠오카의 시선이 바깥을 향하고 있었다. 사무소는 전면이 유리로 되어 있어서 주유기 앞에 차들이 늘어선 모습이 훤히 보였다. 더 이상 있다가는 이 남자 일에 지장을 주겠다는 생각이 들었다.

"다시 올게. 근처에 료칸이 있나?"

"길 맞은편에. 여기서 보이잖아."

그러고 보니 료칸처럼 생긴 건물이 있었다. 우에하라가 그쪽을 보면서 말했다.

"오늘밤은 저기서 묵을 거야. 아까 내가 한 말 잘 생각해 봐. 할 얘기가 있으면 료칸으로 오면 돼. 지금이라면 아직 되돌릴 수 있어."

사무소에서 나왔다. 나중에 따라 나온 마츠오카가 모자를 쓰면서 우에하라 앞으로 추월해서 주유를 기다리는 차 쪽으로 뛰어갔다. 바닷바람이 차가웠다. 오랜만에 뜨뜻한 온천물에 몸을 담가볼까? 코트 깃을 세우고 료칸을 향해 걸어갔다.

/ / /

세타가야 사쿠라기 기념병원에 도착한 시간은 밤 8시가 넘어서였다. 진노 도모아키는 어두컴컴한 복도를 걸어 2층에 있는 의사 사무실로 갔다. 아직 젊은 도모아키는 개인 사무실이 없었고, 이곳을 다른 젊은 의사 몇 명과 함께 쓰고 있었다. 사무실에 불이 켜져 있었지만 안에는 아무도 없었다. 도모아키는 자기 자리에 앉아 사들고 온 캔커피를 한 모금 마셨다.

만 이틀 동안 경찰서에 붙잡혀 있었다. 그사이 병원에도 폐를

끼치고 말았다. 아버지가 병원장에게 미리 말해 놨겠지만 나중에 시간을 봐서 따로 직접 사죄하는 게 도리겠지.

경찰에서 풀려난 건 오후 4시였다. 아무런 예고도 없이 갑자기 이제 가도 된다고 했다. 아무래도 사사오카 변호사 말대로 사고라고 말을 바꾼 게 주효했는지도 모른다. 이토에서 전철을 이리저리 갈아타고 도쿄로 돌아왔다. 집으로 가기 전에 여기 들른 이유는 남겨 뒀던 환자가 걱정되어서였다.

세타가야 사쿠라기 기념병원은 내일부터 연말연시 연휴에 들어가기 때문에 외래진료는 연휴 이후까지 휴진이다. 하지만 입원환자도 있고, 지정병원이기 때문에 응급환자가 실려 오는 경우도 있다. 도모아키도 거의 이틀에 한 번씩은 당직을 서게 되어 있었다.

가운을 입고 사무실에서 나왔다. 3층에 있는 입원병동으로 갔다. 간호 스테이션에서 야간근무자들이 일하고 있었다. 안으로 들어온 도모아키를 보고 다들 놀라는 기색이었다.

"수고 많네요. 여러 가지로 걱정하게 해서 미안해요. 그사이 내가 알아야 할 일은 없었나 해서."

제일 연장인 간호사가 앞으로 나와서 보고했다.

"307호실 기노우치 환자가 예정대로 어제 퇴원했습니다. 그 밖에는 별다른 사항이 없어요."

"고마워요."

인사를 하면서 도모아키는 환자들 상태를 적어 놓은 당직일지를 넘겨 보았다. 뭔가 부자연스러운 침묵이 흐르고 있었다. 평소라면 도모아키가 들어왔다고 해서 수다를 떨던 사람들이 입을 다물지는 않는다. 아무래도 경찰에 체포되었었다는 사실 때문에 그런 모양이었다.

"그럼 수고해요."

간호 스테이션에서 나왔다. 복도를 걸어가는데 간호 스테이션에서 하는 말소리가 들렸다. 그 말소리를 들은 도모아키는 속이 쓰렸다.

아내를 죽인 혐의로 체포된 의사. 그 낙인은 평생 도모아키를 따라다닐 것이다. 이렇게 풀려나기는 했어도 경찰 수사가 끝났다고 장담할 수도 없다.

2층 사무실로 돌아와 보니 아까는 없었던 동료 의사가 있었다. 자기 자리에서 빵을 먹고 있었다. 도모아키의 얼굴을 보더니 가볍게 목례를 했다. 복잡한 표정이었다. 뭐라고 말을 해야 할지 몰라 망설이는 얼굴이었다.

가운을 벗고 사무실에서 나왔다. 이 불편하고 어색한 분위기가 언제까지 계속될까 생각했다. 이렇게 된 이상 다시는 예전 상태로 돌아갈 수 없을 것 같다는 생각이 들었다. 남들이 눈치를 보는 게 싫었고, 그런 분위기를 알아차리지 못할 정도로 둔하지도 않았다.

초등학교 때부터 야구를 했고, 팀에서는 언제나 주장이었다. 팀의 분위기를 파악하면서 고립된 아이가 없는지, 페이스 조절이 안 되는 아이가 없는지 살피고 배려하는 게 특기였다. 그래서 주장을 맡을 수 있었다. 그러던 자기가 이 나이에 주변 사람들이 눈치를 봐야 하는 불편한 존재가 되리라고는 상상도 하지 못했다.

"수고 많으셨습니다."

야간 전용 출입구로 나가는데 작은 창문 속에서 노년의 경비원이 반갑게 웃어 주었다. 도모아키의 뉴스를 모르는 모양이었다. 그 사실이 고마웠다.

이 시간대에는 병원 앞에 택시도 없다. 걸어갈 수 없는 거리도 아니어서 도모아키는 집을 향해 걸어갔다.

아버지에게 부탁하면 세이카 대학 부속병원에서 일할 수도 있다. 그쪽에서 처음부터 다시 시작하는 방법도 있지만 아버지에게 휘둘리는 느낌이어서 썩 내키지 않았다. 그렇다고 다른 병원을 찾아보기도 번거로웠다.

그런데 아무리 생각해 봐도 알 수가 없었다. 그날 밤 도모아키는 틀림없이 아내를 료칸 앞에 내려 주고 그대로 귀가했다. 해안가에 차를 세워 둔 적이 없는데 현장 근처에서 세타가야 번호판의 흰색 포르쉐를 목격했다는 사람이 나왔다. 게다가 세이카 대학 졸업생이 아니면 갖고 있을 수가 없는 볼펜, 더구나 도모아키의 지문까지 묻어 있는 볼펜이 현장에서 발견되었다고 했다. 누군가 나에게 아내를 죽인 살인죄를 뒤집어씌우려고 하는 게 아닐까? 심문을 받을 때부터 그런 생각이 들었는데 아무리 머릿속을 헤집어 봐도 도무지 짐작 가는 사람이 없었다.

뒤에서 발소리가 들렸다. 또각또각 하는 소리로 봐서 여자 하이힐 소리 같았다. 돌아보니 한 여자 걸어오고 있었다. 낯이 익은 모습이었나. 도모아키가 발걸음을 멈췄다.

"무슨 일인가요? 이런 데서."

세타가야 경찰서의 여자 형사였다. 이름은 기억나지 않았다. 우에하라라는 남자 형사와 항상 같이 있던 형사였다.

"우에하라 형사님도 같이 온 겁니까? 보시다시피 난 풀려났어요. 이제 그만 좀……."

여자 형사가 걸어오더니 도모아키 코앞까지 다가왔다. 자기도 모르게 몸을 뒤로 뺐다.

"뭐, 뭐예요, 도대체?"

"정말 기억나지 않는 모양이네요?"

여자 형사가 웃으며 말했다. 그 얼굴은 기억나지 않았지만 뇌리 저 안쪽에서 미세한 반응이 있었다. 뭐야? 혹시 내가 아는 여자인가?

"여자는 변신하지요. 좋은 쪽으로 변할 때도 있고, 그 반대일 때도 있고."

등줄기가 서늘했다. 도모아키의 뇌리에 떠오른 기억은 10년도 더 된 옛날에 딱 한 번 관계를 가졌던 두 살 연하의 여자였다. 아니, 관계를 가졌다기보다는 거의 억지로 그렇게 했다. 도모아키가 기억 저 구석에 쑤셔 박아 놓았던 지워 버리고 싶은 과거였다.

"서, 설마 네가……."

"이제야 기억이 나셨나 보네요, 선배님."

여자 형사는 그렇게 말하며 도모아키의 팔에 팔짱을 끼웠다. 향수 냄새가 살짝 났다. 도모아키는 넋이 나간 얼굴로 그저 여자를 바라보고만 있었다.

/ / /

"……정말이라니까요. 부탁받은 거라고요. 좀 믿어 주세요."

마츠오카 가즈마사가 침을 튀기면서 말하고 있었다. 장소는 료칸의 큰 홀 안이었다. 한쪽 구석에 우에하라가 있었다. 이토 경찰서의 와키야도 한자리에 있었다.

마츠오카가 일하는 주유소 앞 료칸에 빈방이 있었다. 아무리 기다려도 마츠오카가 올 기색이 없어서 할 수 없이 와키야를 료칸으로 불렀다. 둘이서 술을 마시기 시작하던 차에 마츠오카 가즈마사가 나타난 것이다.

"어떤 여자였어? 특징을 말해 봐."

"특징을 말하라고 하면…… 아마 도쿄에서 왔을 거예요. 30대 정도 나이였고요."

2주 전이라고 했다. 마츠오카가 주유소에서 나가려는데 차 한 대가 주유소 앞에 멈췄다. 기름을 넣으러 온 모양이었는데 주유소는 벌써 닫아 버렸고 열쇠를 가지고 있는 아버지도 집에 가고 없었다. 근처 주유소로 가라고 했더니 거기까지 데려다 달라고 부탁해서 마츠오카는 그 차에 올라탔다. 운전하고 가는 길에 "실은……"하고 여자가 말을 꺼냈다는 것이다.

"그런 부탁을 어떻게 들어줄 생각을 했어? 위증을 하는 건데 죄책감은 없었던 거야?"

"그야 좀 찜찜하기는 했지만 돈도 받았으니까."

"얼마나?"

"5만 엔."

흰색 포르쉐를 목격했다는 증언은 거짓말이었다. 갑자기 드러난 새로운 사실에 우에하라는 당혹스러웠다. 게다가 여자 하나가 관련된 모양이었다. 그 여자의 목적은 진노 도모아키에게 부인을 살해했다는 죄를 덮어씌우는 것이었다. 그 여자의 정체와 동기에 대해서 전혀 짐작이 가지 않았다. 와키야도 마찬가지였는지 맥주 잔을 한 손에 들고서 고개만 갸웃거렸다.

"아참!"

기억이 나서 우에하라는 가방을 끌어당겼다. 안에서 노트를 꺼내 거기 끼워져 있던 사진을 찾았다. 예전에 몰래 찍어 둔 히무라 마유미의 사진이었다. 그 사진을 마츠오카 앞에 놓았다.

"그 여자 이 사람 아냐?"

사진을 힐끗 본 마츠오카가 바로 대답했다.

"아닌데요."

"잘 좀 봐봐. 정말 아니야?"

"아니라니까요. 좀 더 살집이 있다고 해야 되나? 아무튼 이렇게 날씬한 사람은 아니었어요."

정체불명의 여자에 대해 물어봤지만 이렇다 하게 도움이 될 만한 특징을 알아내지 못했다. 나중에 다시 물어볼 일이 생길 수도 있다고 말한 다음 마츠오카를 풀어 주었다. 마츠오카가 홀에서 나가자 와키야가 담배에 불을 붙이면서 말했다.

"영 이상한 방향으로 꼬이네요."

"그러게 말입니다. 도대체 뭐가 어찌 된 일인지."

진노 도모아키가 부인을 죽였을 가능성이 있다고 의심한 근거는 현장 부근에서 흰색 포르쉐를 봤다는 증언과 그 근처에서 발견된 세이카 대학의 한정판 볼펜이었다. 그중 하나가 무너진 셈이다.

"진노 유카리는 정말 그냥 자살했는지도 모르겠네요."

우에하라가 술병을 와키야에게 내밀면서 말했다.

"그런데 그걸 타살로 보이게 하고, 그 죄를 진노 도모아키에게 덮어 씌우려던 사람이 있었다는 거지요."

"그럼 그 볼펜도 설마……."

"그럴 가능성이 아주 크지요. 누군가가 고의로 그 자리에 놓고 간 게 아닐까요?"

그 볼펜을 어떻게 손에 넣었을까? 그 점은 알 수가 없다. 진노 도모아키의 지문이 검출된 점으로 봐서 그 볼펜은 진노 도모아키의 물건이라고 생각해도 무방하다. 와키야가 취조할 때 도모아키는 자기가 그 볼펜을 사용한 기억이 없다고 했다는 것이다.

"그 여자가 관건이네요."

와키야가 술잔에 있는 청주를 마시며 말했다.

"마츠오카를 매수한 여자 말입니다. 그 여자의 정체가 핵심이 될 것 같습니다. 위증을 하게 만든 장본인이니까요."

"마츠오카를 다그쳐도 아마 입을 열지 않겠지요."

"우에하라 형사님도 눈치 채셨습니까?"

"네, 뭐 대충은."

마츠오카는 5만 엔을 받았다고 했지만 사실은 다른 거래가 있었으리라고 우에하라는 생각했다. 남녀 사이에서 생각할 수 있는 것은 하나밖에 없다. 그러나 마츠오카는 무슨 일이 있어도 그 사실을 입 밖에 내지는 않을 것이다.

"한동안은 두고 보는 수밖에 없겠네요."

와키야가 말하면서 한숨을 쉬었다. 그 말이 맞았다. 거짓 증언을 하게 한 여자의 정체가 궁금했지만 진노 유카리가 자살했을 가능성이 더욱 높아진 이상 이 사건을 파고들어 수사하는 것은 시간낭비라고도 할 수 있었다.

"형사님은 연말연시에 무슨 계획 있으십니까?"

와키야가 화제를 바꿨다. 우에하라는 젓가락으로 회를 집으며 대답했다.

"이렇다 할 계획은 없지요. 그냥 TV로 하코네 역전 경주(매년 1월 2일과 3일, 이틀에 걸쳐 도쿄와 하코네 사이를 열 명이 교대로 달리는 육상경기 - 옮긴이)나 보면서 느긋하게 술이나 마실까 합니다."

"좋지요. 저희는 처가가 료칸을 하고 있어서 연말연시에는 그일에 동원됩니다. 아, 언제 한 번 오시지요?"

"저야 좋지요."

"음식도 꽤 괜찮습니다. 처남이 고기잡이를 하기 때문에 그쪽에서 싱싱한 생선을 싸게 들여오거든요."

뒷맛이 개운치는 않아도 이제 슬슬 이 사건에서 손을 뗄 때가 되었다는 생각이 들었다. 머리 한쪽으로 그런 생각을 하면서 와키야의 이야기에 맞장구를 쳤다.

/ / /

도쿄 역은 귀성객들로 북적였다. 올해도 이제 이틀밖에 안 남은 시점이었다. 히무라 마유미는 야에스 출구에서 약간 떨어진 곳에 있는 찻집에 있었다. 이 가게에 들어오기까지 몇 군데나 돌아다녀 야 했다. 찻집이라는 찻집에는 하나같이 사람들이 꽉 들어차 있었 기 때문이다.

맞은편에 진노 유카리가 앉아 있었다. 옆자리에 유카리의 여행 가방이 있었다. 유카리는 오늘 아침 호텔에서 체크아웃했다.

도쿄 역에서 만나자는 호출을 받고 마유미는 이렇게 찻집에서 유카리를 마주하고 있었다.

"그래서, 어디로 갈지 정해졌어?"

마유미의 질문에 유카리는 애매하게 고개를 저었다.

"아직이요. 좀 시골로 갈까 해요."

"도호쿠 어때?"

"추운 건 별로 안 좋아해요."

도쿄를 떠날 모양이었다. 다행히 유카리는 다마나 미도리의 카 드를 마음대로 쓸 수 있기 때문에 돈이 모자랄 일은 없다. 다마나 미도리는 유카리 대신 이토 바다에서 죽은 여자다. 그런데 이렇게 찻집에서 한가로이 커피를 마시고 있으려니 현실에서 그런 일은 일어나지 않은 듯한 착각이 들었다. 어느새 내 감각도 마비되어 버린 모양이네.

"이거 맛있네."

유카리기 케이크를 보면서 말했다. 유카리는 몽블랑을, 마유미 는 초콜릿 케이크를 주문했다.

"한 입 먹어 볼래요?"

유카리가 말하면서 케이크 접시를 마유미 쪽으로 밀었다. 마유미도 자기 접시를 유카리 쪽으로 밀면서 말했다.

"응. 이쪽도 먹어 봐."

몽블랑은 진하고 맛있었다. 그러나저러나, 마유미는 속으로 웃었다. 어쩌자고 이 여자랑 찻집에서 케이크를 나눠 먹고 있나 몰라. 이 여자는 도모아키의 부인. 원래대로라면 적대관계에 있어야 할 여자인데.

말없이 케이크를 먹었다. 전철이나 고속버스를 기다리는 사람이 많은지 가게에 있는 손님 대부분은 의자 위에 큰 여행 가방을 얹어 두고 있었다. 옆 테이블은 가족 손님인지 초등학생으로 보이는 아이가 오므라이스를 먹고 있었다.

"그 가게 오므라이스 참 맛있었는데."

아이가 먹는 오므라이스를 본 유카리가 중얼거렸다.

"남편이랑 마지막으로 같이 간 음식점에서 먹은 오므라이스가 진짜 맛있었어요. 평소에 집에서도 만든 적이 없었고, 밖에서도 먹은 적이 없었거든요. 오므라이스 같은 걸 시키면 어머님이 비웃으실 테니까."

"무슨 일이 있었던 거야? 그 다마나 미도리라는 사람이 죽은 날 말이야."

"실은 그날 남편보다 먼저 다마나 미도리를 이토로 불러냈어요. 온천 료칸에 머물고 있는데 오지 않겠느냐고 했더니 이토까지 바로 달려왔더라고요."

다마나 미도리는 저녁 무렵에 이토에 도착했다. 역으로 마중 나가서 근처에 세워 둔 차로 갔다. 리코가 마련해 둔 차였다. 다마나 미도리를 조수석에 태우고 유카리는 운전석에 탔다. 그러자 뒷자리에 숨어 있던 리코가 손을 뻗어 흰색 천으로 다마나 미도리의 입을 막았다. 다마나 미도리는 한동안 버둥거리다가 얼마 후 움직이지 않게 되었다. 기절하는 약을 들이마시게 한 모양이었다.

"난 차에서 내려 일단 료칸으로 돌아가서 채비를 했어요. 이번에는 남편이 오기를 기다렸죠."

도모아키가 이토에 도착한 시간은 밤 9시 정도였고 유카리는 남편과 함께 해안가에 있는 드라이브인 레스토랑에 들어갔다고 했다. 도대체 왜 자취를 감췄느냐고 남편이 다그쳤지만 유카리는 그 질문에는 답하지 않고 곧장 이혼하자는 말을 꺼냈다.

"잠시 이야기하다가 남편이 료칸 앞으로 바래다줬어요. 이혼에 대해서는 남편도 애매하게 대답해서 이 사람도 나랑 끝내고 싶구나 하고 생각했지요. 그 사람의 포르쉐가 가 버린 다음에 바로 리코짱의 차가 와서 그걸 타고 도쿄로 돌아왔어요. 물론 다마나 미도리는 이미 차 안에 없었고요."

그러니까 유카리는 아무것도 모르는 셈이다. 하지만 결과만 두고 보면 리코가 무슨 짓을 했는지 자명하다. 다마나 미도리를 바닷가로 끌고 가서 유카리에게 받은 옷과 손목시계를 채운 다음 어두워진 다음에 벼랑에서 떠밀어 버린 것이다. 그리고 유카리의 신발을 그 자리에 놓고 떠났다.

그 아이가 정말 그런 짓을……? 마유미는 아직도 믿을 수가 없었다.

"그런데 마유미 씨는 고향이 어디에요?"

"후지에다."

"후지에다면 어느 현인데요?"

"시즈오카현. 왜?"

"어디로 갈까 싶어서요."

마유미는 올해 안에 부모님한테 갈 생각이 없었다. 20대 때는 연말연시 연휴 내내 고향인 후지에다 시에서 지냈는데 서른이 넘자 고향에 가는 게 귀찮아졌다. 그래도 부모님은 딸이 오기를 바라는 것 같아서 최근 몇 년 동안은 새해에 이틀 정도만 갔다 오곤 했다.

"남편이랑 결혼할 거예요?"

느닷없이 유카리가 물었다. 그런데 마유미는 스스로도 놀랄 만큼 평온한 마음으로 오히려 되물었다.

"아마 안 할 것 같아. 그런데 결혼이 정말 그렇게 좋아?"

"사람마다 다를 거예요."

"유카리 씨는 어땠어? 결혼하기 잘했다고 생각해?"

"잘한 것 같기는 해요. 마지막은 이렇게 되었지만."

결혼이라는 티켓을 손에 넣어도 그게 쓸모없어지는 불행한 여자도 있다. 진노 유카리도 그런 여자 중 하나였다. 하지만 이 사람에 비하면 나는 출발점에 서지도 못했다. 예전에는 결혼한 여자들이 부러웠는데 요즘 들어서는 그런 마음이 점점 없어지고 있었다. 결혼이라고 다 좋은 게 아니다. 그런 생각이 들기 시작했다. 진노 유카리를 만난 일이 계기였다. 결혼하고 시댁에 매여 살았던 유카리를 보면서 결혼이 여자의 행복이 아닐 수도 있지 않을까 하는 의문을 갖게 되었다.

"유카리 씨는? 친정이 어디야?"

"미에요. 구마노라는 곳이에요."

"거기 안 가?"

"어떻게 가요? 난 죽은 사람인데."

유카리가 웃었다.

"사실은 아무한테도 말하지 않고 몰래 도쿄를 떠나려고 했어요. 그런데 그건 너무 쓸쓸한 것 같아 누군가가 배웅해 줬으면 좋겠다고 생각했어요. 그때 마유미 씨가 떠오르더라고요. 참 이상하죠? 남편의 여자밖에 생각이 안 나다니."

그 말대로 기묘한 인연이다. 이렇게 이 사람과, 더구나 연말의 분주한 시기에 찻집에 있다는 사실이 영 현실감 있게 다가오지 않았다.

"오랫동안 어딘가로 돌아가고 싶었어요."

유카리가 창밖을 바라보면서 말했다.

"미에에 있는 친정이 아니라 내가 정말로 돌아갈 장소라고 해야 하나, 그런 데가 어딘가에 있을 것 같다고 계속 생각했거든요. 완전히 다른 사람으로 다시 태어나면 그런 곳을 찾을 수 있지 않을까 했는데 막상 이렇게 새로운 내가 되고 보니 사쿠라기의 집만 자꾸 생각나요. 시어머니한테 잔소리를 들으며 살던 그 집 말이에요. 기분이 너무 이상해요."

마유미도 사실 돌아간다고 하면 후지에다에 있는 부모님 집밖에 생각이 나지 않지만 도쿄를 떠나 고향으로 돌아가겠다는 생각은 한 번도 한 적이 없었다. 돌아갈 곳을 찾고 있던 이 진노 유카리라는 여자는 어쩌면 생각보다 훨씬 더 외로운 사람인지도 모르겠다.

"되게 재밌네요."

유카리가 차분한 목소리로 말했다.

"우리 둘 다 진노 도모아키의 여자였던 거잖아요. 미도리 씨도 젊었을 때 그 사람이랑 사귀었다고 하고. 내 입으로 말하기는 그렇지만 도대체 그 남자 어디가 좋아서 그랬을까요?"

"음…… 어디가 좋았을까? 어린애 같은 면인가?"

"아, 그건 나도 알겠어요. 천진난만하다고 해야 하나? 그래서 미워할 수가 없지요."

"곱게 자라서 그런지도 모르지."

말하면서도 신기했다. 진노 도모아키의 부인과 불륜 상대가 함께 그 남자의 장점을 이야기하고 있다니.

"이제 슬슬 가야겠네요."

유카리가 여행 가방을 들고 일어섰다.

"내가 낼게."

마유미가 계산서를 들었다.

"내가 불렀으니까 내가 내야죠."

유카리가 그 계산서를 빼앗으며 말했다. 계산대에서 돈을 내는 유카리를 기다렸다가 둘이 같이 가게에서 나왔다.

"이제 됐어요. 혼자 알아서 가면 되니까."

유카리가 그렇게 말하더니 횡단보도를 향해 걸어갔다. 무슨 말을 해 줘야 할지 몰랐다. 잘 가. 자리 잡히면 연락해. 또 보자. 어떤 말을 해도 어울리지 않는다는 생각이 들었다.

다시 못 볼 수도 있겠구나. 마유미는 그런 생각을 하면서 횡단보도를 건너는 진노 유카리의 뒷모습을 지켜보았다.

／／／

"여보, 그렇게 늘어져 있지만 말고 청소하는 데 같이 좀 움직여요. 2층 창문은 당신이 닦아 주면 좋겠는데."

섣달그믐날 집에서 자고 있다가 아내의 청소하라는 잔소리에 우에하라는 하는 수 없이 일어났다. 그렇다고 대청소를 도와줄 마음은 생기지 않아 그냥 평소처럼 양복을 입고 집에서 나왔다. 정신을 차려 보니 전철을 타고 경찰서로 가고 있었다. 연말연시의 연휴기간은 그동안 밀린 서류작업을 하는 데 안성맞춤이다. 쉬는 기간도 상당히 길고, 주변에 사람도 없어 남 신경 안 쓰고 일에 집중할 수 있기 때문이다. 생각이 같은 사람이 많은지 서에는 당직이 아닌데도 나와 있는 형사들의 모습이 여기저기 보였다.

당직형사는 응접세트 소파에 앉아 TV를 보고 있었다. 비디오가게에서 빌렸는지 외국영화가 나오고 있었다. 우에하라는 영화를 거의 보지 않는다.

"볼 만해?"

인스턴트커피를 타면서 물었더니 소파에 앉아 있던 젊은 형사가 얼굴을 들었다.

"네. 재미있어요. 사실은 애인이랑 영화관에 가서 보고 싶지만요. 꺄악 하면서 안기면 기분 끝내 줄 텐데."

"놀고 있네."

설탕과 크림을 타고 커피를 휘저었다. 화면에서는 주인공으로 보이는 젊은 백인 여자가 창고 같은 곳에 갇혀 있고 손에는 나무 몽둥이를 들고 있었다. 창고 밖에는 섬뜩하게 보이는 무리가 어기적어기적 걷고 있었다.

"사람들이 왜 저래?"

"형사님, 모르세요? 좀비예요, 좀비. 좀비한테 물리면 보통 사람도 좀비가 된다고요. 죽여도 죽지 않고요."

"무시무시하네."

주인공 여자가 창문으로 침입하려는 좀비를 몽둥이로 계속 내려쳤는데도 좀비는 움직임을 멈추지 않았다. 여자 좀비도 있는지 깨진 창문으로 손을 뻗고 있었다. 그 모습을 보다가 우에하라의 머릿속에서 뭔가가 번쩍했다.

여자 좀비. 죽지 않는 여자. 죽지 않은 여자.

자리로 돌아왔다. 의자에 앉으면서 스스로를 타일렀다. 침착하자. 침착하게 생각해 보자. 죽은 여자가 정말 진노 유카리였을까? 여자 좀비를 보다가 갑자기 든 생각이었다.

시신이 발견된 경위를 떠올려 보았다. 처음에는 어선 스크루에 걸려서 인양된 시신이 이토 경찰서로 이송되었다. 시신은 손상이 심했지만 그 자리에 도착한 남편 진노 도모아키의 확인을 통해 진노 유카리로 단정되었다. 그런데…….

진노 도모아키가 아내의 시신이라고 단정했던 근거는 시신이 차고 있던 손목시계였다. 파텍필립이라는 고급시계였는데 그것을 본 도모아키가 아내의 시신이라고 했다. 근거는 그것뿐이었다.

시신의 손상이 워낙 심해서 남편인 진노 도모아키조차도 외견적 특징으로는 판단할 수 없었다. 하지만 도모아키는 의사니까 그 사람이 하는 말이면 틀림없으려니 하는 선입견도 분명히 있었다. 만약 도모아키가 와서 확인하지 않았다면 시신을 부검했을 가능성도 있다.

얼굴에 열이 오르는 게 느껴졌다. 정말 그 시신은 진노 유카리였을까? 그 판단이 잘못된 것은 아닌가? 여러 의문점들이 머릿속을 헤집고 다녔다. 자기도 모르게 말이 새어 나왔다.

"설마, 정말로……."

시신이 진노 유카리가 아니다. 그런 상상은 해 본 적도 없었다. 이토 시내의 온천 료칸에 묵었던 그녀의 모습을 많은 종업원들이 목격했고 그녀의 물건들이 료칸 방에서 발견되었다. 그리고 드라이브인 레스토랑의 종업원도 거기서 식사한 진노 부부의 모습을 목격했다.

그러나 이 모든 목격담은 진노 유카리가 그날 밤 이토에 있었다는 사실을 가리킬 뿐 그녀가 벼랑에서 투신했음을 증명하지는 않는다. 하지만 만약 진노 유카리가 아니라면 그 시신은 누구인가? 확실한 사실은 머리가 긴 여자라는 점뿐이었다. 영안실에서 아주 잠깐 본 시신은 머리가 긴 여자였다.

만약에, 만에 하나라도 그 시신이 진노 유카리가 아니라고 가정해 보자. 그렇다면 그 시신은 누구인가? 진노 유카리가 어디서 무엇을 하고 있느냐라는 의문도 있지만 우선은 무엇보다 그 시신의 정체를 알아내는 게 먼저다. 진노 유카리와 모종의 관계가 있는 인물이라고 생각하는 게 자연스럽겠지.

정신을 차려 보니 어느새 일어나서 창가로 와 있었다. 뭔가에 몰두해서 막 생각할 때면 자기도 모르게 돌아다니는 버릇이 있다. 머리 한구석에 뭔가가 걸려 있었다. 그게 뭔지 생각이 나지 않아 답답해 미칠 지경이었다. 도대체 뭐가 이렇게 찜찜한 거지?

'마지막으로 얼굴을 본 게 지난달 말이었는데 조만간 또 나간다고 하더라고요.'

이번 달 중순쯤이었다. 진노 유카리의 주변을 조사하다가 그녀가 생전에 — 물론 죽었다는 전제하에 — 친하게 지내던 여자가 있었다는 사실을 알게 되어 그 집을 찾아간 적이 있었다. 사람은 없었지만 현관 문틈에 끼워져 있던 명함을 발견해서 그 명함에 나와 있던 에비스의 보습학원에 가 보았다.

분명히 명함을 받았었는데. 책상서랍에서 명함집을 꺼내 내용물을 책상 위에 확 뿌렸다. 찾았다. 이름은 히구치 유지, '유신주쿠'라는 보습학원의 경영자다. 명함 뒤쪽에 손글씨로 '다마나 미도리'라는 이름이 적혀 있었다. 진노 유카리네 집 근처에 살고 있다던 여자다.

섣달그믐이니 휴일일 텐데. 그렇게 생각하면서도 혹시나 싶어 전화를 걸어 보니 다행히 받는 사람이 있었다. 히구치를 바꿔 달라고 했다.

"네, 전화 바꿨습니다. 히구치입니다."

"세타가야 서의 우에하라라고 합니다. 일전에 다마나 미도리 씨 일로 찾아뵌 적이 있는데."

"아아, 그때 형사님."

히구치가 기억하고 있는 모양이어서 바로 본론으로 들어갔다.

"다마나 씨 말인데, 그 뒤로 무슨 소식이라도 있었습니까?"

"아니요."

히구치가 대답했다.

"원래 연락을 자주 하는 사람이 아니라서요. 어떨 때는 반년 넘게 아무 소식이 없다가 갑자기 돌아오기도 하고요. 그런 일이 전에도 여러 번 있었거든요."

"그분은, 다마나 씨는 이번에 어느 나라로 간다고 하던가요? 행선지를 아십니까?"

"전 모르죠. 마지막으로 만난 건 지난달 말인데 어디로 갈 거란 말은 없었어요."

이 여자인가? 다마나 미도리라는 여자의 시신이었나? 정말로 외국으로 여행을 갔을 가능성도 있지만 우에하라는 뭔지 모를 예감에 사로잡혀 소름이 돋았다.

"혹시 다마나 씨 사진을 가지고 계십니까? 있으면 좀 빌렸으면 하는데요."

"사진은 있지만 도대체 무슨 일로 그러시나요?"

히구치가 물었다. 지금 단계에서 섣불리 말을 꺼낼 수는 없었다. 뭐라고 대답하기가 난처했지만 그래도 어찌어찌 사진을 빌릴 구실을 만들어서 만날 약속을 정한 다음 전화를 끊었다.

다마나 미도리. 명함 뒤에 적힌 그 이름을 뚫어지게 바라보았다.

"새해 복 많이 받으십시오."

우에하라는 새해 인사를 한 다음에야 상대방이 상중喪中이라는 사실이 기억났다. 그러나 진노 도모아키는 이쪽 실수를 알아차리지 못했는지 새해 벽두부터 찾아온 형사를 미심쩍은 눈초리로 노려보고 있었다.

"도대체 또 무슨 일인가요?"

"죄송합니다. 초하루부터 실례를 무릅쓰고 왔습니다."

사쿠라기에 있는 도모아키의 집이었다. 초상집이라 그런지 분위기가 썰렁하니 착 가라앉아 있었다. 도모아키의 안내를 받아 들어간 별채에도 새해의 흥겨운 느낌이 하나도 없었다.

"어쨌든 일단은 앉으세요. 마실 것도 못 내지만."

"실례합니다."

소파에 앉았다. 어제 연락했을 때 도모아키는 당직이라면서 만나기를 거절했다. 도모아키가 다리를 꼬고 앉으면서 비꼬았다.

"형사도 참 힘든 직업이네요. 정월 초하루부터 일에 쫓겨야 하니."

"정말 미안합니다. 어떻게든 빨리 확인하고 싶은 점이 생겨서요."

"아직도 절 의심하고 있는 겁니까? 며칠 전에 이토 서의 형사한테서 전화를 받았는데 제 포르쉐를 목격했다는 이야기가 순 거짓말이었다면서요? 그럼 이제 작작 좀 하시죠?"

물꼬가 터진 것처럼 불만을 쏟아 냈다. 그 기분도 충분히 이해가 되었다. 범인 취급을 받으며 체포당해서 이틀 동안이나 경찰서에 잡혀 있었으니 말이다. 직장에 미친 영향도 상당할 것이다.

"정말 면목이 없습니다."

우에하라가 머리를 숙여 사과한 다음 화제를 바꿨다.

"그런데 말입니다. 이토 서의 형사에게 들었는데 선생님이 부인의 죽음을 사고라고 증언했다던데 사실인가요?"

"그걸 왜 따집니까? 제 얘기가 거짓말이라고 하려는 건가요?"

"네. 갑자기 증언을 바꾸신 이유가 변호사의 조언 때문이라고 생각하니까요."

도모아키는 아무 말 없이 이쪽을 빤히 쳐다보고만 있었다. 그러나 그의 위증을 파헤치려는 것이 오늘 온 목적이 아니었기 때문에 우에하라는 그냥 넘어갔다.

"일단 그 점에 대해서는 더 이상 언급하지 않겠습니다. 사실 오늘 이렇게 다시 온 이유는 시신 때문입니다. 선생님. 그 시신은 정말로 부인이 확실했나요?"

이런 질문을 하는 의도를 알 수가 없었는지 도모아키는 어리둥절한 표정을 지었다. 그래서 다시 설명했다.

"저도 봤지만 시신은 손상이 아주 심하지 않았습니까? 그냥 봐서는 누구인지도 모를 정도로요. 그래서 그 시신이 정말로 선생님의 부인이 맞았나 하는 의문을 갖게 된 겁니다."

"아내가 틀림없다고 생각했는데……."

"선생님이 그 시신을 보고 부인이라고 단정한 이유는 시신이 차고 있던 시계가 큰 역할을 했다고 봅니다. 그 밖에도 몇 가지 정황증거가 있었지요. 예를 들면 부인이 근처 료칸에서 결혼 전 이름으로 묵고 있었다든지, 현장에 남아 있던 신발 등등. 게다가 선생님은 그 전날 밤에 부인과 만났기 때문에 부인이 이토에 체류하고 있었던 사실을 알고 있었지요. 그런 여러 가지를 종합적으로 판단해서 그 시신을 부인이라고 단정한 것 아닙니까? 그 확인에 의학적 소견은 전혀 포함되어 있지 않았지요?"

"그, 그야 그렇기는 하지만……."

그러더니 도모아키는 입을 꾹 다물어 버렸다. 머릿속으로 당시 상황을 떠올리며 시신을 봤을 때 어땠는지를 생각하고 있는 모양이었다. 그때 당시는 모두가 선입견으로 가득 차 있었다고 우에하라도 생각했다. 처음부터 진노 유카리의 시신이 발견되었다는 전제를 가지고 이토로 갔다는 느낌을 지울 수가 없었다.

"만약 아내가 아니었다면……."

도모아키가 다시 입을 열었다.

"아내가 아니라면 그 사체는 도대체 누구였다는 거죠?"

우에하라가 품 안에서 사진 한 장을 꺼냈다. 어제 히구치 유지에게 빌린 사진이었다. 다마나 미도리는 작년에 한동안 히구치가 경영하는 보습학원에서 강사로 일한 적이 있었는데 그때 강사 소개용으로 찍은 사진이었다.

"혹시 이 여자분을 아십니까?"

사진을 본 도모아키가 끄덕였다.

"아, 알지요. 다마나 미도리 씨입니다. 바로 근처에 사는 초등학교 동창인데요."

"부인은 이 다마나 미도리 씨와 친하게 지냈던 모양입니다. 알고 있었나요?"

"아니요……. 전혀 몰랐는데요. 아내가…… 이 사람하고……?"

정말 몰랐던 모양이었다. 진노 유카리는 전업주부였고, 남편인 도모아키는 병원에 출근하는 의사다. 낮 시간에 아내가 무엇을 하며 지내는지에 대해 아마 생각해 본 적도 없었겠지. 일도 바빴을 테고 게다가 히무라 마유미라는 딴 여자도 있었으니까.

"다마나 미도리 씨는 외국으로 여행을 간다고 주변에 말한 이후로 행방이 묘연합니다. 이리저리 알아보려고 하는데 연휴기간이라 쉬는 곳이 많아서 아직 제대로 못하고 있습니다. 그래서 우선은 선생님한테 물어보려고요."

"잠깐만요. 그 시신이 아내가 아니라고 한다면 아내는 지금도 어딘가에 살아 있다는 뜻이겠죠?"

"그렇게 되겠지요."

진노 유카리가 어딘가에 살아 있다. 그 사실을 입증하기 위해 다마나 미도리의 안부를 확인할 필요가 있었다. 다마나 미도리가 정말로 외국에 여행가 있다면 이 생각은 그냥 상상으로 끝나 버린다. 하지만 그렇지 않다면 정말 진노 유카리가 어딘가에 살아 있을 가능성이 높아진다.

"뭐라도 알게 되면 연락하겠습니다. 새해 첫날부터 실례가 많았습니다."

우에하라가 일어났다. 도모아키가 현관까지 바래다주러 나왔는데 표정이 밝지 않았다. 죽은 줄 알았던 아내가 살아 있을지도 모른다는 생각지도 못한 이야기에 당황하고 있는 게 틀림없었다.

"그럼 이만."

인사를 하고 진노의 집에서 나왔다.

/ / /

1월 3일 밤, 진노 도모아키는 세타가야 사쿠라기 기념병원에서 주간 당직근무를 끝낸 다음 택시를 타고 에비스로 갔다. 히무라 마유미를 만날 작정이었다. 마유미를 마지막으로 본 건 작년 11월이었다. 벌써 한 달도 넘게 얼굴을 보지 못했다.

히무라 마유미를 처음 만난 것은 지금으로부터 15년 전, 도모아키가 대학 2학년 무렵이었다. 마유미는 치어리딩 동아리 신입생이었고, 봄에 있었던 야구 동아리와의 회식 자리에서 처음 얼굴을 봤다. 도모아키는 마유미를 보자마자 첫눈에 끌렸다. 늘씬한 몸매에 긴 머리, 그리고 어딘지 지적인 생김새가 마음에 들었다. 야구 동아리 팀원들하고 게임을 하다 보면 어느 과의 누가 예쁘다느니, 어느 과의 누가 더 낫다느니 하는 얘기가 꼭 나오곤 했는데 히무라 마유미를 거론하는 사람이 없는 게 신기했다. 남자들이 쉽게 범접할 수 없는 무언가가 있는 모양이라고 생각했다.

하지만 히무라 마유미에게 사귀자고 하지는 않았다. 당시 도모아키에게는 따로 사귀는 사람이 있었기 때문이다. 소꿉친구인 다마나 미도리였다.

중학교에 올라가면서 학교가 달라져 미도리와는 가끔씩 역에서 얼굴을 마주치는 정도의 관계였다. 그런데 대학교 1학년 가을에 친구와 같이 간 술자리에서 다마나 미도리를 다시 만났다. 그사이 몰라보게 예뻐져 있었는데 소문으로는 대학교 미인대회에서 '선'으로 뽑혔다고 했다. 어릴 때부터 미도리는 머리가 좋았고, 그러다 보니 어린애 같지 않은 면도 있었지만 술자리에서 다시 만난 미도리는 말이 잘 통했다. 다시 만나기로 약속했고, 그렇게 만나다가 그해 크리스마스부터 사귀기 시작했다. 사귀어 보니 알게 되었다. 역시 미도리의 본질적인 부분은 변하지 않았다. 자존심이 강하고 남자를 내려다보는 경향이 있었지만 도모아키는 상관이 없었다. 미인대회에서 뽑힌 여대생이랑 사귀고 있다는 사실만으로도 기분이 우쭐했다.

사귀기 시작한 지 1년 반가량 지났을 무렵 갑자기 미도리가 헤어지자고 했다. 좋아하는 사람이 생겼다고 했다. 미인대회에서 뽑힌 이후로 잡지 모델 일을 하게 되었는데 그 인연으로 알게 된 카메라맨을 사랑한다면서 벌써 같이 살고 있다는 소리에 도모아키는 이중으로 충격을 받았다. 최근 들어 예전보다 만나는 횟수가 많이 줄기는 했지만 그래도 사귀는 여자가 다른 남자와 동거하고 있다는 사실조차 알지 못 했던 자기가 너무 한심했다.

사귀던 여자에게 치이는 경험이 처음이었던 도모아키는 한동안 울적하게 지냈다. 하지만 수업도 들어야 했고, 야구팀 연습노 있어서 오랫동안 혼자 우울해할 틈이 없었다. 그래서 얼마 안 있어 정신을 차리고 평소 생활로 돌아갔다.

어느 날 수업이 없는 시간에 도서관에서 공부를 하는데 우연히 히무라 마유미를 보게 되었다. 높은 곳에 있는 책을 꺼내려고 끙끙거리고 있어서 도모아키가 달려가 그 책을 꺼내 주었다. 들어 본 적도 없는 영국 작가가 쓴 책이었다.

"고맙습니다."

머리 숙여 인사하면서 미소 짓는 마유미의 모습에 도모아키의 마음은 한순간에 사로잡혔다. 이번에는 꼭 이 아이와 사귀어야겠다. 그렇게 다짐했다.

그러나 야구팀의 가을시합과 의대 논문이 한꺼번에 겹치는 바람에 좀처럼 다가갈 기회를 찾지 못한 채 11월 대학 축제를 맞이했다. 야구팀이 다코야키 노점을 차려서 거기서 온종일 다코야키를 만들며 눈으로 히무라 마유미를 찾았다.

치어리딩 동아리 여학생들은 세이카 대학의 학교 색깔인 파란색에 핑크색 줄무늬가 들어간 점퍼를 입고 있어서 지나다니기만 해도 눈에 확 띄었다. 그러다 축제 이틀째 낮에 겨우 히무라 마유미를 발견했다. 그런데 함께 있는 사람을 보고는 말을 걸 수가 없었다.

어떤 키 큰 남자와 함께 있었다. 더구나 두 사람은 팔짱을 끼고 있어서 애인 사이임을 바로 알 수 있었다. 옆에 있던 같은 학년 남학생이 그 자리에 얼어붙은 도모아키를 보고 그 눈길을 따라가다 마유미를 발견하고는 말해 주었다.

"히무라 마유미? 새침하게 잘난 척하면서 할 건 다 하고 다니더라고."

　머리에 피가 확 치솟는 게 느껴졌지만 마침 들어온 손님이 말을 걸어서 정신을 차렸다. 히무라 마유미가 남자와 팔짱을 끼고 지나가는 모습을 곁눈으로 봤다.

　그날 밤이었다. 노점 앞에서 술 파티가 시작되었다. 술도 안주도 넘쳐 나서 모두가 신이 나서 마셔 댔다. 도모아키는 잔뜩 취한 머리로 히무라 마유미 생각을 하고 있었다. 조금 전까지 같이 있었는데 지금은 어디 갔는지 보이지 않았다. 아까 그 남자를 또 만나러 갔나?

　"선배님, 많이 마셨어요?"

　누가 도모아키를 불렀다. 치어리딩 동아리 1학년이었다. 이름은 아카오 리코라고 했다. 야구 동아리 팀원들 사이에서도 인기가 많은 신입생이었다. 사실 도모아키는 올여름 이 아이에게서 데이트 신청을 받은 적이 있었다. 학교식당에서 우연히 만났는데 "영화 같이 보러 가실래요?"라고 했다. 되게 적극적인 애네. 그렇게 생각한 기억이 있는데 그때는 거절했었다.

　"마시고 있지. 넌 뭐 마셔?"

　"글쎄요. 잘 모르겠네요."

　많이 취한 모양이었다. 그녀는 도모아키 옆에 자리를 잡았고 그 뒤로 둘이서 마시기 시작했다. 어떤 이야기를 했는지 전혀 기억나지 않았다. 문득 정신을 차려 보니 벌써 밤이 늦었는데도 아직 학교 안은 밝았고 여기저기서 술자리가 벌어지고 있었다. 밴드 동아리 인간들이 턱도 없는 실력으로 기타를 치고 있었다.

무슨 이야기를 어떻게 했는지 다시 정신이 들었을 때 도모아키는 리코와 둘이서 캠퍼스 안을 걷고 있었다. 학생회관 근처였다. 그녀와 함께 숲속으로 들어가 계속 걸었다. 보일러실처럼 보이는 콘크리트 건물이 있는 곳에서 갑자기 그녀를 와락 안았다. 머릿속에서 뭔가가 튕겨 나갔다.

"왜, 왜 이러세요?"

저항하는 그녀의 목소리가 들렸지만 도모아키는 아랑곳없이 그녀의 몸에 팔을 감고서 엉덩이 근처를 더듬었다. 리코의 입안에 억지로 혀를 밀어 넣었다. 입안은 따뜻했고 청주 맛이 살짝 났다.

/ / /

초인종이 울렸다. 히무라 마유미는 침대에서 그 소리를 들었다. 옆에서 부스럭거리는 소리가 들리면서 잠자던 남자가 눈을 떴다.

"누구야? 손님이 온 거야?"

"택배겠지. 집에서 떡 보내 준다고 했으니까."

마유미가 침대에서 나왔다. 속옷은 입지 않고 잠옷만 걸쳤다. 침대 안에서 남자가 마유미의 몸을 올려다보고 있었다. 남자 이름은 오치아이. 친구 가메야마 유코의 애인이다.

정월 초하루였다. 유코가 연락을 했는데 혹시 도쿄에 있으면 같이 새해를 맞이하자고 해서 유코네 집에서 전골을 먹게 되었다. 거기서 마유미는 처음으로 유코의 애인인 오치아이를 만났다. 오치아이는 등산이 취미여서 겨울 산을 등반할 때도 있다고 했다.

한밤중까지 같이 마시다가 택시로 집에 가게 되었다. 같은 방향이어서 택시를 같이 타고 가다가 고민이 있다면서 그가 털어놓았다.

유코에 대한 이야기였다. 오치아이는 그녀의 마음이 너무 부담스럽다고 표현했다. 애인이라기보다 아내처럼 행동하는 태도에 의문이 든다고 했다. 정식으로 청혼을 하지도 않았는데 어찌된 일인지 유코는 자기 혼자 결혼이 기정사실인양 생각하는 것 같다며 불만을 토로했다.

그날 마유미는 오치아이를 집으로 들였다. 오치아이는 어제도, 그리고 오늘도 마유미네 집에 와 있었다. 다 합하면 세 번째였다. 유코한테 헤어지자는 말을 어떻게 꺼낼까? 방금 전까지 그런 이야기를 하고 있었다. 되도록 유코의 마음을 덜 상하게 하고 싶다는 것이 두 사람의 공통된 생각이었지만 아무래도 어렵겠다는 예감이 들었다. 이게 마지막 사랑이다. 유코가 그렇게 생각하는 것도 무리가 아니었다.

초인종이 다시 울렸다. 잠옷 단추를 채우면서 현관으로 갔다.

"누구세요?"

마유미가 물었다.

"나야."

밖에서 짧게 대답하는 소리가 들렸다. 마유미는 한숨을 쉬었다. 그냥 없는 척할걸.

체인을 걸고서 문을 열었다. 진노 도모아키가 서 있었다.

"미안, 마유미. 내가 갑자기 왔지? 네가 너무⋯⋯."

"미안한데 그냥 가 줘."

"응?"

"그냥 가라고. 다시 만날 생각 없으니까."

문을 닫으려고 하는데 도모아키가 손으로 잡았다. 양복을 입고 있었다. 애타는 눈길로 말했다.

"난 결백해. 정말 잘못이 없다고."

이 사람이 무죄라는 사실은 내가 제일 잘 알지. 이 사람을 함정에 빠뜨린 게 우리 셋이었으니까. 설마 진짜로 체포까지 될 줄은 몰랐지만 이렇게 풀려난 걸 보니 무죄가 밝혀진 거겠지. 이참에 정신 좀 차렸으면 좋겠네.

"알겠으니까 그냥 가."

"형사가 왔었지? 거짓말한 건 내가 미안해. 하지만 난 정말로 너를……."

"그 얘기는 이제 하고 싶지 않아."

"그러지 말고 내 얘기를 좀……."

도모아키가 갑자기 입을 다물었다. 그 눈길이 현관 안의 검은 신발에 꽂혀 있었다. 오치아이의 신발이었다. 사정을 알아차렸는지 도모아키가 현관문에서 손을 뗐다. 그 순간을 놓치지 않고 "미안해." 하고 말한 다음 문을 닫아 버렸다.

한동안 그 자리에 숨죽이고 서 있었다. 문밖에서 그가 멍하니 서 있는 게 느껴졌다. 그러다가 얼마 후에 멀어지는 발소리가 들렸다. 방으로 돌아왔더니 오치아이가 침대에 앉아 담배를 피우고 있었다.

"안에서 피우지 마."

"밖은 춥잖아."

마유미가 환기를 위해 창문을 조금 열었다. 오치아이가 물었다.

"누구였어?"

"응?"

순간 말이 막혔지만 솔직하게 대답했다.

"작년까지 사귀던 사람. 아마 다시는 오지 않을 거야."

"그렇군. 뭐 아무래도 상관없지만."

아무래도 상관없다. 그래, 정말이지 아무래도 상관없는 일투성이다. 연애도 결혼도 어쩌면 다 아무래도 상관이 없는지도 모른다. 그렇게 아무래도 상관없는 일에 나는 이렇게나 안달복달을 하다니. 정말 어이가 없다.

"왜 웃어?"

담배 연기를 뿜으면서 오치아이가 물었다.

"내가 웃었어?"

"웃던데."

갑자기 생각나는 것이 있어 마유미는 옷장을 열었다. 옷걸이에 걸려 있던 검붉은 넥타이를 꺼냈다. 도모아키가 처음 이 집에 왔을 때 놓고 간 넥타이였다. 그가 일하는 병원으로 갖다 주러 간 적도 있었는데 그때 돌려주지 못한 이후로 계속 마유미가 가지고 있었다.

넥타이를 한손에 들고 현관으로 갔다. 샌들을 신고 밖으로 나갔다. 바깥 계단 손잡이를 잡고 아래쪽을 내려다봤다. 마침 도모아키가 아파트 밖으로 나와서 인도로 나가 도로를 쳐다보고 있었다.

빈 택시를 잡으려고 기다리는 모양이었다.

마유미는 손에 든 넥타이를 둘둘 말아서 도모아키의 머리를 향해 던졌다. 그러나 마유미의 손에서 벗어나는 순간 풀려 버린 넥타이는 바람을 타고 엉뚱한 방향으로 날아갔다.

택시가 도모아키 앞에 섰다. 뒷문을 열고 타는데 그때 넥타이가 길거리에 떨어졌다. 도모아키가 탄 택시가 서 있는 곳과 반대 차선이었다.

택시가 출발하면서 바람에 다시 날렸는지 검붉은 넥타이는 어느새 사라지고 없었다.

/ / /

"그렇습니까? 틀림없이 확인하신 거지요?"

"네. 확실합니다. 문의하신 다마나 미도리라는 여성의 출국 기록은 없네요. 작년 6월에 귀국한 이후로 다시 출국한 기록은 남아 있지 않습니다."

연휴가 끝난 1월 4일에서야 출입국 관리국에 다마나 미도리의 출국 기록을 문의할 수 있었다. 세 시간 동안이나 기다린 다음에야 겨우 회신 전화를 받았다. 다마나 미도리는 출국하지 않았다. 그 점을 알게 된 것만 해도 큰 수확이었다.

"잘 알겠습니다. 감사합니다."

전화를 끊은 우에하라는 곧바로 이토 경찰서의 와키야 형사에게 연락했다. 이번 연휴기간에 알게 된 사실을 말해 주었다. 진노 유카리의 이웃에 살던 다마나 미도리라는 여자에 대해서. 처음에는 별로 반응이 없었지만 설명을 마칠 즈음이 되자 와키야가 흥분했음을 전화 너머로도 느낄 수 있었다.

"그렇다면 말입니다, 우에하라 형사님. 그 사체는 진노 유카리가 아니라 그 다마나 미도리라는 학원강사라는 말씀인가요?"

"아직까지는 그냥 제 상상에 불과합니다. 와키야 형사님도 기억하시겠지만 그 시신은 손상이 아주 심했지요. 그래서 남편인 진노 도모아키도 유품을 보고서 판단했을 겁니다. 실은 사흘 전에 남편 쪽에도 그렇게 물어봤는데 부정하지는 않더군요."

"그렇군요. 만약 시신이 다른 사람이라면 사건의 양상이 완전히 달라지겠네요."

"그렇지요. 그런데 문제는 그 시신이 다마나 미도리라는 사실을 증명하기가 매우 힘들다는 점입니다."

시신은 이미 화장해 버렸고, 유골만 남아 있다. 감식반 직원에게 물어봤더니 유골을 감정하는 건 상당히 어려운 작업이라고 했다. 화장장에서 쓰는 화로의 온도가 섭씨 1,000도 가까이 되기 때문에 그 정도 고온으로 태워서 나온 재에는 분석에 필요한 성분이 남아 있지 않다는 것이다.

"그러니까 그 말은……."

우에하라의 설명을 들은 와키야가 확인하듯 물었다.

"그 시신이 진노 유카리가 아니라는 사실을 과학적으로 증명할 수가 없다는 겁니까?"

"그렇지요."

"아니 그럼……."

와키야가 말을 잇지 못했다. 그 시신이 진노 유카리가 아니라 다마나 미도리라는 사실을 증명하는 일이 현시점에서는 불가능하다는 뜻이다. 하지만 방법이 완전히 없지는 않았다.

"그 시신이 다마나 미도리라면 진노 유카리는 살아 있겠지요. 그녀는 반드시 뭔가 알고 있을 겁니다. 그녀를 잡는 게 진실에 다다를 수 있는 유일한 방법입니다."

말은 그렇게 했지만 진노 유카리의 행방을 알아낼 마땅한 방법은 전혀 떠오르지 않았다. 아마 어딘가에 몰래 숨어 있을 테고, 아예 도쿄를 떠나 버렸을 가능성도 있다. 구마노시에 있는 친정에는 돌아가지 않았을 것이다. 어떻게 찾아내야 하지? 그런 궁리를 하는데 전화 건너편에서 와키야가 물었다.

"그 다마나 미도리는 어떤 사람입니까?"

"나이는 서른다섯으로 진노 도모아키와 동갑이고 전에 초등학교 교사로 일했습니다. 3년 전쯤에……."

알고 있는 범위 안에서 다마나 미도리에 대해 설명했다. 우에하라가 설명을 마치자 와키야가 생각지도 못했던 말을 꺼냈다.

"우에하라 형사님, 이건 그냥 제 상상이랄까 정말 말도 안 되는 소리이기는 한데 가령 진노 유카리가 살아 있다고 가정한다면 그녀가 다마나 미도리로 살고 있지는 않을까요? 나이도 엇비슷하고 하니까……."

설마! 우에하라는 전화기를 놓칠 뻔했다. 전혀 상상도 하지 못한 점이었다. 머릿속을 정리하면서 흥분한 목소리로 말했다.

"그럴 수도 있겠네요, 와키야 형사님. 완전히 맹점이었어요. 그럴 가능성이 높을지도 모르겠네요."

다마나 미도리라는 여자는 부모에게 유산을 물려받아 돈이 궁하지 않은 생활을 하고 있었다고 들었다. 한편 진노 유카리는 시댁이 부자이기는 했어도 본인이 많은 재산을 가지고 있지는 않았을 것이다.

"큰 도움이 되었습니다. 그런 쪽으로 해서 알아보겠습니다. 진노 유카리가 다마나 미도리 행세를 한다면 어딘가에 흔적이 남아 있을지도 모르니까요."

고맙다고 한 다음 전화를 끊었다. 제일 먼저 알아봐야 할 것은 신용카드 사용 내역이나 은행계좌다. 우에하라는 주위를 둘러보며 구마자와 리코를 찾았다. 이런 작업에는 일손이 많을수록 좋다. 그런데 리코는 어디에도 없었다.

"이봐."

지나가는 동료 형사를 불렀다.

"구마자와 형사 못 봤어? 보거든 내가 찾는다고 해 줘."

"구마자와 형사는 오늘 병가를 냈다고 하던데요. 감기에 걸렸다면서."

"그래? 알았어."

우선은 다마나 미도리의 집부터 조사해 봐야겠다. 경우에 따라서는 강제로 안에 들어가야 할지도 모르겠군.

겉옷을 들고 자리에서 일어났다.

이튿날 바로 수사에 진전이 있었다. 다마나 미도리의 집안을 수색해 보니 진노 유카리와 연결되는 것은 찾을 수 없었지만 신용카드 회사에서 온 우편물이 발견되었다. 문의해 본 결과 카드 사용 내역이 밝혀졌다.

지난달에 다마나 미도리의 카드가 호텔 세 군데에서 사용되었다. 그중에서도 아카사카에 있는 호텔에서는 50만 엔이 넘는 금액이 청구되었다.

"네. 틀림없어요. 다마나 미도리라는 손님이 저희 호텔에 묵으셨습니다. 세미스위트룸에서 3박 하셨네요."

우에하라는 아카사카에 있는 호텔로 찾아가 직원에게 이야기를 들었다. 새로 문을 연 지 얼마 안 된 호텔인지 인테리어가 아직 새것 같았다. 어쨌든 일개 형사에 불과한 자기 처지로는 감히 묵을 생각을 못하는 고급 호텔이었다.

"청구 금액이 50만 엔을 넘던데 숙박비가 하루에 10만 엔 이상이나 하는 겁니까?"

"잠시만 기다려 주세요."

직원이 앞에 있는 자료를 보더니 대답했다.

"숙박비가 대부분이지만 룸서비스도 많이 시키셨네요. 상당한 양의 식사를 하신 것으로 나와 있습니다. 방에서 파티를 하신 모양이네요."

"혹시 그 방을 좀 볼 수 있을까요?"

"죄송합니다. 지금 다른 손님이 사용하고 계셔서 힘들겠네요."

"그럼 복도만이라도 봤으면 하는데요."

안내를 받아 간 곳은 20층이었다. 붉은 카펫이 깔려 있는 고급스러운 복도였다. 다마나 미도리라는 이름의 여자가 묵은 방은 복도 제일 안쪽에 있는 세미스위트룸이라고 했다.

"그럼 그렇게 많은 룸서비스를 시킨 날이 언제였나요?"

"지난달 19일이네요."

12월 19일. 우에하라가 수첩을 확인해 보니 그날은 바로 진노 도모아키에게 임의동행을 요구한 날이었다. 낮에 병원으로 가서 임의동행을 요구했고, 저녁에 진노 도모아키가 세타가야 경찰서로 와서 와키야 형사와 함께 심문을 했다.

복도에는 CCTV가 없다고 했다. 1층 로비에는 CCTV가 있고 한 달치 영상을 보관해 두고 있다는 이야기였다. 프런트 안쪽 방으로 안내를 받아 거기서 영상을 확인하기로 했다.

룸서비스는 오후 5시 반쯤 주문이 들어왔다고 했다. 오후 5시부터 영상을 확인해 보기로 했다. 체크인하는 손님들이 많아서 로비에는 많은 사람들이 오가고 있었다. 프런트를 위에서 비스듬히 찍은 영상이었다.

"아, 잠깐 스톱해 주세요."

우에하라의 목소리에 직원이 화면을 일시정지 시켰다. 로비를 가로질러 가는 여자의 모습이 보였다. 카메라에서 좀 떨어져 있어 잘 보이지는 않았지만 외모가 히무라 마유미와 비슷하다는 생각이 들었다. 화면 오른쪽 아래에 나와 있는 시간은 오후 5시 52분이었다. 그 여자는 프런트 앞을 통과해서 안쪽에 있는 엘리베이터 홀 안으로 사라졌다.

"확대할 수 있나요?"

"죄송합니다. 그런 기능까지는 없어서……."

만약 이 여자가 히무라 마유미라면 이건 도대체 무엇을 의미하고 있을까? 히무라 마유미는 진노 도모아키의 불륜 상대다. 진노 유카리하고는 일종의 적대관계라고 볼 수 있다. 그런데 두 사람이 한패였다고? 둘이 공모해서 다마나 미도리를 죽였다는 말인가? 만약 그렇다면 동기는 뭐지?

히무라 마유미한테 몇 번 찾아가서 이런저런 질문을 한 적이 있다. 거짓말을 하는 것처럼은 보이지 않았고 진노 도모아키와 그런 관계라는 사실을 스스로가 창피하게 여기고 있다는 느낌도 살짝 받았다. 그런데 그런 말과 행동이 모두 거짓이었다면 우에하라는 눈뜬장님이나 다름없다는 소리다.

"계속 돌려 주세요."

다시 영상이 재생되었다. 많은 손님이 카메라 앞을 지나갔다. 역시 고급호텔답게 남자들은 모두 양복을 입고 있었고 여자들도 나름대로 꾸민 차림새였다. 아내와 딸을 이런 호텔에 묵게 해 준다면 가장으로서의 위신도 많이 서겠지.

"응? 잠깐 뒤로 돌려 봐 주세요."

우에하라의 말에 직원이 영상을 일시정지한 다음 뒤로 돌렸다가 다시 틀었다.

화면 뒤쪽 엘리베이터 부근에서 앞쪽을 향해 걸어오는 여자가 있었다. 우중충한 회색 옷을 입고 있어서 얼핏 보기에 직원 같은 차림새를 한 여자였다. 그 여자는 금방 사각지대로 들어가서 화면에서 사라졌다. 화면에 찍힌 시간은 기껏해야 몇 초였다. 카메라 위치를 의식하는 움직임처럼 보였다.

문제는 여자의 외모였다. 한순간 봤을 뿐이었지만 아주 비슷한 여자를 우에하라는 알고 있었다. 그런데 그 여자는 여기에 있어서는 안 될 사람이었고, 여기에 있을 이유도 전혀 없었다.

영상에 보인 여자는 구마자와 리코와 아주 흡사했다.

구마자와 리코는 오늘도 결근이라고 했다. 경찰서로 돌아가 그 사실을 안 우에하라는 리코의 주소를 알아보고 집으로 찾아가 보기로 했다. 워낙 짧은 영상이었고, 화질이 선명하지도 않았기 때문에 다른 사람일 가능성도 있었다. 본인에게 확인해 보는 것이 제일 빠르겠지.

뜻밖에도 리코네 집은 진노 도모아키가 일하는 세타가야 사쿠라기 기념병원 근처였다.

건물 전체가 크림색깔인 2층 빌라였다. 여자들이 많이 살고 있을 것 같은 인상의 건물이었다. 세타가야 사쿠라기 기념병원 직원들이 많이 살고 있을지도 모르겠네. 그런 생각을 하면서 우에하라는 계단을 올라갔다. 리코가 사는 집은 203호라고 총무과에서 들었다.

203호 앞에 섰다. '구마자와'라는 문패가 있었다. 초인종을 누르고 잠시 기다렸는데 아무런 반응이 없었다. 집을 비웠나? 컨디션이 나쁘다면 앓아누워 있거나 아니면 병원에 갔을 수도 있다. 한 번만 더 초인종을 눌러 보자 하고 손을 뻗는데 안에서 소리가 들렸다. 체인을 벗기는 소리에 이어 문이 열렸다.

"갑자기 찾아와서 미안해."

문 안에는 마스크를 쓴 구마자와 리코가 서 있었다. 많이 아픈지 얼굴이 잿빛이었다. 리코가 머리를 숙였다.

"죄송해요, 형사님."

목소리에도 힘이 없었다.

"정초라 병원이 열려 있지 않아서 그냥 쉬면 낫겠거니 했는데 아직……. 그런데 무슨 일로 오셨어요?"

"그냥 잠깐. 뭐 한 가지 확인하고 싶은 게 있어서."

우에하라는 그렇게 말하면서 집 안을 살폈다. 초라한 원룸이었다.

"조금 전에 아카사카에 있는 호텔에 가서 CCTV를 확인하고 왔어. 설명하자면 길어지는데……."

지금까지의 경위를 설명했다. 진노 유카리가 살아 있을 가능성이 있고, 대신에 다마나 미도리라는 여자가 죽었을지도 모른다는 점. 진노 유카리가 다마나 미도리 이름으로 생활하고 있을 가능성을 염두에 두고 지금은 다마나 미도리의 카드 사용 내역을 조사하고 있다는 점.

"내 착각일 수도 있는데 영 마음에 걸려서 말이야. 지난달 19일인데 혹시 아카사카에 있는 그 호텔에……."

갑자기 리코가 앞으로 쓰러졌다. 우에하라는 순간적으로 그 몸을 안아서 지탱했다. 리코의 몸은 축 늘어져서 생각보다 무거웠다.

"어이, 구마자와 형사. 이봐!"

이마에 손을 대 보니 열이 펄펄 끓고 있었다. 숨도 가빴다. 상태가 많이 안 좋아 보였다. 세타가야 사쿠라기 기념병원이 코앞에 있었다. 1킬로미터도 안 되는 거리였다. 이대로 리코를 부축해서 거기로 가는 편이 빠르겠지만 체력이 버텨 낼지 도무지 자신이 없었다.

119를 불러야겠다. 그렇게 생각하는 찰나에 뒤에서 사람의 기척이 났다. 돌아보니 젊은 여자가 서 있었다. 이 빌라에 사는지 슈퍼마켓 봉지를 들고 있었다.

"세타가야 경찰서 사람입니다. 119 좀 불러 주세요."

"아, 알았어요."

여자의 대답을 들은 다음 우에하라는 다시 리코를 봤다. 힘들게 숨을 몰아쉬고 있었다. 우에하라는 몸에 힘을 주고 리코의 몸을 들어 올렸다. 땀을 많이 흘렸는지 리코가 입고 있는 옷이 축축했다.

계단으로 내려왔다. 두 팔의 근육이 저려 왔다. 계단을 다 내려와서 바깥에 다다르자 도저히 더 버틸 수가 없어 리코를 아스팔트 위에 앉혀 놓고 등을 끌어안는 자세로 부축했다. 아까 그 여자가 계단으로 내려오는 모습이 보였다.

"119 불렀어요?"

우에하라가 헐떡이면서 묻자 여자가 대답했다.

"네, 바로 불렀어요."

얼마 후에 사이렌 소리가 들렸다. 무슨 일인가 싶어 근처에 사는 사람들이 먼발치에 서서 이쪽을 살피고 있었다. 구마자와 리코는 눈을 감은 채 힘들게 숨을 쉬고 있었다.

"구마자와, 금방 병원에 데려갈 테니까 좀 참아."

귓가에 대고 그렇게 말했지만 아무런 반응이 없었다. 사이렌 소리가 더 커지더니 길모퉁이를 돌아서 다가오는 구급차가 보였다.

너도 그 호텔에 있었나? 도대체 무엇을 알고 있지?

그렇게 묻고 싶은 마음을 꾹 누르고 우에하라는 다가오는 구급차를 향해 손을 흔들었다.

/ / /

"선생님, 이제 슬슬 오후 진료 시작될 시간이에요."

그렇게 부른 사람은 예전에 같이 일한 적이 있는 내과 간호사였다. 도모아키는 직원 전용 식당에 있었다. 여기서 늦은 점심을 먹는 게 일과인데 식사 후에 사무실로 돌아가 일하는 경우도 있었고 여기서 오후 진료 시간까지 쉬는 경우도 있었다. 오늘은 계속 의학잡지를 읽고 있었다.

우에하라라는 형사가 집으로 찾아온 날이 정월 초하루였고 그로부터 나흘이나 지났지만 아무런 연락을 받지 못했다. 그때 우에하라가 해 준 이야기는 도모아키가 상상도 하지 못한 것이었다. 이토에서 발견된 시신이 아내가 아니라고 했다.

그 말을 듣고 돌이켜 생각해 보니 그 시신은 차마 눈 뜨고 볼 수 없을 정도로 처참하게 훼손되어 있었기 때문에 의학적 근거를 가지고 그 시신이 아내라고 확인하지는 않았다. 경찰들이 하는 말을 쓰자면 정황증거였다. 아내가 예전 이름으로 이토 시내의 료칸에 묵고 있었다는 점을 알았고, 실제로 드라이브인 레스토랑에서 아내를 만나 이야기했다. 이혼을 생각할 정도로 고민하고 있다는 사실도 그때 알았다. 그리고 시신이 차고 있던 파텍필립은 약혼식 때 부모님이 아내에게 선물로 준 시계였다. 그 시계를 못 알아볼 리가 없었다. 그토록 많은 정황증거가 시신이 아내임을 가리키고 있었는데…….

만약 아내가 아니라면 발견된 시신은 누구란 말인가? 우에하라의 상상으로는 다마나 미도리라고 했다. 집 근처에 살고 있던 초등학교 동창이자 대학 때 1년 반 정도 사귄 적이 있는 여자다.

아내가 다마나 미도리와 친하게 지내고 있었다는 사실은 전혀 몰랐고 그 둘의 조합은 정말 뜻밖이었다. 하지만 아내가 온종일 사쿠라기의 집에 있다고만 알았을 뿐 실제로 어떻게 생활했는지는 사실 전혀 알지 못했다. 항상 어머니와 함께 지낸다고만 생각했는데 아내도 자기 나름의 인간관계를 가지고 있었다는 점에 적지 않은 충격을 받았다. 새장 안에서만 키운다고 생각했던 잉꼬가 가끔씩 주인 몰래 바깥출입한다는 사실을 알게 되었을 때의 느낌이랄까?

"증세가 많이 심하다던데. 폐렴일 수도 있겠네."

"아무튼 빨리 가자."

간호사 둘이 그렇게 말하면서 도모아키를 지나쳐 갔다. 뒤쪽에 있는 구급차 출입구로 가는 모양이었다. 지금 도모아키가 걷고 있는 복도는 외부인 출입금지 구역이다.

복도 모퉁이를 돌았다. 출입구 앞에 구급차가 세워져 있었고 구급대원과 간호사, 그리고 의사가 모여 있었다. 환자가 이동침대로 옮겨지자 그 사람들이 이쪽을 향해 다가왔다. 그 무리 중에 의외의 인물이 있었다.

세타가야 경찰서의 우에하라 형사였다. 환자 보호자로 왔나? 우에하라는 환자 상태를 살피느라 도모아키가 거기에 있는지도 모르는 모양이었다.

이동침대에 누워 있는 사람은 여자였다. 입에 산소마스크가 씌워져 있었고 잿빛 얼굴만 봐도 상당히 심각한 상태임을 알 수 있었다. 그런데 도모아키의 눈길을 사로잡은 것은 그녀의 얼굴이었다. 아카오 리코였다. 아니, 지금은 구마자와 리코라고 했다.

응급실을 향해 가는 이동침대를 바라봤다. 가능하면 뒤따라가서 어떻게 된 일인지 알아보고 싶었지만 오후 진료 시간이 다가오고 있었다. 도모아키는 생각을 떨치고 복도를 걷기 시작했다.

리코가 도모아키를 만나러 찾아온 날은 작년 말, 이토 경찰서에서 풀려나 도쿄로 돌아왔을 때였다. 그날 일을 떠올렸다.

"선배님, 이제야 알아봐 주셨네요."

그렇게 말하며 여자 형사가 팔짱을 꼈다. 틀림없다. 이 아이는 아카오 리코다. 분위기가 너무 달라져서 알아보지 못했다. 도모아키는 혼란스러운 채로 물었다.

"자, 잠깐만. 이게 어떻게 된 일이야? 너, 너는 도대체……."

"아카오 리코예요. 오랜만이네요. 지금은 구마자와 리코가 되었어요."

팔짱을 낀 채로 리코에게 끌려가다시피 거리를 걸었다. 모퉁이를 돌아서자 차가 세워져 있었다. 리코의 차인 모양이었다. 리코가 조수석 문을 열었다. 억지로 떠밀리다시피 차에 탔다. 리코도 운전석에 앉았다.

"선배님, 어쩌면 그렇게 못 알아보실 수 있어요? 몇 번이나 얼굴을 봤는데."

몰래 옆모습을 훔쳐보았다. 예전 그 모습이 전혀 없었다. 지금은 어디서나 흔히 볼 수 있는 아줌마 같았다. 하지만 일부러 화장도 하지 않고 옷도 우중충하게 입고 다니는지도 몰랐다. 화장만으로 여자가 얼마나 변할 수 있는지는 도모아키도 잘 알고 있었다. 리코는 다른 의미로 변신한 것인지도 모른다.

"왜, 왜 이래?"

도모아키가 물었다. 공연히 섬뜩하니 자꾸 무서워졌다. 어째서 이 여자는 형사가 되어 있고, 더구나 지금까지 정체를 밝히지 않았을까? 리코의 존재에 공포감마저 느꼈다.

"설마 그 일 때문에?"

생각나는 일이라면 대학 3학년 때 축제 날 밤이었다. 그때 어떤 짓을 했는지는 지금도 기억하고 있다. 만취한 상태였기 때문에 모든 일을 선명하게 떠올리지는 못하지만 이 여자에게 한 짓은 지금도 결코 잊지 않고 있다.

"뭐 그때는 둘 다 어리고 철이 없었으니까요."

리코는 전혀 마음에 담아 두고 있지 않다는 식으로 말했시만 과연 진심으로 하는 말인지는 가늠할 수가 없었다. 역시 경찰이고, 더구나 형사여서인지 여자치고는 능글맞은 인상이었다.

"선배님, 이제 다 끝났다고 생각하죠?"

도모아키의 얼굴을 빤히 쳐다보면서 리코가 말했다.

"오늘 풀려났죠? 난 아내를 죽이지 않았으니까 구속될 일은 없다. 이제 안전하다. 혹시 그렇게 생각하고 있다면 큰 착각이에요. 경찰은 선배님 생각보다 훨씬 더 끈질기거든요. 새로운 증거라도 나오면 금방 기소해 버릴 거예요."

물론 모두 끝났다고 생각하지는 않았다. 사회적 신용이 엉망이 되었음을 실감하고 있었고, 그래서 병원을 옮길까 상당히 진지하게 고민 중이었다. 그렇지만 살인죄로 기소될 일은 절대로 없다고 생각하고 있었다. 난 아내를 죽이지 않았으니까.

그런데 정말 그럴까? 리코의 말을 듣고는 갑자기 불안해졌다. 이번에 체포당한 일도 그렇다. 아무 죄도 없는데 영장이 나왔다. 앞으로 어떤 일이 또 일어날지 알 수 없지 않은가? 아니, 잠깐만. 혹시…….

"너, 너야? 날 함정에 빠뜨리려고 한 사람이 너였어?"

현장에서 흰색 포르쉐를 목격했다는 증언이 나오고 지문이 묻은 볼펜이 발견되는 등 도모아키에게 불리한 증거들이 이상할 정도로 잇달아 나왔다. 누군가 의도적으로 꾸민 일이 아닐까 하고 생각하던 참이었다. 구마자와 리코는 전에 한 번 도모아키가 사는 별채에 들어온 적이 있었다. 아내의 시신이 발견되기 전날이었다. 그때 볼펜을 몰래 가지고 가지 않았을까?

구마자와 리코가 희미하게 웃었다.

"지금 그걸 따지고 있을 때가 아니잖아요. 내가 선배님 약점을 쥐고 있다는 사실을 잊어버렸나 봐요? 선배님이 나한테 무슨 짓을 했는지 지금이라도 여기저기 떠벌리고 다닐까요?"

"왜 지금 와서……."

"아무튼 이 상황에서 벗어나고 싶다면 내 말을 들어야 할 걸요. 그것 말고는 방법이 없으니까."

눈앞에 있는 이 여자가 모두 다 꾸며 낸 일인가? 이 여자가 꾸며 낸 짓 때문에 경찰이 나를 의심하게 되었는지도 모른다. 그 이전에 아내의 죽음은 어떻게 된 일인가? 아내는 정말로 자살한 게 맞나?

"제발 좀 말해 줘. 이게 어떻게 된 거야? 난 도무지 뭐가 뭔지 모르겠어."

"흥분하지 말고 잘 들어요. 선배님은 내 말대로만 하면 돼요. 그럼 아무 일 없을 거예요."

"넌 형사라며? 어떻게 특정한 사람한테 도움을 줄 수 있다고 그래?"

"할 수 있어요."

리코가 가볍게 말했다.

"난 할 수 있어요. 나니까 할 수 있는 거고요. 난 무서운 게 없는 여자니까."

아무렇지도 않은 얼굴로 말했지만 그 눈동자에는 남다른 결의가 보이는 것 같았다.

리코에 대해 자세히 알지는 못했지만 도모아키가 기억하는 그녀는 평범한 신입생이었다. 지방에서 올라와 치어리딩 동아리에 들어가서는 잔뜩 바람이 든 그런 여자애였다. 그러나 지금 운전석에 앉아 있는 구마자와 리코에게서는 그때의 그 모습을 전혀 찾아볼 수 없었다. 산전수전 다 겪으며 살아온 여자처럼 보였다.

"그, 그래서 나더러 어쩌라는 거야?"

"아무것도 하지 마세요. 선배님은 아무것도 하지 말고 그저 시간이 지나가기만 가만히 기다려요. 그러면 돼요."

맥이 빠졌다. 협박 투로 잔뜩 겁을 주더니 아무것도 하지 말라고? 그게 무슨 뜻일까?

"아니, 잠깐만. 아무것도 하지 말라니, 그게 무슨……?"

구마자와 리코는 말없이 품속에서 종이 한 장을 꺼내 도모아키의 무릎 위에 놓았다. 사진이었다. 중학생 정도로 보이는 남자아이가 찍힌 사진이었는데 어두워서 얼굴이 잘 보이지 않았다.

"이게…… 누구야?"

도모아키가 묻자 리코가 씨익 웃었다. 화장기 없는 30대 여자의 피곤에 찌든 얼굴이었는데 뭐라 형용할 수 없는 묘한 광기가 느껴져서 도모아키는 자기도 모르게 그 눈길을 피하려고 얼굴을 돌렸다.

/ / /

역에서 택시로 15분 정도 걸리는 시영주택이었다. 좁은 지역에 단층건물들이 빽빽하게 들어서 있었다. 집들은 하나같이 낡은 느낌이었다. 타이어 바람이 빠진 자전거와 다리 부러진 테이블 등이 바깥에 그냥 방치되어 있었다. 우에하라는 메모를 보면서 그 집을 찾았다.

시즈오카현 누마즈시에 와 있었다. 구마자와 리코의 본가를 찾기 위해서였다. 어제 병원에 실려 간 구마자와 리코는 심한 폐렴이라는 진단을 받았다. 본인이 말을 할 수 있는 상태가 아니어서 가족들에게 연락도 못했기 때문에 우에하라가 이렇게 직접 부모의 집을 찾아오게 되었다. 진노 유카리 사건 때 같이 움직여서인지 다들 우에하라가 리코 담당이라고 생각하는 모양이었다. 아카사카의 호텔에서 본 영상이 마음에 걸려서 리코의 이력서를 제대로 확인해 봐야겠다고 작정하던 참이었다. 그래서 오히려 잘 된 일이라는 생각이 들었다.

간신히 집을 찾았다. 현관 미닫이문에 '구마자와'라는 문패가 보였다. 초인종이 없어서 "계십니까?" 하고 큰 소리로 사람을 불렀다. 잠시 기다렸더니 문이 열리면서 어떤 여자가 얼굴을 내밀었다. 60대 정도로 보이는 여자였다. 약간 피곤해 보였다. 리코 어머니겠구나. 그런 생각을 하면서 고개를 숙였다.

"세타가야 경찰서의 우에하라 형사입니다. 리코 씨 일로 말씀드릴 게 있어서 왔습니다. 리코 씨 어머니 되시나요?"

경찰서 총무과에 보관되어 있는 이력서를 봐서 리코의 가족구성은 알고 있었다. 어머니 미츠에, 두 살 터울의 여동생, 그리고 그 밑으로 나이 차이가 한참 나는 남동생이 있다.

"그런데요. 우리 딸이 왜?"

"실은……."

우에하라가 설명했다. 어제 리코가 병원으로 실려 갔고 폐렴 진단을 받았다는 사실. 의식이 흐려서 연락을 못했고, 생명에는 지장이 없지만 며칠 동안 입원을 해야 해서 일단 가족들에게 연락을 해 두는 편이 좋겠다고 판단했다는 사실 등.

"……어제부터 댁으로 전화를 몇 번이나 걸었는데 아무도 받지 않으셔서요. 그래서 제가 직접 찾아뵙게 되었습니다."

"아이고, 이 멀리까지 오시게 해서 미안해서 어쩌나. 전화는 거의 안 받아요. 빚 갚으라는 전화만 오니까."

어머니 입에서 딸을 걱정하는 말이 나오지 않는 게 신기했다. 딸이 폐렴으로 입원했다. 그런 소식을 들은 부모라면 보통 자세한 상황을 알고 싶어 하지 않을까?

"일단 들어오슈. 집 안이 엉망이지만."

그렇게 말한 리코 어머니가 집 안으로 들어갔다.

"실례합니다."

신발을 벗고 안으로 들어갔다. 집 안을 둘러보았다. 가구와 가전제품들이 모두 한참 지난 물건이었다. 생활수준이 높다고는 도저히 말할 수 없었다. 고타츠(좌탁 안에 난로가 들어 있는 일본의 난방용 가구 - 옮긴이) 안에 발을 집어넣은 리코 어머니가 TV를 끈 다음에 말했다.

"에미가 되어서 딸내미 안부도 궁금하지 않나? 그렇게 생각하지?"

생각을 들킨 것 같아 우에하라는 아무런 대답도 못했다.

"그 애가 집을 나간 게 10년쯤 됐을 거요. 그 뒤로 한 번도 안

왔어. 그나마 돈은 보내 줬지만. 그 애는 잘 있수? 내가 그래도 에미는 에미라 딸 걱정이 안 되는 건 아니라우. 근데 이 집구석 여자들은 하나같이 남자 팔자가 사나워서. 나도 이혼했고, 기코도 두 번이나 결혼에 실패했지. 지금은 근처 슈퍼에서 파트타임으로 일해서 먹고살아."

둘째 딸 이야기였다. 리코에게 기코라는 여동생이 있다고 이력서에 적혀 있었다. 리코 어머니가 고타츠 위에 있던 귤을 내밀면서 물었다.

"드실려우?"

"아니, 괜찮습니다."

방 안쪽에 책상이 있었고 참고서로 보이는 책들이 놓여 있었다. 창밖에서 흔들리는 빨래에 남자 속옷 널려 있는 것이 보였다. 귤을 까서 입에 하나 집어넣으며 리코 어머니가 물었다.

"그 애 얘기를 들으러 온 거지?"

'그 애'라면 누구를 말하는 것일까? 리코인가, 아니면 또 누가 있나? 그러자 리코 어머니가 방금 한 말을 취소하려는 듯 말했다.

"아니 됐수. 리코 일은 알았으니까. 도쿄는 너무 멀어서 애를 보러 갈 수도 없겠네. 치료비는 어떻게 되나? 설마 여기로 청구서가 날아오지는 않겠지?"

"그럴 일은 없을 겁니다."

"이제 슬슬 가 보슈. 나도 장 보러 나가야 되니까."

"알겠습니다. 그럼……."

우에하라가 막 일어서려던 때였다. 밖에서 자전거 브레이크 소리가 들려오나 싶더니 현관문이 열리면서 소년 하나가 들어왔다. 검은 교복에 모자를 쓰고 있는데 중학생 정도로 보였다. 소년은 우에하라를 보더니 살짝 경계하는 표정을 지었다. 우에하라가 목례를 하자 소년도 모자를 벗고 머리를 숙였다. 까까머리였다. 이 아이가 막내 남동생이구나.

"왜 그래? 뭐 놓고 갔냐?"

리코 어머니가 묻는 말에 소년은 고개를 끄덕이더니 안쪽에 있는 책상으로 갔다. 참고서 몇 권을 집어서 가방에 넣더니 다시 우에하라 앞을 지나 현관으로 나가 버렸다. 우에하라가 물었다.

"아드님인가요?"

"그렇지. 위의 애들하고는 나이 차이가 많이 나지만. 이제 학원 가는 길이라우. 요즘 애들은 공부하기 너무 힘들어."

아주 잠깐, 기껏해야 몇 초 동안 본 얼굴이었다. 그런데 아까 그 소년의 얼굴이 머릿속에서 사라지지 않았다. 리코 남동생이라고 했다. 남매니까 얼굴이 닮은 건 당연하다. 그러나 소년의 얼굴 생김새에서 영 엉뚱한 사람의 얼굴이 떠올랐다. 혹시…….

일어나려고 하다가 다시 자리에 앉아 정좌를 했다. 그리고 리코 어머니에게 말했다.

"그 애 이야기를 해 주십시오."

리코 어머니는 말없이 남은 귤을 입안에 넣었다. 얼굴에 체념의 표정이 얼핏 스쳤다.

"그 당시는 나도 이혼 전이어서 성이 아카오였지. 그래서 그 애도 아카오 리코라는 이름이었어. 전남편은 고텐바에 있는 정밀기계 공장에서 일했어. 그 남자 피를 물려받았는지 리코는 공부를 꽤 잘했거든. 그래서 도쿄에 있는 대학으로 보냈어."

세이카 대학. 부잣집 아이들이 많다고 들었지만 근처에 기숙사도 있어서 그나마 학비가 많이 들지 않았다. 입학한 해 추석 때 집에 한 번 왔는데 반년 전과는 비교도 할 수 없을 정도로 몰라보게 예뻐져 있었다. 언니를 본 동생 기코가 "딴 사람 같아."라고 말할 정도였다.

"11월쯤이었나. 갑자기 그 애가 왔더라고. 기숙사 방도 빼 버리고 아예 돌아온 거야. 그러고는 자기 방에 콕 틀어박혀서 아예 코빼기도 볼 수가 없었지. 대학에는 휴학계를 냈다고 했고."

도쿄에서 무슨 일이 생긴 게 틀림없었지만 당시는 딸에게 그런 것을 추궁할 여유가 없었다. 남편이 바람을 피웠다는 사실을 알게 되어 이혼을 하네 마네 하며 날이면 날마다 부부싸움을 하고 있었기 때문이다. 그러다 겨우 이혼하는 쪽으로 사태가 어느 정도 마무리될 즈음에 충격적인 사실을 알게 되었다. 리코가 임신한 상태였던 것이다.

"4개월이었지. 의사가 낙태할 수도 있다고 그랬는데 그 애는 그냥 낳겠다고 했어. 그렇게 태어난 게 다이스케지. 리코는 그때 기껏해야 열아홉이었으니 혼자 애를 키우는 건 무리였어. 그래서 한참을 같이 얘기해 보고 내 아이로 해서 키우기로 했지."

의사에게 받은 서류를 약간 고쳐서 주민센터에 제출했다. 혹시 들키지 않을까 불안했지만 아무 문제없이 서류가 접수됐다.

"다이스케가 태어나고 1년 후에 어느 날 갑자기 리코가 사라졌어. 실종신고를 해야 하나 하고 있는데 전화가 걸려왔지. 도쿄에 있다고 하더라고."

다이스케를 키우려면 돈이 필요하다. 그러려면 대학에 다시 들어가서 좋은 직장을 잡아야 한다. 여기서 돈을 벌어서 보낼 테니까 내버려둬 달라.

"말도 안 되는 소리 말고 당장 돌아오라고 했는데 안 듣더라고. 한 번 뭘 하겠다고 작정하면 무슨 일이 있어도 고집을 안 꺾는 애니까. 그러고는 그 말대로 다음 달부터 돈을 보내더라고. 학비도 있었을 텐데 무슨 수로 다 벌었는지 모르지."

돈은 지금도 보내 준다고 했다. 다이스케가 초등학교에 들어갈 무렵부터 보내 주는 액수가 갑자기 늘었다. 리코가 대학을 졸업하고 제대로 된 직장에 취직한 모양이었다. 얼마 후에 편지가 와서 경찰이 되었다는 사실을 알았다.

"설마 경찰이 될 줄은 생각지도 못했는데. 그 애 경찰 일은 제대로 하고 있나 몰라? 그 애 상관 아니우?"

"뭐, 그렇지요."

갑자기 물어보는 바람에 놀란 우에하라가 얼떨결에 고개를 끄덕였다.

"따님은 지금 형사가 되었습니다. 일을 잘하고 있지요. 그런데 어머님……"

계속 궁금하던 점을 물었다.

"아드님, 아니 정확하게는 손자이지만, 다이스케의 아빠가 누구인지는 아십니까?"

대답이 바로 돌아왔다.

"나야 모르지. 보나마나 사귀던 남자한테 차였거나 뭐 그랬겠지."

아까 다이스케를 봤을 때 그 얼굴에서 보인 사람은 진노 도모아키였다. 구마자와 다이스케의 얼굴에 진노 도모아키의 모습이 보였던 것이다. 그리고 리코 어머니 이야기를 들어 보니 겨우 8개월이라는 짧은 기간이었지만 리코는 세이카 대학에 다니고 있었다. 진노 도모아키도 같은 대학에 다녔다. 2년 차이가 있지만 같은 시기 같은 캠퍼스에 두 사람이 있었다는 것은 틀림없는 사실이었다. 게다가 히무라 마유미도 같은 시기에 세이카 대학에 다니고 있었다. 도대체 리코에게 어떤 일이 있었던 것일까? 진노 도모아키, 그리고 히무라 마유미에게 자세히 물어봐야겠다고 생각했다.

"손자 나이가 지금 어떻게 되지요?"

"열네 살. 누구를 닮았는지 머리가 좋아. 성적도 전교 1등이라고 하더라고. 나중에 의대 들어가겠다고 그러는데 지 생각대로 될지는 모르지."

큰 수확이었다. 구마자와 리코에게는 열네 살짜리 아들이 있고 그 아이 아빠는 진노 도모아키일 가능성이 있다. 그러나 이것은 어디까지나 리코의 과거와 상관이 있는 일일 뿐 이토에서 발견된 시신과의 연관성은 아직 발견되지 않았다.

발단은 이토에서 발견된 여자의 시신이었다. 처음에는 진노 유카리라고 생각해서 부인을 죽인 혐의로 남편인 진노 도모아키를 의심했다. 하지만 시신이 진노 유카리가 아니라 다마나 미도리라는 다른 여자일 가능성이 떠올랐다.

사건의 중심에 진노 도모아키가 있었다. 그리고 그 주변에는 여자들이 있었다. 부인인 진노 유카리와 불륜 상대인 히무라 마유미, 소꿉친구인 다마나 미도리, 그리고 사건을 수사하고 있던 형사 구마자와 리코. 여자들의 관계와 동선이 복잡하게 얽혀서 사건의 전체적인 모습을 가리고 있었다.

출구 없는 터널 속을 끝도 없이 걷고 있는 느낌이었다. 과연 이 어두운 터널에 출구가 있기나 한 걸까? 내가 생각하는 것 이상으로 이 터널은 멀리까지, 땅속 깊숙한 곳으로 이어지고 있지 않을까?

"자, 그럼 정말 일어나 보슈. 난 장 보러 가야 한다니까."

"너무 오랜 시간을 내시게 해서 죄송합니다."

우에하라가 일어났다. 여기에는 또 올 일이 있을지도 모른다. 신발을 신고 밖으로 나왔다.

바람이 찼다. 올 때 타고 온 택시를 돌려보냈기 때문에 버스정류장을 찾아 큰길로 나서야 했다. 우에하라는 발걸음을 내디뎠다.

/ / /

진노 도모아키가 ICU(집중치료실) 안을 들여다보았다. 오늘 아침까지 여기서 치료를 받고 있던 구마자와 리코가 보이지 않았다.

"진노 선생님 어쩐 일이세요?"

돌아보니 가운을 입은 의사가 있었다. 마침 리코를 담당하던 내과의사였다. 도모아키가 물었다.

"그 여자 환자, 구마자와 씨라고 했나요? 그분 어디 있어요?"

"아시는 분이에요?"

"형사잖아요. 몇 번 이야기를 한 적이 있어서 궁금해서요."

"상태가 안정되어서 일반병실로 옮겼습니다. 좀 더 일찍 왔으면 그렇게 심해지지 않았을 텐데."

구마자와 리코는 폐렴이라고 했다. 리코를 만난 것은 작년 말이었다. 그때는 어디가 아파 보이지 않았는데 그 이후로 감기를 심하게 앓은 모양이었다.

"그런데 좀 걸리는 점이 하나 있어요."

담당의사가 목소리를 낮췄다.

"경찰에서 의료보험증을 가지고 왔는데 안에 조난의대 진찰권이 들어 있더라고요. 정기적으로 다니는 것 같아 문의해 봤더니 그 환자 유방암이라고 하더군요."

"정말이요?"

"예. 그쪽 담당의사하고 직접 얘기했으니까 틀림없습니다. 발견이 늦어서인지 절제수술이 어렵다는 게 그쪽 소견이고요. 지금은 항암치료만 정기적으로 받고 있다고 합니다."

말기 유방암 환자. 작년 말에 만났을 때는 그런 기색을 하나도 보이지 않았다. 무서울 게 없다고 했는데 그 말은 죽음을 각오하고 있다는 뜻이었나?

"참 안됐어요. 아직 젊은데."

그 말을 남기고 담당의사는 가 버렸다. 혼자 남은 도모아키도 복도를 따라 걷기 시작했다.

구마자와 리코. 14년 전 대학 축제날 밤에 억지로 관계를 가진 여자다. 설마 형사가 되어서 눈앞에 나타나리라고는 상상도 하지 못했다. 더구나 형사라는 신분을 가진 여자가 이토 앞바다에서 발견된 시신, 아마 다마나 미도리로 생각되는 그 시신의 죽음과 뭔가 관련이 있는 것으로 보였다. 도대체 어떻게 된 일인가? 도무지 종잡을 수가 없었다.

올해 들어서 이토 경찰서에서는 아무런 연락이 없었다. 작년까지 그렇게 집요하게 아내를 죽이지 않았느냐며 의심하던 게 거짓말 같았다. 세타가야 경찰서의 우에하라가 지적했듯 시신이 정말로 유카리가 맞는지에 대한 근본적인 의문이 생겨서인지도 모른다.

바지 주머니에서 종이 한 장을 꺼냈다. 작년 말 구마자와 리코를 만났을 때 받은 사진이었다. 뒷면에 '구마자와 다이스케'라는 이름이 적혀 있었다. 언젠가 이 남자아이가 찾아오면 꼭 도와 달라. 그게 리코가 마지막으로 내민 조건이었다. 너무 애매한 조건이었지만 그때는 그냥 알았다고 하는 수밖에 없었다.

터울이 많이 나는 남동생인 모양이었다. 공부를 아주 잘해서 나중에 의대에 가고 싶어 한다고 했다. 혹시 힘든 일이 있으면 도쿄에 있는 진노 도모아키라는 의사를 찾아가라. 동생에게도 그렇게 말해 둔 모양이었다. 지금 와서 생각해 보니 리코는 죽을 날을 앞두고 동생의 장래가 걱정되어 그런 조건을 내걸었던 것 같다. 아니, 틀림없이 그랬을 것이다.

그러나저러나……. 사진을 다시 유심히 들여다봤다. 교복 모자를 쓴 남자아이가 수줍은 표정을 짓고 있었다. 계속 마음에 걸렸다. 많이 닮아 있었다. 중학생 때의 자기 모습과.

어째서 이 아이가 나랑 닮았다는 생각이 드는 거지? 추론해 볼 수 있는 것은 하나밖에 없었지만 그 점을 인정하기가 두려웠다. 이 아이가 혹시 내 피를 이어 받았나……?

갑자기 자기에게 아들이 있다고 해도 그저 당혹스러울 뿐이었다. 이쪽에서 먼저 이 아이를 만나러 가는 일은 절대 없다고 단언할 수 있다. 만약 그쪽에서 찾아오면 그때 가서 생각해 보면 된다.

"선생님, 잠시 와 주시겠어요?"

뒤에서 부르는 소리에 돌아보았다. 입원병동 담당 의료스태프였다. 그녀에게 물었다.

"왜 그러는데?"

"어제 입원한 환자가 호출버튼을 눌렀어요. 환부에 심한 통증이 있다면서."

"알았어. 바로 갈게. 차트 좀 갖다 줘."

사진을 바지주머니에 찔러 넣고 잰걸음으로 걸어갔다.

／ ／ ／

병실에 들어서자 침대에 누워 있는 구마자와 리코가 보였다. 눈을 감고 잠들어 있는 것 같았다. 면회시간이 지났지만 억지로 부탁해서 들어왔다.

"고맙습니다."

갑자기 들려온 목소리에 놀라 자빠질 뻔했다. 잠자는 줄 알았는데 깨어 있었던 모양이다. 리코가 눈을 뜨고 이쪽을 보고 있었다. 얼굴이 너무 창백했다.

"안 자고 있었어?"

"네. 정말 고맙습니다."

다시 한 번 인사하면서 몸을 일으켰다.

"저를 짊어지고 계단을 내려오신 거죠? 많이 무거웠을 텐데."

수사할 때는 사적인 이야기를 한 적이 거의 없어 원래 조용한 성격이라고 생각했었다. 그런데 지금 리코는 평소와 전혀 다른 사람 같았다. 살짝 당황하면서 말했다.

"많이 나아진 모양이네. 다행이야."

"그러게요. 앞으로는 조심할게요."

아까 담당의사에게 들은 말로 구마자와 리코는 유방암 말기라고 했다. 절제수술도 못한다고 다른 병원의 담당의사가 말했다고 했다. 그러니까 이제 손 쓸 방법이 없다는 뜻인지도 모른다.

"몸 상태에 대해서는 의사한테 들었어. 뭐랄까, 해 줄 말이 없네."

동정은 하지만 그렇다고 대충 넘어갈 수 있는 사안이 아니었다. 우에하라가 단도직입적으로 물었다.

"네가 다마나 미도리를 죽였나?"

리코는 대답하지 않았다. 무표정하게 우에하라의 얼굴만 빤히 보고 있었다.

"이토에서 발견된 시신은 진노 유카리가 아니었어. 안타깝게도 증거는 없지만 틀림없다고 확신하고 있어. 그럼 죽은 사람은 누구인가? 진노 유카리의 이웃에 살던 다마나 미도리지. 주변 사람들한테는 외국에 간다고 했다는데 출국한 흔적이 없어."

"역시 대단하시네요. 거기까지 조사하셨어요?"

남 이야기를 하듯이 리코가 말했다.

"하지만 우에하라 형사님, 잘 생각해 보세요. 진노 유카리는 이미 죽은 사람으로 되어 있잖아요. 이제 와서 아니라고 해 봐야 아무 소용없을 걸요."

그 말대로 시신은 진노 유카리로 알려져 있고 그 점에 의문을 갖고 있는 사람은 우에하라 말고는 이토 경찰서의 와키야 형사 정도밖에 없다. 그러나 다마나 미도리라는 여자가 실종되었다는 점 또한 틀림없는 사실이었다. 게다가 누마즈시에 사는 리코 어머니에게서 들은 이야기를 통해 자기 가설에 확신을 가질 수 있었다. 구마자와 다이스케라는 소년의 얼굴은 지금도 우에하라의 뇌리에 박혀 있었다.

"지금 누마즈에 다녀오는 길이야."

우에하라의 말에 리코가 깜짝 놀란 표정을 지었다. 처음으로 감정을 드러내는 얼굴이었다.

"어머니께 많은 이야기를 들었지. 열아홉 때 낳은 아들에 대해서도. 얼굴도 봤어. 영리하게 생겼더군. 이름이 다이스케라고 했지, 아마. 아주 오랫동안 얼굴도 보지 않았다면서?"

리코는 입을 굳게 다물고 있었다. 이불 커버를 손으로 꽉 움켜잡고 있었다.

"이건 어디까지나 내 추측이지만 그 아이를 보고 있자니 어떤 남자의 얼굴이 떠오르더라고. 진노 유카리의 남편 진노 도모아키. 그 남자도 이 병원에서 의사로 일하고 있지. 네가 겨우 8개월만 다니다 그만둔 세이카 대학 의대를 졸업했고. 다이스케라는 그 아이 아빠가……."

"아무것도 말하지 않을 거예요."

우에하라를 가로막으려는 듯이 리코가 말했다.

"절대로요. 무슨 증거를 들이대도 끝까지 묵비권을 행사할 거예요. 죽을 때까지 입을 열지 않을 거예요."

그 박력에 압도되었다. 죽을 때까지 말하지 않겠다. 그 말은 비유가 아니라 유방암 말기 선고를 받은 리코의 각오임을 알 수 있었다. 그래도 아랑곳하지 않고 질문을 계속했다.

"무슨 일이 있었던 거야? 너랑 진노 도모아키 사이에 말이야. 게다가 부인 유카리, 그리고 히무라 마유미까지. 다마나 미도리를 어떻게 죽였지? 진노 유카리도 공범인가?"

그날 밤 진노 유카리는 이토 시내에 있었다. 만약 다마나 미도리가 살해된 것이 맞는다면 그 범행에 가담했다고 생각할 수밖에 없다. 아니, 리코라면 다른 사람의 힘을 빌리지 않고 혼자 저질렀을 수도 있다. 정신을 잃은 여자의 몸을 벼랑 위에서 밀어 버리는 리코의 모습이 머릿속에 그려졌다.

"그 사람은 아니에요."

비웃듯이 리코가 말했다. 그 말에 우에하라가 다시 다그쳤다.

"그럼 너 혼자……."

"우에하라 형사님, 잘 생각해 보세요."

리코가 끼어들었다.

"그 시신은 이미 화장되었어요. 진노 유카리는 죽은 사람이라고요. 당연히 사망신고도 되어 있고 장례식도 마쳤지요. 어떻게 해도 그걸 뒤집을 수는 없어요."

그 점을 지적하면 아무런 반론을 할 수 없다는 점이 속상했다.

"언젠가는 유골로 유전자를 감식할 수 있을 때가 올지도 모르지요. 하지만 지금 시점에서는 불가능하잖아요. 그 사체가 진노 유카리가 아니라고 과학적으로 판단할 수 없다는 뜻이지요. 전 죽을 때까지 도망칠 자신 있어요."

"죽을 때까지 도망치다니, 그럼 역시……"

무엇이 이 여자를 이렇게까지 하게 했을까? 동기를 알 수 없었다. 어째서 리코는 다마나 미도리를 살해했을까?

그때 느닷없이 뭔가 번뜩 머릿속에 떠올랐다. 이 사건은 그냥 돈을 목적으로 한 범행이 아니었을까? 죽은 다마나 미도리는 부모의 유산을 상속받아 부유한 생활을 했다고 들었다. 누마즈에서 만난 소년의 얼굴이 떠올랐다. 말기 암 판정을 받은 엄마가 아들에게 뭐든 남겨 줄 방법이 없을까를 고심한다. 그러다가 다마나 미도리의 재산에 눈독을 들인다.

사실 이번 사건은 불확실한 요소들이 너무 많다. 이토 앞바다에서 어선이 우연히 시신을 인양했는데 시신이 발견되지 않았을 가능성도 있었다. 게다가 시신이 깨끗한 상태로 발견되었을 수도 있다. 그럴 경우 이 여자들의 공작은 아무런 성과를 얻을 수 없다. 하지만 그래도 상관없었던 것이다. 아주 잠깐의 시간, 그러니까 다마나 미도리를 대신해서 금융기관에서 돈을 빼낼 시간만 확보하면 목적을 이룰 수 있으니 말이다. 어쩌면 리코는 아들이 성인이 되었을 때 돈을 받을 수 있도록 뭔가 수단을 이미 강구해 놓았을지도 모른다. 아니, 틀림없이 그렇게 해 놓았을 것이다.

"이제 알겠어. 돈이지? 아들한테 돈을……."

리코의 얼굴에서 여유로운 기색이 사라졌다. 그녀는 덮고 있던 이불을 밑으로 떨어뜨리고 침대에서 다리를 내렸다. 온 힘을 다해 일어서려고 했다. 그런데 체력이 완전히 바닥났는지 발걸음은 휘청거렸고 온몸을 바들바들 떨고 있었다. 우에하라는 얼떨결에 리코의 어깨에 손을 얹고 몸을 부축하려 했는데 그 손을 뿌리치려고 허우적거리며 리코가 외쳤다.

"나가 주세요. 여기서 나가라고!"

그러면서 리코가 두 손으로 우에하라의 가슴을 밀쳤다. 힘이 하나도 들어 있지 않았지만 그래도 우에하라는 뒷걸음질 칠 수밖에 없었다. 그때였다. 뒤에 인기척이 느껴졌다. 야근하는 간호사가 소리를 듣고 들어왔나 싶었는데 뒤를 돌아보니 전혀 뜻밖의 인물이 서 있었다.

"서장님……."

세타가야 경찰서의 서장인 사카구치였다. 밤색 바지에 검은 운동복 상의를 입은 캐주얼한 차림이었다. 설마 이런 곳에서 만나리라고는 생각지 못했는지 서장은 당황하면서 물었다.

"우에하라 형사, 이 시간에 어떻게……?"

"아, 그게……."

뭐라고 대답해야 할지 생각이 나지 않았다. 리코는 얼굴을 돌린 채 고개를 숙이고 있었다. 사카구치가 변명하듯 말했다.

"난 그냥 병문안을 왔네. 우리 경찰서 형사가 입원했다고 하는데 서장이 와 보는 게 당연하지 않은가."

어색한 분위기가 흘렀다. 서장의 어쩔 줄 모르는 표정을 보고 우에하라는 대충 짐작이 갔다. 그런 거구나. 아마 이 두 사람은 그런 사이일 것이다. 그래서 이렇게 남의 눈을 피해 밤중에 병실로 찾아왔겠지. 리코가 형사과로 배치를 받은 것도 아마…….

"실례합니다."

자리를 피해야 한다. 그런 판단으로 우에하라는 병실에서 나왔다. 그러자 서장도 복도로 뒤따라 나와 우에하라와 눈을 마주치지 않은 채 말했다.

"여기서 날 본 건 우리끼리만 알도록 하지."

"알겠습니다."

우에하라는 가볍게 목례를 한 다음 복도를 걸어갔다. 아까 병실에서 필사적인 형상으로 자기 가슴을 밀쳐 내던 구마자와 리코의 얼굴이 뇌리에 떠올랐다. 그리고 갑자기 이토에서 만난 주유소 직원이 생각났다. 그 청년에게 위증을 강요한 사람도 리코일 것이다.

엘리베이터 앞에 섰다. 마침 창문이 보였는데 창밖은 컴컴한 어둠에 싸여 있었다. 이 모든 일도 이대로 어둠 속으로 묻혀 버리는 게 아닐까? 막연히 그런 생각이 들었다.

/ / /

"다에짱, 병맥주 하나. 그리고 오징어 젓갈도."

"뭐예요. 저 이 가게 직원 아니거든요."

말로는 그러면서도 히라이 다에는 자리에서 일어나 냉장고에서 병맥주를 꺼내 카운터에 앉아 있는 단골손님 앞에 내줬다. 드라이브인 다나카 가게 안이었다. 요즘 들어 도미노야 일이 끝나면 습관처럼 여기 들르고 있었다. 겐타는 주방에서 담배를 피우면서 자기가 뱉어 낸 연기가 환기구로 빨려 들어가는 모습을 마냥 올려다보고 있었다.

"겐짱, 오징어 젓갈 주문이야."

"아, 미안 미안."

담배를 재떨이에 비벼서 끈 다음 겐타는 냉장고에서 오징어 젓갈을 꺼내서 작은 종지에 담았다.

"자." 하고 겐타가 내주는 종지를 받아서 카운터에 있는 단골손님 앞에 놓았다.

"여기 오징어 젓갈 나왔습니다."

손님들의 이야기를 흘려들으면서 다에는 컵에 있던 맥주를 홀짝 마셨다. 지금 가게 안에는 카운터에 있는 단골손님 두 명밖에 없다. 밤 9시가 지난 시간이었다. 이제 슬슬 들어가야지 하고 있는 참에 가게 문이 열리면서 여자 손님 하나가 들어왔다. 그 얼굴을 본 순간 다에는 눈길을 마주치지 않으려고 본능적으로 고개를 돌렸다. 어떻게 이 사람이……?

"어서 오십시오. 편한 자리에 앉으세요."

여자 손님은 제일 안쪽 테이블 자리에 앉았다. 겐타가 손님에게 차가운 물을 갖다 주었다.

"오므라이스 주세요."

주문하는 여자 목소리가 들렸다. 다에는 심장이 두근거리는 게 느껴졌다. 다에는 천천히 자리에서 일어나 숨을 죽이며 주방 안으로 들어갔다. 돌아온 겐타에게 작은 소리로 속삭였다.

"겐짱, 저 여자 손님 말이야……."

"왜 그래? 잘 안 들려."

"좀 와 봐."

겐타의 셔츠를 잡아당겨서 자리에 앉히고는 귓가에 대고 말했다.

"그때 그 사람이야. 지난달에 벼랑에서 투신한 사람. 나 본 적 있단 말이야."

"야, 너 무슨 소리하는 거야?"

"너도 봤잖아? 투신하기 전에 이 가게에 들렀다며?"

그제야 겐타도 다에가 무슨 말을 하는지 알아차린 모양이었다. 얼굴을 살짝 들어 여자 쪽으로 눈길을 주었다. 여자는 이쪽에 등을 돌린 자세로 앉아 있었다.

"진짜야?"

"틀림없다니까. 난 료칸에서 몇 번이나 얘기해 봤기 때문에 잘 안다고."

"그냥 비슷한 사람 아냐? 그 여자는 죽었다면서……?"

"쉿, 작게 얘기해!"

다에가 손을 뻗어서 겐타 입을 막았다.

"겐짱, TV 소리 좀 키워 봐. 난 경찰에 전화해 볼게."

"야, 경찰에는 왜 또……."

"그냥 그렇게 좀 하라고. 소리를 키운 다음에 오므라이스 만들어."

겐타가 리모컨으로 TV 소리를 크게 했다. 다에는 주방 안에 있는 전화기 쪽으로 갔다. 114에 걸어서 번호를 물어본 다음 바로 이토 경찰서에 전화했다. 다행히 와키야라는 형사는 자리에 있었다. 숨을 크게 들이쉰 다음 다에가 작은 소리로 설명했다. 지난달에 투신했던 여자가 지금 가게에 와 있다고.

"알려 주셔서 감사합니다. 지금 당장 가겠습니다."

와키야는 별로 놀라는 것 같지 않았다. 어째서일까? 죽은 사람이 가게에 와서 오므라이스를 주문했다고 했는데. 겐타가 도마 위의 양파를 다지면서 여자 손님 쪽을 곁눈질하고 있었다. 뒤에서 다가가 겐타 귓가에 속삭였다.

"자꾸 보지 마. 이상하게 생각하잖아."

"하지만……."

TV에서는 뉴스가 나오고 있었다. 오늘은 모든 채널이 특별편성을 하고 있었다. 안경을 쓴 관방장관이 '헤이세이平成'라고 적힌 액자를 높이 드는 장면이 나오고 있었다. 이 영상은 저녁때부터 질릴 정도로 여러 번 나왔다. 앞으로도 무슨 일이 있을 때마다 이 장면이 TV에 나올 것이다. 이 오부치라는 관방장관도 나중에 출세하게 되지 않을까? 그런 생각이 들 정도였다. 오늘은 정말 역사적인 날이다.

오늘 아침 일찍 쇼와 천왕이 서거해서 일본 전국이 침울한 분위기에 휩싸였다. 그렇게 무겁게 가라앉은 어두운 분위기 속에서 오후가 되어 새로운 연호가 발표되었다. 새로운 연호는 '헤이세이 (일본 아키히토 천황 시대, 1989~2019)'다.

"헤이세이, 뭔가 입에 붙지 않는 것 같아."

"쓰다 보면 익숙해지겠지. 애나 하나 더 낳을까? 그럼 그 애는 헤이세이 출생이 되잖아."

"그럴 작정이면 작작 마시고 빨리 마누라한테 가."

카운터에서 손님들이 하는 이야기가 머리에 거의 들어오지 않았다. 겐타가 프라이팬을 불에 올렸는지 양파를 버터에 볶는 고소한 냄새가 풍겨 왔다. 다에는 기둥 뒤에서 얼굴을 살짝 내밀어 안쪽 테이블 자리에 앉아 있는 여자 손님을 훔쳐봤다.

청바지에 검은 스웨터를 입은 수수한 옷차림이었다. 그때 료칸 숙박부에 기재된 이름이 엔도 유카리였다. 어떻게 자살했다고 한 여자가 여기 앉아 있을까? 아무리 생각해 봐도 알 수 없었지만 만약 정말로 그 사람이 맞는다면 자살로 위장할 만큼 절박한 이유가 있었겠지.

여자가 손을 뻗어 컵에 든 물을 조금 마셨다. 그 모습을 보면서 다에는 문득 그런 생각이 들었다. 저 사람에게, 아니 우리 여자들에게 오늘 새롭게 시작된 헤이세이라는 세상은 어떤 시대가 될까?

그녀들의 범죄

1판 1쇄 인쇄 2020년 8월 20일
1판 1쇄 발행 2020년 8월 28일

지은이 요코제키 다이
옮긴이 임희선
펴낸이 김성구

주간 이동은
책임편집 현미나
콘텐츠사업본부 고혁 송은하 김초록
디자인 이영민
제작 신태섭
전략마케팅본부 최윤호 나길훈 이서윤 김지원
관리 노신영

펴낸곳 (주)샘터사
등록 2001년 10월 15일 제1-2923호
주소 서울시 종로구 창경궁로35길 26 2층 (03076)
전화 02-763-8965(콘텐츠사업본부) 02-763-8966(전략마케팅본부)
팩스 02-3672-1873 | 이메일 book@isamtoh.com | 홈페이지 www.isamtoh.com

ISBN 978-89-464-2168-4 03830

이 도서의 국립중앙도서관 출판예정도서목록(CIP)은 서지정보유통지원시스템 홈페이지
(http://seoji.nl.go.kr)와 국가자료종합목록 구축시스템(http://kolis-net.nl.go.kr)에서
이용하실 수 있습니다. (CIP제어번호 : CIP2020033122)

• 값은 뒤표지에 있습니다.
• 잘못 만들어진 책은 구입처에서 교환해드립니다.